La voie magique

Robin Hobb

La voie magique

*L'Assassin Royal******

ÉDITIONS FRANCE LOISIRS

Titre original : *Assassin's Quest* (deuxième partie)

Traduit de l'anglais par A. Mousnier-Lompré

Édition du Club France Loisirs,
avec l'autorisation des Éditions Pygmalion/Gérard Watelet.

Éditions France Loisirs,
123, boulevard de Grenelle, Paris
www.franceloisirs.com

ISBN 2-7441-4223-9

Pour la très réelle Kat Ogden

Qui menaça, très tôt dans sa vie, de devenir
quand elle serait grande danseuse de claquettes,
escrimeuse, judoka, star de cinéma, archéologue,
et présidente des États-Unis.

Et qui s'approche dangereusement
de la fin de sa liste.

Il ne faut jamais confondre le film et le livre.

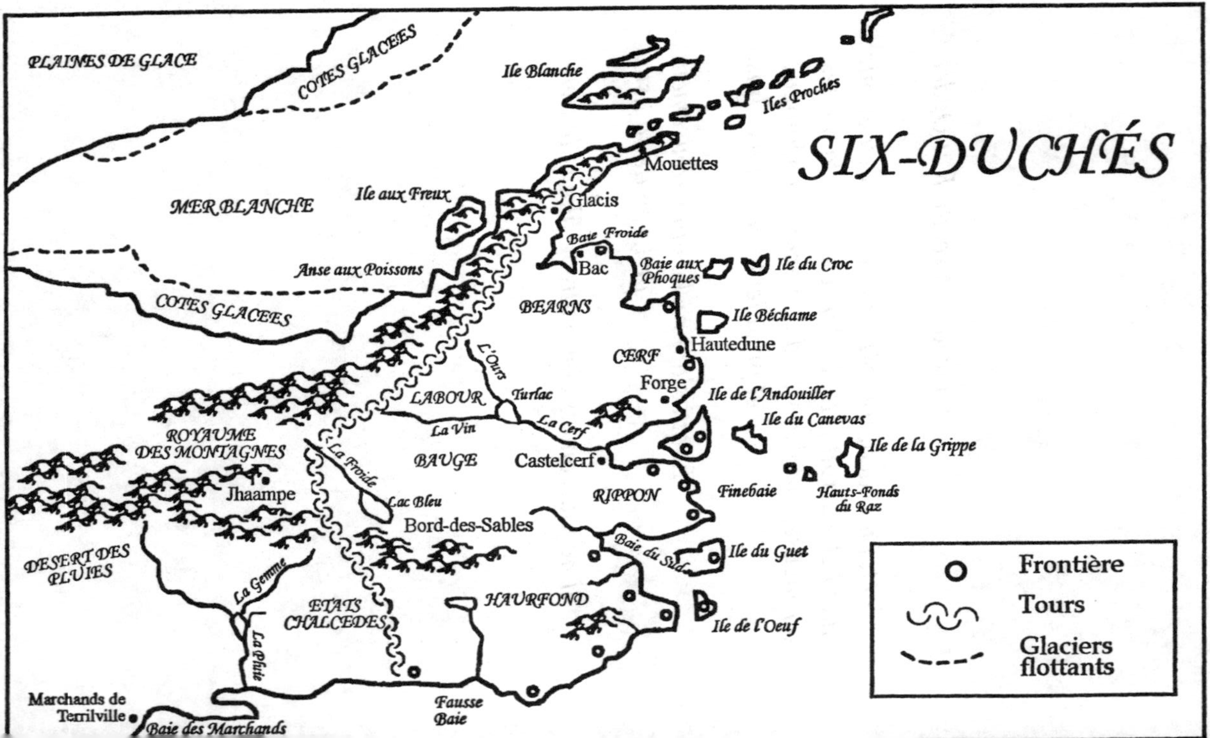
SIX-DUCHÉS
PLAINES DE GLACE
COTES GLACEES
MER BLANCHE
Ile aux Freux
Anse aux Poissons
COTES GLACEES
Ile Blanche
Iles Proches
Mouettes
Glacis
Baie Froide
Bac
Baie aux Phoques
Ile du Croc
BEARNS
Ile Béchame
Hautedune
CERF
L'Ours
LABOUR
Turlac
Forge
Ile de l'Andouiller
Ile du Canevas
La Cerf
La Vin
ROYAUME DES MONTAGNES
La Froide
BAUGE
Castelcerf
Ile de la Grippe
Jhaampe
Lac Bleu
RIPPON
Finebaie
Hauts-Fonds du Raz
Bord-des-Sables
DESERT DES PLUIES
Baie du Sud
Ile du Guet
La Gemme
ETATS CHALCEDES
HAURFOND
Ile de l'Oeuf
La Pluie
Marchands de Terrilville
Baie des Marchands
Fausse Baie
Frontière
Tours
Glaciers flottants

1

LAC-BLEU

La Froide achève sa course dans le lac Bleu, d'où la plus grande agglomération qui le borde tire son nom. Au début du règne du roi Subtil, la campagne au nord-est du lac était renommée pour ses champs de céréales et ses vergers ; une vigne particulière à ce sol donnait un vin au bouquet à nul autre pareil et célèbre non seulement dans les Six-Duchés tout entiers mais jusqu'à Terrilville où il arrivait par caravanes. Mais de longues périodes de sécheresse survinrent, suivies d'incendies déclenchés par les orages, dont les fermiers et les vignerons de la région ne se remirent jamais ; dès lors, pour subsister, Lac-Bleu se tourna vers le commerce. La ville actuelle est un centre de négoce où se rencontrent les caravanes en provenance de Bauge et des États chalcèdes qui échangent leurs denrées contre celles du peuple des Montagnes. L'été, d'énormes chalands sillonnent les eaux placides du lac, mais en hiver les tempêtes qui descendent des Montagnes chassent les bateliers et mettent un terme au trafic marchand.

*

Dans le ciel limpide de la nuit, la lune orange, énorme, brillait bas sur l'horizon. Je me guidais aux étoiles parfaitement visibles, m'étonnant vaguement que ce fussent les mêmes qui scintillaient au-dessus de moi lorsque, bien des années plus tôt, je rentrais clopin-clopant à Castelcerf, et qui aujourd'hui me conduisaient à nouveau vers les Montagnes.

Je marchai toute la nuit d'un pas qui n'était ni rapide ni régulier, mais je savais que plus vite je trouverais de l'eau, plus vite je pourrais soulager mes souffrances : sans rien à boire, je m'affaiblissais rapidement. Tout en cheminant, j'humectai un bandage avec l'eau-de-vie de Pêne et m'en tapotai le visage. Je m'étais brièvement examiné dans le miroir : il était manifeste que j'avais à nouveau perdu un combat ; néanmoins, je souffrais surtout d'ecchymoses et de coupures sans gravité, et je ne pensais pas arborer de nouvelles cicatrices. L'eau-de-vie raviva le feu de mes nombreuses éraflures mais ramollit également le sang séché de mes croûtes, si bien que je pus enfin ouvrir la bouche sans douleur excessive. J'avais faim ; cependant je craignais que la viande salée ne fasse qu'accentuer ma soif.

Je regardai le soleil se lever sur la vaste plaine de Bauge dans un splendide déploiement de couleurs ; le froid nocturne s'atténua et j'ouvris le manteau de Pêne, toujours sans cesser d'avancer. La lumière croissant, je scrutai le sol dans l'espoir que certains chevaux s'en étaient retournés au trou d'eau, mais je ne vis aucune nouvelle empreinte, seulement les traces de sabots que nous avions laissées la veille et que le vent avait déjà commencé à dévorer.

La matinée était à peine entamée quand je parvins à la cuvette ; je m'en approchai avec précaution, mais, à la vue et à l'odorat, je la savais heureusement déserte. Toutefois, je ne pouvais compter qu'elle le demeurerait longtemps : c'était une halte habituelle des caravanes. Mon premier geste fut de boire tout mon soûl, après quoi, avec une certaine volupté, je fis un petit feu, mis à chauffer une casserole d'eau dans laquelle j'ajoutai des lentilles, des haricots, de l'avoine et de la viande séchée, puis je laissai mijoter le tout sur une pierre tout à côté des braises pendant que je me dévêtais pour me baigner. Peu profonde à l'une des extrémités du trou, l'eau s'était un peu réchauffée sous l'action du soleil. Mon omoplate gauche me faisait encore très mal quand je la touchais ou que je la remuais, tout comme les profondes éraflures de mes poignets et de mes chevilles, ma bosse au crâne, l'ensemble de mon visage... Je cessai de répertorier mes bobos ; de toute façon, aucun n'était mortel : que demander de plus ?

Frissonnant de froid, je laissai le soleil me sécher tandis que je trempais mes vêtements dans l'eau, puis les étendais sur des buissons. Ensuite, je m'enveloppai dans le manteau de Pêne, bus un peu d'eau-de-vie et touillai ma soupe ; il me fallait ajouter régulièrement de l'eau car les légumes secs se ramollissaient avec une lenteur désespérante. J'attendis donc, assis auprès de mon feu, en l'alimentant de branchages ou de bouse sèche. Au bout de quelque temps, je rouvris les yeux et m'efforçai de déterminer si j'étais soûl, épuisé de coups ou simplement recru de fatigue, mais j'estimai rapidement l'entreprise aussi futile que l'inventaire de mes plaies et bosses, et je m'attaquai à ma soupe telle qu'elle était, avec les haricots encore un peu croquants ; je la fis descendre d'une ou deux gorgées d'eau-de-vie, dont il ne restait guère. Enfin, après de nombreux atermoiements, je me décidai à remettre de l'eau à chauffer, puis nettoyai mes écorchures les plus profondes, y passai de l'onguent et bandai celles qui pouvaient l'être ; une de mes chevilles n'était pas belle à voir et il n'était pas question de la laisser s'infecter. Quand j'eus fini, je m'aperçus que la lumière baissait ; je n'avais pas vu le temps passer. Puisant dans mes dernières forces, j'éteignis mon feu, remballai mes affaires et m'éloignai du trou : j'avais besoin de dormir et je ne tenais pas à courir le risque d'être surpris par d'autres voyageurs. Je trouvai une petite dépression que des buissons, dont le feuillage dégageait une odeur de bitume, protégeaient un peu du vent. J'étendis la couverture, m'allongeai sous le manteau de Pêne et sombrai dans un profond sommeil.

Pendant quelque temps, je ne rêvai pas ; puis me vint un songe déroutant où j'entendais quelqu'un m'appeler sans que je puisse découvrir qui ; le vent soufflait et il pleuvait. Le bruit du vent, évocateur de solitude, me faisait horreur. Et puis une porte s'ouvrit et Burrich s'y encadra. Il avait bu. À sa vue, je ressentis à la fois de l'irritation et du soulagement : je l'attendais depuis la veille, et, à présent qu'il était là, il était ivre ! Mais comment osait-il ?

Un frisson me parcourut et je me réveillai presque : c'étaient les pensées de Molly que je partageais, Molly que j'artisais en rêve ! Il ne fallait pas, je savais que je ne devais pas le faire, mais dans cet état onirique aux frontières indistinctes où je me trouvais, je n'avais pas la volonté d'y résister. Molly se leva lentement. Notre fille dormait dans ses bras, et je l'entraperçus : ce n'était plus la figure ridée du nouveau-né que j'avais vu, mais un petit visage rose et rebondi. Elle avait donc déjà changé à ce point ! Sans bruit, Molly la déposa doucement dans le lit et la recouvrit d'un coin de couverture, puis, sans se retourner, d'une voix basse et tendue : « Je m'inquiétais ; vous aviez dit que vous seriez de retour hier.

— Je sais. Je regrette. Ç'aurait dû être vrai, mais... » La voix de Burrich était rauque et son ton accablé. Molly acheva la phrase à sa place :

« Mais vous êtes resté en ville pour vous enivrer.

— Je... Oui. Je me suis enivré. » Il ferma la porte et s'avança dans la pièce ; il s'approcha du feu pour y réchauffer ses mains rougies de froid. Son manteau était trempé et ses cheveux aussi, comme s'il n'avait pas pris la peine de remonter son capuchon en chemin. Il ôta son manteau dégoulinant et s'assit raidement dans le fauteuil près de l'âtre, puis il se pencha pour masser son genou blessé.

« Ne venez pas ici quand vous êtes soûl, lui dit Molly sans détour.

— Je sais bien que vous n'aimez pas ça. Mais c'est hier que je me suis soûlé ; j'ai bu encore un peu ce matin, mais je ne suis pas ivre. Pour l'instant, je suis simplement... fatigué, très fatigué. » Il se courba pour placer sa tête entre ses mains.

« Vous ne tenez même pas droit dans votre fauteuil ! » La colère montait dans le ton de Molly. « Vous ne savez même plus quand vous êtes soûl ! »

Burrich lui adressa un regard las. « Peut-être, oui », reconnut-il, à ma grande surprise. Il soupira. « Je m'en vais. » Il se leva avec une grimace quand il prit appui sur sa jambe blessée, et Molly sentit une pointe de mauvaise conscience : il avait encore froid et l'abri dans lequel il dormait était ouvert aux courants d'air et à l'humidité. Pourtant, c'est lui qui l'avait voulu ; il savait ce qu'elle pensait des ivrognes. Qu'un homme boive un coup ou deux, cela n'avait rien de répréhensible, elle-même prenait un petit verre de temps en temps ; mais arriver comme cela, en tenant à peine sur ses jambes, et vouloir lui faire croire que...

« Puis-je voir la petite un instant ? » demanda Burrich à mi-voix. Il s'était arrêté à la porte ; je discernai dans ses yeux une expression que Molly était incapable de voir parce qu'elle ne le connaissait pas assez, et j'en eus le cœur déchiré : il avait de la peine.

« Elle est là, au lit. Je viens de la coucher, répondit sèchement Molly.

— Puis-je la prendre... rien qu'une minute ?

— Non. Vous êtes ivre et vous avez les mains glacées ; si vous la touchez, vous allez la réveiller. D'ailleurs, vous le savez bien ; pourquoi voulez-vous faire ça ? »

Le visage de Burrich parut se racornir, et c'est d'une voix rauque qu'il répondit : « Parce que Fitz est mort, et que cette petite, c'est tout ce qui me reste de lui et de son père. Et parfois... » Il se passa une main calleuse sur la figure. « Parfois j'ai l'impression que tout est ma faute. » Il poursuivit dans un murmure : « Jamais je n'aurais dû permettre qu'on me l'enlève quand il était enfant. Lorsqu'on a voulu l'installer au Château, si je l'avais mis sur un cheval derrière moi et que je sois allé trouver Chevalerie, ils seraient peut-être encore vivants tous les deux ; j'y avais pensé à l'époque, et j'ai failli le faire. Il ne voulait pas me quitter, vous savez, mais je l'y ai obligé. Pourtant, j'ai bien failli l'amener à Chevalerie ; mais je ne l'ai pas fait. Je l'ai laissé partir, et on s'en est servi comme d'un outil. »

Je sentis le tremblement qui s'était soudain emparé de Molly ; des larmes lui piquèrent les yeux. Elle se défendit avec colère : « Maudit que vous êtes, il est mort depuis des mois ! N'essayez pas de m'adoucir avec vos pleurnicheries d'ivrogne !

— Je sais, répondit Burrich. Je sais. Il est mort. » Brusquement, il prit une grande inspiration et se redressa ; je connaissais cette attitude par cœur. Il replia ses peines et ses faiblesses et les cacha tout au fond de lui-même. J'aurais voulu poser ma main sur son épaule pour l'apaiser, mais c'était moi qui en avais envie, pas Molly. Il se dirigea de nouveau vers la porte, puis s'arrêta. « Ah, j'ai quelque chose ici. » Il fouilla dans sa chemise. « C'était à lui. Je... je l'ai pris sur son corps, après sa mort. Vous devriez le garder pour la petite, afin qu'elle ait un souvenir de son père. C'est le roi Subtil qui le lui avait donné. »

Burrich ouvrit la main et mon cœur se serra brutalement : là, sur sa paume, reposait mon épingle au rubis enserré d'une résille d'argent. Molly regarda l'objet sans bouger, les lèvres pincées de colère ou de volonté de maîtriser ses émotions, une volonté si forte que Molly ne savait même pas de quoi elle se protégeait. Voyant qu'elle ne faisait pas mine de prendre l'épingle, Burrich la posa délicatement sur la table.

Tout s'était brusquement éclairé pour moi : il s'était rendu à la cabane de berger pour essayer de me trouver, pour m'annoncer la naissance de ma fille, et qu'avait-il découvert ? Un cadavre décomposé dont il ne restait sans doute plus guère que des ossements, vêtu de ma chemise, l'épingle toujours enfoncée dans un revers. Le forgisé avait les cheveux sombres, et à peu près ma taille et mon âge.

Burrich me croyait mort, mort pour de bon, et il portait mon deuil.

Burrich, Burrich ! Écoute-moi, je ne suis pas mort ! Burrich ! Burrich !

Je me démenai, je tempêtai autour de lui, projetai contre lui la moindre parcelle d'Art que je détenais, mais, comme toujours, je n'arrivai à rien et je me réveillai soudain, tremblant, les bras serrés sur moi, avec la sensation d'être un fantôme. Il avait sans doute déjà annoncé la nouvelle à Umbre et tous deux me croyaient mort désormais. Une angoisse étrange m'envahit à cette idée : quel terrible malheur d'être tenu pour mort par tous ses amis !

Je me massai doucement les tempes car je sentais poindre les prémices d'une migraine d'Art ; une seconde plus tard, je me rendais compte que mes défenses étaient abaissées, que j'avais artisé Burrich avec toute la violence dont j'étais capable. Je dressai aussitôt mes murailles, puis me roulai en boule, tout frissonnant dans le crépuscule. Guillot n'avait pas détecté mon Art cette fois-ci, mais tant de négligence n'était pas de mise : mes amis avaient beau me penser mort, mes ennemis, eux, savaient à quoi s'en tenir ; je devais maintenir mes remparts érigés, ne jamais courir le risque de laisser la porte ouverte à Guillot. La migraine me martelait la tête mais j'étais trop épuisé pour me préparer de la tisane ; d'ailleurs, je n'avais pas d'écorce elfique : je ne disposais que des graines que m'avait vendues la marchande de Gué-de-Négoce et dont j'ignorais les effets. Je me rabattis sur le fond d'eau-de-vie, puis me recouchai ; aux frontières du sommeil, je rêvai de loups qui couraient. *Je sais que tu es vivant. Je viendrai si tu as besoin de moi ; il te suffit de demander.* Le contact était hésitant mais clair et, tandis je me rendormais, je me raccrochai au message comme à une main amie.

Les jours suivants, je me dirigeai vers Lac-Bleu. Je marchais contre un vent chargé de sable qui m'irritait la peau ; pour tout paysage, la région n'offrait que des cailloux, des pierriers, des buissons secs aux feuilles coriaces, des plantes grasses à la croissance lente, et, loin devant moi, le grand lac lui-même. Tout d'abord, la piste ne fut qu'une vague balafre dans la surface sèche de la plaine sur laquelle les empreintes de sabots et les longues traces des chariots s'effaçaient sous les rafales incessantes du vent froid ; mais, à mesure que j'approchais du lac, le désert devint plus vert et plus accueillant, la piste prit davantage des allures de route, et la pluie se mit à tomber en grosses gouttes qui claquaient sur la terre et imbibaient peu à peu mes vêtements ; aussi je n'arrivais jamais à me sentir complètement sec.

Je m'efforçais d'éviter tout contact avec les gens qui passaient ; il n'était pas question de me cacher sur ce terrain plat mais je faisais mon possible pour paraître insignifiant, voire revêche. Plusieurs messagers me croisèrent au grand galop, certains en route pour Lac-Bleu, d'autres pour Gué-de-Négoce ; aucun ne s'arrêta pour me questionner mais cela ne me réconfortait guère : tôt ou tard, quelqu'un découvrirait les cadavres sans sépulture de cinq gardes royaux et ne manquerait pas de s'étonner ; en outre, la façon dont le Bâtard s'était fait prendre au milieu d'eux était une trop belle histoire pour que Crice et Astérie se retiennent de la raconter partout. Plus le lac devenait distinct, plus la route était fréquentée, et j'osai espérer passer inaperçu, plus loin, dans la foule des voyageurs, car il y avait des fermes et même des hameaux sur les gras pâturages que traversait la route ; la petite bosse d'une maison et la volute de fumée qui montait d'une cheminée étaient visibles de loin. L'humidité aidant, la broussaille céda la place aux buissons et aux arbres, et je passai bientôt devant des vergers, puis des pâtures ; des vaches laitières paissaient l'herbe et des poules grattaient la terre le long de la route. Enfin, je parvins à la ville qui portait le nom du lac.

Au-delà de Lac-Bleu s'étend une nouvelle région plate qui s'achève par des piémonts, frontière du royaume des

Montagnes ; quelque part derrière ces Montagnes se trouvait Vérité.

Le chemin qu'il me restait à parcourir avait quelque chose d'un peu effrayant quand je comparais le temps qu'il m'avait fallu pour arriver au lac à pied et celui qu'avait mis la caravane royale pour aller demander la main de Kettricken au nom de Vérité. Sur la côte, l'été avait vécu et les tempêtes d'hiver commençaient à se déchaîner ; dans l'Intérieur où j'étais, le froid mordant ne tarderait pas à saisir les plaines dans les griffes des tourmentes hivernales, tandis que dans les Montagnes la neige devait déjà recouvrir les plus hautes pentes ; elle serait épaisse avant que j'y arrive, et j'ignorais quel climat j'aurais à affronter lorsque je franchirais les plus hauts sommets pour accéder aux territoires qui s'étendaient au-delà. Je ne savais même pas si Vérité était encore vivant : il avait dépensé une grande quantité d'énergie pour me permettre d'échapper à Royal ; pourtant la phrase sans cesse répétée *Rejoins-moi, rejoins-moi* semblait faire écho aux battements de mon cœur et je me surprenais à marcher à son rythme. Que Vérité fût encore en vie ou ne fût plus qu'ossements, je ne serais pas vraiment mon propre maître tant que je ne l'aurais pas retrouvé.

Lac-Bleu paraît plus grande qu'elle ne l'est en réalité parce qu'elle s'étale largement : je ne vis guère de bâtiments à étages ; c'étaient pour la plupart de longues maisons basses, auxquelles on adjoignait des ailes au fur et à mesure que fils et filles se mariaient et faisaient entrer leurs conjoints dans la famille. Le bois pousse en abondance de l'autre côté du lac, si bien que les logis les plus pauvres sont en briques de boue séchée tandis que ceux des pêcheurs et des commerçants fortunés sont en planches de cèdre, avec un toit en larges bardeaux. La majorité de ces résidences sont peintes en blanc, en gris ou bleu pâle, ce qui les rend plus grandes à l'œil, et beaucoup possèdent des fenêtres aux vitres épaisses à motif spiralé. Mais je passai sans m'arrêter devant ces belles demeures pour me rendre là où je me sens toujours plus à l'aise.

Le front du lac rappelait un port de mer, avec tout de même de nettes différences : ici, point de marées, seulement des vagues poussées par les tourmentes, si bien que de nombreuses maisons et échoppes étaient bâties sur pilotis et s'avançaient loin du lac ; certains pêcheurs pouvaient littéralement s'amarrer au seuil de leur domicile, et d'autres livrer à l'arrière d'une boutique des prises que le marchand vendait aussitôt sur le devant. Il me semblait étrange de sentir dans la brise une odeur d'eau sans sel ni iode : pour moi, les effluves du lac étaient verdâtres et moussus. Les mouettes avaient la pointe des ailes noire mais, à part cela, elles étaient aussi gloutonnes et chapardeuses que toutes celles que j'avais connues. Et les gardes étaient beaucoup trop nombreux pour mon goût ; vêtus de la livrée or et brun de Bauge, ils rôdaient partout comme des chats enfermés ; j'évitais de les regarder en face et m'efforçais de ne leur donner aucun motif de s'intéresser à moi.

Je disposais de quinze pièces d'argent et de douze de cuivre, somme de mes fonds propres et de ce que possédait Pêne dans sa bourse. Certaines avaient un style qui m'était étranger, mais leur poids était rassurant dans ma main, et je supposais qu'elles seraient acceptées. C'était tout ce que j'avais pour me rendre dans les Montagnes, et tout ce que je pourrais peut-être rapporter à Molly ; elles m'étaient donc doublement précieuses et j'avais l'intention de les employer avec parcimonie. Mais j'avais naturellement assez de bon sens pour ne pas envisager de prendre la route des Montagnes sans quelques provisions et d'épais vêtements ; j'étais donc condamné à dépenser de l'argent, quoique j'eusse l'espoir de travailler pour payer ma traversée du lac et peut-être mon voyage au-delà.

Toute ville a ses quartiers pauvres où l'on revend, dans des carrioles ou des échoppes, les affaires dont d'autres ne veulent plus. Je déambulai dans Lac-Bleu sans quitter les bords du lac où le commerce paraissait le plus actif, et je finis par découvrir des rues où la plupart des boutiques étaient en briques, même si elles possédaient des toits en bardeaux ; là, je trouvai des rémouleurs fatigués qui vendaient des ustensiles de cuisine rapiécés, des chiffonniers avec des carrioles remplies de vêtements usagés, et des magasins où l'on pouvait acheter de la vaisselle dépareillée et d'autres articles similaires.

Mon paquetage allait s'alourdir, je le savais, mais c'était inévitable. Un de mes premiers achats fut un solide panier d'osier muni de bretelles pour le porter sur les épaules ; j'y plaçai mon balluchon, et, avant la fin de la journée, j'y avais ajouté un pantalon matelassé, une veste capitonnée comme en portent les Montagnards, et une paire de bottes souples, semblables à de moelleuses chaussettes en cuir. Ces derniers articles possédaient des lacets qui permettaient de les serrer étroitement autour des mollets. J'achetai aussi d'épaisses chausses de laine, dépareillées mais très chaudes, à porter sous les bottes, et, dans une autre carriole, je trouvai un bonnet de laine douillet et une écharpe. Je fis enfin l'emplette d'une paire de moufles trop grandes pour moi, manifestement tricotées par une Montagnarde à la taille des mains de son époux.

À un petit étal où l'on vendait des herbes à tisane, je

dénichai de l'écorce elfique dont je fis provision, puis, dans un marché proche, j'achetai du poisson fumé en lanières, dcs pommcs sèches et des galettes de pain très dur qui, le marchand m'en donna l'assurance, se conserveraient aussi longtemps que je dusse voyager.

J'essayai ensuite de trouver une place à bord d'une gabarre pour traverser le lac Bleu ; du moins, je me rendis à la place d'embauche au bord de l'eau dans l'espoir de payer mon trajet en travaillant, mais je découvris bientôt qu'on n'engageait personne. « 'Coute voir, camarade, me dit un garçon de treize ans d'un ton condescendant, tout le monde sait qu'les grosses gabarres traversent pas le lac à c't'époque de l'année sauf si y a de l'or au bout, et c't'année y en a pas : la sorcière des Montagnes a bloqué tout l'commerce par chez elle, et si y a rien à transporter, y a pas d'argent qui vaille le risque. Voilà, c'est pas compliqué. Mais même si l'commerce marchait, tu verrais pas beaucoup de trafic en hiver ; c'est l'été qu'les grosses gabarres peuvent aller de not'rive à l'autre : les vents tournent comme des girouettes, mais un bon équipage est capable de manœuvrer les voiles et les avirons allerretour. Par contre, à c't'époque de l'année, c'est du temps perdu ; y a une tempête tous les cinq jours et le reste du temps le vent souffle toujours dans le même sens, et quand y pleut pas, y grêle ou y neige. C'est le bon moment pour passer des Montagnes à Lac-Bleu, si t'as pas peur de t'faire tremper, de geler comme un chien et d'taper sur les gréements à coups de hache pour enlever la glace tout l'long du trajet ; mais tu verras pas une seule grosse gabarre de fret faire la route dans l'aut'sens avant l'printemps. Y a bien des canots plus p'tits qu'embarquent du monde, mais ça coûte cher et c'est risqué ; si tu montes à bord, c'est qu't'es prêt à payer en or pour ta traversée, et d'ta vie si l'patron fait une connerie. À t'voir, t'as pas l'argent qu'y faut pour ça, camarade, et'core moins pour payer le tonlieu sur l'voyage. »

C'était peut-être un enfant mais il connaissait son sujet, et plus j'écoutais parler les gens, plus ses propos se confirmèrent : la sorcière des Montagnes avait fermé les cols et d'innocents voyageurs se faisaient attaquer et dépouiller par les brigands montagnards ; pour leur propre bien, on les refoulait, ainsi que les marchands, à la frontière. La guerre menaçait. Ces discours me glacèrent le cœur et m'affermirent dans ma résolution de trouver Vérité ; mais comme je persistais à vouloir me rendre dans les Montagnes, on me conseilla de me munir de cinq pièces d'or pour la traversée du lac, après quoi je devais m'en remettre à la chance ; une fois, un homme laissa entendre qu'il avait connaissance d'une entreprise illégale dans laquelle il n'était pas impossible que je gagne cette somme en un mois, voire moins, si cela m'intéressait. Je refusai : j'avais déjà bien assez d'ennuis comme cela.

Rejoins-moi.

Je trouverais un moyen, j'en étais sûr.

Je finis par dénicher une auberge de très bas étage, délabrée et pleine de courants d'air, mais qui ne sentait pas trop la Fumée : la clientèle n'était pas assez aisée pour s'offrir ce plaisir. Je payai pour un lit et obtins une paillasse dans un grenier au-dessus de la salle commune ; au moins, la chaleur montait en même temps que la fumée refoulée par l'âtre principal, et, en étendant mon manteau et mes habits sur une chaise près de ma paillasse, je parvins à les faire sécher complètement pour la première fois depuis des jours. Chansons et conversations, tour à tour bruyantes et étouffées, accompagnèrent mes premières tentatives pour dormir ; devant cette absence d'intimité, j'allai prendre un bain chaud auquel j'aspirais depuis longtemps dans un établissement à cinq portes de l'auberge ; néanmoins, j'éprouvais un certain bien-être mêlé de lassitude à savoir où, sinon comment, j'allais dormir ce soir-là.

Je ne l'avais pas fait exprès, mais l'auberge était le lieu idéal pour me mettre au courant des potins de Lac-Bleu. Le premier soir, j'en appris bien plus que je ne le souhaitais sur certain jeune noble qui avait engrossé, non pas une, mais deux servantes, et sur la rixe générale qui avait éclaté deux pâtés de maisons plus loin et dont Jak Nez-Rouge était sorti dépourvu de la portion de son anatomie qui lui avait valu son surnom, car Torvebras le scribe la lui avait arrachée d'un coup de dents.

La seconde nuit que je passai dans l'établissement, j'entendis raconter qu'on avait découvert les corps de douze gardes royaux victimes des brigands à une demi-journée de cheval de la source de Jernigan ; le soir suivant, le rapport avait été fait et l'on murmurait que les cadavres avaient été mutilés et qu'une bête s'en était nourrie. Pour ma part, il me paraissait clair que des charognards en avaient fait leur pitance ; mais, telle qu'on disait l'histoire, c'était manifestement l'œuvre du Bâtard au Vif, qui s'était changé en loup à la faveur de la pleine lune, libéré de ses fers et jeté sur la troupe pour la mettre sauvagement en pièces. À écouter la description que le conteur faisait de moi, je n'avais guère de crainte qu'on me reconnaisse : mes yeux ne flamboyaient pas d'une lueur rouge et mes crocs ne dépassaient pas de ma bouche ; je savais néanmoins que d'autres, plus réalistes, ne tarderaient pas circuler : les traitements de Royal m'avaient laissé des cicatrices bien particulières et malaisées à dissimuler. Je commençais à concevoir la difficulté qu'avait dû présenter pour Umbre le fait de travailler avec un visage marqué de petite vérole.

Ma barbe que je trouvais naguère agaçante était devenue partie intégrante de moi-même ; elle était bouclée comme celle de Vérité, et tout aussi hirsute. Les coupures et les ecchymoses que les coups de Pêne m'avaient laissées au visage étaient pratiquement résorbées, mais le froid excitait constamment ma douleur à l'épaule ; l'air humide et glacé de l'hiver me rougissait les pommettes et atténuait ma balafre ; mon entaille au bras était guérie depuis longtemps, mais je ne pouvais guère camoufler mon nez cassé. Dans un sens, me dis-je, j'étais autant la création de Royal que celle d'Umbre : mon maître m'avait appris à tuer mais Royal, lui, avait fait de moi un véritable assassin.

Le troisième soir, ce que j'entendis me glaça les sangs.

« L'roi lui-même, j'te dis, et l'chef des sorciers d'Art. Z'avaient des manteaux de belle laine avec tellement d'fourrure au col et à la capuche qu'on y voyait à peine la figure. Y montaient des chevaux noirs avec des selles en or que plus beau, y a pas, et z'étaient escortés par une vingtaine d'or-et-brun qu'ont dégagé toute la place pour les laisser passer, ouais, mon gars. Alors j'ai d'mandé au type à côté d'moi : Hé, camarade, qu'esse y s'passe, t'es au courant ? Et y m'a répondu qu'le roi Royal est v'nu en personne écouter les misères qu'nous fait la sorcière des Montagnes, pour qu'elle arrête. Et pis encore, y m'a dit qu'le roi v'nait traquer lui-même le Grêlé et le Bâtard au Vif, vu qu'on sait bien qu'y manigancent main dans la main'vec la sorcière des Montagnes. »

J'entendis ces propos de la bouche d'un mendiant aux yeux chassieux qui avait gagné assez d'argent pour s'offrir une chope de cidre chaud et qui la tenait tendrement près de l'âtre de l'auberge. L'histoire lui valut une nouvelle tournée, tandis que son interlocuteur lui racontait comment le Bâtard au Vif avait massacré une douzaine de gardes royaux et bu leur sang pour alimenter sa magie. Un tourbillon d'émotions se déchaînait en moi : déception de ce que mes poisons n'eussent visiblement rien fait à Royal, crainte d'être découvert par lui, espoir violent de me trouver encore une fois devant lui avant d'aller rejoindre Vérité.

Je n'eus pas à poser de questions : le lendemain matin, tout Lac-Bleu était en effervescence à cause de l'arrivée du roi. Il y avait bien des années qu'un souverain couronné n'était pas venu dans la ville, et chaque marchand, chaque nobliau comptait tirer profit de l'occasion. Royal avait fait réquisitionner la plus grande et la plus belle auberge et ordonné sans se gêner qu'on évacue toutes les chambres pour lui et sa suite. À ce qu'il paraissait, le propriétaire était à la fois flatté et épouvanté d'avoir été choisi, car, si la réputation de son établissement allait certainement grandir, il n'avait pas entendu parler de rétribution et ne s'était vu remettre qu'une liste interminable de mets et de vins que le roi voulait à sa disposition.

J'enfilai mes nouveaux vêtements d'hiver, tirai mon bonnet de laine par-dessus mes oreilles et sortis. Je trouvai l'auberge sans difficulté : aucun autre établissement de Lac-Bleu ne possédait deux étages ni n'affichait autant de balcons et de fenêtres. Les rues adjacentes fourmillaient de nobles qui cherchaient à se faire présenter au roi, nombre d'entre eux accompagnés d'avenantes héritières ; ils coudoyaient des ménestrels et des jongleurs venus proposer leurs services, des marchands munis d'échantillons de leurs plus beaux articles qu'ils voulaient offrir au distingué visiteur, ainsi que des livreurs de viande, de bière, de vin, de pain, de fromage et de tous les mets imaginables. Sans tenter de m'introduire dans l'auberge, je tendis l'oreille aux propos des gens qui en sortaient ; la salle du bas était pleine à craquer de gardes, un tas de rustauds qui n'avaient que des critiques à la bouche à l'égard de la bière et des putains de la ville, comme s'ils avaient mieux à Gué-de-Négoce ! Non, le roi ne recevait pas aujourd'hui, il ne se sentait pas bien après son voyage à étapes forcées, et il avait commandé les meilleures réserves de gaibouton pour apaiser son malaise. Oui, un dîner devait être donné ce soir, une réception somptueuse, ma chère, où seul le gratin de la ville était invité. Et avez-vous vu l'homme qui l'accompagne, celui qui a un œil blanc, on dirait celui d'un poisson crevé, j'en ai eu la chair de poule ! Si j'étais le roi, je trouverais quelqu'un de meilleure tournure pour me conseiller, artiseur ou non.

Telle était la teneur des échanges entre les gens qui franchissaient la porte de l'auberge, et je les conservai précieusement en mémoire tout en notant quelles fenêtres avaient les rideaux tirés pour bloquer la lumière pourtant peu éclatante du jour. Ainsi, il souhaitait se reposer ? Eh bien, je pouvais l'y aider.

Mais là, je me heurtai à un dilemme. Quelques semaines auparavant, je me serais simplement faufilé dans l'auberge et j'aurais fait tout ce qui était en mon pouvoir pour planter mon poignard dans la poitrine de Royal ; mais aujourd'hui, non seulement l'ordre d'Art de Vérité me tenaillait, mais je savais aussi que, si je survivais, une femme et un enfant m'attendaient. Je n'étais plus prêt à troquer ma vie contre celle de Royal ; cette fois, il me fallait un plan.

À la nuit tombante, j'étais sur le toit de l'auberge ; très pentu, il était couvert de bardeaux de cèdre que le gel rendait extrêmement glissants. Il y avait plusieurs ailes à l'établissement et j'étais accroupi à la jonction des toits entre deux d'entre elles. Je savais gré à Royal d'avoir choisi la plus grande auberge de la ville : je me trouvais très au-dessus du niveau des autres bâtiments et nul ne risquait de m'apercevoir sauf si l'on me cherchait expressément. J'attendis néanmoins la nuit pour m'aventurer, moitié à croupetons, moitié en dérapage, jusqu'au bord de l'avant-toit, où je restai un moment, le temps que mon cœur se calme. Je n'avais aucune prise sur l'avancée qui saillait généreusement pour protéger le balcon qu'elle surplombait : j'allais devoir me laisser glisser, me raccrocher au bord du ressaut au passage et me balancer afin d'atterrir sur le balcon ; sans quoi, c'était une chute de trois étages dans la rue. Je formai le vœu de ne pas tomber sur les piques décoratives de la balustrade.

J'avais bien prévu l'opération : je savais où étaient situés la chambre et le salon de Royal, je connaissais l'heure à laquelle il rejoindrait ses invités pour le dîner, j'avais étudié le système de fermeture des portes et des fenêtres de plusieurs bâtiments de la ville et n'y avais découvert rien d'inattendu ; j'avais emporté quelques menus outils ainsi qu'une corde légère pour ma sortie. J'entrerais et je repartirais sans laisser la moindre trace ; mes poisons étaient dans ma bourse, prêts à servir.

Deux poinçons que j'avais volés chez un cordonnier me fournirent des prises pour les mains tandis que je me laissais glisser le long du toit ; je les enfonçai, non dans les bardeaux durs, mais entre eux afin qu'ils se coincent sur les bardeaux décalés en dessous. La peur au ventre, sans voir où j'allais, je laissais pendre mes jambes dans le vide, puis le reste de ma personne ; puis, à l'instant crucial, je me balançai deux ou trois fois pour acquérir de l'élan et m'apprêtai à lâcher le toit.

Piège-piège.

Je me pétrifiai en l'air, les jambes repliées sous l'avant-toit, toujours agrippé aux poinçons. Je n'osais plus respirer. Ce n'était pas Œil-de-Nuit.

Non. Petit Furet. Piège-piège. Partir. Piège-piège.

C'est un piège ?

Piège-piège pour Fitz-Loup. Lignage sait, Grand Furet dit, va, va, dit à Fitz-Loup. Rolf-Ourse connaît ton odeur. Piège-piège. Partir.

Je faillis hurler quand un petit corps chaud s'accrocha soudain à ma jambe et remonta le long de mes vêtements. Un instant plus tard, la tête moustachue d'un furet apparut devant mes yeux. *Piège-piège,* fit-il, insistant. *Partir, partir.*

Me hisser sur le toit fut plus difficile que d'en descendre ; j'eus un moment d'angoisse quand ma ceinture se prit dans le bord des bardeaux, mais, après quelques tortillements, je me libérai et remontai lentement sur l'avancée. Je restai quelques minutes allongé à reprendre mon souffle, tandis que le furet, installé sur mon dos, répétait inlassablement *Piège-piège.* Il avait un esprit minuscule, violemment prédateur, et je percevais une grande colère en lui. Je n'aurais pas choisi un tel animal de Vif, mais quelqu'un ne partageait manifestement pas mon opinion.

Quelqu'un qui n'était plus.

Grand Furet blessé, mort. Dit à Petit Furet, va, va. Prends l'odeur. Préviens Fitz-Loup. Piège-piège.

J'aurais eu tant de questions à lui poser ! J'ignorais comment Rolf le Noir avait intercédé en ma faveur auprès du Lignage. Depuis mon départ de Gué-de-Négoce, je craignais que tous ceux du Vif que je rencontrerais ne fussent des ennemis, mais quelqu'un avait envoyé cette petite créature me mettre en garde, et elle s'était tenue à sa mission alors que son compagnon de lien était mort. J'aurais voulu en apprendre davantage sur elle mais son esprit n'en renfermait guère plus : une douleur et une rage extrêmes dues à la mort de son compagnon de Vif, et la détermination de me prévenir. Jamais je ne saurais qui était Grand Furet, comment il avait percé le plan de Royal à jour ni comment son animal de lien avait réussi à se dissimuler dans les affaires de Guillot – car c'est lui qu'il me montra, à l'affût dans la pièce en dessous de nous : Un-Œil. Le piège-piège.

Venir avec moi ? proposai-je, car, malgré toute la violence qui bouillonnait en lui, le furet me paraissait un petit être bien seul, et entrer en contact avec son esprit était comme voir ce qui restait d'un animal coupé en deux. La souffrance vidait sa tête de tout sauf de son but ainsi que d'une autre chose.

Non. Va, va. Cache dans les affaires d'Un-Œil. Préviens Fitz-Loup. Va, va. Trouve Ennemi du Lignage. Cache-cache. Attends, attends. Ennemi du Lignage dort, Petit Furet tue.

C'était une petite bête dotée d'un petit esprit mais, dans cet esprit simple, une image de Royal, l'Ennemi du Lignage, était gravée. Je me demandai combien de temps il avait fallu à Grand Furet pour lui implanter cette idée au point qu'elle s'en souvînt des semaines plus tard. Et puis je compris : c'était le vœu d'un agonisant. La mort de son compagnon de lien avait rendu l'animal à moitié fou, et c'était le dernier message que lui avait transmis Grand Furet. Il me paraissait bien vain de donner pareille mission à un si petit animal.

Viens avec moi, dis-je doucement. *Comment Petit Furet pourrait-il tuer Ennemi du Lignage ?*

En un clin d'œil, il me sauta à la gorge et je sentis ses

dents aiguës me pincer la veine. *Coupe-coupe quand il dort. Boire son sang comme un lapin. Plus de Grand Furet, plus de terriers, plus de lapins. Rien qu'Ennemi du Lignage. Coupe-coupe.* Il lâcha ma jugulaire et se glissa soudain dans ma chemise. *Chaud.* Ses petites pattes griffues étaient glacées contre ma peau.

J'avais une lanière de viande séchée dans la poche. Je m'allongeai sur le toit et la donnai à mon collègue assassin. J'aurais aimé le convaincre de m'accompagner, mais je le sentais aussi incapable de changer de but que moi de refuser d'aller rejoindre Vérité. Du chagrin et un rêve de vengeance : c'était tout ce qui lui restait de Grand Furet. « Cache-cache. Va, va avec Un-Œil. Sens la trace d'Ennemi du Lignage. Attends qu'il dorme, puis coupe-coupe. Bois son sang comme celui d'un lapin. »

Oui-oui. Ma chasse. Piège-piège Fitz-Loup. Va-t'en, va-t'en.

Je suivis son conseil. Quelqu'un avait fait un grand sacrifice pour me faire parvenir ce message, et je ne souhaitais en aucun cas affronter Guillot ; j'avais beau mourir d'envie de le tuer, je savais que je n'étais pas son égal dans l'Art ; et puis je ne voulais pas gâcher la chance de Petit Furet : il existe une sorte de sentiment d'honneur entre assassins ; et savoir que je n'étais pas le seul ennemi de Royal me réchauffait le cœur. Silencieux comme la nuit, je traversai le toit et redescendis dans la rue par les écuries.

Je regagnai mon auberge décrépite, donnai une pièce de cuivre au comptoir et pris place à une table en bois brut auprès de deux hommes ; eux comme moi mangeaient un ragoût de pommes de terre aux oignons, plat unique et quotidien de l'établissement. Quand une main s'abattit sur mon épaule, je me recroquevillai plus que je ne sursautai : je savais que quelqu'un se tenait derrière moi mais je ne m'attendais pas à ce qu'il me touche. Rapprochant discrètement la main de mon poignard, je me retournai sur mon banc. Pendant ce temps, mes compagnons de table continuaient à manger, l'un d'eux à grand bruit : ici, chacun ne s'intéressait qu'à ses propres affaires.

Quand je vis le visage souriant d'Astérie, je sentis mes entrailles se glacer. « Tom ! » s'exclama-t-elle d'un ton enjoué avant de prendre place à ma table ; sans un mot, mon voisin se décala en tirant à lui son bol sur le bois constellé de taches. Je finis par retirer ma main du manche de mon poignard et la reposai sur la table ; devant mon geste, Astérie eut un petit hochement de tête. Elle portait un manteau noir en belle laine épaisse brodé de motifs jaunes aux ourlets, ses oreilles s'ornaient à présent de petites boucles d'argent, et elle arborait une expression beaucoup trop satisfaite à mon goût. Sans rien dire, je la regardai ; de la main, elle indiqua mon bol.

« Je vous en prie, poursuivez votre repas ; je ne voulais pas vous interrompre : vous avez l'air d'en avoir besoin. Les rations ont été maigres, ces derniers temps ?

— Un peu », répondis-je à mi-voix. Comme elle n'ajoutait rien, je terminai la soupe, puis essuyai le bol de bois avec les deux bouchées qui me restaient du pain grossier compris dans le repas. Entre-temps, Astérie avait appelé une servante qui nous apporta deux chopes de bière. La ménestrelle prit une longue gorgée de la sienne, fit la grimace, et la reposa sur la table ; je goûtai la mienne et ne jugeai pas le breuvage pire que l'eau du lac qui, dans cette auberge, constituait le seul autre choix.

« Alors, dis-je, voyant qu'elle se taisait toujours, que voulez-vous ? »

Avec un sourire amène, elle se mit à jouer avec la poignée de sa chope. « Vous le savez bien : une chanson qui me survive. » Elle jeta un coup d'œil à l'entour en s'arrêtant sur l'homme qui terminait sa soupe, toujours aussi peu discrètement. « Avez-vous une chambre ? » me demanda-t-elle.

Je fis non de la tête. « J'ai une paillasse au grenier – et je n'ai pas de chanson pour vous, Astérie. »

Elle haussa imperceptiblement les épaules. « Moi non plus je n'ai pas de chanson pour vous, mais j'ai en revanche des nouvelles qui devraient vous intéresser. Et, moi, j'ai une chambre, dans une auberge d'un autre quartier. Allons-y ensemble et nous parlerons. Il y avait une belle épaule de porc en train de rôtir dans la cheminée quand je suis partie ; le temps que nous arrivions, elle devrait être cuite. »

À la mention de la viande, tous mes sens s'étaient éveillés, au point que j'avais l'impression d'en sentir l'odeur et presque le goût. « Je n'ai pas de quoi me payer un tel repas, dis-je sans ambages.

— Moi, j'ai de quoi vous l'offrir, répliqua-t-elle d'un air un peu narquois. Allez chercher vos affaires : je partagerai aussi ma chambre avec vous.

— Et si je refuse ? » demandai-je à mi-voix.

À nouveau un petit haussement d'épaules. « C'est vous qui voyez. » Elle me rendit mon regard sans ciller et je n'arrivai pas à savoir si son sourire dissimulait une menace ou non.

Au bout d'un moment, je montai au grenier et j'en redescendis avec mon paquetage. Astérie m'attendait au pied de l'échelle.

« Joli manteau, observa-t-elle d'un air mi-figue mi-raisin. Est-ce que je ne l'ai pas déjà vu quelque part ?

— Possible, répondis-je. Voulez-vous que je vous montre le poignard qui va avec ? »

Le sourire d'Astérie s'agrandit et elle fit un petit geste défensif des mains, puis elle s'éloigna sans même vérifier que je la suivais : toujours ce curieux mélange de confiance et de défi à mon égard. Je lui emboîtai le pas.

Dehors, il faisait nuit noire ; le vent âpre qui balayait les rues était chargé de l'humidité du lac et, bien qu'il ne plût pas, je sentis comme une bruine perler sur mes vêtements et ma peau ; mon épaule se mit aussitôt à me faire souffrir. Nulle torche n'éclairait plus la chaussée ; le maigre éclairage provenait de la lumière qui filtrait par les volets et les portes des maisons ; pourtant Astérie s'engagea d'un pas assuré sur le pavage, et je la suivis tandis que mes yeux s'habituaient rapidement à la pénombre.

Nous quittâmes le front du lac et les quartiers pauvres pour gagner les rues commerçantes et les hôtelleries qui servaient les marchands de la ville. Nous n'étions guère loin de celle où Royal résidait prétendument. Astérie poussa la porte d'une auberge gravée d'une hure de sanglier et me fit signe de la précéder ; j'obéis, mais avec prudence, avec force coups d'œil de droite et de gauche avant d'entrer. L'absence de gardes ne me tranquillisa pas, toutefois, et je me demandai si je ne venais pas de glisser la tête dans un collet.

L'établissement était bien éclairé, il y faisait bon, et les fenêtres étaient munies non seulement de volets mais aussi de vitres ; les tables étaient propres, les roseaux étalés par terre presque frais, et le fumet du porc en train de griller emplissait l'air. Un jeune garçon porteur d'un plateau chargé de chopes pleines à déborder s'approcha de nous, m'examina, puis se tourna vers Astérie, les sourcils levés, comme s'il mettait en doute ses goûts en matière de compagnons masculins. Pour toute réponse, la ménestrelle lui fit une profonde révérence dont elle profita pour se débarrasser de son manteau dégouttant et le remettre à l'adolescent ; je l'imitai plus lentement, puis la suivis jusqu'à une table près de la cheminée.

Elle s'assit, puis me regarda. Manifestement, elle pensait avoir partie gagnée avec moi. « Mangeons d'abord, nous parlerons ensuite, d'accord ? » me proposa-t-elle d'un ton engageant en m'indiquant la chaise face à la sienne. Je pris le siège, mais le tournai de façon à me trouver dos au mur avec une vue d'ensemble de la salle. Un petit sourire dansa sur ses lèvres et ses yeux noirs pétillèrent. « Vous n'avez rien à craindre de ma part, je vous l'assure ; au contraire, c'est moi qui ai pris des risques en vous cherchant dans toute la ville. »

Elle jeta un coup d'œil alentour, puis appela un garçon nommé Chêne pour lui commander deux assiettes de porc, du pain, du beurre frais et du vin de pomme ; il s'empressa d'obéir et revint nous servir avec un charme et une grâce qui trahissaient son intérêt pour Astérie ; il échangea quelques menus propos avec elle sans me prêter la moindre attention, sinon pour faire une grimace de dégoût en contournant mon panier à bretelles détrempé. Enfin, un autre client le héla, et Astérie attaqua son assiette de bon appétit. Au bout d'un moment, je goûtai à la mienne : je n'avais pas mangé de viande fraîche depuis quelques jours et j'eus presque un instant de vertige en sentant la graisse chaude du porc croustiller sous ma dent. Le pain embaumait et le beurre était doux ; je n'avais pas savouré si bonne chère depuis Castelcerf et, pendant une seconde, je ne pensai plus qu'à ma faim. Et puis, soudain, le goût du vin de pomme me rappela Rurisk, assassiné avec du vin empoisonné ; je reposai mon verre sur la table d'un geste soigneux et retrouvai toute ma prudence. « Ainsi, vous me cherchiez, disiez-vous ? »

Astérie acquiesça tout en mastiquant, avala sa bouchée, s'essuya la bouche et répondit : « Et j'ai eu du mal à vous trouver, car je ne voulais me renseigner auprès de personne et ne me servir que de mes yeux. J'espère que vous appréciez le geste. »

Je hochai sèchement la tête. « Et maintenant que je suis devant vous, qu'attendez-vous de moi ? De l'argent contre votre silence? Dans ce cas, il faudra vous contenter de quelques pièces de cuivre.

— Non. » Elle prit une gorgée de vin, puis me regarda, la tête penchée. « Je vous l'ai dit : je veux une chanson. Apparemment, j'en ai déjà manqué une en ne vous suivant pas lorsqu'on vous a... soustrait à notre compagnie – mais j'espère bien que vous me gratifierez du récit détaillé de la façon dont vous vous en êtes tiré. » Elle se pencha en avant et sa voix bien modulée devint un murmure confidentiel. « Vous n'imaginez pas le coup que ça m'a fait d'apprendre la mort des six gardes; c'est que je croyais m'être trompée sur votre compte, voyez-vous : j'étais sincèrement convaincue que c'était le malheureux Tom, petit berger de rien du tout, qu'ils avaient emmené par dépit. Le fils de Chevalerie, selon moi, ne se serait pas laissé faire sans se battre, et c'est pourquoi je ne vous ai pas suivi. Mais quand j'ai appris la nouvelle, j'ai senti tous mes poils se hérisser. "C'était lui !" me suis-je dit. Je me serais giflée. "Le Bâtard était devant moi et je l'ai laissé se faire arrêter sans bouger le petit doigt !" Vous ne pouvez pas savoir à quel point je me suis maudite de ne pas m'être fiée à mon instinct. Et puis j'ai réfléchi : si vous aviez survécu, vous alliez sûrement vous rendre à Lac-Bleu, car vous êtes en route pour les Montagnes, non ? »

Sans répondre, je lui adressai un regard qui aurait incité n'importe quel garçon d'écurie de Castelcerf à trouver d'urgence une occupation et qui aurait effacé le sourire du visage d'un garde de Cerf ; mais Astérie était ménestrelle et ces gens-là ne perdent pas facilement contenance. Elle poursuivit son repas en attendant ma réponse. « Pour quelle raison voudriez-vous que j'aille dans les Montagnes ? » demandai-je à mi-voix.

Elle avala sa bouchée, prit une nouvelle gorgée de vin et sourit. « Je ne sais pas. Pour prêter votre bras à Kettricken, peut-être ? En tout cas, il y a là-dedans matière à chanson, vous ne croyez pas ? »

Une année plus tôt, son charme et son sourire m'auraient peut-être séduit ; une année plus tôt, j'aurais eu envie de croire cette femme aux manières engageantes, j'aurais aimé m'en faire une amie ; aujourd'hui, elle m'assommait, rien de plus. Elle n'était à mes yeux qu'un embarras, une relation à éviter, et je glissai sur sa question. « Il faudrait être idiot pour envisager de se rendre dans les Montagnes en cette saison : les vents sont contraires et les gabarres ne se remettront à circuler qu'au printemps ; de plus, le roi a interdit tout commerce entre les Six-Duchés et le royaume des Montagnes. Par conséquent, personne n'y va. »

Elle acquiesça de la tête. « Il paraît que les gardes royaux ont obligé les équipages de deux gabarres à tenter la traversée la semaine dernière ; on a retrouvé les corps d'une des troupes au moins sur la rive, hommes et chevaux mélangés. Nul ne sait si les autres soldats sont parvenus de l'autre côté. Mais... (avec un sourire satisfait, elle baissa le ton et se rapprocha de moi) je connais des gens qui ont l'intention de gagner les Montagnes.

— Qui ? » fis-je d'une voix tendue.

Elle fit une pause théâtrale avant de répondre.

« Des contrebandiers, dit-elle enfin dans un murmure.

— Des contrebandiers ? » répétai-je lentement. C'était logique : plus le commerce était restreint, plus il devenait profitable pour ceux qui parvenaient à le poursuivre ; il y aurait toujours des hommes prêts à risquer leur vie par appât du gain.

« Oui. Mais ce n'est pas pour ça que je vous cherchais. Fitz, on a dû vous dire que le roi était à Lac-Bleu. Eh bien, c'est un mensonge, un leurre destiné à vous attirer dans un piège. Vous ne devez pas aller à son auberge.

— Je le savais déjà, déclarai-je calmement.

— Et comment ? » fit-elle avec brusquerie. Elle n'avait pas haussé le ton mais elle était visiblement vexée que j'eusse été au courant avant qu'elle m'avertît.

« Par un petit oiseau, peut-être, répondis-je avec hauteur. Vous savez ce que c'est : nous autres du Vif parlons le langage de toutes les bêtes.

— C'est vrai ? » demanda-t-elle, crédule comme une enfant.

Je levai les sourcils. « Il serait plus intéressant pour moi de savoir comment vous, vous avez appris ce complot.

— Des gardes nous ont recherchés pour nous interroger, tous ceux qu'ils ont pu trouver de la caravane de Madge.

— Et... ?

— Et ils ont entendu des histoires à dormir debout ! D'après Crice, plusieurs moutons auraient disparu pendant le trajet, enlevés sans un bruit pendant la nuit ; et, quand Tassin a raconté le soir où vous avez tenté de la violer, elle a déclaré avoir remarqué seulement à ce moment-là que vous aviez des ongles noirs comme les griffes d'un loup et que vos yeux rougeoyaient dans le noir.

— Je n'ai jamais tenté de la violer ! » m'exclamai-je, puis je me tus soudain en voyant le garçon de l'auberge se tourner vers nous avec une expression interrogatrice.

Astérie se laissa aller contre le dossier de sa chaise. « Mais elle en a fait un si beau conte que j'en avais les larmes aux yeux. Elle a montré au sorcier d'Art la cicatrice que votre coup de griffe lui avait laissée sur la joue, en jurant qu'elle n'a dû son salut qu'à la mort-au-loup qui poussait là où vous vous trouviez.

— J'ai l'impression que c'est Tassin que vous devriez suivre si vous cherchez une chanson, marmonnai-je, révolté.

— Ah, mais la fable que je leur ai servie était encore meilleure », fit-elle, puis elle s'interrompit en indiquant de la tête le garçon qui s'approchait. Elle repoussa son assiette vide et promena son regard sur la salle où commençaient à affluer les clients du soir. « J'ai une chambre à l'étage, me dit-elle. Nous pourrons y bavarder plus à l'aise. »

J'avais réussi à me caler l'estomac avec ce deuxième repas, et j'avais bien chaud. J'aurais dû conserver toute ma prudence, mais mon ventre plein et la douce chaleur de l'auberge me rendaient somnolent, et je dus faire un effort pour clarifier mes pensées. Les contrebandiers offraient un espoir d'atteindre les Montagnes, le seul depuis pas mal de temps. J'acceptai donc l'invitation d'un hochement de tête. Astérie se leva et je la suivis, mon panier à la main.

La chambre était propre et bien chauffée. Le bois du lit était garni d'un matelas de plume, des couvertures de laine pliées dessus ; un broc d'eau en terre cuite et une cuvette étaient posés sur un petit meuble près du lit. Astérie alluma plusieurs bougies qui chassèrent les ombres dans les coins de la pièce, puis elle me fit signe d'entrer. Tandis qu'elle fermait la porte au verrou, je pris place dans le fauteuil ; étrange comme une chambre toute simple mais bien tenue me paraissait le comble du luxe ! La ménestrelle s'assit sur le lit.

« Je croyais vous avoir entendu dire que vous n'aviez pas plus d'argent que moi, fis-je.

— C'était vrai à l'époque ; mais depuis que je suis à Lac-Bleu, je suis très demandée, et encore plus depuis la découverte des cadavres des gardes.

— Pourquoi cela ? demandai-je d'un ton froid.

— Je suis ménestrelle, répondit-elle, et j'étais présente lors de la capture du Bâtard au Vif. M'estimez-vous incapable de raconter cet épisode avec assez de talent pour gagner une pièce ou deux ?

— Ah ! Je vois. » Je réfléchis à ce qu'elle m'avait appris. « Est-ce à vous, dans ce cas, que je dois mes yeux rougeoyants et mes crocs ? »

Elle eut un reniflement dédaigneux. « Bien sûr que non ! C'est sûrement un pisse-ballade des rues qui a inventé cela ! » Elle se tut, puis sourit presque comme pour elle-même. « Mais j'avoue avoir un peu brodé sur l'histoire ; telle que je la raconte, le Bâtard de Chevalerie, jeune homme dans la fleur de la jeunesse, était puissamment musclé et il s'est battu comme un cerf, bien qu'il portât encore les terribles blessures de l'épée du roi Royal. Au-dessus de l'œil gauche, il avait une mèche blanche d'un empan de large. Il a fallu trois gardes rien que pour l'empêcher de bouger, et il a néanmoins continué à se débattre, même quand le chef des soldats lui a donné un tel coup de poing qu'il lui a fait sauter une dent de devant. » Elle se tut, puis, comme je ne réagissais pas, elle s'éclaircit la gorge. « Vous pourriez me remercier de faire en sorte qu'on vous reconnaisse moins facilement dans la rue.

— Eh bien, merci, alors. Comment Crice et Tassin ont-ils pris votre récit ?

— Ils l'ont approuvé d'un bout à l'autre : mon histoire ne faisait qu'exalter la leur.

— Je vois. Mais vous ne m'avez toujours pas expliqué comment vous avez appris qu'il s'agissait d'un piège.

— On nous a offert une récompense si jamais nous avions des nouvelles de vous – Crice a d'ailleurs demandé à combien elle se montait. On nous avait emmenés dans le salon du roi lui-même pour nous interroger, afin de nous donner de l'importance, j'imagine, et là on nous a dit que le roi se sentait mal après son voyage et qu'il se reposait dans la pièce voisine. Mais, pendant que nous étions là, un serviteur est sorti avec le manteau et les bottes du roi crottés de boue pour les nettoyer. » Astérie me fit un petit sourire. « Les bottes étaient immenses.

— Et vous connaissez la pointure du roi ? » Je savais pourtant qu'elle avait raison : Royal avait des mains et des pieds menus dont il s'enorgueillissait plus que bien des dames de la cour.

« Je n'ai jamais été à Castelcerf, mais quelques nobles de notre château y sont allés lors de certaines cérémonies et ils nous ont longuement parlé du jeune prince de si belle tournure, de ses manières raffinées, de ses cheveux sombres et bouclés, et de ses pieds mignons dont il usait si bien pour danser. » Elle secoua la tête. « Ce n'était donc pas le roi qui occupait la chambre ; le reste coulait de source : ceux qui étaient là étaient arrivés trop vite après le meurtre des gardes ; par conséquent, c'est après vous qu'ils en avaient.

— Peut-être », dis-je. Je commençais à tenir l'intelligence d'Astérie en haute estime. « Parlez-moi des contrebandiers. Comment avez-vous appris leur existence ? »

Elle fit non de la tête, le sourire aux lèvres. « Si vous passez un marché avec eux, ce sera par mon biais, et je serai du voyage.

— Comment font-ils pour gagner les Montagnes ? »

Elle me regarda dans les yeux. « Si vous étiez contrebandier, iriez-vous divulguer l'itinéraire que vous empruntez ? » Elle haussa les épaules. « D'après certaines rumeurs, ils auraient un moyen de traverser le fleuve, une vieille piste ; il existait autrefois une route commerciale qui remontait la rivière, puis la franchissait ; elle est tombée en désuétude quand le débit de l'eau est devenu imprévisible : depuis les énormes incendies d'il y a quelques années, des crues se produisent tous les ans et le fleuve change alors de lit. Du coup les marchands ont fini par compter davantage sur les gabarres que sur un pont qui pouvait disparaître du jour au lendemain. » Elle s'interrompit pour se ronger un ongle. « Je crois qu'il se trouvait un pont un peu en amont, mais quand la rivière l'a emporté pour la quatrième fois de suite la même année, nul n'a eu le courage de le reconstruire. On m'a dit aussi qu'en été un bac fonctionne, dont on se sert en hiver pour traverser sur la glace, les années où la rivière gèle. Peut-être les contrebandiers espèrent-ils que ce sera le cas cet hiver. En tout cas, quand le commerce est bloqué quelque part, il reprend ailleurs, voilà ce que je pense. Il y aura un moyen de passer. »

Je fronçai les sourcils. « Non. Il doit être possible d'accéder autrement aux Montagnes. »

Astérie parut légèrement vexée que je mette sa parole en doute. « Renseignez-vous vous-même, si ça vous chante et si ça vous amuse de vous promener au milieu des gardes royaux qui rôdent sur le front du lac ; mais la plupart des gens vous conseilleront d'attendre le printemps ; quelques-uns vous diront que, si vous voulez vous rendre dans les Montagnes en cette saison, ce n'est pas d'ici qu'il faut partir : il faut contourner le lac Bleu par le sud ; ensuite, si j'ai bien compris, il y a plusieurs routes commerciales qui permettent l'accès aux Montagnes, même en hiver.

— Le temps que j'y arrive, le printemps sera là ; j'aurais aussi vite fait d'attendre ici.

— Ça aussi, on me l'avait dit », fit Astérie avec un petit air suffisant.

Je me penchai en avant, la tête entre les mains. *Rejoins-moi.* « N'existe-t-il donc aucun moyen pratique de franchir ce fichu lac sans avoir à parcourir des lieues et des lieues ?

— Non. S'il en existait un, le front du lac ne serait déjà plus infesté de gardes royaux. » Apparemment, je n'avais pas le choix.

« Où puis-je trouver ces contrebandiers ? »

Un sourire radieux détendit les traits d'Astérie.

« Demain, je vous conduirai à eux. » Elle se leva, puis s'étira. « Mais ce soir je dois me rendre à l'Épingle Dorée ; je n'y ai pas encore chanté mais on m'y a invitée hier. Il paraît que les clients peuvent s'y montrer fort généreux avec les ménestrels itinérants. » Elle se baissa pour ramasser sa harpe emballée avec soin. Je quittai mon fauteuil alors qu'elle prenait son manteau encore humide.

« Je dois m'en aller aussi, dis-je poliment.

— Pourquoi ne pas dormir ici ? répondit-elle. Vous courez moins de risques d'être reconnu et il y a beaucoup moins de vermine que dans votre auberge. » Un petit sourire flotta sur ses lèvres devant mon air hésitant. « Si j'avais l'intention de vous livrer aux gardes royaux, ce serait déjà fait. Seul comme vous l'êtes, FitzChevalerie, vous feriez bien de vous décider à faire confiance à quelqu'un. »

À l'entendre prononcer mon nom, je sentis comme un pincement au fond de moi. Pourtant : « Pourquoi ? demandai-je à mi-voix. Pourquoi m'aidez-vous ? Et ne me racontez pas que c'est par espoir d'une chanson qui ne verra peut-être jamais le jour.

— Cela prouve que vous connaissez très mal les ménestrels, rétorqua-t-elle. Pour nous, rien n'a davantage d'attrait. Mais, en effet, il y a peut-être autre chose – non, j'en suis certaine. » Elle leva soudain les yeux vers moi et me regarda bien en face. « J'avais un petit frère ; il s'appelait Geai et il était garde à l'île de la tour de l'Andouiller. Il vous a vu vous battre le jour où les Pirates ont attaqué. » Elle éclata d'un rire bref comme un aboiement. « Pour tout vous dire, vous l'avez enjambé pour planter votre hache dans la poitrine de l'homme qui venait de le jeter à terre, puis vous vous êtes enfoncé dans la mêlée sans même lui adresser un coup d'œil. » Elle m'observait en coin. « C'est pourquoi je chante "L'Attaque de la tour de l'Andouiller" de façon un peu différente des autres ménestrels. Mon frère me l'a racontée et je vous décris tel qu'il vous a vu : comme un héros ; vous lui avez sauvé la vie. »

Elle détourna brusquement le regard. « Temporairement, du moins : il est mort plus tard en se battant pour Cerf. Mais votre hache a prolongé son existence. » Elle se tut et jeta son manteau sur ses épaules. « Restez ici, me dit-elle. Reposez-vous ; je vais rentrer tard ; vous pouvez prendre le lit en attendant, si vous voulez. »

Et elle s'éclipsa sans attendre ma réponse. Je demeurai un moment les yeux rivés sur la porte close. FitzChevalerie... Héros... Des mots, rien que des mots. Mais j'avais l'impression qu'elle avait percé un abcès, qu'elle m'avait débarrassé du poison qu'il contenait et qu'à présent je pouvais guérir. C'était une sensation très étrange. Essaye de dormir, me dis-je, avec le sentiment qu'il ne me serait peut-être pas impossible de trouver le sommeil.

2

LES CONTREBANDIERS

Il n'est guère d'esprits plus libres que les ménestrels itinérants, en tout cas dans les Six-Duchés. Si l'un d'eux a suffisamment de talent, il peut s'attendre à voir toutes les règles de bienséance suspendues à son bénéfice ; il a le droit de poser les questions les plus indiscrètes, car cela fait partie de son métier ; règle quasiment sans exception, un ménestrel sera reçu partout, de la propre table du roi jusque dans la masure la plus misérable. Les membres de cette corporation se marient rarement jeunes, mais il n'est pas inhabituel qu'ils aient néanmoins des enfants ; ces rejetons sont exempts des stigmates qui entachent les autres bâtards, et ils sont souvent élevés dans des châteaux afin de devenir eux-mêmes ménestrels. Il est considéré comme normal que ce corps fréquente des hors-la-loi et des rebelles aussi bien que des nobles et des marchands ; ses membres transportent des messages, diffusent des nouvelles, et conservent en mémoire d'innombrables accords et promesses. Du moins en est-il ainsi en temps de paix et de prospérité.

*

Astérie rentra si tard que, pour Burrich, c'eût été le petit matin. Je m'éveillai à l'instant où elle posa la main sur la clenche, sortis vivement du lit et m'enveloppai dans mon manteau avant de m'allonger sur le plancher. « 'Soir, Fitz-Chevalerie », bredouilla-t-elle, et je sentis l'odeur du vin dans son haleine. Elle ôta son manteau humide, me jeta un coup d'œil en biais, puis l'étendit sur moi comme couverture supplémentaire. Je fermai les yeux.

Elle laissa tomber ses vêtements par terre, derrière moi, avec une parfaite indifférence pour ma présence. J'entendis le lit grincer lorsqu'elle se jeta dessus. « Hmmm ! Encore tout chaud ! marmonna-t-elle en se mussant dans les draps. J'ai des remords de vous voler votre coin douillet. »

Ses remords ne devaient pas la tarauder outre mesure car, quelques secondes plus tard, j'entendis sa respiration devenir lourde et régulière. Je suivis son exemple.

Levé très tôt, je quittai l'auberge – Astérie n'eut pas même un frémissement dans son sommeil lorsque je sortis de la chambre – et trouvai rapidement un établissement de bains ; les étuves étaient presque désertes à cette heure matinale et je dus attendre qu'on fît chauffer la première eau de la journée. Quand elle fut prête, je me dévêtis et m'immergeai prudemment dans le bain profond et brûlant ; je laissai ma douleur à l'épaule s'apaiser, puis je fis ma toilette, et enfin m'allongeai dans la cuve pour jouir du silence et réfléchir.

L'idée de m'acoquiner avec des contrebandiers ne me plaisait pas, pas plus que celle de m'aboucher avec Astérie, mais je n'avais pas le choix, semblait-il. Pourtant, avec quoi les payer pour qu'ils m'emmènent ? Je n'avais que très peu d'argent. La boucle d'oreille de Burrich ? Je ne voulais même pas l'envisager. Longtemps, je demeurai dans l'eau jusqu'au menton, résolu à ne pas y penser. *Rejoins-moi.* Je trouverai un autre moyen, je m'en fis la promesse. Je trouverai. Je songeai à ce que j'avais éprouvé lorsque Vérité était intervenu pour me sauver ; la décharge d'Art l'avait laissé sans réserves. J'ignorais quelle était sa situation mais je savais qu'il n'avait pas hésité à donner tout ce qu'il avait pour moi, et, si je devais choisir entre me séparer du clou d'oreille de Burrich et rejoindre Vérité, c'est Vérité que je choisirais, non à cause de l'ordre d'Art qu'il avait gravé en moi, ni même du serment que j'avais prêté à son père, mais pour lui-même.

Je me redressai dans la cuve et laissai l'eau ruisseler de mon corps. Je me séchai, perdis quelques minutes à essayer de me tailler la barbe, renonçai devant le résultat désastreux et repris le chemin de la Hure de Sanglier. Je connus un moment d'angoisse dans la rue : un chariot me doubla et ce n'était nul autre que celui de Dell le marionnettiste ! Je conservai une allure vive et le jeune apprenti qui menait la voiture ne parut pas me remarquer ; néanmoins, c'est avec soulagement que je poussai la porte de l'auberge.

Je pris une table d'angle près de l'âtre et commandai au garçon du thé avec une miche de pain frais dont la mie, selon une recette baugienne, contenait un mélange de graines, de noix et de morceaux de fruits. Je mangeai sans me presser en attendant qu'Astérie descende ; je ressentais à la fois de l'impatience de me mettre en quête des contrebandiers et de la répugnance à m'en remettre si totalement à la ménestrelle. Comme les heures s'écoulaient lentement, je surpris par deux fois le garçon en train de me regarder curieusement ; la troisième fois, je lui rendis son regard jusqu'à ce qu'il rougisse et détourne les yeux. Je devinai alors la raison de son intérêt : j'avais passé la nuit chez Astérie et il devait se demander ce qui lui avait pris de partager son lit avec un vagabond pareil. Je ne m'en sentis pas moins mal à l'aise. On était à mi-matinée ; je me levai et montai à la porte d'Astérie.

Je frappai doucement, mais sans résultat ; je recommençai, plus fort, et une voix ensommeillée me répondit enfin ; au bout d'un moment, la ménestrelle entrouvrit le battant, me regarda en bâillant et me fit signe d'entrer. Elle n'était vêtue que d'une paire de chausses et d'une tunique trop grande pour elle et qu'elle venait visiblement de passer. Ses cheveux bouclés faisaient une masse ébouriffée autour de son visage. Elle s'assit lourdement au bord du lit en clignant les yeux tandis que je refermais la porte et la verrouillais. « Ah, vous avez pris un bain ! fit-elle en guise de salut, puis elle bâilla de nouveau.

— Ça se remarque à ce point ? » répliquai-je, un peu vexé.

Elle hocha gracieusement la tête. « À un moment, je me suis réveillée et j'ai cru que vous m'aviez plantée là, mais je ne me faisais pas de souci : vous ne pouvez pas les trouver sans moi. » Elle se frotta les yeux, puis m'examina d'un air critique. « Qu'avez-vous fait à votre barbe ?

— J'ai voulu la tailler, sans grand succès. »

Elle acquiesça. « Mais c'était une bonne idée : vous auriez peut-être un peu moins l'aspect d'un homme des bois – et Crice, Tassin ou les autres membres de la caravane auraient peut-être plus de mal à vous reconnaître. Tenez, je vais vous aider ; allez vous asseoir sur cette chaise, là-bas. Ah, et puis ouvrez les volets, qu'on y voie plus clair. »

J'obéis sans enthousiasme. Elle se leva, s'étira et se frotta les yeux ; elle prit quelques instants pour s'asperger le visage d'eau, se passer les doigts dans les cheveux, qu'elle fixa ensuite à l'aide de petits peignes. Elle serra une ceinture à sa taille pour donner une forme à sa tunique, puis enfila ses bottes et les laça. En un tournemain, elle était présentable. Enfin, elle s'approcha de moi, me prit le menton et me tourna sans complexe le visage de droite et de gauche ; pour ma part, j'étais incapable de rester aussi détaché.

« Vous rougissez toujours aussi facilement ? me demanda-t-elle en riant. C'est rare, un Cervien qui pique de tels fards ; votre mère devait avoir le teint clair. »

Ignorant que répondre, je gardai le silence pendant qu'elle fouillait dans son paquetage et en tirait de petits ciseaux. Elle se mit à l'ouvrage d'une main vive et preste. « Autrefois, je coupais les cheveux de mon frère, m'expliqua-t-elle, et de mon père aussi, ainsi que la barbe, après la mort de ma mère. Vous avez une belle ligne de mâchoire en dessous de tous ces poils ; vous les avez laissé pousser n'importe comment, sans y toucher ?

— Ma foi... » marmonnai-je, inquiet : les ciseaux s'agitaient juste sous mon nez. Astérie s'interrompit pour me passer la main sur le visage : de considérables paquets de poils bouclés tombèrent par terre. « Attention : ma cicatrice ne doit pas être visible, lui dis-je.

— Ne vous inquiétez pas, répondit-elle calmement. En revanche, on verra vos lèvres au lieu d'un trou dans votre moustache. Levez la tête... Là. Avez-vous un rasoir ?

— Mon couteau, c'est tout, avouai-je, gêné.

— On se débrouillera », fit-elle d'un ton rassurant. Elle alla ouvrir la porte en grand et, mettant à profit sa capacité thoracique de ménestrelle, prit une voix de stentor pour demander au garçon de l'auberge de lui apporter de l'eau bouillante, du thé, du pain et quelques tranches de jambon fumé. Revenue auprès de moi, elle inclina la tête de côté et m'observa d'un œil critique. « On va couper les cheveux aussi. Dénouez-les. »

Comme je réagissais trop lentement à son goût, elle passa derrière moi, ôta mon mouchoir et défit la lanière de cuir qui retenait mes cheveux. Libres, ils me tombaient sur les épaules. Saisissant son peigne, elle me les rabattit sans douceur sur le visage. « Voyons... marmonna-t-elle, cependant que je serrais les dents.

— Que proposez-vous ? » demandai-je, mais déjà des poignées de cheveux tombaient ; j'ignorais ce qu'elle avait décidé mais cela prenait rapidement forme. Elle tira des mèches sur mon visage, les coupa au-dessus de mes sourcils, passa son peigne dans le reste et cisailla en dessous des oreilles. « Maintenant, me dit-elle, vous ressemblez davantage à un marchand baugien ; avant, vous étiez de Cerf, on ne pouvait pas s'y tromper. Vos cheveux ont toujours une teinte typiquement cervienne, mais vous avez au moins la coiffure et la tenue de Bauge. Tant que vous n'ouvrirez pas la bouche, on ne saura pas d'où vous êtes. » Elle m'examina encore quelques secondes, puis se remit au travail sur les mèches de devant ; enfin, elle chercha un miroir et me le tendit. « Le blanc se verra beaucoup moins, à présent. »

C'était exact : elle avait coupé ras la plus grande partie de la mèche blanche et rabattu par-dessus des cheveux sombres. Ma barbe raccourcie m'encadrait également mieux le visage, et, un peu à contrecœur, je hochai la tête en signe d'approbation. On frappa à la porte. « Laissez tout dans le couloir ! » cria la ménestrelle. Elle attendit quelques instants, puis alla chercher son petit déjeuner et l'eau chaude. Elle se débarbouilla, puis me suggéra d'aiguiser mon couteau pendant qu'elle se restaurait ; j'obéis et, tout en affûtant la lame, me demandai si je devais me sentir agacé ou flatté des changements qu'elle avait apportés à mon aspect ; elle commençait à me faire penser à Patience. Elle mâchait encore sa dernière bouchée lorsqu'elle vint me prendre le couteau des mains.

« Je vais donner un peu de fini à votre barbe, dit-elle.

Mais, après, il faudra que vous vous en occupiez vous-même : je ne vais pas vous raser tous les jours. Maintenant, humectez-vous bien le visage. »

C'est avec une inquiétude certaine que je la vis brandir le couteau, surtout sachant qu'elle allait œuvrer près de ma gorge. Mais quand elle eut fini et que j'approchai le miroir, je restai stupéfait des modifications opérées : ma barbe était nette, circonscrite à mon menton et mes joues ; les cheveux coupés droit au-dessus de mon front faisaient paraître mes yeux plus enfoncés ; ma cicatrice à la joue demeurait visible, mais elle suivait la ligne de ma moustache, ce qui la rendait moins apparente. Je me passai la main sur la barbe, tout heureux de la sentir moins épaisse sous mes doigts. « Eh bien, quel changement ! m'exclamai-je.

— Quelle amélioration, surtout, rétorqua-t-elle. Ça m'étonnerait que Crice ou Tassin vous reconnaisse, maintenant. Bon, débarrassons-nous de ça. » Elle rassembla les cheveux sur le plancher, ouvrit la fenêtre et les jeta au vent ; puis elle referma le battant et s'épousseta les mains.

« Merci, dis-je, embarrassé.

— De rien », répondit-elle. Elle jeta un coup d'œil sur la chambre et poussa un petit soupir. « Ce lit va me manquer », fit-elle, puis elle se mit à faire son paquetage avec une vive efficacité. Elle surprit mon regard admiratif et sourit. « Quand on est ménestrelle itinérante, on apprend à faire ce genre de chose vite et bien. » Elle fourra les dernières affaires dans son sac, puis resserra le laçage et jeta le paquetage sur son épaule. « Allez m'attendre en bas de l'escalier de service, m'ordonna-t-elle, pendant que je règle ma note. »

J'obéis mais je dus patienter nettement plus longtemps que je ne l'avais prévu dans le vent froid. Enfin elle sortit, les joues roses, prête à affronter la journée. Elle s'étira comme un chaton. « Par ici », fit-elle.

Je pensais devoir raccourcir mes enjambées pour lui permettre de me suivre mais elle soutint mon allure sans difficulté. Elle me jeta un regard en biais tandis que nous quittions le quartier commerçant de la ville et prenions la direction du nord. « Vous avez changé, déclara-t-elle, et ce n'est pas seulement la coupe de cheveux ; vous avez pris une décision.

— En effet, acquiesçai-je.

— Tant mieux, dit-elle avec chaleur en prenant mon bras d'un geste amical. J'espère que c'est celle de me faire confiance. »

Je la regardai sans répondre. Elle éclata de rire, mais ne me lâcha pas le bras pour autant.

Les passages couverts en bois du secteur marchand de Lac-Bleu s'interrompirent bientôt et nous passâmes dans les rues pavées devant des maisons serrées les unes contre les autres comme si elles cherchaient à se protéger du froid. Le vent était comme une main glacée qui s'efforçait sans cesse de nous repousser ; le pavage laissa bientôt la place à de la terre battue et nous nous retrouvâmes sur une route qui circulait entre de petites fermes ; elle était creusée d'ornières et boueuse de la pluie des derniers jours. Au moins, il faisait beau aujourd'hui, même si le vent violent était froid. « C'est encore loin ? demandai-je enfin.

— Je ne sais pas trop ; je suis les indications qu'on m'a données. Faites-moi signe si vous voyez trois rochers entassés au bord de la route.

— Que savez-vous réellement de ces contrebandiers ? » fis-je d'un ton qui n'admettait pas de dérobade.

Elle haussa les épaules d'un air un peu trop désinvolte. « Je sais qu'ils se rendent dans les Montagnes alors que personne d'autre n'y va, et aussi qu'ils emmènent les pèlerins.

— Des pèlerins ?

— Appelez-les comme vous voudrez : ils vont faire leurs dévotions au sanctuaire d'Éda du royaume des Montagnes. Ils avaient payé pour la traversée sur une gabarre plus tôt dans l'été, mais les gardes royaux ont réquisitionné toutes les embarcations et fermé les accès aux Montagnes ; depuis lors, les pèlerins sont bloqués à Lac-Bleu et ils cherchent un moyen de poursuivre leur voyage. »

Nous parvînmes aux trois rochers ; ils marquaient le début d'une piste envahie d'herbe qui traversait une pâture parsemée de cailloux et de ronciers, et entourée d'une barrière faite de poteaux et de pierres dressées ; quelques chevaux y paissaient d'un air accablé. J'observai avec intérêt qu'ils étaient de race montagnarde, râblés, et que leur pelage d'hiver commençait à pousser par plaques. Une petite maison se dressait très à l'écart de la route. Construite en pierre et mortier, elle avait un toit couvert de gazon, tout comme les latrines édifiées sur l'arrière. Un mince filet de fumée rapidement dispersé par le vent s'échappait de la cheminée. Assis sur la barrière, un homme taillait un morceau de bois ; il leva les yeux, nous examina et jugea sans doute que nous ne présentions pas de danger, car il ne nous interpella pas quand nous passâmes devant lui en direction de la porte de la chaumière. Dans la cour, de gros pigeons roucoulaient en se dandinant dans un colombier. Astérie frappa à la porte, mais c'est un homme qui passait l'angle de la maison qui lui répondit ; châtain, les cheveux épais et les yeux bleus, il était vêtu comme un fermier ; il portait un seau plein à ras bord de lait fraîchement tiré. « Qui est-ce que vous cherchez ? nous demanda-t-il en guise de salut.

— Nik, répondit Astérie.

— Je ne connais pas de Nik. » L'homme ouvrit la porte et entra. Sans gêne, Astérie le suivit, et je lui emboîtai le pas avec moins d'assurance. J'avais mon épée au côté; je rapprochai la main de la garde mais sans la toucher; je ne tenais à provoquer personne.

Dans la chaumière, un feu de bois flotté flambait dans l'âtre; seule une partie de la fumée trouvait une issue dans le conduit de cheminée. Un enfant avec un chevreau tacheté était assis sur un tas de paille dans un angle; il nous dévisagea de ses yeux bleus écarquillés mais ne dit rien. Des jambons et des flèches de lard fumé pendaient bas des poutres. L'homme se dirigea vers une femme qui tranchait de gros tubercules jaunes sur une table, déposa le seau près de ce qu'elle avait déjà découpé, puis se tourna vers nous d'un air affable.

« Vous avez dû vous tromper de maison. Essayez plus bas sur la route; pas la prochaine maison, c'est chez Pelf; mais plus loin, peut-être.

— Merci beaucoup; nous allons suivre votre conseil. » Astérie sourit à la cantonade et retourna à la porte. « Vous venez, Tom? » me demanda-t-elle. Je saluai les fermiers d'un signe de tête et suivis la ménestrelle. Nous quittâmes la chaumière et remontâmes le chemin. Quand nous fûmes assez loin, je demandai : « Et maintenant?

— Je ne sais pas exactement. D'après la conversation que j'ai surprise, je crois qu'il faut aller chez Pelf et demander Nik.

— D'après la conversation que vous avez surprise?

— Vous ne croyiez tout de même pas que je connaissais personnellement ces contrebandiers? J'étais aux bains publics, et deux femmes parlaient entre elles des pèlerins qui voulaient aller dans les Montagnes; l'une disait que c'était peut-être leur dernière occasion de prendre un bain avant quelque temps, et l'autre a répondu qu'elle s'en fichait du moment qu'elle quittait enfin Lac-Bleu. Et la première a indiqué à la seconde où devait avoir lieu le rendez-vous avec les contrebandiers. »

Je me tus mais mon expression dut être éloquente car Astérie s'exclama d'un ton outré : « Avez-vous une meilleure idée ? Au moins, nous aboutirons peut-être à quelque chose !

— Nous risquons surtout d'aboutir à nous faire trancher la gorge.

— Eh bien, retournez en ville voir si vous trouvez mieux !

— Dans ce cas, à mon avis, l'homme qui nous suit nous prendrait pour des espions et il ne se contenterait plus de nous suivre. Poussons jusque chez Pelf et voyons ce que ça donne. Non, ne vous retournez pas ! »

Nous rejoignîmes la route et nous dirigeâmes vers la ferme suivante. Le vent avait forci et sentait la neige : si nous ne mettions pas bientôt la main sur Nik, le trajet de retour en ville allait être long et froid.

Autrefois, l'exploitation avait manifestement été bien entretenue : l'allée était bordée de bouleaux blancs, mais ce n'étaient plus que de fragiles épouvantails aux branches dénudées dont l'écorce s'arrachait au vent ; quelques survivants pleuraient des feuilles d'or. Des barrières avaient clôturé de grands champs et de vastes pâturages, mais les animaux en avaient depuis longtemps disparu. Les champs envahis d'herbes folles n'étaient plus cultivés, les pâtures chardonneuses étaient à l'abandon. « Qu'est-il arrivé à cette région ? demandai-je alors que nous longions ce paysage de désolation.

— Plusieurs années de sécheresse suivies d'un été

d'incendies. Loin au-delà de ces fermes, les zones qui bordent le fleuve étaient couvertes de forêts de chênes et de pacages ; là où nous sommes, c'étaient des exploitations laitières, mais là-bas, les petits propriétaires faisaient brouter leurs chèvres dans les prairies et leurs haragars se nourrissaient des glands des chênes. Il paraît que c'était aussi une région très giboyeuse. Et puis un jour les incendies se sont déclenchés, et on dit qu'ils ont duré plus d'un mois, au point que l'air était irrespirable et le fleuve noir de cendres ; le feu a détruit non seulement les forêts et les pâtures mais aussi les champs et les maisons touchés par les braises volantes. Après plusieurs années sans pluie, le fleuve n'était plus qu'un ruisselet et les incendies se sont étendus partout. Ensuite, la sécheresse a repris et les vents transportaient désormais autant de poussière que de cendres, qui ont obstrué les petits cours d'eau ; enfin, la pluie s'est mise à tomber en automne, et toute l'eau que les gens appelaient de leurs vœux s'est abattue sur le pays en une seule saison, à torrents. Quand les crues ont baissé, ma foi, vous voyez vous-même ce qui restait : un sol caillouteux, entièrement lessivé.

— Je me rappelle avoir entendu parler de tels événements. » C'était lors d'une conversation qui remontait à longtemps ; quelqu'un – Umbre, peut-être ? – m'avait dit que les gens tenaient le roi responsable de tout, même des sécheresses et des incendies. À l'époque, cela n'avait guère eu de sens pour moi, mais pour ces fermiers ç'avait dû être la fin du monde.

Le bâtiment lui aussi évoquait une main attentionnée et des jours meilleurs. Construit en bois, il était doté d'un étage, mais la peinture avait passé depuis longtemps et des volets bouchaient les fenêtres du haut. Une cheminée pointait à chaque extrémité du toit, mais l'une d'elles perdait ses pierres ; de la fumée s'échappait de l'autre. Une fillette se tenait devant la porte, occupée à caresser délicatement un gros pigeon gris posé sur sa main. « Bonjour », nous dit-elle d'une voix agréablement douce quand nous nous approchâmes. Elle portait une tunique en cuir par-dessus une ample chemise en laine crème, des chausses en cuir également et des bottes. Elle devait avoir une douzaine d'années, et, d'après la couleur de ses yeux et de ses cheveux, elle était sûrement apparentée aux occupants de l'autre ferme.

« Bonjour, répondit Astérie. Nous cherchons Nik. »

La fillette secoua la tête. « Vous vous êtes trompés de maison ; il n'y a pas de Nik ici : vous êtes chez Pelf. Vous devriez peut-être voir plus loin. » Elle nous sourit, l'air seulement intrigué.

Astérie me lança un coup d'œil indécis, et je lui pris le bras. « On a dû mal nous renseigner. Venez, rentrons en ville, nous demanderons de nouvelles précisions. » À ce moment-là, je ne cherchais qu'à nous tirer d'embarras.

« Mais... » fit-elle, démontée.

J'eus une inspiration subite. « Chut ! On nous a prévenus qu'il ne faut pas plaisanter avec ces gens-là. L'oiseau a dû s'égarer ou un faucon l'attaquer. Nous n'avons plus rien à faire ici.

— Un oiseau ? pépia soudain la fillette.

— Un pigeon, c'est tout. Bonne journée. » Je mis le bras sur les épaules de la ménestrelle et l'obligeai à faire demi-tour. « Pardonnez-nous de vous avoir dérangée.

— Il est à qui, ce pigeon ? »

Je la regardai un instant dans les yeux. « À un ami de Nik. Mais ce n'est pas grave. Venez, Astérie.

— Attendez ! s'exclama l'enfant. Mon frère est à l'intérieur ; il connaît peut-être ce Nik.

— Je ne voudrais pas le déranger...

— Ne vous en faites pas. » L'oiseau posé sur sa main battit des ailes alors qu'elle montrait la porte du doigt. « Entrez un moment vous réchauffer.

— C'est vrai qu'il fait froid », reconnus-je. Je me tournai pour regarder l'homme au bout de bois qui sortait de l'allée de bouleaux. « Peut-être pourrions-nous tous entrer.

— Peut-être. » La fillette sourit largement en voyant l'air déconfit de celui qui croyait nous suivre discrètement.

La porte ouvrait sur un vestibule nu. La belle marqueterie du battant était éraflée et n'avait pas été huilée depuis bien longtemps ; des zones pâles aux murs indiquaient l'emplacement de tableaux et de tapisseries disparus. Un simple escalier de bois menait à l'étage. La seule lumière était celle que laissaient passer les vitres épaisses. Au moins, on ne sentait plus le vent, mais il ne faisait guère plus chaud dedans que dehors. « Attendez ici », nous dit la fillette en pénétrant dans une pièce sur notre droite et en refermant la porte derrière elle. Astérie se tenait un peu trop près de moi pour mon goût ; le tailleur de bout de bois nous observait d'un œil inexpressif.

La ménestrelle prit une inspiration. « Chut ! » lui soufflai-je avant qu'elle pût prononcer un mot ; elle obéit et s'accrocha à mon bras. Je fis semblant de rajuster ma botte et, en me redressant, je me tournai et fis passer la jeune femme sur ma gauche ; elle me saisit aussitôt le bras de ce côté-là. Une éternité parut s'écouler avant que la porte se rouvre sur un homme de grande taille, aux cheveux châtains et aux yeux bleus ; comme la fillette, il portait des vêtements de cuir, et un très long poignard pendait à sa ceinture. L'enfant le suivait, l'air de mauvaise humeur : il l'avait donc réprimandée. Il nous regarda, la mine renfrognée, puis, d'un ton peu amène : « Qu'est-ce que vous voulez ?

— C'est une erreur, messire, dis-je. Nous cherchions un certain Nik et nous nous sommes manifestement trompés de maison. Veuillez nous excuser.

— Un de mes amis a un cousin nommé Nik, fit-il à contrecœur. Je pourrais peut-être lui faire dire que vous êtes là. »

Je serrai la main d'Astérie pour lui imposer le silence. « Non, non, nous ne voulons pas vous déranger, à moins que vous n'ayez la bonté de nous apprendre où trouver Nik lui-même.

— Je pourrais prendre un message », proposa-t-il encore – mais ce n'était pas vraiment une offre de service.

Je me grattai la barbe en prenant l'air pensif. « J'ai un ami dont le cousin souhaite faire passer quelque chose de l'autre côté de la rivière. On lui a rapporté que Nik connaissait peut-être quelqu'un qui pourrait s'en occuper. Mon ami a promis à son cousin qu'il enverrait un oiseau prévenir Nik de notre venue, contre une somme convenue, naturellement. Vous voyez, c'est une affaire sans grande importance. »

L'homme hocha lentement la tête. « J'ai entendu parler de gens dans le coin qui font ce que vous dites. C'est un travail dangereux, et interdit, en plus. Ils y laisseraient la tête si les gardes royaux les surprenaient.

— Certainement, acquiesçai-je. Mais je ne pense pas que le cousin de mon ami ferait affaire avec des gens qui se laissent attraper. C'est pourquoi il désirait parler à Nik.

— Et qui vous a envoyé ici chercher ce Nik ?

— Je ne sais plus, répartis-je sans frémir. J'oublie les noms très facilement, je regrette.

— Ah oui ? » fit l'homme en m'examinant d'un air calculateur. Il adressa un coup d'œil accompagné d'un petit hochement de tête à sa sœur. « Puis-je vous offrir la goutte ? demanda-t-il en indiquant la pièce d'où il était sorti.

— Avec le plus grand plaisir », répondis-je.

Je parvins à décrocher Astérie de mon bras en suivant l'homme. Comme la porte se refermait derrière nous, la ménestrelle poussa un soupir de soulagement en sentant la douce chaleur qui régnait dans la pièce. Celle-ci était aussi opulente que l'autre était nue : le plancher était recouvert de tapis, les murs décorés de tapisseries ; la lumière provenait d'un chandelier garni de bougies blanches et posé sur une lourde table de chêne, et d'un âtre énorme où flamboyait un feu devant un demi-cercle de fauteuils d'apparence confortable. L'homme nous y conduisit en s'emparant au passage d'une carafe d'eau-de-vie sur la table. « Va nous chercher des timbales », ordonna-t-il à la fillette d'un ton péremptoire. Il devait avoir dans les vingt-cinq ans ; les grands frères ne font pas les héros les plus affectueux. L'enfant tendit son pigeon à l'homme au bout de bois, à qui elle fit signe de sortir avant d'aller quérir les objets demandés.

« Alors, que disiez-vous ? fit notre interlocuteur quand nous fûmes installés devant le feu.

— C'était vous qui parliez », répondis-je d'un ton affable.

Il se tut en attendant que sa sœur eût fini de distribuer les timbales. Il les remplit et nous les levâmes tous les quatre ensemble.

« Au roi Royal, dit-il.

— À mon roi », fis-je courtoisement avant de boire. C'était une eau-de-vie de qualité, que Burrich aurait appréciée.

« Le roi aimerait voir des gens comme notre ami Nik au bout d'une corde, déclara l'homme.

— Ou plutôt dans son cirque. » Je poussai un petit soupir. « Quel dilemme ! D'un côté, le roi en veut à sa vie, de l'autre, sans l'embargo royal sur le commerce avec les Montagnes, quel moyen d'existence aurait Nik ? Il paraît qu'il ne pousse plus que des cailloux sur les terres de sa famille. »

L'homme hocha la tête d'un air compatissant. « Pauvre Nik ! Il faut bien survivre.

— En effet. Et parfois, pour survivre, il faut traverser une rivière, même si le roi l'interdit.

— Ah ? fit l'homme. Là, ce n'est pas tout à fait la même chose que faire parvenir un objet de l'autre côté.

— Ce n'est pas si différent, rétorquai-je. Si Nik connaît son métier, l'un ne devrait pas être plus difficile que l'autre. Et on le dit doué.

— C'est le meilleur », intervint la fillette avec une fierté sereine.

Son frère lui lança un regard d'avertissement. « Qu'est-ce que votre homme offrirait pour traverser ? demanda-t-il à mi-voix.

— Ce qu'il aurait à offrir, il en ferait part à Nik lui-même », répondis-je sur le même ton.

Le temps de quelques respirations, notre hôte resta les yeux plongés dans le feu, puis il se dressa et nous tendit la main. « Nik Grappin ; ma sœur, Pelf.

— Tom, dis-je.

— Astérie », fit la ménestrelle.

Nik leva encore une fois sa timbale. « À une affaire qui va se conclure », lança-t-il, et nous bûmes à nouveau. Enfin, il s'assit et s'enquit aussitôt : « Pouvons-nous parler franchement ? »

Je hochai la tête. « Le plus franchement possible. Nous avons appris que vous alliez faire franchir la rivière à un groupe de pèlerins pour les emmener au royaume des Montagnes. Nous souhaitons bénéficier du même service.

— Au même prix, ajouta Astérie.

— Nik, je n'aime pas ça, intervint soudain Pelf. Quelqu'un a été trop bavard. Je savais qu'on n'aurait jamais dû accepter le premier groupe ! Comment être sûrs que...

— Tais-toi. C'est moi qui prends les risques, c'est donc moi qui décide de ce que je fais ou ne fais pas. Toi, tu restes ici et tu tiens la maison en attendant mon retour ; et surveille ta langue, toi aussi. » Il revint à moi. « Ce sera une pièce d'or chacun, d'avance, une autre une fois passée la rivière, et une troisième à la frontière des Montagnes.

— Ah ! » Le prix était exorbitant. « Nous n'avons pas... » Astérie me planta brusquement les ongles dans le poignet, et je m'interrompis.

« Vous ne me ferez jamais croire que les pèlerins ont payé autant, dit-elle calmement.

— Ils fournissent leurs chevaux et leurs chariots, et leurs vivres aussi. » Il nous dévisagea, la tête penchée. « Mais vous, vous m'avez l'air de voyager avec ce que vous avez sur le dos et rien de plus.

— Ce qui nous rend beaucoup plus faciles à cacher qu'un chariot et un attelage. Nous vous donnons une pièce d'or aujourd'hui et une autre à la frontière – pour nous deux », proposa Astérie.

Nik se radossa dans son fauteuil et réfléchit quelques instants ; puis il resservit une tournée d'eau-de-vie. « Ce n'est pas assez, fit-il d'un ton de regret ; mais j'imagine que vous n'avez pas davantage. »

C'était bien plus que je ne possédais mais peut-être Astérie avait-elle la somme, du moins je l'espérais.

« Faites-nous simplement franchir la rivière pour ce qu'elle vous propose, dis-je. Après, nous nous débrouillerons. »

Astérie me flanqua un coup de pied sous la table et, s'adressant apparemment à moi, elle déclara : « Il emmène les autres de l'autre côté de la frontière ; autant profiter de leur compagnie. » Elle se tourna vers Nik. « Il faudra que ça suffise pour nous conduire jusqu'aux Montagnes. »

L'homme but une gorgée d'eau-de-vie, puis poussa un long soupir. « Toutes mes excuses, mais je dois voir votre argent avant de toper. »

Astérie et moi échangeâmes un coup d'œil. « Nous aimerions discuter un moment seul à seule, dit-elle d'un ton benoît ; toutes nos excuses. » Elle se leva, prit ma main et m'entraîna dans un angle de la pièce ; là, elle chuchota : « N'avez-vous donc jamais marchandé ? Vous donnez trop et trop vite ! Bon, combien d'argent avez-vous ? »

En guise de réponse, je vidai ma bourse dans ma paume. Elle s'empara du contenu avec la vivacité d'une pie qui vole du grain, puis elle le soupesa d'un air averti. « C'est insuffisant ; je pensais que vous étiez plus riche que ça. Et ça, qu'est-ce que c'est ? » Du bout du doigt, elle toucha la boucle d'oreille de Burrich ; je refermai la main avant qu'elle pût la prendre.

« Un objet qui a beaucoup d'importance pour moi.

— Plus que votre vie ?

— Pas tout à fait, reconnus-je. Mais presque ; il a appartenu quelque temps à mon père, et c'est un ami très proche qui me l'a donné.

— Eh bien, s'il faut le donner, je veillerai à ce que ce soit pour un bon prix. » Et, sans un mot de plus, elle retourna auprès de Nik. Elle se rassit, termina son eau-de-vie et attendit que je la rejoigne. Quand je fus installé, elle dit à Nik : « Nous allons vous remettre tout ce que nous avons dès maintenant ; ce n'est pas autant que vous en demandez, mais à la frontière des Montagnes j'y ajouterai tous mes bijoux, bagues, boucles d'oreilles, tout. Alors ? »

L'homme secoua lentement la tête. « Ce n'est pas assez pour que je risque la corde.

— De quel risque parlez-vous ? rétorqua la ménestrelle. Si on vous prend en compagnie des pèlerins, c'est le gibet pour vous, et ce qu'ils vous ont donné couvre déjà ce risque. Notre présence n'augmente pas le danger, mais seulement la quantité de vivres à emporter. Ce que je vous offre le vaut bien, non ? »

Il secoua de nouveau la tête, presque à contrecœur. Astérie tendit la main vers moi. « Montrez-lui l'objet », fit-elle à mi-voix. Avec une sensation proche de la nausée, j'ouvris ma bourse et en tirai le clou d'oreille.

« Ça n'a peut-être pas l'air de grand-chose à première vue, dis-je, si on n'est pas versé dans ce domaine comme moi, mais je sais ce que je possède et j'en connais la valeur : ce bijou vaut tous les ennuis que notre présence pourrait vous causer. »

Je montrai au passeur le clou d'oreille au creux de ma main, avec le saphir enfermé dans sa résille d'argent, puis je le pris par la tige et l'approchai de la lumière dansante des flammes. « Sa valeur ne tient pas seulement à la pierre ni au métal, mais à la facture : voyez la souplesse de la résille d'argent, la finesse des maillons. »

Astérie toucha l'objet du bout de l'index. « Il a appartenu autrefois au roi-servant Chevalerie, ajouta-t-elle avec respect.

— Les espèces s'écoulent plus facilement », observa Nik.

Je haussai les épaules. « Si on ne s'intéresse qu'à

l'argent, c'est exact. Mais on peut trouver parfois du plaisir à posséder un objet, un plaisir supérieur à celui du poids des pièces dans une poche. Cependant, une fois que celui-ci vous appartiendra, vous pourrez le changer contre bon argent, si vous le souhaitez. Si je devais m'en charger aujourd'hui, pressé par le temps, je n'en tirerais qu'une fraction de sa valeur ; mais un homme qui aurait vos relations et le temps de marchander pourrait en obtenir quatre pièces d'or au bas mot. Maintenant, si vous préférez, je peux retourner en ville avec ce bijou et... »

Une lueur de convoitise s'était allumée dans les yeux de l'homme. « Je le prends.

— De l'autre côté de la rivière », répondis-je. Je fixai le clou au lobe de mon oreille ; ainsi Nik le verrait chaque fois qu'il me regarderait. Je décidai de donner un tour officiel à la transaction. « Vous nous conduisez tous les deux sains et saufs sur l'autre rive de la rivière et, une fois que nous sommes arrivés, la boucle d'oreille est à vous.

— Comme seul paiement, intervint Astérie. Mais nous vous laissons tout notre argent jusque-là, à titre de garantie.

— C'est d'accord ; topez là », fit Nik, et nous échangeâmes une poignée de main.

« Quand partons-nous ? demandai-je.

— Quand le temps le permettra, répondit-il.

— Demain, ce serait mieux. »

Il se leva lentement. « Demain ? Eh bien, demain, si le temps le permet, nous partirons. Et maintenant, je dois m'occuper de quelques bricoles, vous voudrez bien m'excuser. Je vous laisse aux bons soins de Pelf. »

Je pensais que nous rentrerions en ville pour la nuit, mais Astérie fit affaire avec la fillette : ses chansons contre un repas et une chambre. Un peu inquiet de dormir chez des inconnus, je réfléchis néanmoins et conclus que cela présentait moins de risques que retourner à Lac-Bleu. Si le repas que prépara Pelf n'était pas aussi fin que celui que nous avions savouré à l'auberge d'Astérie la veille, il valait tout de même infiniment mieux qu'une soupe aux oignons et aux pommes de terre ; nous eûmes droit à d'épaisses tranches de jambon frit accompagnées de compote de pommes et à un gâteau épicé fourré de fruits et de graines. Pelf nous apporta de la bière et, se joignant à nous, nous entretint de sujets généraux. Après le souper, Astérie chanta quelques chansons pour la fillette, tandis que mes paupières se fermaient irrésistiblement. Je finis par demander qu'on me conduisît à la chambre, sur quoi la ménestrelle se déclara elle aussi fatiguée.

Pelf nous guida jusqu'à une pièce située au-dessus du salon ornementé de Nik. Autrefois accueillante, la chambre ne servait sans doute plus régulièrement depuis des années ; notre hôtesse avait allumé un feu dans la cheminée, mais le froid d'un long manque d'usage et l'odeur de renfermé d'un lieu négligé imprégnaient l'air. Un immense lit trônait dans un angle, muni d'un matelas de plumes et de tentures grisaillantes. Astérie y posa un regard critique et, dès que Pelf fut sortie, elle se mit en devoir d'en retirer les couvertures et de les étendre sur un banc qu'elle plaça devant l'âtre. « Ainsi, ça les aère et ça les réchauffe », me dit-elle ; ce n'était manifestement pas la première fois qu'elle se trouvait dans ce genre de situation.

Pendant ce temps, j'avais barré la porte et vérifié les loquets des fenêtres et des volets ; tous semblaient solides. Un soudain épuisement m'empêcha de répondre à la ménestrelle ; j'y vis l'effet de l'eau-de-vie mélangée à la bière. À gestes lents, je bloquai la porte à l'aide d'une chaise sous l'œil amusé d'Astérie, puis je retournai auprès du feu, me laissai tomber sur les couvertures drapées sur le banc et tendis les jambes pour les chauffer ; j'en profitai pour retirer mes bottes du bout du pied. Allons, demain, je serais en route pour les Montagnes.

La ménestrelle s'assit à mes côtés. Elle ne dit rien pendant un moment, puis elle tapota ma boucle d'oreille de l'index. « Ça a vraiment appartenu à Chevalerie ? me demanda-t-elle.

— Pendant quelque temps, oui.

— Et vous êtes prêt à vous en défaire pour vous rendre dans les Montagnes... Qu'en dirait-il ?

— Je n'en sais rien. Je ne l'ai jamais connu. » Je soupirai soudain. « D'après tout ce que j'ai appris de lui, il avait beaucoup d'affection pour son jeune frère. Je ne pense pas qu'il m'en voudrait de donner ce bijou pour rejoindre Vérité.

— Ainsi, vous êtes bien à la recherche de votre roi.

— Naturellement. » Il me paraissait futile de le nier plus longtemps ; j'essayai en vain d'étouffer un bâillement. « Je ne suis pas sûr qu'il ait été avisé de parler de Chevalerie devant Nik ; il risque de faire le rapprochement. » Je me tournai vers Astérie ; son visage était trop près du mien et je n'arrivais pas à distinguer clairement ses traits. « Mais j'ai trop sommeil pour m'en inquiéter, ajoutai-je.

— Vous ne tenez pas bien le gaibouton, fit-elle en riant.

— Il n'y avait pas de Fumée ce soir, objectai-je.

— Dans le gâteau ; Pelf vous avait prévenu qu'il était épicé.

— C'est donc ça qu'elle voulait dire ?

— Oui. "Épicé" a ce sens dans tout Bauge.

— Ah ! En Cerf, ça signifiait qu'il y avait du gingembre, ou du cédrat.

— Je sais. » Elle se laissa aller contre moi en soupirant. « Vous ne faites pas confiance à ces gens, n'est-ce pas ?

— Bien sûr que non. Ils se méfient de nous ; si nous leur faisions confiance, ils n'auraient aucun respect pour nous, ils nous prendraient pour des crétins et des naïfs, le genre d'engeance qui attire des ennuis aux contrebandiers en parlant trop.

— Pourtant, vous avez serré la main de Nik.

— En effet. Et je pense qu'il tiendra sa parole – pour ce qu'elle vaut. »

Nous nous tûmes, pensifs. Au bout d'un moment, je sursautai : je m'étais assoupi. Astérie se redressa près de moi. « Je vais me coucher, annonça-t-elle.

— Moi aussi », répondis-je. Je pris une couverture et commençai à m'en envelopper devant le feu.

« Allons, ne faites pas l'enfant ! me dit la ménestrelle. On tiendrait à quatre dans ce lit ; profitez-en tant que vous en avez l'occasion car j'ai l'impression que nous n'en verrons pas d'autre avant longtemps. »

Je ne me fis guère prier : le matelas de plumes était moelleux, quoiqu'il sentît un peu le moisi. Nous nous partageâmes les couvertures. J'aurais dû rester vigilant, je le savais, mais l'eau-de-vie et le gaibouton avaient desserré le nœud de ma volonté et je sombrai dans un profond sommeil.

Je m'éveillai vers l'approche de l'aube lorsqu'Astérie posa son bras sur moi. Le feu s'était éteint et la chambre était glacée ; dans son sommeil, la ménestrelle s'était décalée dans le lit et s'était collée contre mon dos. Mon premier réflexe fut de m'écarter mais son corps faisait une présence chaude et agréable ; je sentais son souffle sur ma nuque ; un parfum de femme émanait d'elle qui ne devait rien à aucun artifice. Je fermai les yeux sans bouger. Molly... L'envie d'elle qui me saisit, violente et impossible à satisfaire, fut comme une douleur. Je serrai les dents et m'imposai de me rendormir.

Je devais le regretter.

La petite pleurait, pleurait, pleurait. Molly, en chemise de nuit, une couverture jetée sur les épaules, était assise près du feu et la berçait interminablement, le visage défait, les traits tirés. Elle lui chantait inlassablement la même berceuse dont toute mélodie avait depuis longtemps disparu. Elle tourna lentement les yeux vers la porte qui s'ouvrait. « Puis-je entrer ? » demanda Burrich à mi-voix.

Elle hocha la tête. « Que faites-vous debout à cette heure ? fit-elle d'un ton las.

— Je l'entendais pleurer depuis l'appentis. Elle est malade ? » Il se dirigea vers l'âtre, tisonna le feu, y ajouta une bûche, puis se pencha sur le nourrisson.

« Je ne sais pas ; elle pleure sans arrêt, c'est tout. Elle ne veut même pas téter. J'ignore ce qu'elle a. » On sentait dans la voix de Molly une détresse que les larmes ne suffisaient plus à exprimer.

Burrich se tourna vers elle. « Laissez-moi la prendre un moment ; allez vous coucher, essayez de vous reposer, ou vous serez bientôt aussi malade qu'elle. Vous ne pouvez pas faire ça toutes les nuits. »

Molly leva vers lui un regard d'incompréhension. « Vous voulez vous occuper d'elle ? Vous feriez ça ?

— Autant que je serve à quelque chose, répondit-il avec un sourire forcé ; de toute façon, ses cris m'empêchent de dormir. »

Molly se leva avec une grimace, comme si son dos la

faisait souffrir. « Réchauffez-vous d'abord ; je vais préparer de la tisane. »

Il lui prit l'enfant des bras. « Non. Allez vous coucher ; inutile que nous restions tous éveillés. »

Molly paraissait avoir du mal à comprendre la situation. « Vous ne m'en voudrez vraiment pas si je retourne dormir ?

— Non, allez-y, je me débrouillerai. Allons, au lit ! » Il rajusta la couverture sur les épaules de Molly, puis serra la petite contre la sienne. Elle paraissait minuscule dans ses grandes mains tannées. Molly traversa la pièce à pas lents, puis elle se retourna vers Burrich, mais il regardait le nourrisson. « Chut, lui disait-il. Allons, chut. »

Molly se mit au lit avec des gestes maladroits et tira les couvertures sur elle. Burrich resta debout devant le feu, avec un doux mouvement d'oscillation de tout le corps, et tapota lentement le dos du bébé.

« Burrich... fit Molly à mi-voix.

— Oui ? répondit-il sans se retourner.

— C'est ridicule que vous dormiez dans l'appentis par ce temps ; vous devriez vous installer ici pour l'hiver ; vous pourriez dormir devant la cheminée.

— Ah, bah, il n'y fait pas si froid. C'est une question d'habitude, vous savez. »

Il y eut un bref silence.

« Burrich... je me sentirais plus rassurée si je vous savais près de moi. » Molly parlait d'une toute petite voix.

« Ah ! Eh bien, je vais déménager, si vous y tenez ; mais vous n'avez rien à craindre cette nuit. Dormez, maintenant, toutes les deux. » Il pencha la tête et je vis ses lèvres effleurer le sommet du crâne de la petite ; puis, très bas, il se mit à chanter. J'essayai de distinguer les paroles, mais il avait la voix trop grave ; je ne reconnus pas non plus la langue qu'il employait, mais les pleurs du bébé se firent plus hésitants. Il se mit à marcher lentement dans la pièce, d'avant en arrière devant le feu. Par les yeux de Molly, je l'observai jusqu'à ce qu'elle aussi s'endorme à la mélodie apaisante de Burrich. Mon seul rêve après cela me montra un loup solitaire qui courait infatigablement. Il était aussi seul que moi.

3

CAUDRON

La reine Kettricken portait l'enfant de Vérité lorsqu'elle s'enfuit dans ses Montagnes pour échapper au roi-servant Royal. Certains le lui ont reproché en affirmant que, si elle était restée en Cerf pour forcer la main de Royal, son enfant serait né au Château sans courir de risque. Peut-être en effet Castelcerf se serait-il rallié à elle, peut-être le duché de Cerf aurait-il présenté un front plus uni aux Pirates outrîliens, et peut-être les duchés côtiers auraient-ils mieux résisté s'ils avaient eu une reine en Cerf. Certains le disent.

La conviction de ceux qui vivaient au château de Castelcerf et connaissaient de près la politique interne de la régence des Loinvoyant est tout autre. Sans exception, ils sont d'avis que Kettricken et son enfant à naître auraient été victimes de perfidie ; à l'appui de cette opinion, il peut être établi qu'après la fuite de la reine Kettricken de Castelcerf, ceux qui soutenaient les visées de Royal sur le trône ont fait tout leur possible pour la discréditer, allant jusqu'à soutenir que l'enfant qu'elle portait n'était pas de Vérité mais avait été engendré par son neveu bâtard, Fitz-Chevalerie.

Quoi qu'il en soit, les spéculations sur le tour qu'auraient pris les événements si Kettricken était demeurée à Castelcerf ne sont que vains jeux de l'esprit. Le fait historique est qu'elle pensait offrir de meilleures chances de survie à son héritier s'il naissait dans son bien-aimé royaume des Montagnes ; elle retourna aussi dans sa terre natale dans l'espoir de retrouver son époux et de lui rendre le pouvoir ; mais, de ses recherches, elle ne tira que du chagrin. Elle découvrit le site où les compagnons de Vérité avaient été assaillis par un ennemi non identifié ; il ne restait plus d'eux que les ossements épars et les lambeaux de vêtements laissés par les charognards ; et, parmi ces vestiges, elle trouva le manteau bleu que Vérité portait la dernière fois qu'elle l'avait vu, ainsi que son poignard. Elle regagna la résidence royale de Jhaampe et prit le deuil de son époux.

Plus éprouvant encore pour elle, on lui signala plusieurs mois plus tard que des gens portant la tenue de la garde de Vérité avaient été aperçus dans les montagnes au-delà de Jhaampe. C'étaient des villageois qui les avaient vus errant seuls ; ils semblaient répugner à engager la conversation et, malgré leur triste état, refusaient souvent toute aide et toute nourriture. Tous étaient décrits comme « misérables » ou « pitoyables ». Certains de ces hommes arrivèrent à Jhaampe, mais ils paraissaient incapables de répondre de façon cohérente aux questions sur Vérité et sur ce qu'il était advenu de lui. Ils ne se rappelaient même pas à quel moment ils s'étaient séparés de lui ni dans quelles circonstances, mais tous étaient obsédés par l'idée de rentrer à Castelcerf.

Le temps passant, Kettricken finit par croire que Vérité et ses gardes avaient été attaqués non seulement physiquement mais magiquement. Les assaillants qui avaient levé contre lui l'arc et l'épée et le clan félon qui avait semé le découragement et la confusion dans l'esprit de ses hommes étaient, selon elle, au service de son frère cadet, le prince Royal, et ces déductions cristallisèrent la haine implacable qu'elle vouait à son beau-frère.

*

Des coups à la porte me réveillèrent. Je criai quelque chose tout en me redressant dans le noir, transi de froid et désorienté. « On part dans une heure ! » me fut-il répondu.

Je me dégageai non sans mal des couvertures et de la molle étreinte d'Astérie, trouvai mes bottes à tâtons, les enfilai, puis je mis mon manteau et le serrai autour de moi pour me défendre de l'air glacé de la chambre. Pour sa part, la ménestrelle avait eu pour seule réaction de se glisser dans le creux chaud où j'avais dormi. Je me penchai sur elle. « Astérie ? » Comme elle ne répondait pas, je la secouai légèrement. « Astérie ! Nous partons dans moins d'une heure ! Debout ! »

Elle poussa un énorme soupir. « Descendez, je serai prête à l'heure. » Et elle se renfonça sous les couvertures. Je haussai les épaules et sortis.

À la cuisine, Pelf avait préparé des tas de galettes qu'elle avait placées près de l'âtre pour les tenir au chaud. Elle me tendit une assiette garnie de beurre et de miel que j'acceptai avec enthousiasme. La maison, si calme la veille, était à présent pleine de gens ; à leur forte ressemblance entre eux, c'était manifestement une réunion de famille. Le petit garçon au chevreau tacheté était assis sur un tabouret à table et donnait à son compagnon de petits bouts de galette à manger ; de temps en temps, je surprenais son regard posé sur moi, mais, quand je lui souris, il écarquilla les yeux, puis il se leva d'un air grave et alla poser plus loin son assiette, son chevreau sur les talons.

Nik traversait la cuisine à grands pas, un long manteau de laine noire tacheté de flocons battant sur ses mollets ; il surprit mon regard au passage.

« Prêt à partir ? »

Je hochai la tête.

« Parfait. » Il me jeta un dernier coup d'œil avant de sortir. « Habillez-vous chaudement. La tempête ne fait que commencer. » Puis, avec un sourire complice : « Le temps idéal pour vous et moi. »

Je ne m'attendais pourtant pas à ce que le voyage fût une partie de plaisir. J'avais fini de déjeuner quand Astérie apparut dans l'escalier, et je la regardai avec étonnement entrer dans la cuisine : je pensais la voir encore à moitié endormie, mais non : elle était au contraire bien réveillée, les joues roses et la bouche rieuse ; elle échangea des piques avec un des hommes présents, et elle eut nettement l'avantage. Arrivée à la table, elle se servit sans hésiter de copieuses portions de tous les plats, et, quand elle leva enfin le nez de son assiette vide, elle dut lire sur mon visage une expression ahurie.

« Lorsqu'on est ménestrelle, on apprend à se remplir le ventre dès qu'on en a l'occasion », dit-elle en me tendant sa timbale : elle buvait de la bière avec son petit déjeuner. Je remplis son gobelet à la carafe. Elle venait de le reposer avec un soupir quand Nik rentra dans la cuisine tel un nuage d'orage. Il m'aperçut et s'arrêta en pleine course. « Ah ! Tom ! Savez-vous conduire une carriole ?

— Oui, bien sûr.

— Bien ?

— Assez bien.

— Alors, tant mieux ; nous sommes prêts à partir, dans ce cas. C'est mon cousin Hank qui devait conduire, mais il respire comme un soufflet de forge ce matin, il a pris froid cette nuit, et sa femme ne veut pas le laisser nous accompagner. Mais si vous savez conduire une carriole...

— Vous baisserez votre prix en proportion, intervint soudain Astérie. En conduisant le chariot, il vous économise le prix d'une monture pour lui, sans compter ce qu'aurait mangé votre cousin. »

Nik resta un instant interloqué et nous regarda tour à tour, la ménestrelle et moi. « C'est équitable, fis-je en me retenant de sourire.

— J'en tiendrai compte », dit-il enfin, et il ressortit de la cuisine à pas pressés. Il revint peu après. « La vieille accepte de vous prendre à l'essai. C'est son cheval et son chariot que vous allez conduire. »

Dehors, il faisait encore nuit. Des torches crachotaient dans le vent et la neige, et des silhouettes couraient çà et là, capuches relevées, manteaux bien fermés. Il y avait quatre chariots attelés, dont l'un était occupé par une quinzaine de personnes serrées les unes contre les autres, des sacs sur les genoux, la tête rentrée dans les épaules pour se protéger du froid. Une femme me regarda et je lus la peur sur son visage ; un enfant s'appuyait contre elle. Je me demandai d'où venaient ces gens. Deux hommes hissèrent un baril sur un des chariots, puis étendirent une bâche sur l'ensemble du chargement.

Derrière le véhicule plein de passagers se trouvait une carriole à deux roues ; une petite vieille vêtue de noir était assise, bien droite, sur le siège. Elle était emmitouflée dans un manteau à capuche, un châle autour de la tête et une couverture de voyage sur les genoux. Ses yeux noirs et vifs ne me quittèrent pas pendant que je faisais le tour de son attelage ; l'animal était une jument tachetée ; elle n'aimait pas le temps qu'il faisait et son harnais la serrait. Je l'ajustai du mieux possible en la persuadant de me faire confiance. Quand j'eus terminé, je croisai le regard scrutateur de la vieille femme posé sur moi. Les mèches qui s'échappaient de sa capuche étaient d'un noir luisant avec des striures blanches qui n'étaient pas dues qu'à la neige. Elle pinça les lèvres sans me quitter des yeux, mais elle garda le silence, même lorsque je fourrai mon paquetage sous le siège. « Bonjour ! lui dis-je en grimpant à côté d'elle et en m'emparant des rênes. Je crois que c'est moi qui dois conduire votre voiture, ajoutai-je d'un ton enjoué.

— Vous croyez ? Vous n'en êtes pas sûr ? » Elle m'adressa un coup d'œil acéré.

— Hank est malade et Nik m'a demandé de le remplacer. Je m'appelle Tom.

— Je n'aime pas les changements de dernière minute, fit-elle. Ça indique qu'on n'était pas prêts, et qu'on l'est encore moins. »

Je commençais à comprendre pourquoi Hank s'était fait soudainement porter pâle. « Je m'appelle Tom, répétai-je.

— Vous l'avez déjà dit », rétorqua-t-elle. Elle regarda les flocons qui tombaient. « Ce voyage n'aurait pas dû avoir lieu, fit-elle sans s'adresser à moi, et il n'en sortira rien de bon, je le sens déjà. » Elle croisa ses doigts gantés sur ses genoux. « Satanée vieille carcasse ! jeta-t-elle. Sans elle, je n'aurais besoin de personne. De personne ! »

Je me creusais la cervelle pour trouver une réponse quand Astérie fit son apparition. Elle tira les rênes près de moi. « Regardez un peu ce qu'on m'a donné à monter ! »

me lança-t-elle ; sa monture secoua sa crinière noire et leva les yeux vers moi, de l'air de me demander de regarder ce qu'on lui avait donné à porter.

« C'est une belle bête, je trouve. Elle est de race montagnarde ; tous ces chevaux sont comme ça. Mais ils sont capables de marcher toute la journée sans s'arrêter, et ils ont le tempérament docile pour la plupart. »

Astérie se renfrogna. « J'ai dit à Nik que, pour ce que nous payions, je pensais avoir droit à un cheval digne de ce nom. »

L'intéressé passa près de nous à cet instant, sur une monture qui n'était pas plus imposante que celle de la ménestrelle. Il regarda la jeune femme, puis détourna les yeux comme s'il était las de l'entendre. « Allons-y, dit-il d'une voix basse mais qui portait. Mieux vaut garder le silence et ne pas se laisser distancer par le chariot qui précède. Il est plus facile qu'on ne croit de se perdre de vue dans cette tourmente. »

Il n'avait pas parlé fort mais ses instructions furent aussitôt suivies d'effet. Personne ne lança d'ordre ni d'adieu et les chariots devant nous s'ébranlèrent sans bruit ; d'un coup de rênes et d'un claquement de langue, je fis avancer notre cheval. La jument émit un reniflement désapprobateur mais se mit au pas de la colonne, et nous nous déplaçâmes dans un silence presque complet au travers d'un rideau infini de flocons. Le poney d'Astérie tira nerveusement sur son mors jusqu'à ce que la ménestrelle lui lâche la bride ; alors la bête prit le trot pour rejoindre les autres chevaux en tête du groupe, et je restai seul aux côtés de la vieille femme taciturne.

Je m'aperçus bientôt que l'avertissement de Nik était pertinent. Le soleil se leva mais la neige continuait de tomber si dru que la lumière du jour était laiteuse ; les flocons tourbillonnants avaient un aspect nacré qui éblouissait l'œil et l'épuisait tout à la fois, et on avait l'impression d'avancer dans un interminable tunnel de blancheur, avec pour seul point de repère l'arrière du chariot que l'on suivait.

Nik ne nous fit pas prendre la route et nous emmena par les champs glacés dont la croûte de neige craquait sous nos roues. La neige comblait rapidement les ornières que nous laissions et toute trace de notre passage était rapidement effacée. Nous voyageâmes ainsi à travers la campagne jusqu'après midi ; les cavaliers mettaient pied à terre pour ouvrir les barrières et les refermer derrière nous. À un moment, je distinguai une ferme dans la tourmente, mais ses fenêtres étaient obscures. Peu après midi, une dernière barrière fut ouverte devant nous et, avec force grincements et cahots, nous débouchâmes sur une ancienne route qui n'était désormais guère plus qu'une piste. Les seules traces qui la marquaient étaient les nôtres, que la neige faisait bientôt disparaître.

Et, durant tout ce temps, ma compagne de voyage n'avait rien dit, froide et silencieuse comme la neige elle-même. De temps en temps, je lui lançais un coup d'œil en coin : elle regardait droit devant elle, oscillant au gré des mouvements du chariot, et ne cessait de croiser et de décroiser les doigts sur ses genoux comme si ses mains lui faisaient mal. Je m'amusai à l'observer : elle était d'origine cervienne, manifestement ; elle avait encore l'accent de Cerf, bien que des années de séjour en d'autres lieux l'eussent atténué. Son châle était l'œuvre de tisserands chalcèdes, mais le style des broderies noir sur noir qui couraient le long de l'ourlet de son manteau m'était complètement inconnu.

« Vous êtes bien loin de Cerf, jeune homme », remarqua-t-elle soudain, le regard toujours fixé devant elle. Le ton qu'elle avait pris me fit redresser le dos.

« Tout comme vous, vieille femme », répliquai-je.

Elle se tourna vers moi. Était-ce de l'humour ou de l'agacement qui brillait dans ses yeux de corbeau ? « En effet, par la distance comme par les années. » Elle se tut, puis, sans prévenir : « Qu'allez-vous faire dans les Montagnes ?

— J'ai envie de voir un de mes oncles », répondis-je, ce qui était tout à fait exact.

Elle eut un grognement dédaigneux. « Un jeune Cervien qui a un oncle dans les Montagnes ? Et vous êtes prêt à risquer votre tête pour le voir ? »

Je lui jetai un bref regard. « C'est mon oncle préféré. Vous, si j'ai bien compris, vous vous rendez au sanctuaire d'Éda ?

— Les autres, oui, corrigea-t-elle. Je suis trop âgée pour implorer de retrouver ma fertilité ; non, je cherche un prophète. » Et elle ajouta avant que je pusse placer un mot : « C'est mon prophète préféré. » Je crus voir une ombre de sourire flotter sur ses lèvres.

« Pourquoi ne voyagez-vous pas avec les autres dans le chariot ? »

Elle m'adressa un regard glacial. « Ils posent trop de questions, répondit-elle.

— Ah ! » J'acceptai la rebuffade avec un sourire.

Au bout de quelque temps, elle reprit : « Je vis seule depuis longtemps, Tom. J'aime aller mon chemin sans personne, ne me fier qu'à moi-même et décider à part moi ce que je mangerai au dîner. Ces gens-là sont bien gentils, mais ils grattent et picorent comme une bande de poules ; laissé à lui-même, pas un d'entre eux ne se serait lancé dans ce périple. Chacun avait besoin d'entendre les autres lui dire : “Oui, oui, c’est ce qu’il faut faire, le risque en vaut la peine” ; et maintenant qu’ils ont pris la décision, la décision les dépasse : pas un seul n’oserait faire demi-tour de son propre chef. »

Elle secoua la tête et j’acquiesçai, pensif. Elle ne dit plus rien pendant un long moment. Notre piste avait désormais rejoint la rivière, que nous suivions vers l’amont parmi des buissons et des baliveaux clairsemés. Je distinguais à peine l’eau à travers le rideau de neige mais je sentais son odeur et j’entendais le bruit de son flot impétueux ; je me demandai quelle distance nous allions parcourir avant de tenter de la franchir, puis je souris soudain : Astérie connaîtrait certainement la réponse quand je lui poserais la question ce soir. Nik appréciait-il sa compagnie ?

« À quoi rime ce petit sourire ? fit brusquement la vieille femme.

— Je pensais à mon amie Astérie, la ménestrelle.

— Et c’est elle qui vous fait sourire comme ça ?

— Parfois, oui.

— Elle est ménestrelle, dites-vous ; et vous ? Vous êtes ménestrel aussi ?

— Non, simple berger – la plupart du temps.

— Je vois. »

Notre échange s’arrêta là. Puis, comme le soir tombait, elle déclara : « Vous pouvez m’appeler Caudron.

— Moi, c’est Tom, répondis-je.

— Et c’est la troisième fois que vous me le dites. »

Je pensais que nous camperions à la tombée de la nuit mais Nik nous fit avancer encore ; nous ne fîmes qu’une brève halte, le temps qu’il allume deux lanternes et les accroche à deux des chariots. « Suivez la lumière », fit-il, laconique, en passant près de nous ; notre jument se conforma à l’ordre.

L'obscurité s'était installée et le froid croissait quand le chariot devant nous quitta la route et s'enfonça par une ouverture dans les arbres qui bordaient la rivière. Je fis prendre le même chemin à la jument et nous sortîmes de la piste avec un violent cahot qui fit jurer Caudron. Je souris : peu de gardes de Castelcerf auraient fait mieux qu'elle.

Nous nous arrêtâmes peu après. Je restai sur mon siège, indécis, car je n'y voyais goutte ; la rivière était une masse obscure en mouvement quelque part sur notre gauche, et le vent qui en venait ajoutait de l'humidité au froid de l'air. Les pèlerins du chariot devant nous s'agitaient en échangeant des propos murmurés. J'entendis la voix de Nik, puis j'aperçus un homme qui passait près de nous, un cheval à la bride, occupé à ôter les lanternes de l'arrière des chariots. J'engageai la carriole à sa suite. Un instant plus tard, l'homme et le cheval pénétrèrent dans un long bâtiment bas, jusque-là invisible dans le noir.

« Entrez, c'est là qu'on passe la nuit », annonça Nik en nous croisant. Je mis pied à terre, puis m'apprêtai à aider Caudron à descendre. Comme je lui offrais ma main, elle eut l'air presque surprise.

« Je vous remercie, gentil sire, me dit-elle à mi-voix.

— C'est un plaisir, ma dame », répondis-je. Elle prit mon bras et je la guidai vers la maison.

« Vous avez de sacrément bonnes manières pour un berger, Tom », fit-elle sur un ton tout à fait différent. Elle éclata d'un rire sec comme un aboiement, puis entra en me laissant retourner dételer la jument ; je secouai la tête sans pouvoir m'empêcher de sourire : cette vieille femme me plaisait. Je jetai mon paquetage sur mon épaule et, à l'imitation des autres, menai l'animal dans le bâtiment. Tout en lui ôtant son harnais, je promenai mon regard autour de moi : je me trouvai dans une pièce basse de plafond et tout en longueur qui couvrait l'entière surface de l'édifice ; un feu avait été allumé dans une cheminée à une extrémité de la salle. Les murs étaient en pierre et en glaise, le sol en terre. Les chevaux étaient groupés près du fond autour d'une mangeoire pleine de foin ; comme j'y conduisais notre jument, un des hommes de Nik entra avec des seaux d'eau pour remplir un abreuvoir. L'épaisseur de fumier à cette extrémité de la salle indiquait que cette bâtisse était souvent utilisée par les contrebandiers.

« À quoi servait ce campement, à l'origine ? demandai-je à Nik en me joignant au groupe qui se tenait près du feu.

— Aux brebis, répondit-il. L'abri, c'était pour les agnelages précoces, et plus tard pour la tonte, après avoir lavé les brebis dans la rivière. » Son regard bleu se fit lointain, puis il éclata d'un rire grinçant. « Mais c'était il y a longtemps ; maintenant, il n'y a plus de quoi nourrir une chèvre, alors des brebis comme celles que nous avions... » Il fit un geste vers l'âtre. « Mangez et dormez tant que vous en avez le temps, Tom. Le matin sera vite là. » Et ses yeux parurent s'attarder sur ma boucle d'oreille avant qu'il s'éloigne.

La chère était simple : pain, poisson fumé, gruau, tisane brûlante ; la plupart des vivres venaient des provisions des pèlerins mais Nik apportait une quote-part suffisante pour qu'ils acceptent sans rechigner de nourrir ses hommes, Astérie et moi-même. Caudron mangea seule en se servant de ses propres vivres et prépara sa tisane à part. Les pèlerins se montraient polis avec elle et elle leur rendait la courtoisie, mais, manifestement, aucun lien ne les unissait, à part une destination commune. Seuls les trois enfants de la compagnie paraissaient ne pas avoir peur d'elle et ils lui demandèrent des pommes sèches et des histoires jusqu'au moment où elle les prévint qu'ils allaient se rendre malades.

L'abri se réchauffa bientôt, grâce à la chaleur des chevaux et des hommes autant qu'à celle de l'âtre ; la porte et les volets avaient été soigneusement fermés pour empêcher non seulement le froid d'entrer, mais aussi les sons et la lumière de s'échapper : malgré la tourmente et l'absence d'autres voyageurs sur notre route, Nik tenait visiblement à ne prendre aucun risque, attitude que j'approuvais chez un contrebandier. Le repas m'avait fourni l'occasion d'observer de près nos compagnons : quinze pèlerins des deux sexes et d'âges variés, sans compter Caudron, et une dizaine de contrebandiers, dont six ressemblaient assez à Nik et Pelf pour être au moins cousins avec eux ; les autres formaient un groupe mêlé d'hommes rudes et vigilants qui connaissaient apparemment leur travail. À tout moment, la garde était assurée par trois personnes au minimum. Ils parlaient peu et savaient ce qu'ils avaient à faire, si bien que Nik n'avait guère d'instructions à leur donner ; je commençais à croire que je verrais l'autre berge de la rivière, et sans doute la frontière des Montagnes. Il y avait bien longtemps que je n'avais pas été pris d'un tel optimisme.

En telle compagnie, Astérie était à son avantage ; dès le repas achevé, elle saisit sa harpe et, bien que Nik nous eût répété de parler à voix basse, il n'interdit pas la musique et les chansons douces dont elle nous régala. Pour les contrebandiers, elle chanta une vieille ballade sur Heft le voleur de grand chemin, sans doute de tous les brigands de Cerf celui qui avait eu le plus de panache ; même Nik sourit pendant la chanson, tandis qu'Astérie ne cessait de lui lancer de petites œillades ; à l'intention des pèlerins, elle chanta un poème qui parlait d'une route qui ramenait les gens chez eux en suivant les méandres d'un fleuve, et elle termina par une berceuse pour les trois enfants du voyage ; mais déjà bon nombre de spectateurs s'étaient allongés sur leurs couvertures. Caudron m'avait d'ailleurs envoyé d'autorité chercher les siennes dans sa carriole, et j'avais obtempéré en me demandant depuis quand j'avais été promu du rôle de conducteur à celui de serviteur ; quelque chose chez moi, sans doute, donnait l'impression aux vieilles gens que mon temps était à leur disposition.

Je déroulai ma literie à côté de celle de Caudron, puis m'allongeai pour chercher le sommeil. Autour de moi, la plupart de mes compagnons ronflaient déjà, et Caudron était recroquevillée sous ses couvertures comme un écureuil dans son nid. J'imaginais combien ses articulations devaient la faire souffrir par ce froid mais je n'y pouvais guère. Plus loin, assise près du feu, Astérie bavardait avec Nik ; de temps en temps, ses doigts effleuraient les cordes de sa harpe et les notes argentines montaient en contrepoint de ses murmures. À plusieurs reprises, elle fit rire Nik.

Je commençai à m'assoupir.

Mon frère ?

Mon corps tout entier tressaillit convulsivement. Il était tout près.

Œil-de-Nuit ?

Évidemment ! Amusement. *À moins que tu n'aies un autre frère, maintenant ?*

Jamais ! Rien que toi, mon ami ! Où es-tu ?

Dehors. Rejoins-moi.

Je me levai rapidement et renfilai mon manteau. L'homme de garde à la porte fronça les sourcils en me voyant prêt à sortir, mais il ne posa pas de question. Je m'enfonçai dans l'obscurité par-delà les chariots assemblés. Les flocons avaient cessé de tomber et le vent avait dégagé une trouée constellée dans le ciel ; la neige argentait les branches des buissons et des arbres. Je regardais de droite et de gauche quand un choc dans le dos me jeta à plat ventre ; j'aurais crié de surprise si je n'avais eu la bouche pleine de neige. Je me retournai sur le dos et un loup tout joyeux se mit à me piétiner avec entrain.

Comment as-tu su où me trouver ?

Comment sais-tu où te gratter quand ça te démange ?

Je compris aussitôt ce qu'il voulait dire : je n'étais pas toujours conscient de notre lien, mais penser à lui et découvrir où il était n'était pas plus difficile que joindre mes mains dans le noir. Bien sûr que je savais où il était ! Il faisait partie de moi.

Tu sens la femelle. Tu as pris une nouvelle compagne ?

Non, naturellement.

Mais tu partages une tanière avec elle ?

Nous voyageons ensemble, en meute. C'est plus sûr.

Je sais.

Nous restâmes quelque temps immobiles de corps et d'esprit, simplement occupés à nous réhabituer à notre présence physique mutuelle. Je me sentais à nouveau entier, en paix. J'ignorais que je m'inquiétais tant pour lui avant que sa vue n'apaise ma conscience, et il partageait ce sentiment, quoiqu'à contrecœur. Il savait que j'avais fait face seul à certaines épreuves et à certains dangers, et il ne m'avait pas cru capable de les surmonter ; mais je lui avais manqué aussi ; il avait la nostalgie de ma façon de penser, des idées et des arguments que les loups n'échangent jamais entre eux. *C'est pour ça que tu es revenu ?* lui demandai-je.

Il se dressa brusquement et s'ébroua du museau à la queue. *Il était temps de revenir,* répondit-il, évasif. Puis il ajouta : *J'ai couru avec eux. Ils ont fini par me laisser une place dans leur meute. Nous avons chassé ensemble, tué ensemble, partagé la viande. C'était très bon.*

Mais ?

J'ai voulu devenir le chef. Il me tourna le dos et me lança un coup d'œil par-dessus son épaule, la langue pendante. *J'ai l'habitude d'être le chef; tu sais.*

Ah ? Et ils t'ont rejeté ?

Loup Noir est très grand et rapide. Je suis plus fort que lui, je pense, mais il connaît plus de ruses que moi. C'est comme quand tu te battais contre Cœur de la Meute.

J'éclatai d'un rire silencieux et il me fit brusquement face, les babines retroussées en une feinte menace.

« Du calme, dis-je, les mains tendues pour le retenir. Alors, que s'est-il passé ? »

Il se coucha près de moi. *Il est resté le chef. Il a toujours la femelle et la tanière.* Il se tut et je sentis qu'il s'efforçait d'utiliser le concept d'avenir. *Ça pourrait être différent une autre fois.*

« Possible », dis-je. Je le grattai délicatement derrière l'oreille et c'est tout juste s'il ne se roula pas sur le dos dans la neige. « Tu retourneras auprès d'eux un jour ? »

Il avait du mal à se concentrer sur mes propos pendant que je le grattais. J'interrompis mon geste et lui reposai la question. Il pencha la tête de côté pour me regarder d'un air amusé. *Demande-le-moi ce jour-là et je pourrai te répondre.*

Un jour à la fois, acquiesçai-je. *Je suis heureux que tu sois ici, mais je ne comprends toujours pas pourquoi tu es revenu. Tu aurais pu rester avec la meute.*

Ses yeux croisèrent les miens et ne me lâchèrent plus malgré l'obscurité. *On t'a appelé, non ? Ton roi ne t'a-t-il pas hurlé "Rejoins-moi" ?*

Je hochai la tête à contrecœur. *Il m'a appelé, oui.*

Il se releva soudain et s'ébroua, puis son regard se perdit dans la nuit. *Si on t'appelle, on m'appelle aussi.* Il avait parlé sans plaisir.

Rien ne t'oblige à m'accompagner. C'est moi qui suis lié par cet appel, pas toi.

Tu te trompes : ce qui te lie me lie aussi.

Je ne vois pas comment ce serait possible, dis-je d'un ton circonspect.

Moi non plus, mais c'est comme ça. "Rejoins-moi", nous a-t-il ordonné ; j'ai réussi à ne pas y prêter attention un moment mais je n'y arrive plus.

Je regrette. Je cherchais une façon claire de m'exprimer. *Il n'a aucun droit sur toi, je le sais. Je ne pense pas qu'il avait l'intention de t'appeler, ni de me contraindre à lui obéir, mais c'est ce qui s'est passé, et je dois le rejoindre.*

Je me mis debout et me débarrassai de la neige qui commençait à fondre sur mes vêtements. J'avais honte : non seulement j'étais la victime de Vérité, en qui j'avais toute confiance, ce qui était déjà grave en soi, mais, par mon biais, le loup se retrouvait lui aussi victime. Vérité n'avait aucun titre à exiger quoi que ce fût d'Œil-de-Nuit – et moi non plus, d'ailleurs. Ce que nous vivions ensemble avait été librement accepté par chacun, nous nous donnions l'un à l'autre sans que la moindre obligation mutuelle intervînt ; or voici que le loup, par moi, était pris au piège aussi sûrement que si je l'avais mis en cage.

Nous partageons la même cage, alors.

J'aimerais qu'il en soit autrement ; je voudrais qu'il existe un moyen de te libérer. Mais moi-même je ne sais pas comment me libérer : si j'ignore ce qui t'attache, je ne sais pas comment te détacher. Toi et moi partageons le Vif,

Vérité et moi partageons l'Art ; comment son ordre a-t-il pu te saisir à travers moi ? Tu n'étais même pas avec moi quand il m'a appelé.

Œil-de-Nuit était assis dans la neige, immobile. Le vent s'était levé, et, à la faible clarté des étoiles, je le voyais soulever ses poils. *Je suis toujours avec toi, frère. Tu ne t'en rends peut-être pas toujours compte, mais je suis avec toi. Nous ne sommes qu'un.*

Nous partageons beaucoup de choses. Je me sentais mal à l'aise.

Non. Il se tourna et me regarda droit dans les yeux comme ne pouvait le faire aucun loup sauvage. *Nous ne partageons pas : nous sommes un. Je ne suis plus un loup, tu n'es plus un homme. Ce que nous sommes ensemble, je ne sais pas le nommer. Peut-être que celui qui nous a parlé du Lignage aurait un mot pour l'expliquer.* Il se tut un instant. *Tu vois comme je suis devenu homme, pour parler d'avoir un mot qui explique une idée. Mais il n'y a pas besoin d'un mot : nous existons et nous sommes ce que nous sommes.*

Si je pouvais, je te rendrais la liberté.

C'est ce que tu veux ? Moi, je ne veux pas me séparer de toi.

Ce n'est pas ce que je voulais dire. Je voudrais que tu aies une existence à toi.

Il bâilla, puis s'étira. *Je veux que nous ayons une existence à nous ; nous la gagnerons ensemble. Alors, nous voyageons de nuit ou de jour ?*

De jour.

Il sentit ce qui se cachait derrière ma réponse. *Tu comptes rester avec cette énorme meute pour voyager ? Pourquoi ne pas la laisser tomber pour courir avec moi ? Nous irons plus vite.*

Je secouai la tête. *C'est plus compliqué que ça. Pour me rendre où je dois aller, je vais avoir besoin de protection et, seul, je n'y arriverai pas : j'ai besoin de l'aide de cette meute pour survivre à ce temps.*

Suivit une demi-heure d'explications laborieuses destinées à lui faire comprendre que j'aurais besoin du soutien des membres de la caravane pour parvenir aux Montagnes. Si j'avais disposé d'une monture et de vivres, je n'aurais pas hésité à m'en remettre à la chance et à prendre la route avec le loup ; mais à pied, sans pouvoir emporter plus de provisions que ce qu'il m'était possible de transporter moi-même, avec les neiges épaisses et les froids noirs des Montagnes qui m'attendaient, sans parler d'une rivière à franchir ? Je n'étais pas fou à ce point.

Nous pouvions chasser, soutenait Œil-de-Nuit, nous rouler en boule dans la neige pendant la nuit, et il pouvait me protéger comme il l'avait toujours fait. À force de persévérance, je réussis à le convaincre que je devais continuer le voyage comme je l'avais commencé. *Alors je vais devoir suivre tous ces gens de loin, sans me faire remarquer, comme un chien perdu ?*

« Tom ? Tom, vous êtes là ? » Il y avait à la fois de l'énervement et de l'inquiétude dans la voix de Nik.

« Oui, ici ! » Je sortis des taillis.

« Qu'est-ce que vous faisiez ? demanda-t-il d'un ton soupçonneux.

— Je me soulageais. » Je pris soudain une décision. « Et mon chien m'a suivi depuis la ville et il nous a rattrapés ; je l'avais laissé à des amis mais il a dû ronger sa corde. Ici, mon chien, aux pieds ! »

Tes pieds, je vais te les ronger, tu vas voir ! me lança Œil-de-Nuit, mais il obéit et pénétra en même temps que moi dans la cour dégagée.

« Rudement grand, votre chien », observa Nik. Il se pencha en avant. « On dirait qu'il est plus qu'à moitié loup.

— Oui, on m'en a fait la remarque en Bauge. C'est une race de Cerf ; on s'en sert pour garder les moutons. »

Ça, tu me le payeras, je te le promets.

En guise de réponse, je lui tapotai le garrot, puis lui grattai les oreilles. *Remue la queue, Œil-de-Nuit.* « C'est une vieille bête fidèle ; j'aurais dû me douter qu'elle refuserait que je la quitte. »

Ce que je dois supporter pour toi ! Il remua la queue – une seule fois.

« Je vois. Bon, eh bien, vous devriez rentrer dormir un peu. Et la prochaine fois, ne vous en allez pas tout seul, sous aucun prétexte ; en tout cas, pas sans me prévenir : quand mes hommes montent la garde, ils sont nerveux. Ils pourraient bien vous trancher la gorge avant d'avoir eu le temps de vous reconnaître.

— Je comprends. »

Je suis passé sous le nez de deux d'entre eux.

« Nik, il ne vous dérange pas, n'est-ce pas ? Le chien, je veux dire. » J'essayai de prendre l'air penaud. « Il peut rester dehors. Et c'est un très bon chien de garde.

— Du moment que vous ne comptez pas sur moi pour le nourrir... grogna Nik. Et débrouillez-vous pour qu'il ne nous attire pas d'ennuis.

— Oh, il ne fera rien, j'en suis sûr ! N'est-ce pas, mon chien ? »

À cet instant, Astérie apparut à la porte. « Nik ? Tom ?

— On est là. Vous aviez raison, il était allé lancequiner », répondit Nik à mi-voix. Il lui prit le bras et voulut la ramener dans la bâtisse.

« Qu'est-ce que c'est que cette bête ? » fit-elle soudain d'un ton presque effrayé.

Je n'avais pas le choix : je devais tout parier sur sa vivacité d'esprit et notre amitié. « Mon chien, Œil-de-Nuit, c'est tout, répondis-je en hâte. Il a dû ronger sa corde. J'avais pourtant averti Crice de le surveiller quand je le lui ai laissé parce qu'il essaierait sûrement de me suivre, mais Crice ne m'a pas écouté, et voilà le résultat. J'ai l'impression qu'il ne me reste plus qu'à l'emmener dans les Montagnes. »

Astérie regardait fixement le loup avec des yeux immenses et noirs comme le ciel nocturne. Nik la tira par le bras et elle finit par se retourner vers la porte. « Oui, j'imagine », fit-elle d'une voix faible.

Dans mon for intérieur, je remerciai Éda et tous les autres dieux qui pouvaient me prêter l'oreille, puis, m'adressant à Œil-de-Nuit : « Ne bouge pas d'ici et monte bien la garde, mon bon chien. »

Profites-en tant que ça dure, petit frère. Et il se coucha sur le ventre près de la carriole. Si je le connaissais bien, il aurait disparu d'ici quelques battements de cœur. J'entrai dans le bâtiment à la suite d'Astérie et de Nik, qui referma soigneusement la porte derrière nous et la barra, puis j'ôtai mes bottes et secouai mon manteau couvert de neige avant de m'enrouler dans les couvertures. Près de m'endormir, je pris conscience de la profondeur de mon soulagement : Œil-de-Nuit était revenu ! Je me sentais entier, et en sécurité avec le loup à la porte.

Je suis heureux que tu sois près de moi, Œil-de-Nuit.

Tu as une drôle de façon de le montrer, répliqua-t-il, mais je perçus davantage d'amusement que d'agacement dans sa réponse.

Rolf le Noir m'a fait parvenir un message : Royal cherche à retourner les membres du Lignage contre nous ; il leur offre de l'or pour nous traquer. Nous devons éviter de trop parler.

De l'or ! Qu'est-ce que l'or pour nous ou pour ceux qui nous ressemblent ? Ne crains rien, petit frère ; je suis revenu et je te protège.

Je fermai les yeux et sombrai dans le sommeil en souhaitant qu'il eût raison. Alors que je vacillais au bord du sommeil, je remarquai qu'Astérie n'avait pas étendu ses couvertures près des miennes. Elle était assise dessus de l'autre côté de la salle, auprès de Nik ; penchés l'un vers l'autre, ils se parlaient à voix basse ; à un certain moment, la ménestrelle éclata d'un rire étouffé ; je n'entendis pas les propos qu'elle tint ensuite mais le ton était celui d'un défi aguicheur.

J'en ressentis presque de la jalousie, et je m'en fis le reproche : c'était une compagne de voyage, rien de plus. Ce qu'elle faisait de ses nuits ne me regardait pas ; elle avait passé la précédente collée contre moi, ce ne serait pas le cas ce soir. Ce devait être une réaction à la présence du loup : elle n'arrivait pas à l'accepter. Elle n'était pas la première : savoir que j'avais le Vif n'était pas la même chose que rencontrer mon compagnon de lien en chair et en os. Bah, c'était comme ça.

Je m'endormis.

Durant la nuit, je sentis un vague tâtonnement, un infime effleurement d'Art sur mes sens. Je me réveillai mais demeurai sans bouger, en attente : rien. Avais-je imaginé, rêvé ce contact ? Une pensée plus inquiétante me traversa l'esprit : peut-être était-ce Vérité, trop affaibli pour faire mieux que me frôler ? Mais peut-être aussi était-ce Guillot... Je demeurai immobile, écartelé entre le désir et la crainte d'artiser ; je mourais d'envie de savoir si Vérité se portait bien ; depuis qu'il avait soufflé le clan de Royal, je n'avais plus rien perçu de lui. *Rejoins-moi,* avait-il dit. Et si ç'avait été son dernier souhait avant de mourir ?

Et si, au bout de ma quête, je ne devais trouver que des ossements ? Je repoussai mes angoisses et m'efforçai de m'ouvrir.

L'esprit que je sentis effleurer le mien était celui de Royal.

Je n'avais jamais artisé Royal, et je soupçonnais seulement qu'il était capable d'employer l'Art. En cet instant, je doutais encore de mes perceptions : l'énergie ressemblait à celle de Guillot, mais la forme des pensées était celle de Royal. *Et vous n'avez pas trouvé la femme non plus ?* Le contact ne m'était pas adressé ; m'enhardissant, je m'approchai en essayant de m'ouvrir à ses pensées sans m'y immiscer.

Pas encore, mon roi. Ronce, qui dissimulait son inquiétude derrière un ton déférent et formaliste. Je savais que Royal n'était pas plus dupe que moi ; je sentais aussi qu'il en jouissait : il n'avait jamais réussi à faire la différence entre la crainte et le respect, et il ne croyait pas aux marques de révérence à son égard s'il ne s'y mêlait pas de la peur ; pourtant, je ne pensais pas qu'il étendrait cette attitude à son propre clan. Par quelle menace s'imaginait-il le tenir ?

Et rien sur le Bâtard ? demanda sèchement Royal. Oui, c'était indiscutable : il artisait en se servant de l'énergie de Guillot. Cela signifiait-il qu'il était incapable d'artiser par ses propres moyens ?

Ronce rassembla son courage. *Mon roi, je n'ai trouvé aucun signe de lui. Je pense qu'il est mort, et bien mort cette fois. Il s'est entaillé le bras avec un poignard empoisonné, et le désespoir qu'il a ressenti alors était absolu ; personne n'aurait pu aussi bien jouer la comédie.*

Il devrait y avoir un cadavre, dans ce cas, non ?

Il y en a un quelque part, mon roi, j'en suis certain. Vos gardes ne l'ont pas encore découvert, c'est tout. C'était Carrod qui s'était exprimé. Lui ne tremblait pas : il dissimulait sa peur même à ses propres yeux, en lui donnant le nom de colère. Je comprenais le but de ce subterfuge, mais je doutais qu'il fût avisé car il forçait Carrod à tenir tête à Royal, lequel n'aimait pas qu'on parlât franchement.

Je devrais peut-être vous confier de sillonner le pays à sa recherche, fit-il d'un ton plaisant. *Par la même occasion, vous pourriez retrouver l'homme qui a tué Pêne et sa patrouille.*

Mon seigneur... dit Carrod, mais Royal l'interrompit en puisant copieusement dans l'énergie de Guillot. L'effort ne lui coûtait rien.

SILENCE ! Je l'ai déjà cru mort et ma confiance dans la parole d'autrui a failli me coûter la vie. Cette fois, je n'aurai de repos que je ne l'aie vu moi-même découpé en morceaux. La tentative lamentable de Guillot pour amener le Bâtard à se trahir a échoué pitoyablement.

Peut-être parce qu'il est déjà mort, fit Carrod inconsidérément.

J'aurais préféré ne pas être témoin de ce à quoi j'assistai alors : Royal, par l'Art de Guillot, transperça Carrod d'une aiguille de souffrance, aiguë et brûlante. À cet instant, j'eus un aperçu de ce qu'ils étaient tous devenus : Royal était accroché sur Guillot, non comme un homme monte un cheval qui peut le jeter à bas sur un coup de colère, mais comme une tique ou une sangsue se fixe sur une victime et suce sa vie. Éveillé ou endormi, Royal était toujours avec lui, avait toujours accès à son énergie, et il s'en servait en ce moment avec cruauté, sans se préoccuper du prix à payer pour Guillot. J'ignorais que l'Art seul pouvait servir à infliger de la douleur ; je connaissais l'effet d'une tempête d'énergie comme celle que Vérité avait lancée sur eux et qui les avait laissés à demi assommés, mais ceci n'avait rien à voir ; ce n'était pas une manifestation de force ni de colère, mais de pure méchanceté. Quelque part, je le savais, Carrod s'écroula en proie aux convulsions d'une souffrance muette ; liés comme ils l'étaient, Ronce et Guillot durent ressentir l'écho de ses affres, et je m'étonnais que le membre d'un clan pût infliger un tel supplice à un de ses camarades ; mais, après tout, ce n'était pas Guillot qui avait agi : c'était Royal.

L'horreur finit par passer ; peut-être n'avait-elle duré qu'un instant, en réalité, mais pour Carrod, c'était bien assez. Je ne perçus de lui qu'une faible plainte mentale ; il n'était pas capable d'en émettre davantage.

Je ne crois pas que le Bâtard soit mort. Je n'oserai y croire que le jour où j'aurai vu son cadavre. Quelqu'un a tué Pêne et ses hommes ; ramenez-moi l'auteur mort ou vif. Ronce, reste où tu es et redouble d'efforts ; je suis certain qu'il va vers toi ; ne laisse passer aucun voyageur sans t'assurer de son identité. Carrod, tu devrais peut-être rejoindre Ronce ; ton tempérament me paraît souffrir de l'existence indolente que tu mènes. Mets-toi en route dès demain et n'en profite pas pour rester les bras croisés ; gardez l'esprit sur votre tâche, tous les deux. Nous savons que Vérité est vivant, il vous l'a prouvé à tous d'une façon indubitable. Le Bâtard va essayer de le rejoindre ; il faut l'en empêcher, puis éliminer la menace que représente mon frère. Ce sont les seules missions que je vous ai confiées ; comment se fait-il que vous n'arriviez pas à les mener à bien ? N'avez-vous pas songé à ce qu'il adviendrait de nous si la quête de Vérité aboutissait ? Cherchez-le au moyen de l'Art et d'hommes, ne laissez pas le peuple oublier la récompense que j'ai offerte pour sa capture, ni la sanction que j'ai promise pour ceux qui l'aideront. Est-ce clair ?

Naturellement, mon seigneur. Je n'épargnerai aucun effort. Ronce avait répondu promptement.

Carrod ? Je n'entends rien de ta part, Carrod. La menace de la punition planait sur les trois hommes.

Par pitié, mon seigneur, je ferai tout ce que vous m'ordonnerez, je vous le jure. Mort ou vif, je le trouverai, je le jure.

Sans donner le moindre signe d'avoir entendu sa réponse, la présence de Royal disparut, en même temps que celle de Guillot. Je sentis Carrod s'effondrer. Ronce s'attarda un moment. Tendait-il l'oreille, essayait-il de me trouver ? Je laissai mes pensées flotter librement, ma concentration se dissiper, puis j'ouvris les yeux et réfléchis en regardant le plafond. L'échange d'Art m'avait laissé tremblant, au bord de la nausée.

Je suis avec toi, mon frère, me dit Œil-de-Nuit.

Et j'en suis heureux. Je roulai sur le flanc et m'efforçai de trouver le sommeil.

4

CACHETTE

Dans nombre de légendes et contes d'autrefois qui parlent du Vif, on affirme qu'un usager du Vif finit par acquérir de multiples traits de son animal de lien ; certaines histoires parmi les plus effrayantes soutiennent même qu'un tel individu devient capable, avec le temps, de prendre l'aspect de l'animal en question. Mais ceux qui possèdent une connaissance intime de cette magie m'ont assuré du contraire : s'il est vrai qu'une personne douée du Vif peut adopter certaines manières de son compagnon de lien, jamais celle qui est liée à un aigle ne se verra pousser des ailes, pas plus que celle qui partage l'esprit d'un cheval ne se mettra à hennir. Le temps passant, l'usager approfondit sa compréhension de son animal de lien, et, plus longtemps un humain et une bête restent liés, plus leurs attitudes se ressemblent. D'ailleurs, l'animal a tout autant de chances d'acquérir les manières et les traits de caractère de l'humain que l'humain d'adopter les siens ; cependant, cela ne se produit qu'au bout d'une longue période de profonde intimité.

*

Nik partageait l'avis de Burrich sur l'heure où la journée commençait : ce fut le bruit de ses hommes en train de sortir les chevaux qui me réveilla ; la porte ouverte laissait entrer un vent glacé ; autour de moi, dans l'obscurité, mes compagnons sortaient eux aussi du sommeil. Une enfant pleurait d'être tirée si tôt de ses couvertures ; sa mère s'efforçait de la faire taire. Molly... me dis-je, pris d'une brusque nostalgie, Molly, quelque part, qui fait taire ma fille...

Qu'y a-t-il ?

Ma compagne a mis bas un petit, très loin d'ici.

Inquiétude immédiate. *Mais qui va chasser pour les nourrir ? Ne faut-il pas les rejoindre ?*

Cœur de la Meute s'occupe d'elles.

Ah, naturellement ! J'aurais dû m'en douter. Il a beau le nier, il a l'esprit de la meute. Tout va bien, alors.

Tout en me levant et en roulant mes couvertures, je songeai que j'aimerais pouvoir accepter la situation avec autant d'aisance que le loup. Je savais que Burrich prendrait soin d'elles : c'était dans sa nature – je n'avais qu'à me rappeler les années qu'il avait passées à m'élever ; souvent, alors, j'avais éprouvé de la haine pour lui, mais aujourd'hui je ne voyais pas de meilleur protecteur pour Molly et ma petite – à part moi-même. J'aurais mille fois préféré être celui qui veillait sur elles, même s'il fallait bercer un nourrisson qui pleurait au milieu de la nuit – encore que, pour l'instant, j'eusse apprécié que la femme trouve un moyen de réduire sa fille au silence : je payais mes écoutes d'Art de la nuit passée d'une épouvantable migraine.

La solution paraissait être de s'adresser à l'estomac de l'enfant car elle se calma dès qu'elle fut en possession d'un morceau de pain et de gâteau de miel. Nous partageâmes un petit déjeuner hâtif, avec de la tisane pour seul aliment chaud. Je remarquai la raideur des mouvements de Caudron et la pris en pitié : je lui apportai une chope de tisane sur laquelle elle referma ses doigts tordus pendant que je roulais ses couvertures. Jamais je n'avais vu de mains aussi déformées par les rhumatismes : on eût dit des serres. « D'après une vieille amie à moi, la piqûre des orties lui faisait du bien aux mains quand elle souffrait, lui glissai-je tout en fermant son paquetage.

— Trouvez-moi des orties qui poussent sous la neige, jeune homme, et j'essaierai », répondit-elle sèchement ; mais, quelques instants plus tard, elle m'offrait une pomme séchée de sa maigre réserve, et je l'acceptai avec mes remerciements. Je déposai nos affaires dans la carriole et passai le harnais à la jument pendant qu'elle finissait sa tisane. Dehors, je n'aperçus nulle part Œil-de-Nuit.

Je chasse.

J'aimerais être avec toi. Bonne chance.

Ne faut-il pas parler le moins possible pour éviter que Royal ne nous entende ?

Je ne répondis pas. La matinée était froide et claire, d'un éclat presque pénible après la chute de neige de la veille. Le vent qui venait de la rivière, encore plus polaire que le jour précédent, me donnait l'impression de transpercer mes vêtements, d'enfoncer ses doigts glacés dans la moindre ouverture de mes poignets et de mon col. J'aidai Caudron à monter dans la carriole, puis plaçai une couverture sur ses épaules. « Votre mère vous a bien élevé, Tom », dit-elle avec une gentillesse qui n'avait rien de feint. Je n'en fis pas moins la grimace.

Astérie et Nik bavardaient entre eux en attendant que chacun fût prêt à reprendre la route. Quand tous les préparatifs furent achevés, la ménestrelle monta sur son poney des Montagnes et prit place aux côtés de Nik en tête de notre procession. Je songeai à cette occasion que Nik Grappin ferait un meilleur sujet de ballade que FitzChevalerie ; si, à la frontière des Montagnes, j'arrivais à convaincre Astérie de repartir avec lui, mon existence s'en trouverait grandement simplifiée.

Je me concentrai sur mon travail de conducteur ; je n'avais toutefois guère à faire en dehors d'empêcher la jument de se laisser distancer par le chariot des pèlerins, ce qui me laissait le temps d'observer le pays que nous traversions. Nous regagnâmes la route peu fréquentée que nous avions empruntée la veille et continuâmes de suivre la rivière vers l'amont. Des arbres clairsemés poussaient sur les rives mais un peu plus loin le terrain vallonné n'était plus couvert que de buissons et de broussailles ; des rigoles et des ravines coupaient notre chemin pour se jeter dans la rivière : apparemment, en d'autres temps, l'eau ne manquait pas dans la région, peut-être au printemps ; mais à présent le pays était aride, en dehors de la neige que le vent transportait à son gré comme du sable, et de la rivière dans son lit.

« Hier, c'est la ménestrelle qui vous faisait sourire ; qui vous fait froncer le sourcil aujourd'hui ? demanda Caudron à mi-voix.

— Je songeais que c'était pitié de voir ce qu'était devenue cette riche région.

— Vraiment ? fit-elle sèchement.

— Parlez-moi de votre prophète, dis-je, surtout pour changer de conversation.

— Ce n'est pas *mon* prophète, répliqua-t-elle d'un ton acerbe ; puis elle se radoucit. Je cours sans doute après la lune : celui que je cherche ne se trouve peut-être même pas au bout de notre route ; et cependant, à quoi de mieux employer mes vieilles années que chasser une chimère ? »

Je gardai le silence : je commençais à m'apercevoir que c'était le genre d'attitude qui me valait ses meilleures réponses. « Savez-vous ce que je transporte dans cette carriole, Tom ? Des livres, des manuscrits et des rouleaux de parchemins que j'amasse depuis des années ; je me les suis procurés dans de nombreux pays, j'ai appris bien des langues et bien des alphabets, et dans beaucoup de régions j'ai trouvé mention à d'innombrables reprises des Prophètes blancs. Ils apparaissent aux moments critiques de l'Histoire et ils la façonnent ; certains disent qu'ils viennent mettre l'Histoire sur la voie qui doit être la sienne. Il en est qui croient, Tom, que le temps est un cercle, et l'Histoire une vaste roue qui tourne inexorablement ; les saisons vont et viennent, la lune poursuit inlassablement son cycle, et le temps fait de même : les mêmes guerres éclatent, les mêmes fléaux s'abattent, les mêmes personnages, bons ou mauvais, accèdent au pouvoir. L'humanité est prise au piège sur cette roue, condamnée à répéter éternellement les erreurs qu'elle a déjà commises – sauf si quelqu'un vient modifier cet état de fait. Loin dans le Sud, il est un pays où l'on est convaincu qu'à chaque génération naît un Prophète blanc quelque part dans le monde. Il ou elle paraît, et si l'on tient compte de son enseignement, le cycle de temps prend une meilleure voie ; si on le néglige, le temps s'engage sur un chemin plus ténébreux. »

Elle se tut comme si elle attendait une réponse de ma part. « Je n'ai jamais entendu parler de ces enseignements, dis-je.

— Cela m'aurait étonnée : c'est très loin d'ici que j'ai commencé à étudier ces choses. On affirme là-bas que si les prophètes échouent les uns après les autres, l'Histoire répétée du monde ira en empirant jusqu'à ce que le cycle entier du temps, soit des centaines de milliers d'années, ne soit plus que malheur et injustice.

— Et si on écoute le prophète ?

— Chaque fois que l'un d'eux réussit, la tâche est plus simple pour le suivant ; et lorsqu'un cycle tout entier passera où chaque prophète sera écouté, le temps lui-même s'arrêtera.

— Ils œuvrent donc à faire advenir la fin du monde ?

— Pas la fin du monde, Tom : la fin du temps. Ils travaillent à libérer l'humanité du temps, car il nous asservit tous : le temps qui fait vieillir, le temps qui nous limite. Songez au nombre d'occasions où vous auriez voulu disposer de plus de temps pour quelque chose, ou pouvoir revenir au jour d'avant afin d'accomplir un acte différemment. Quand l'humanité sera libérée du temps, les anciennes injustices pourront être corrigées avant d'avoir été commises. » Elle poussa un soupir. « Je crois que l'heure est venue pour l'apparition d'un de ces prophètes ; et mes lectures me conduisent à penser que le Prophète blanc de notre génération se lèvera dans les Montagnes.

— Mais vous êtes seule dans votre quête. D'autres ne partagent-ils pas votre point de vue ?

— Si, beaucoup ; mais rares, très rares sont ceux qui se mettent à la recherche d'un Prophète blanc. C'est le peuple chez qui le prophète est envoyé qui doit l'écouter ; les étrangers ne doivent pas s'en mêler sous peine de fausser pour toujours le cycle du temps. »

J'en étais encore à essayer de débrouiller ce qu'elle avait déclaré à propos de la nature du temps ; j'avais l'impression que ce concept faisait comme un nœud dans ma pensée. Caudron se tut, et je réfléchis, le regard fixé entre les oreilles de la jument. Du temps pour revenir en arrière et ne pas mentir à Molly... Du temps pour suivre Geairepu le scribe au lieu de devenir l'apprenti d'un assassin... Caudron m'avait donné de quoi songer.

Nous restâmes un long moment silencieux.

Œil-de-Nuit revint peu après midi ; il sortit des arbres d'un air décidé pour se mettre à trotter le long de notre carriole, et la jument lui jeta des regards apeurés en s'efforçant de démêler son odeur de loup de son attitude de chien. Je tendis mon esprit et la rassurai. Il nous accompagnait depuis quelque temps déjà quand Caudron l'aperçut ; elle se pencha devant moi pour mieux voir, puis elle se redressa. « Il y a un loup près de notre carriole, fit-elle.

— C'est mon chien, mais il a du sang de loup, c'est vrai », répondis-je d'un ton dégagé.

Caudron se pencha de nouveau pour l'observer, puis elle me regarda ; je gardai une expression paisible. Elle se rassit. « Ainsi, aujourd'hui, on confie la garde des brebis à des loups, en Cerf », dit-elle. Et ce fut tout.

Nous poursuivîmes régulièrement notre progression le reste de la journée ; nous n'aperçûmes aucun autre voyageur, rien qu'une petite cabane isolée, au loin, d'où montait un ruban de fumée. Le froid et le vent demeuraient constants mais n'en étaient pas plus faciles à supporter à mesure que le jour avançait ; les visages des pèlerins du chariot devant nous pâlissaient peu à peu, les nez rougissaient, et une femme avait les lèvres bleuissantes. Ils étaient serrés comme harengs en caque mais cela ne paraissait pas les protéger du froid.

Je faisais remuer mes orteils dans mes bottes pour les maintenir irrigués et je transférais les guides d'une main à l'autre pour me réchauffer les doigts sous mon aisselle. J'avais mal à l'épaule et la douleur avait gagné tout mon bras au point que même la main m'élançait. Mes lèvres étaient sèches mais je n'osais pas les humecter par crainte des gerçures. Bien peu d'éléments sont aussi pénibles à supporter qu'un froid constant, et ce devait être une torture pour Caudron ; elle ne se plaignait pas mais à mesure que le jour s'écoulait elle paraissait rapetisser dans sa couverture, et son silence ne faisait que manifester davantage sa détresse.

La nuit n'était pas encore tombée quand Nik nous fit quitter la route pour nous engager sur une longue piste en côte, presque enlacée par la neige. Le seul signe par lequel je devinais sa présence était la moindre quantité de touffes d'herbe qui pointaient de la neige, mais Nik paraissait la connaître bien, et les contrebandiers, sur leurs chevaux, ouvrirent la voie aux chariots ; la petite jument de Caudron n'en eut pas moins du mal à avancer. Une fois, je regardai en arrière et vis la main du vent adoucir nos traces au point de les réduire à de vagues ondulations dans le paysage enneigé.

La contrée que nous traversions ne semblait marquée d'aucun trait particulier sinon un doux vallonnement. Nous parvînmes enfin au sommet de la longue côte et devant nous, invisible depuis la route, apparut un groupe serré de bâtiments. Le soir tombait ; une seule fenêtre était illuminée mais, comme nous nous rapprochions sur la piste sinueuse, de nouvelles bougies s'allumèrent et Œil-de-Nuit capta une odeur de fumée dans le vent. On nous attendait.

Les maisons n'étaient pas anciennes et paraissaient même avoir été achevées tout récemment ; parmi elles figurait une vaste grange. Sans dételer les chariots, nous y fîmes descendre les chevaux : en effet, le sol en avait été excavé, si bien qu'elle était à demi enterrée ; ce profil bas expliquait que nous ne l'eussions pas aperçue de la route, et elle avait sans doute été ainsi conçue dans ce dessein : si l'on ignorait l'existence du hameau, il était impossible de le découvrir. La terre de l'excavation avait été entassée autour de la grange et des autres bâtiments ; enfermés entre les murs épais, la porte fermée, nous n'entendions même plus le vent. Une vache à lait s'agita dans sa case quand nous libérâmes les chevaux et les installâmes dans des stalles voisines, munies de paille, de foin et d'un abreuvoir rempli d'eau fraîche.

Les pèlerins avaient quitté leur chariot et j'aidais Caudron à descendre de la carriole quand la porte de la grange s'ouvrit à nouveau. Une jeune femme d'allure féline avec une masse de cheveux roux entra d'un air furieux et alla se planter devant Nik, les poings sur les hanches. « Qui sont tous ces gens et pourquoi les as-tu amenés ici ? À quoi sert une cachette dont la moitié du pays peut connaître l'existence ? »

Nik confia sa monture à l'un de ses hommes et se

retourna vers la femme. Sans un mot, il l'attira dans ses bras et l'embrassa ; mais au bout d'un moment elle le repoussa. « Qu'est-ce que tu...

— Ils m'ont bien payé. Ils ont leurs propres vivres et ils peuvent se débrouiller ici pour la nuit ; ils reprendront la route des Montagnes demain. Là-bas, personne ne s'intéresse à ce que nous faisons. Il n'y a aucun risque, Tel ; tu te fais trop de souci.

— Je suis bien obligée de me faire du souci pour deux, puisque tu n'as pas assez de bon sens pour t'en faire tout seul. J'ai préparé à manger mais pas pour autant de gens. Pourquoi n'as-tu pas envoyé un oiseau me porter un message ?

— Je l'ai fait. Il n'est pas arrivé ? Il a peut-être été retardé par la tourmente.

— Tu dis toujours ça quand tu n'y as pas pensé.

— Allons, n'en parlons plus, ma jolie. J'apporte de bonnes nouvelles. Je te les dirai chez toi. » Et ils sortirent, Nik, le bras autour de la taille de la jeune femme, charge à ses hommes de s'occuper de nous. Il y avait de la paille pour dormir et toute la place nécessaire pour l'épandre ; dehors, un puits permettait de se fournir en eau, et, à une des extrémités de la grange, un petit âtre fumait abominablement mais suffisait pour faire la cuisine. Il ne faisait pas chaud dans la grange, sauf en comparaison de la température extérieure, mais nul ne se plaignait. Œil-de-Nuit était demeuré dehors.

Ils ont un poulailler bien plein, m'annonça-t-il, *et aussi un pigeonnier.*

N'y touche pas, répondis-je.

Astérie s'apprêtait à suivre les hommes de Nik lorsqu'ils sortirent à leur tour mais ils lui barrèrent le chemin à la porte. « Vous devez tous rester à l'intérieur ; ordre de

Nik. » Celui qui avait parlé me jeta un regard chargé de sous-entendus ; puis, plus fort : « Faites provision d'eau dès maintenant parce qu'on va verrouiller la porte. Ça empêche mieux le vent d'entrer. »

Personne ne fut dupe de cette déclaration mais nul ne la contesta : manifestement, moins nous en savions sur la cachette, mieux cela valait ; c'était compréhensible. Aussi, au lieu de nous plaindre, nous allâmes chercher de l'eau. Par habitude, je remplis les abreuvoirs ; au cinquième seau, je me demandai si je perdrais jamais le réflexe de m'occuper d'abord des animaux. Les pèlerins, eux, s'étaient seulement intéressés à leur propre confort et je sentis bientôt l'odeur du repas qui cuisait dans la cheminée. Quant à moi, j'avais de la viande séchée et du pain dur ; ce serait suffisant.

Tu pourrais venir chasser avec moi ; le gibier ne manque pas dans la région. Il y avait un potager ici cet été, et les lapins viennent se nourrir des tiges qui restent.

Il était couché à l'abri du poulailler, un cadavre sanglant de lapin entre les pattes avant ; tout en mangeant, il gardait un œil sur le potager enneigé, à l'affût de nouvelles proies. Morose, je mâchonnai une lanière de viande boucanée tout en entassant de la paille pour faire un lit à Caudron dans le box voisin de celui de sa jument. Je jetais sa couverture par-dessus la paillasse lorsqu'elle revint du foyer, sa bouilloire à la main.

« Qui vous a demandé de vous occuper de mon couchage ? » fit-elle sèchement. Comme je m'apprêtais à répondre, elle ajouta : « J'ai de la tisane, si vous en voulez et si vous avez une timbale. La mienne est dans mon paquetage, au fond de la carriole ; vous trouverez aussi du fromage et des pommes sèches ; rapportez-les-nous, vous serez gentil. »

Alors que j'obéissais à ses instructions, j'entendis Astérie entonner une chanson, accompagnée de sa harpe. Elle chantait pour payer son dîner, sans doute ; bah, tous les ménestrels du monde en faisaient autant, et elle ne terminerait sûrement pas la soirée le ventre vide. Je rapportai à Caudron son paquetage et elle m'alloua une généreuse portion de ses vivres tandis qu'elle-même se contentait d'une part frugale. Nous nous assîmes sur nos couvertures pour manger. Elle passa le repas à me jeter des coups d'œil, et elle finit par déclarer :

« Vos traits me sont familiers, Tom. De quelle partie de Cerf avez-vous dit venir ?

— Bourg-de-Castelcerf, répondis-je sans réfléchir.

— Ah ! Et comment s'appelait votre mère ? »

J'hésitai puis : « Val Merlan. » Elle avait tellement d'enfants qui grouillaient dans tout Bourg-de-Castelcerf qu'il devait bien y en avoir un nommé Tom.

« Des pêcheurs ? Comment un fils de pêcheurs est-il devenu berger ?

— Mon père gardait aussi des troupeaux, fis-je en improvisant. Avec ses deux métiers, nous arrivions à nous débrouiller.

— Je vois. Et vos parents vous ont enseigné les manières de la cour dues aux vieilles femmes, et vous avez un oncle dans les Montagnes. Vous avez une famille remarquable, Tom.

— La passion des voyages l'a pris très jeune, et il a fini par s'installer là-bas. » Le harcèlement auquel elle me soumettait commençait à me faire transpirer, et elle s'en rendait compte. « De quelle partie de Cerf avez-vous dit être originaire ? demandai-je à brûle-pourpoint.

— Je ne l'ai pas dit », rétorqua-t-elle avec un petit sourire.

Astérie apparut soudain à la porte du box ; elle se jucha dessus et se pencha vers nous. « D'après Nik, nous devrions traverser la rivière dans deux jours », annonça-t-elle. Je hochai la tête sans répondre. Elle entra, se dirigea vers le fond du box et jeta, l'air de rien, son sac près du mien, puis elle s'y adossa, sa harpe sur les genoux. « Il y a deux couples près de la cheminée qui ne cessent de se chamailler : leur pain de voyage a pris un peu l'eau et ils ne trouvent rien de mieux à faire que de se rejeter la faute les uns sur les autres. En plus, un des gosses est malade ; il vomit tripes et boyaux, le pauvre. L'homme qui est le plus furieux à cause du pain humide répète que c'est jeter la nourriture par les fenêtres que de lui donner à manger tant qu'il vomit.

— Ce doit être Ralli ; je n'ai jamais vu quelqu'un d'aussi veule et près de ses sous, fit Caudron avec bonne humeur. Le petit, c'est Selk, il est constamment plus ou moins malade depuis notre départ de Chalcède, et il l'était sûrement avant, sans doute. À mon avis, sa mère croit qu'il peut trouver la guérison au sanctuaire d'Éda ; elle s'accroche à des fétus de paille, mais elle en a les moyens. Enfin, elle les avait. »

Les deux femmes se mirent alors à bavarder sur le sujet tandis qu'adossé dans un coin je m'assoupissais en n'écoutant que d'une oreille. Dans deux jours, la rivière ; et combien de temps encore jusqu'aux Montagnes ? J'interrompis la conversation pour me renseigner auprès d'Astérie.

« D'après Nik, c'est impossible à dire : tout dépend du temps. Mais il m'a conseillé de ne pas m'en faire. » Elle effleura distraitement les cordes de sa harpe ; presque aussitôt, deux enfants apparurent à la porte du box.

« Tu vas encore chanter ? » demanda l'un d'eux ; c'était

une petite fille maigrichonne de cinq ou six ans, attifée d'une robe qui avait fait beaucoup d'usage ; elle avait de la paille dans les cheveux.

« Ça vous ferait plaisir ? »

Pour toute réponse, ils entrèrent d'un bond pour s'asseoir de part et d'autre d'elle. Je m'attendais que Caudron récriminât contre cette invasion, mais elle ne dit rien, même quand la fillette vint s'installer confortablement contre elle ; au contraire, de ses doigts tors, la vieille femme se mit à ôter les bouts de paille de ses cheveux. La fillette avait les yeux noirs et serrait contre elle une poupée au visage brodé. Comme elle souriait à Caudron, je compris qu'elles se connaissaient.

« Chante celle sur la vieille et le cochon ! » fit le petit garçon d'un ton implorant.

Je me levai en ramassant mon paquetage. « Il faut que je dorme un peu », dis-je en guise d'excuse ; la présence des enfants m'était soudain devenue insupportable.

Je trouvai un box vide plus près de la porte de la grange et y fis mon lit. J'entendais le murmure des pèlerins autour de la cheminée ; ils ne paraissaient pas être d'accord entre eux. Astérie chanta la chanson sur la vieille, l'échalas et le cochon, puis une autre qui parlait d'un pommier ; aux bruits de pas que je perçus, quelques personnes s'étaient approchées pour écouter la musique. Je fermai les yeux en songeant qu'elles feraient mieux de dormir.

Il faisait noir et plus rien ne bougeait quand la ménestrelle vint me rejoindre. Dans l'obscurité, elle me marcha sur la main, puis faillit me lâcher son sac sur la tête. Je ne dis rien, même quand elle s'allongea près de moi. Elle étendit ses couvertures sur nous deux, puis se glissa avec force tortillements sous la mienne. Je ne réagis pas. Soudain, je sentis sa main sur mon visage. « Fitz ? chuchota-t-elle.

— Quoi ?

— Quelle confiance accordez-vous à Nik ?

— Je vous l'ai dit : aucune ; mais je pense qu'il nous conduira dans les Montagnes, ne serait-ce que par orgueil personnel. » Je souris. « Un contrebandier se doit d'avoir une réputation sans tache parmi ceux qui connaissent ses activités. Il nous mènera à destination.

— Vous étiez fâché contre moi, aujourd'hui ? » Comme je ne répondais pas, elle reprit : « Vous m'avez lancé un regard si sévère ce matin...

— Est-ce que le loup vous gêne ? demandai-je sans ambages.

— C'est donc vrai ? fit-elle à mi-voix.

— Vous en doutiez ?

— De l'histoire du Vif... oui. Je croyais que c'était un mensonge pour vous noircir. Que le fils d'un prince puisse avoir le Vif... Vous ne paraissiez pas le genre d'homme à partager la vie d'une bête. » Son ton disait clairement ce qu'elle pensait d'une telle attitude.

« Eh bien, si. » Une flammèche de colère m'incita à la franchise. « Il est tout pour moi, tout. Jamais je n'ai eu d'ami plus fidèle, prêt à donner sa vie pour moi sans la moindre question ; et davantage que sa vie : être prêt à mourir pour l'autre, c'est une chose ; c'en est une autre de sacrifier pour son compagnon l'existence qu'on aurait pu mener. C'est ça, le don qu'il me fait : la même loyauté que celle qui m'attache à mon roi. »

Mes propres paroles me firent réfléchir : je n'avais jamais envisagé notre relation en ces termes.

« Un roi et un loup », murmura Astérie. Plus bas encore, elle ajouta : « Il n'y a personne d'autre à qui vous teniez ?

— Si : Molly.

— Molly ?

— Elle est chez nous, en Cerf. C'est mon épouse. » Un étrange petit frémissement de fierté me parcourut en prononçant ces mots : mon épouse.

Astérie se redressa brusquement et un courant d'air froid coula sous les couvertures. Je tirais en vain dessus pour les ramener sur moi quand elle demanda : « Une épouse ? Vous avez une femme ?

— Et un enfant ; une petite fille. » Malgré le froid et l'obscurité, je sentis un sourire radieux apparaître sur mes lèvres. « Ma fille, fis-je à mi-voix, simplement pour l'effet d'entendre le mot. J'ai une femme et une fille chez nous. »

Elle se rallongea d'un bloc près de moi. « Ce n'est pas vrai ! dit-elle dans un chuchotement rauque. Je suis ménestrelle, Fitz ; si le Bâtard s'était marié, ça se serait su ; d'ailleurs, d'après la rumeur, vous étiez promis à Célérité, la fille du duc Brondy.

— Le mariage a eu lieu discrètement.

— Ah, je vois ! Vous n'êtes pas marié, en réalité ; vous avez une compagne, voilà ce que vous voulez dire.

— Molly est mon épouse, rétorquai-je fermement, piqué au vif. C'est mon épouse dans tous les aspects qui comptent pour moi !

— Et dans ceux qui comptent pour elle ? Et pour un enfant ? » demanda la ménestrelle à mi-voix.

Je pris une grande inspiration. « Quand je reviendrai, c'est la première chose à laquelle j'apporterai remède. J'en ai la promesse de Vérité lui-même : quand il sera roi, je pourrai épouser qui bon me semblera. » Une partie de moi-même s'épouvantait de la franchise avec laquelle je parlais ; une autre partie demandait : quel mal cela peut-il faire qu'elle soit au courant ? Et c'était un soulagement de pouvoir enfin m'épancher.

« Ainsi, vous allez bel et bien retrouver Vérité ?

— Je suis au service de mon roi ; je vais apporter toute l'aide que je pourrai à Kettricken et à l'héritier de Vérité, après quoi je pousserai jusqu'au-delà des Montagnes à la recherche de mon roi pour lui rendre son trône, afin qu'il chasse les Pirates rouges des côtes des Six-Duchés et que la paix revienne. »

L'espace d'un moment, on n'entendit plus que le vent mordant qui soufflait sur la grange ; puis Astérie soupira doucement.

« Accomplissez-en seulement la moitié et je tiens mon épopée.

— Je n'ai nul désir de devenir un héros ; je veux seulement faire ce qui est nécessaire pour avoir la liberté de vivre ma propre vie.

— Mon pauvre Fitz, personne n'a jamais cette liberté.

— Pourtant, vous me paraissez très libre.

— Ah oui ? Moi, j'ai l'impression qu'à chaque pas je m'enfonce davantage dans un marécage, et que plus je me débats, plus je m'englue.

— Comment ça ? »

Elle eut un rire étranglé. « Regardez autour de vous. Je dors dans la paille et je chante pour me payer mon dîner dans l'espoir qu'il existe un moyen de traverser la rivière et d'arriver aux Montagnes ; mais si ça se réalise, en aurai-je atteint mon but pour autant ? Non : je devrai encore m'accrocher à vos chausses en attendant que vous accomplissiez quelque haut fait digne d'une ballade !

— Rien ne vous y oblige, répondis-je, atterré par cette perspective. Vous pourriez aller votre chemin, poursuivre votre carrière de ménestrelle. Vous paraissez bien vous débrouiller.

— "Bien", répéta-t-elle. Bien pour une ménestrelle itinérante, oui. Vous m'avez entendue chanter, Fitz ; j'ai une bonne voix et des doigts agiles, mais je n'ai rien d'exceptionnel ; or, il faut l'être pour gagner une place de ménestrel de château. Et encore, cela en supposant qu'il restera des châteaux dans cinq ou six ans. Je n'ai aucune envie de chanter pour un public de Pirates rouges. »

Nous nous tûmes un moment, perdus dans nos pensées.

« Je n'ai plus personne, reprit-elle enfin. Mes parents et mon frère sont morts ; mon vieux maître est mort, le seigneur Bronze est mort, qui m'avait pris sous son aile surtout à cause de mon maître ; ils sont tous morts lorsque le château a brûlé. Les Pirates m'ont laissée pour morte moi aussi, vous savez, sans quoi je le serais vraiment. » Pour la première fois, je perçus dans sa voix la trace d'une terreur ancienne. Elle se tut quelque temps, plongée dans des souvenirs qu'elle ne voulait pas évoquer. Je me tournai face à elle. « Je ne peux plus compter que sur moi-même. Moi-même, c'est tout. Et il y a une limite au temps qu'un ménestrel peut passer à errer d'auberge en auberge en chantant pour gagner sa vie ; si on désire une vieillesse confortable, il faut gagner une place dans un château, et cela, seule une très grande ballade me le donnera, Fitz. Et je n'ai plus guère de temps pour en trouver une. » Sa voix se fit murmure et je sentis son souffle chaud quand elle ajouta : « C'est pourquoi je vous suis, car des événements considérables semblent se produire dans votre sillage.

— Des événements considérables ? » répétai-je sur un ton moqueur.

Elle se rapprocha de moi. « Oui, des événements considérables : l'abdication du prince Chevalerie, la victoire sur les Pirates rouges à l'île de l'Andouiller ; et n'est-ce pas vous qui avez sauvé la reine Kettricken des forgisés le soir où elle a été attaquée, juste avant la Chasse de la reine Renarde ? Ah, voilà une chanson que j'aimerais avoir écrite ! Et je ne parle même pas de l'émeute que vous avez déclenchée lors du couronnement du prince Royal. Et puis encore, voyons... vous ressuscitez d'entre les morts, vous tentez d'assassiner Royal en plein Gué-de-Négoce et vous vous échappez sans une égratignure ; ensuite, vous tuez une demi-douzaine de ses gardes, tout seul, alors que vous êtes enchaîné... J'avais le pressentiment que j'aurais dû vous suivre ce jour-là. Bref, je pense avoir de bonnes chances d'assister à quelque haut fait si je ne vous quitte pas d'une semelle. »

Je n'avais jamais considéré ces événements comme si j'en étais responsable ; j'avais envie de protester que je n'avais été à l'origine d'aucun d'entre eux, que je m'étais simplement laissé prendre entre les meules de l'Histoire. Mais je me contentai de soupirer. « Tout ce que je désire, c'est rentrer chez moi retrouver Molly et notre petite fille.

— Elle partage sans doute ce désir. Ce doit être dur pour elle de se demander quand vous reviendrez, et si même vous reviendrez.

— Elle ne se demande rien : elle me croit mort. »

Il y eut un instant de silence, puis, d'un ton hésitant : « Fitz... si elle vous croit mort, comment pouvez-vous espérer qu'elle va vous attendre, qu'elle ne va pas trouver quelqu'un d'autre ? »

J'avais imaginé une dizaine de dénouements possibles : je pouvais périr avant de rentrer chez nous, ou bien, à mon retour, Molly me traitait de menteur et de magicien du Vif, ou encore mes cicatrices ne lui inspiraient que dégoût ; en tout cas, je m'attendais à coup sûr qu'elle m'en veuille de ne pas lui avoir annoncé que j'étais toujours vivant. Mais je comptais lui expliquer que je la croyais avec un autre homme et heureuse, et alors elle comprendrait et me pardonnerait : après tout, c'était elle qui m'avait abandonné.

Mais jamais je n'avais envisagé de rentrer pour découvrir qu'elle m'avait remplacé. Fou que j'étais ! Refuser de prévoir cette éventualité simplement parce que c'était la pire ! « Je ferais bien de l'avertir, dis-je, plus à moi-même qu'à l'attention d'Astérie. Il faut que je lui envoie un message ; mais je ne sais pas exactement où elle vit, ni à qui confier un tel message.

— Depuis quand l'avez-vous quittée ? demanda la ménestrelle.

— Molly ? Depuis près d'un an.

— Un an ! Ah, les hommes ! souffla Astérie. Ils s'en vont à la guerre ou en voyage et ils croient pouvoir reprendre le cours normal de leur existence à leur retour ! Vous croyez que les femmes que vous abandonnez vont s'occuper des champs, élever les gosses, réparer le toit, nourrir la vache, si bien qu'en revenant vous trouverez votre fauteuil toujours au coin du feu et du pain frais sur la table ! Ah ouiche ! Et un corps chaud, prêt à servir, qui n'attend que vous, dans votre lit ! » Je sentais sa colère monter. « Depuis combien de jours êtes-vous parti ? Peu importe : ce sont autant de jours où elle dû se débrouiller sans vous ! Le temps ne s'arrête pas pour elle simplement parce que vous n'êtes pas là ! Comment l'imaginez-vous ? En train de bercer votre petite près d'un bon feu ? Et si vous vous trompiez ? Si la petite était seule à la maison, à pleurer dans son lit sans personne pour s'occuper d'elle, pendant que Molly est dehors, sous une pluie battante, à essayer de couper du bois parce que le feu s'est éteint pendant qu'elle faisait des aller-retour incessants entre chez elle et le moulin pour faire moudre un peu de blé ? »

Je repoussai l'image qu'elle m'imposait. Non : Burrich ne laisserait pas cela arriver. « Je l'imagine sous bien des aspects, et pas seulement dans les moments heureux, dis-je pour me défendre. De plus, elle n'est pas complètement seule : un de mes amis s'occupe d'elle.

— Ah, un ami ! fit Astérie d'un ton doucereux. Et il est beau, spirituel et assez hardi pour voler le cœur de n'importe quelle femme ? »

J'eus un grognement de dédain. « Non. Il est plus vieux que moi, il est entêté et il a mauvais caractère ; mais il est ferme comme un roc, on peut compter sur lui et il est délicat. Il traite toujours bien les femmes, poliment et avec gentillesse. Il s'occupera bien de Molly et de la petite. » Je souris à part moi, car je savais mon propos vrai quand j'ajoutai : « Il tuera le premier qui fera mine de les menacer.

— Il est ferme comme un roc, on peut compter sur lui et il est délicat ? Et il traite bien les femmes ? » Astérie avait pris un ton d'intérêt feint. « Vous savez à quel point de tels hommes sont rares ? Dites-moi qui c'est, je le veux pour moi ! Si votre Molly accepte de le laisser partir, bien sûr. »

Je l'avoue, je me sentis un instant mal à l'aise ; un jour, Molly m'avait dit par taquinerie que j'étais le plus bel homme des écuries depuis Burrich, et, comme je me demandais si je devais prendre cela comme un compliment, elle avait déclaré qu'il était fort bien considéré parmi les femmes malgré son caractère taciturne et distant. Avait-elle jamais eu des vues sur lui ? Non ; c'est avec moi qu'elle avait fait l'amour ce jour-là, à moi qu'elle s'était accrochée bien que nous ne puissions nous marier. « Non. C'est moi qu'elle aime, et rien que moi. »

C'est involontairement que je m'étais exprimé tout haut, et le ton de ma voix dut toucher une corde tendre chez Astérie car elle cessa de me tourmenter. « Ah ! Eh bien, je pense tout de même que vous devriez lui donner de vos nouvelles, afin qu'elle puise des forces dans l'espoir.

— Je m'en occuperai. » Dès mon arrivée à Jhaampe, Kettricken connaîtrait sûrement quelque moyen pour contacter Burrich. Je pourrais lui envoyer une note brève, pas trop explicite au cas où elle serait interceptée, où je lui demanderais d'annoncer à Molly que j'étais vivant et que j'allais revenir. Mais comment lui faire parvenir ce message ?

Allongé dans le noir, je réfléchis. J'ignorais où habitait Molly mais Brodette le saurait peut-être ; cependant, je ne pourrais envoyer mon message par son biais sans que Patience soit au courant. Non, ni l'une ni l'autre ne devait être dans le secret. Pourtant, il devait bien y avoir quelqu'un que Burrich et moi connaissions, quelqu'un de confiance... Pas Umbre : je pouvais me fier à lui mais nul ne saurait où le trouver, même sous son vrai nom.

Quelque part dans la grange, un cheval heurta du sabot la paroi de son box. « Vous êtes bien silencieux, murmura Astérie.

— Je réfléchissais.

— Je ne voulais pas vous inquiéter.

— Vous ne m'avez pas inquiété ; vous m'avez seulement donné matière à réflexion.

— Ah ! » Une pause. « Que j'ai froid !

— Moi aussi. Mais il fait encore plus froid dehors.

— Ce n'est pas pour ça que j'ai plus chaud. Prenez-moi dans vos bras. »

Ce n'était pas une prière. Elle se mussa contre ma poitrine, la tête sous mon menton. Elle sentait bon ; comment les femmes font-elles pour toujours sentir bon ? Gauchement, je la serrai contre moi, heureux de sa chaleur mais gêné de la sentir si près de moi. « Ça va mieux », fit-elle avec un soupir. Son corps se détendit contre le mien. « J'espère que nous aurons bientôt l'occasion de prendre un bain, ajouta-t-elle.

— Moi aussi.

— Je ne veux pas dire par là que vous sentez mauvais, se reprit-elle.

— Merci, répondis-je d'un ton un peu aigre. Ça vous dérange si je me rendors ?

— Allez-y. » Elle posa une main sur ma hanche. « Si vous ne voyez rien de mieux à faire. »

Je pris une inspiration hachée. Molly... me dis-je. Astérie était si chaude, si près de moi, et elle sentait si bon ! Pour elle, ménestrelle, sa suggestion n'engageait à rien ; et au fond, pour moi, qu'était Molly ? « Je vous l'ai dit : je suis marié.

— Hum. Et elle vous aime, et vous aussi, vous l'aimez, c'est visible. Mais c'est nous qui sommes ici et qui avons froid ; si elle vous aime à ce point, vous refuserait-elle un peu de chaleur et de bien-être par une nuit si froide ? »

Non sans difficulté, je me forçai à réfléchir à sa question, et puis je souris. « Non seulement elle me le refuserait, mais en plus elle m'arracherait la tête.

— Ah ! » Astérie étouffa un éclat de rire contre ma poitrine. « Je vois. » Avec douceur, elle s'écarta de moi. J'aurais voulu la retenir. « Dans ce cas, peut-être vaut-il mieux dormir, en effet. Dormez bien, Fitz. »

Ce que je fis, mais pas tout de suite et non sans regrets.

Le vent se leva pendant la nuit et, quand les portes de la grange furent déverrouillées au matin, une couche de neige fraîche nous attendait au-dehors. Je craignais que nous n'eussions de graves difficultés avec les chariots si elle s'épaississait encore, mais Nik paraissait confiant et plein d'entrain en nous faisant remonter sur nos véhicules.

Il fit des adieux chaleureux à sa compagne et nous nous remîmes en route. Il nous fit quitter le hameau par un chemin différent de celui que nous avions suivi pour y arriver ; celui-ci était plus accidenté, et, par endroits, la neige s'y était tant amoncelée que le corps des chariots y traçait une ornière. Astérie nous escorta une partie de la matinée, jusqu'au moment où Nik envoya un homme lui demander si elle voulait l'accompagner ; elle le remercia joyeusement de l'invitation et le suivit promptement.

En début d'après-midi, nous retrouvâmes la route. Il me semblait que nous n'avions pas gagné grand-chose à l'éviter si longtemps, mais Nik avait sans doute ses raisons, fût-ce simplement qu'il ne souhaitait pas créer une piste trop rebattue qui conduisît à sa cachette. Ce soir-là, l'abri fut sommaire : quelques masures délabrées au bord de la rivière. Leurs toits de chaume en partie éventrés laissaient pénétrer la neige, qui s'était aussi glissée, poussée par le vent, sous les portes ; les chevaux, eux, n'avaient pour se protéger que le côté sous le vent des bâtisses. Nous allâmes les abreuver à la rivière et chacun reçut une portion de grain, mais ils durent se passer de paille.

En compagnie d'Œil-de-Nuit, j'allai chercher du bois, car les réserves près des cheminées étaient suffisantes pour cuisiner mais pas pour tenir les feux toute la nuit. Comme nous descendions vers la rivière, je songeai aux changements qui étaient intervenus entre le loup et moi : nous parlions moins mais il me semblait avoir plus conscience de lui qu'autrefois ; peut-être la parole était-elle moins nécessaire. Et puis nous n'étions plus non plus les mêmes qu'avant notre séparation ; quand je le regardais aujourd'hui, je voyais le loup avant de voir mon compagnon.

Je crois que tu commences enfin à me respecter comme je le mérite. Il y avait de la taquinerie mais aussi de la sincérité dans sa déclaration. Il apparut soudain au milieu d'un fourré à ma gauche, franchit la piste d'un bond souple et disparut je ne sais comment parmi de basses dunes de neige et des buissons aux branches nues.

Tu n'es plus un bébé, c'est vrai.

Nous ne sommes plus des bébés ni l'un ni l'autre, nous nous en sommes aperçus tous les deux pendant ce voyage. Tu ne te considères plus comme un enfant.

Je réfléchis à cette affirmation tout en avançant lourdement dans la neige. Je ne savais pas au juste à quel moment j'avais jugé que j'étais un homme et plus un adolescent, mais Œil-de-Nuit avait raison. Un instant, j'éprouvais un curieux sentiment de regret en songeant à ce gosse disparu au visage lisse et à la bravoure désinvolte.

Je crois que l'adolescent que j'étais valait mieux que l'homme que je suis, dis-je avec tristesse.

Attends d'en avoir fait l'expérience assez longtemps, tu en jugeras ensuite, répondit le loup.

La piste que nous suivions n'était guère plus large qu'une carriole et ne se distinguait du reste du paysage que comme un andain blanc où n'apparaissait nul buisson ; le vent sculptait la neige en dunes et en congères ; je marchais face à lui et son rude baiser ne tarda pas à me brûler le front et le nez. La région n'était pas très différente de celles que nous avions traversées les jours précédents, mais, à m'y promener à pied, sans bruit, seulement accompagné du loup, j'avais l'impression de me trouver dans un autre monde. Nous parvînmes enfin à la rivière.

Sur la berge, j'observai la rive d'en face. Elle était gelée par endroits, et les enchevêtrements de morceaux de bois qui descendaient de temps en temps au fil de l'eau étaient alourdis de glace sale et de neige ; le courant était fort, comme l'indiquait la vitesse avec laquelle ils passaient, et je tentai de m'imaginer la rivière entièrement embâclée, mais en vain. Au loin sur l'autre rive s'élevaient des piémonts couverts de conifères au pied desquels s'ouvrait une plaine piquée de chênes et de saules qui courait jusqu'à la rivière. Je songeai que l'eau avait dû bloquer la progression des incendies de naguère, et je me demandai si le côté où je me tenais avait été aussi boisé que celui d'en face.

Regarde, gronda Œil-de-Nuit d'un ton de regret. Je sentis la chaleur de sa faim en apercevant un grand cerf venu boire. Il perçut notre présence et leva sa tête garnie d'andouillers, mais il nous considéra calmement, sachant qu'il ne risquait rien. Les visions de viande fraîche qui tournaient dans l'esprit d'Œil-de-Nuit me firent venir l'eau à la bouche. *La chasse sera bien meilleure de l'autre côté.*

J'espère. D'un bond, il descendit dans le lit de la rivière et se mit à la remonter sur les graviers et les rochers couverts de neige. Je le suivis avec moins de grâce et ramassai des bouts de bois en chemin. Le chemin que nous empruntions était plus cahoteux que la rive et le vent plus mordant, chargé de l'humidité du cours d'eau. J'observai Œil-de-Nuit qui trottait en avant de moi ; il ne se déplaçait plus comme avant : il avait perdu beaucoup de sa curiosité de louveteau. Le crâne de cerf qui aurait naguère exigé un humage consciencieux se voyait aujourd'hui simplement retourné du museau pour s'assurer que ce n'était plus que de l'os sec, et c'est sans se perdre en crochets inutiles qu'il allait d'un tas de bois flotté à l'autre pour voir si du gibier ne s'y cachait pas. Il examina aussi le flanc de la rive, et attrapa un petit rongeur qui s'était risqué hors de son terrier ; il affouilla brièvement l'entrée du trou, puis y enfonça le museau pour renifler longuement ; enfin, convaincu qu'il n'y avait pas d'autres occupants à dénicher, il reprit ses recherches.

Tandis que je le suivais, je scrutais la rivière, et, plus je la regardais, plus je la trouvais impressionnante : elle était profonde et puissante, preuve en était les immenses troncs aux racines emmêlées qui tournoyaient dans le courant. La tourmente avait-elle été plus violente en amont pour arracher de tels géants, ou bien l'eau avait-elle lentement sapé leurs fondations au point de les abattre ?

Œil-de-Nuit continuait de courir devant moi, et, par deux fois encore, je le vis bondir pour clouer au sol un rongeur. J'ignorais ce qu'étaient ces animaux ; ils ne ressemblaient pas tout à fait à des rats et leur fourrure luisante paraissait indiquer qu'ils passaient une partie de leur vie dans l'eau.

La viande n'a pas vraiment besoin d'un nom, observa Œil-de-Nuit d'un ton mi-figue, mi-raisin, et je ne pus que tomber d'accord avec lui. Il jeta joyeusement sa proie en l'air et la rattrapa en plein vol ; il secoua férocement le petit cadavre, puis le lança de nouveau tandis qu'il dansait sur les pattes arrière pour s'en emparer. L'espace d'un instant, je me sentis contaminé par le plaisir simple qu'il éprouvait : il savourait sa bonne chasse, la viande qui allait lui remplir le ventre et le temps dont il savait disposer pour la manger sans être dérangé. Cette fois-ci, la bestiole me passa au-dessus de la tête ; je sautai pour attraper le petit corps flasque et le relançai encore plus haut. Le loup bondit, le saisit impeccablement, puis il s'accroupit dans la neige et me mit au défi de le poursuivre. Je lâchai ma brassée de bois et me jetai sur lui ; il m'évita sans difficulté, puis revint sur moi et passa en trombe près de moi, juste hors de portée de mes mains, pour me narguer, alors que je me précipitais sur lui.

« Hé ! »

Nous interrompîmes notre jeu, et je me relevai lentement. Un des hommes de Nik se tenait plus loin sur la rive et nous regardait fixement, son arc à la main. « Ramasse du bois et reviens », ordonna-t-il. Je jetai un coup d'œil autour de moi mais ne vis nulle part la raison de son ton nerveux. Néanmoins, je récupérai ma brassée de bois et repris la direction des masures.

Je trouvai Caudron en train d'étudier un manuscrit à la lumière du feu sans prêter la moindre attention à ceux qui essayaient de cuisiner. « Que lisez-vous ? lui demandai-je.

— Les textes de Cabal le blanc, un prophète de l'époque kimoalienne. » Je haussai les sourcils : tout cela ne m'évoquait rien.

« Grâce à ses conseils, un traité a été signé qui mettait fin à un siècle de guerre et qui a permis à trois peuples de n'en faire plus qu'un ; le savoir a été partagé, de nombreuses plantes comestibles qui ne poussaient que dans les vallées méridionales du Kimoala sont devenues d'usage courant, tel le gingembre ou l'avoine de kim.

— Et c'est un seul homme qui a fait tout ça ?

— Un seul, oui. Ou deux, peut-être, si l'on compte le général qu'il a convaincu de vaincre sans détruire. Tenez, il parle de lui ici : "DarAles fut le catalyseur de son temps, l'homme qui changea les cœurs et les existences. Il vint, non pour être lui-même un héros, mais pour susciter le héros chez les autres ; il vint, non pour accomplir des prophéties, mais pour ouvrir la porte à de nouveaux avenirs. Telle est toujours la tâche du catalyseur." Plus haut, il écrit que chacun d'entre nous peut être le catalyseur de son temps. Qu'en pensez-vous, Tom ?

— Que je préfère être berger », répondis-je avec une sincérité non feinte. « Catalyseur » n'était pas un terme que je chérissais.

Cette nuit-là, je dormis avec Œil-de-Nuit près de moi ; Caudron ronflait doucement non loin de nous, tandis que les pèlerins se serraient les uns contre les autres à l'autre bout de la chaumière. Astérie avait préféré dormir dans l'autre cahute en compagnie de Nik et de certains de ses hommes. Pendant quelque temps, les rafales de vent m'apportèrent le son de sa harpe et de sa voix.

Je fermai les yeux en essayant de rêver de Molly, mais c'est un village de Cerf incendié que je vis, à l'instant où les Pirates rouges s'en allaient. Je me joignis à un jeune garçon qui mettait le feu à la voile dans le noir pour emboutir le flanc d'un des navires rouges. Il jeta une lanterne allumée sur le pont, puis un seau d'huile de poisson de mauvaise qualité dont les pauvres gens se servent pour alimenter leurs lampes; la voile du bâtiment s'embrasa alors que l'adolescent s'éloignait. Derrière lui s'élevèrent les malédictions et les hurlements des hommes en proie aux flammes. Je demeurais avec lui cette nuit-là et je vécus son triomphe amer : il ne lui restait plus rien, ni famille ni logis, mais il avait fait couler un peu du sang de ceux qui avaient fait couler le sien, et je ne comprenais que trop bien les larmes qui brouillaient son sourire.

5

LA TRAVERSÉE DE LA RIVIÈRE

Les Outrîliens ont toujours tourné les habitants des Six-Duchés en dérision, nous traitant d'esclaves de la terre et de fermiers bons seulement à grattouiller le sol. Éda, la déesse mère que l'on remercie pour les récoltes abondantes et les troupeaux qui vont croissant, est regardée avec dédain par les Outrîliens qui la considèrent comme la déesse de gens rassis et sans caractère. Ils n'adorent pour leur part qu'El, le dieu de la mer ; ce n'est pas une divinité à laquelle on rend grâces mais par laquelle on prête serment, et les seuls bienfaits qu'il répand sur ses fidèles prennent la forme de tempêtes et d'épreuves destinées à les endurcir.

En cela, les Outrîliens jugèrent bien mal les habitants des Six-Duchés : ils croyaient que des gens qui semaient du blé et élevaient des troupeaux ne seraient pas plus vaillants que des moutons ; ils se présentèrent chez nous en massacreurs et en destructeurs et prirent le souci que nous avions les uns des autres pour de la faiblesse. Cet hiver-là, les petites gens de Cerf, de Béarns, de Rippon et de Haurfond, pêcheurs, bouviers, gardeuses d'oies et porchers, prirent la suite d'une guerre que nos nobles chamailleurs et nos armées dispersées menaient avec si peu d'efficacité et la conduisirent à leur façon. Au bout d'un certain temps d'oppression, le bas peuple d'un pays se soulève et prend sa propre défense, que ce soit contre un ennemi étranger ou contre un seigneur injuste.

*

Nos compagnons se levèrent en grommelant le lendemain matin car il faisait froid et il fallait se hâter, et ils évoquèrent entre eux des visions nostalgiques de gruau bien chaud et de gâteaux cuits dans l'âtre. Pour nous réchauffer l'estomac, nous n'avions guère que de l'eau chaude ; j'en remplis la casserole de Caudron, retournai faire le plein de ma timbale, puis, la vue troublée par la migraine, je cherchai de l'écorce elfique dans mon paquetage : mon rêve d'Art de la nuit précédente m'avait laissé nauséeux et tremblant, et je défaillais à la simple idée de manger. Tout en buvant sa tisane à petites gorgées, Caudron m'observa pendant que je détachais des copeaux d'un bloc d'écorce et les faisais tomber dans ma timbale ; je dus ensuite ronger mon frein en attendant que la décoction eût infusé. Quand je la bus enfin, son affreuse amertume m'inonda la bouche mais je sentis presque aussitôt ma migraine se calmer. D'une main griffue, Caudron me prit le bloc d'écorce des doigts ; elle l'examina, le renifla, puis : « De l'écorce elfique ! » s'exclama-t-elle. Elle me regarda d'un air horrifié. « Vous êtes bien jeune pour utiliser un produit aussi dangereux.

— Ça fait passer mes migraines », répondis-je. Je pris une inspiration, puis bus le reste de la timbale d'un trait. Les pailles d'écorce du fond demeurèrent collées à ma langue : je me forçai à les avaler, puis j'essuyai le récipient et le replaçai dans mon paquetage. Je tendis la main et Caudron me rendit le morceau d'écorce, mais à contrecœur et avec un regard étrange.

« Je n'ai jamais vu personne avaler cette tisane cul sec. Savez-vous à quoi on l'emploie en Chalcède ?

— On m'a dit qu'on en donnait aux galériens pour les revigorer.

— Ça revigore le corps et ça décourage l'esprit. Un homme qui a pris de l'écorce elfique perd aisément espoir, et il est plus facile à manipuler. Ça émousse la douleur d'une migraine, mais aussi l'esprit. Je m'en méfierais, à votre place. »

Je haussai les épaules. « J'en prends depuis des années, répondis-je en rangeant le bloc d'écorce dans mes affaires.

— Raison de plus pour arrêter tout de suite », fit-elle d'un ton acerbe. Elle me donna son paquetage pour que je le place dans la carriole.

*

La moitié de l'après-midi était écoulée quand Nik ordonna une halte, puis il partit en avant avec deux de ses hommes tandis que les autres nous assuraient que tout allait bien : Nik se rendait à la rivière pour préparer le lieu de traversée. Je n'eus même pas besoin de regarder Œil-de-Nuit : il s'éclipsa pour suivre Nik et ses hommes. Je me laissai aller contre le dossier de mon siège et serrai les bras sur ma poitrine dans l'espoir de me réchauffer.

« Hé, vous ! Rappelez votre chien ! » m'ordonna soudain un des hommes de Nik.

Je me redressai et cherchai ostensiblement Œil-de-Nuit du regard. « Il a dû sentir un lapin, c'est tout. Il va revenir ; il me suit partout.

— Rappelez-le tout de suite ! » fit l'homme d'un ton menaçant.

Je me levai donc, montai sur le siège de la carriole et appelai Œil-de-Nuit, qui ne revint pas. Je haussai les épaules d'un air d'excuse et me rassis. Un des hommes continua de m'observer d'un air mauvais, mais je n'en avais cure.

La journée avait été limpide et froide et le vent mordant. Caudron avait conservé un silence pitoyable ; quant à moi, dormir à même le sol avait réveillé ma douleur à l'épaule qui était maintenant continue, et je préférais ne pas imaginer ce que la vieille femme endurait ; j'essayais de penser seulement au fait que nous aurions bientôt franchi la rivière et que les Montagnes ne seraient alors plus très loin. Une fois là-bas, je me sentirais peut-être enfin à l'abri du clan de Royal.

Certains des hommes tirent des cordes près de la rivière. Je fermai les yeux et m'efforçai de voir par ceux d'Œil-de-Nuit ; c'était difficile, car il regardait les hommes eux-mêmes alors que je souhaitais voir la tâche à laquelle ils étaient attelés. Mais, à l'instant où je comprenais qu'ils se servaient d'une corde pour en tendre une autre, plus épaisse, en travers du courant, deux autres contrebandiers, dans un coude de la rive d'en face, se mirent à dégager à gestes vigoureux un entassement de bois flotté. Un bac apparut bientôt et les hommes entreprirent de casser à coups de hache la glace qui l'encroûtait.

« Réveillez-vous ! » me dit Caudron d'un ton agacé en m'enfonçant l'index dans les côtes. Je me redressai et m'aperçus que l'autre chariot s'était déjà mis en branle ; j'agitai les rênes de la jument et nous suivîmes le mouvement. Nous empruntâmes brièvement la route de la rivière avant de la quitter pour nous arrêter sur une portion de la rive dépourvue d'arbres. Près de l'eau se dressaient les restes de quelques masures que les flammes semblaient avoir détruites plusieurs années plus tôt ; il y avait aussi un appontement grossier en bois et en mortier, fort décrépit aujourd'hui. Sur l'autre berge, je distinguai le vieux bac à moitié immergé ; il était en partie couvert de glace mais également d'herbe morte : manifestement, il n'avait pas flotté depuis de nombreuses saisons. Les cahutes édifiées non loin étaient en aussi triste état que celles de notre côté, car leurs toits de chaume étaient complètement effondrés ; derrière elles s'élevaient des collines aux pentes douces garnies de conifères, et encore au-delà se dressaient dans le lointain, majestueuses, les cimes du royaume des Montagnes.

Une équipe avait attaché le bac et le halait vers nous, la proue pointée face au courant. L'embarcation était fermement accrochée à la corde de traction, mais cela n'empêchait pas la rivière impétueuse de s'acharner à la décrocher.

Vu sa petite taille, un chariot et son attelage y tiendraient tout juste ; en dehors d'un garde-fou de part et d'autre, ce n'était qu'un pont plat, sans rebord. Sur notre rive, les poneys de Nik et de ses hommes avaient été harnachés de façon à tirer la corde de remorque du bac tandis qu'en face, patient, un attelage de mules reculait lentement vers la rivière. La proue de l'embarcation qui s'approchait ne cessait de monter et de descendre sous les coups de boutoir de l'eau ; le courant écumait et bouillonnait le long de ses flancs, et, de temps en temps, une vague balayait le pont lorsque l'avant piquait. Nous n'arriverions pas secs de l'autre côté.

Les pèlerins échangeaient des murmures angoissés quand une voix d'homme s'éleva soudain parmi eux pour y mettre fin. « Nous n'avons pas le choix, que je sache ! » lança-t-il. Tous se turent alors et regardèrent avec inquiétude le bac approcher.

Le chariot et l'attelage de Nik furent de la première traversée, peut-être afin de rendre courage aux pèlerins. Le bac fut tiré contre le vieil appontement et amarré par l'arrière. Je percevais la contrariété des bêtes mais aussi leur habitude de la manœuvre ; Nik lui-même les mena à bord et leur tint la tête pendant que deux de ses hommes faisaient tant bien que mal le tour du chariot pour l'élinguer aux taquets, après quoi Nik débarqua et agita la main. Tandis que les deux hommes se plaçaient chacun près de la tête d'un des chevaux, l'attelage de mules de l'autre rive se mit à tirer sur la corde ; le bac commença de s'éloigner. Chargé, il s'enfonçait davantage qu'à l'aller, mais il dansait aussi beaucoup moins sur le courant. Par deux fois, la proue se dressa puis retomba si bas que l'eau passa par-dessus. Muets, nous observions la traversée. Arrivée de l'autre côté, l'embarcation fut amarrée la proue la première, le chariot détaché, et les hommes le conduisirent vers le sommet de la colline.

« Là, vous voyez, il n'y a pas de quoi s'inquiéter. » Nik affichait un sourire assuré, mais j'aurais été étonné qu'il crût à ses propres paroles.

Deux hommes revinrent à bord du bac, visiblement peu réjouis : agrippés aux garde-fous, ils essayaient avec force grimaces d'échapper aux embruns de la rivière, ce qui ne les empêcha pas d'arriver trempés. L'un d'eux fit signe à Nik de venir à l'écart et se mit à lui parler d'un ton furieux; mais notre guide lui tapa sur l'épaule en éclatant d'un rire sonore comme si la situation lui paraissait du plus haut comique. Il tendit la main et l'autre y déposa une petite bourse; il la soupesa d'un air appréciateur avant de l'accrocher à sa ceinture. « Je tiens toujours parole », dit-il aux deux hommes, puis il revint vers notre groupe à grands pas.

Les pèlerins devaient passer ensuite. Certains auraient voulu traverser à bord du chariot mais Nik leur expliqua patiemment que plus la charge serait lourde, plus le bac s'enfoncerait dans l'eau. Il les fit embarquer et s'assura que chacun pouvait s'agripper efficacement au garde-fou. « Vous aussi ! cria-t-il en faisant signe à Caudron et Astérie.

— Je traverserai avec ma carriole », répondit Caudron ; mais Nik secoua la tête.

« Votre jument ne va pas apprécier le voyage; si elle s'affole en plein milieu, vous serez contente de ne pas être sur le bac avec elle, croyez-moi. Je sais ce que je fais. » Il me jeta un coup d'œil. « Tom, ça vous dérange de passer avec la jument ? Vous avez l'air de savoir vous y prendre avec elle. »

J'acquiesçai de la tête. « Eh bien, voilà : Tom s'occupera de votre jument. Allez, embarquez, maintenant. »

Caudron se renfrogna mais dut reconnaître le bien-fondé du raisonnement. Je l'aidai à descendre de la voiture, puis Astérie la prit par le bras et l'accompagna au bac. Nik monta derrière elles et s'adressa brièvement aux pèlerins pour leur dire de s'accrocher et de ne pas avoir peur. Trois de ses hommes embarquèrent, et l'un d'eux insista pour tenir lui-même le plus petit des enfants. « Je connais la traversée, expliqua-t-il à la mère inquiète, et je veillerai à ce que votre fille arrive de l'autre côté. Ne vous souciez que de vous-même. » À ces mots, la petite fille se mit à pleurer et ses cris stridents restèrent audibles par-dessus le fracas de l'eau lorsque le bac s'éloigna. À côté de moi, Nik regarda l'embarcation prendre le large.

« Tout va bien se passer », dit-il en s'adressant autant à lui-même qu'à moi. Il se tourna vers moi avec un sourire complice. « Eh bien, Tom, encore quelques voyages et je porterai votre jolie babiole. »

J'acquiesçai sans répondre ; j'avais donné ma parole mais je ne m'en réjouissais pas.

Malgré ses propos confiants, je l'entendis pousser un soupir de soulagement lorsque le bac accosta de l'autre côté ; les pèlerins débarquèrent en hâte sans attendre que les hommes eussent fini de l'amarrer. Je regardai Astérie aider Caudron à descendre, puis quelques compagnons de Nik les pressèrent de gravir la berge pour se mettre sous le couvert des arbres. Enfin, le bac revint vers nous avec deux hommes à bord et embarqua le chariot des pèlerins accompagné de ses poneys ; les bêtes n'y mirent aucune bonne volonté, et il fallut qu'on leur mette un bandeau sur les yeux et que trois hommes les tirent pour les faire monter sur le bac. Une fois attachés, les chevaux continuèrent à s'agiter, à renifler et à encenser. Arrivé à l'autre rive, l'attelage n'eut pas besoin d'encouragements pour débarquer promptement le chariot, après quoi un homme prit les guides et fit gravir la colline au chariot qui disparut derrière le sommet.

Les deux hommes qui revinrent cette fois-là connurent la pire traversée de toutes : ils avaient accompli la moitié du trajet quand un arbre énorme apparut dans la rivière ; le courant le portait droit sur eux, et ses racines tordues évoquaient une main monstrueuse qui s'agitait sur l'eau. D'un cri, Nik excita nos poneys et nous bondîmes tous pour les aider à tirer la corde, mais cela n'empêcha pas le tronc de heurter obliquement le bac ; les deux hommes hurlèrent car le choc les avait arrachés au garde-fou, et l'un d'eux faillit même passer par-dessus bord ; il ne dut la vie sauve qu'à un espar auquel il s'accrocha avec la dernière énergie. Ils débarquèrent sur notre rive l'air furieux et le juron à la bouche, comme s'ils suspectaient l'accident de ne pas en être un. Nik fit amarrer le bac et vérifia personnellement tous les liens qui le rattachaient à la corde de traction ; l'impact avait descellé un des garde-fous : il secoua la tête et en avertit ses hommes tandis qu'ils menaient le dernier chariot à bord.

La traversée ne fut pas plus éprouvante que les autres ; néanmoins, c'est avec quelque émoi que je l'observai, sachant que j'étais de la prochaine. *Ça te dit, un bain, Œil-de-Nuit ?*

Si la chasse est bonne de l'autre côté, ça en vaut le risque, répondit-il ; mais je sentis qu'il partageait mon inquiétude.

Je m'efforçai de me calmer moi-même ainsi que la jument de Caudron pendant que les hommes amarraient le bac à l'appontement, puis je l'y menai en lui tenant des propos apaisants ; je l'assurai de mon mieux que tout irait bien, et elle parut me croire, car elle s'avança d'un pas tranquille sur les planches balafrées du pont pendant que je la guidais lentement en lui expliquant ce que je faisais. Elle resta sans bouger pendant que je l'attachais à un anneau fixé dans le bois. Deux des hommes de Nik amarrèrent solidement le chariot à l'aide de cordes, puis Œil-de-Nuit sauta dans le bac et se coucha aussitôt, le ventre contre le pont, ses griffes enfoncées dans le bois : il n'appréciait pas la voracité avec laquelle la rivière tirait sur le bac. Moi non plus, à vrai dire. Il vint se tapir près de moi, les pattes écartées.

« Vous, vous accompagnez Tom et le chariot, annonça Nik aux hommes dégoulinants qui avaient déjà effectué une traversée. Mes gars et moi, on se chargera de nos poneys au dernier voyage. Ne vous approchez pas de la jument au cas où elle se mettrait à ruer. »

Ils montèrent à bord d'un air circonspect, en jetant des regards presque aussi méfiants à Œil-de-Nuit qu'à la jument. Ils se rendirent à l'arrière et s'y tinrent; Œil-de-Nuit et moi demeurâmes à l'avant : j'espérais que nous y serions à l'abri des coups de sabots. Au dernier moment, Nik déclara : « Je viens avec vous, finalement ! » Et il démarra le bac lui-même avec un grand sourire et un salut de la main à l'adresse de ses hommes. L'attelage de mules de l'autre rive se mit en mouvement et, avec une embardée, nous nous dirigeâmes vers le milieu du courant.

Être spectateur d'un événement n'est pas le vivre. La première vague d'embruns me fit hoqueter. Nous n'étions soudain plus que des jouets aux mains d'un gosse imprévisible. La rivière se précipitait autour de nous, tirait sur le bac et s'évertuait à le décrocher avec des rugissements de rage. Le bruit furieux de l'eau était presque assourdissant. Le bac piqua brutalement du nez et je m'agrippai fermement au garde-fou alors qu'une vague balayait le pont en essayant de me saisir les chevilles ; la seconde fois qu'un panache d'eau jaillit de la proue et s'abattit sur nous tous, la jument poussa un hennissement affolé. Je lâchai le garde-fou dans l'intention d'attraper sa têtière. Deux des hommes paraissaient avoir eu la même idée, car ils se dirigeaient vers l'avant en s'accrochant à la carriole. D'un geste de la main, je leur signalai de faire demi-tour, puis je me retournai vers la jument.

J'ignorerai toujours ce que l'homme comptait faire ; peut-être voulait-il m'assommer avec le pommeau de son poignard ; toujours est-il que j'aperçus un mouvement du coin de l'œil, pivotai et me trouvai face à lui à l'instant d'une nouvelle embardée du bac. L'homme me manqua et son élan l'envoya heurter la jument. La bête, déjà affolée, se laissa aller à un déchaînement de ruades et se mit à secouer violemment la tête dont un coup me fit reculer en chancelant. J'avais presque retrouvé mon équilibre quand l'homme se jeta de nouveau sur moi. Derrière la carriole, Nik se battait avec un autre ; d'un ton furieux, il cria quelque chose où il était question de sa parole et de son honneur. Je me baissai pour échapper au coup de mon assaillant quand par-dessus la proue jaillit une vague qui m'emporta jusqu'au milieu du bac ; je saisis au passage une roue de la carriole et m'y cramponnai en hoquetant. Je venais de dégainer à moitié mon épée quand une main m'agrippa par-derrière. Mon premier adversaire se précipita vers moi, un sourire carnassier aux lèvres, la lame de son poignard en avant. Soudain, un éclair de fourrure mouillée passa près de moi ; Œil-de-Nuit heurta l'homme en pleine poitrine et le jeta contre le garde-fou.

J'entendis le craquement du montant de bois affaibli. Lentement, lentement, loup, homme et garde-fou tombèrent vers l'eau. Je me précipitai vers eux en traînant mon second assaillant derrière moi. Comme ils touchaient la surface, je réussis à saisir au vol le montant fracassé et la queue d'Œil-de-Nuit, en sacrifiant pour cela mon épée. Je ne tenais le loup que par le bout de la queue mais je ne desserrai pas ma prise. Sa tête réapparut au-dessus de l'eau et il se mit à gratter frénétiquement le flanc du bac ; il trouva enfin un appui et commença de se hisser à bord.

À cet instant, une botte s'abattit durement sur mon épaule. La douleur jusque-là sourde qui s'y nichait explosa. Le coup suivant me happa le côté du crâne. Je vis mes doigts s'ouvrir, Œil-de-Nuit s'éloigner de moi en tournoyant, emporté par le courant.

« Mon frère ! » hurlai-je. La rivière engloutit mon cri, puis une vague me heurta et m'emplit la bouche et le nez d'eau. Quand elle se fut évacuée du pont, j'essayai de me redresser, mais l'homme qui m'avait fait lâcher prise à coups de botte était agenouillé près de moi et je sentais la pointe de son poignard sur ma gorge.

« Ne bouge pas et accroche-toi », me dit-il d'un ton menaçant. Il se tourna et cria à Nik : « Je fais ça à ma façon ! »

Je ne répondis pas : je tendais mon esprit de toutes mes forces pour atteindre le loup. Le bac dansait sous moi, le flot de la rivière passait en rugissant, les vagues et les embruns me détrempaient. Froid... Mouillé... De l'eau dans mon nez et dans ma gueule, je suffoquais... Je ne savais plus ce qui était de mes sensations et de celles d'Œil-de-Nuit – si même il était encore de ce monde.

Le bac racla soudain l'appontement de l'autre rive.

Les hommes entreprirent de me relever, mais maladroitement : le premier ôta son poignard de ma gorge avant que son camarade eût assuré sa prise sur mes cheveux. Je me redressai brusquement et les pris à partie sans me soucier de ce qui pouvait m'arriver. Les chevaux affolés perçurent la haine et la rage que j'irradiais : un homme s'approcha trop de la jument et un sabot lui défonça les côtes. Cela en laissait deux, du moins le croyais-je. D'un coup d'épaule, j'en précipitai un à la rivière, mais il réussit à se rattraper au bord du bac et à y rester agrippé tandis que j'étranglais son compagnon. Je lui serrais la gorge tout en lui tapant le crâne sur le pont quand les autres me tombèrent dessus ; ceux-là ne dissimulaient pas leur livrée brune et or. J'essayai de les pousser à me tuer, mais en vain. J'entendis des cris en haut de la colline et il me sembla reconnaître la voie furieuse d'Astérie.

Quelque temps après, je gisais ligoté sur la berge enneigée ; un homme montait la garde près de moi, l'épée au clair. J'ignorais si c'était une menace à mon encontre ou s'il était chargé d'empêcher ses acolytes de me tuer : ils se tenaient en cercle autour de moi et me regardaient avec des yeux avides, telle une meute de loups qui vient d'abattre un cerf. Je tendis frénétiquement mon esprit sans me soucier de ce qu'ils pouvaient me faire : quelque part, je sentis qu'Œil-de-Nuit luttait pour survivre, mais je le perdis peu à peu alors qu'il mettait toute son énergie à ne pas mourir.

Nik fut brutalement jeté à mes côtés. Un de ses yeux commençait à enfler et, quand il me sourit, je vis que du sang teintait ses dents. « Eh bien, nous voilà de l'autre côté de la rivière, Tom. Je vous avais dit que je vous y conduirais et nous y sommes. Maintenant, je réclame votre boucle d'oreille, comme convenu. »

Mon garde lui donna un coup de pied dans les côtes. « La ferme ! gronda-t-il.

— Ce n'était pas l'accord ! » dit Nik quand il put reprendre son souffle.

Il regarda les hommes assemblés et chercha auquel s'adresser. « J'avais un marché avec votre capitaine. Je devais lui amener cet homme et en retour il me donnait de l'or et le libre passage, pour moi et les autres. »

Le sergent éclata d'un rire mordant. « Bah, ce ne serait pas le premier marché que le capitaine Mark aurait passé avec un contrebandier ! Ce qui est bizarre, c'est que ça ne nous a jamais rien rapporté, à nous autres, hein, les gars ? De toute façon, le capitaine Mark, la rivière l'a emporté loin d'ici, maintenant, alors je ne vois pas comment on saurait ce qu'il vous a promis. Il a toujours aimé faire le fanfaron, le Mark. Enfin, bon, il n'est plus là. Mais, moi, je connais mes ordres, et c'est d'arrêter tous les contrebandiers et de les conduire à Œil-de-Lune. Je suis un bon soldat, moi ! »

Se baissant, le sergent soulagea Nik de la bourse d'or des pèlerins et de la sienne propre. Nik se débattit et perdit un peu de sang dans l'affaire. Je ne l'observais que d'un œil : il m'avait vendu aux gardes de Royal. Et comment avait-il su qui j'étais ? Par mes confidences sur l'oreiller à Astérie, me dis-je avec amertume. J'avais fait confiance et cela m'avait rapporté ce que cela me rapportait toujours. Je ne me tournai même pas pour regarder les gardes emmener Nik.

Je n'avais qu'un seul ami fidèle, et il l'avait payé par ma stupidité encore une fois. Les yeux au ciel, j'ouvris mon esprit aussi largement que possible et le tendis de toutes mes forces. Je trouvai Œil-de-Nuit : quelque part, ses griffes grattaient une berge raide et glacée. Son épaisse fourrure était gorgée d'eau, si alourdie qu'il avait du mal à garder la tête hors de l'eau. Il perdit prise, la rivière s'empara de nouveau de lui et il recommença à tournoyer dans le courant ; les tourbillons l'aspirèrent, le maintinrent un moment sous l'eau puis le rejetèrent soudain à la surface. L'air qu'il aspira à gorgées hoquetantes était chargé d'embruns. Il n'avait plus de force.

Accroche-toi ! commandai-je. *Ne te laisse pas aller !*

Et le courant capricieux le précipita encore une fois contre une berge, mais celle-ci était couverte d'un enchevêtrement de racines pendantes. Ses griffes s'y prirent et il se hissa le long de la rive en jouant des quatre pattes, tout en recrachant de l'eau et en aspirant de l'air par saccades hachées. Ses poumons se gonflaient et se vidaient comme des soufflets de forge.

Sors ! Ébroue-toi !

Il ne répondit pas mais je le sentis qui halait son propre poids sur le sommet de la berge. Lentement, il gagna les broussailles. Il rampait comme un chiot nouveau-né, sur le ventre ; l'eau dégoulinait de ses poils et forma une mare tout autour de lui là où il s'était arrêté. Qu'il avait froid ! De la glace se formait déjà sur ses oreilles et son museau. Il se releva et tenta de s'ébrouer. Il tomba sur le flanc. Il se redressa une nouvelle fois en tremblant et s'écarta de la rivière encore de quelques pas titubants. Il s'ébroua de nouveau en faisant voler de l'eau tout autour de lui. Ce geste l'allégea et lui redressa le poil en même temps. Il demeura sans bouger, la tête basse, puis il vomit de l'eau. *Trouve un abri. Roule-toi en boule et réchauffe-toi.* Il n'arrivait pas à penser clairement. L'étincelle de son être avait presque disparu. Il éternua violemment à plusieurs reprises, puis promena son regard autour de lui. *Là,* le pressai-je, *sous l'arbre.* Le poids de la neige avait courbé les frondaisons du conifère presque à toucher le sol ; en dessous se trouvait un petit creux garni d'un épais tapis d'aiguilles. S'il s'y coulait et s'y roulait en boule, peut-être parviendrait-il à se réchauffer. *Vas-y,* lui dis-je. *Tu peux y arriver ; vas-y !*

« J'ai l'impression que vous lui avez tapé dessus trop fort. Il a les yeux dans le vague.

— T'as vu ce que la femme a fait à Skef ? Il saigne comme un porc. Mais il lui en a retourné une solide.

— Où est partie la vieille ? Quelqu'un l'a retrouvée ?

— Elle n'ira pas loin avec cette neige, ne t'inquiète pas. Réveille-le et oblige-le à se lever.

— Mais il ne bat même pas des paupières ; il respire à peine.

— M'en fous ; conduis-le au sorcier d'Art. Après, ça ne nous regarde plus. »

Je sentis que les gardes me redressaient, puis qu'ils m'entraînaient sur la colline, mais, sans prêter davantage attention à ce corps-là, je m'ébrouai avant de me glisser en rampant sous l'arbre : j'avais juste la place de m'y mettre en rond. La queue sur le museau, j'agitai les oreilles pour les débarrasser des gouttelettes qui y restaient. Dors, maintenant ; tout va bien. Dors. Je lui fermai les yeux. Il frissonnait toujours, mais une chaleur hésitante renaissait en lui. Doucement, je le quittai.

Je levai la tête et vis à nouveau par mes propres yeux. Je marchais sur une piste pentue, flanqué de deux grands gardes baugiens ; je n'eus pas besoin de regarder derrière moi pour savoir que d'autres nous suivaient. Devant nous, j'aperçus les chariots de Nik arrêtés à l'abri des arbres, et ses hommes assis par terre, les mains liées dans le dos. Les pèlerins, dégoulinants, se serraient autour d'un feu, entourés de plusieurs gardes. Je ne vis ni Astérie ni Caudron. Une femme tenait son enfant contre elle et pleurait bruyamment sur son épaule ; le petit ne paraissait pas réagir. Un homme croisa mon regard, puis se détourna pour cracher au sol. « C'est la faute du Bâtard au Vif si nous en sommes là ! dit-il tout haut. Il déplaît à Éda ! Il a souillé notre pèlerinage ! »

On me conduisit à une tente d'aspect confortable dressée à l'abri d'un bouquet de grands arbres ; sans ménagements, on me fit franchir les rabats et on me jeta à genoux sur une peau de mouton épaisse étendue sur un plancher de bois. Pendant qu'un des gardes me tenait par les cheveux, le sergent annonça : « Le voici, messire. Le loup a eu le capitaine Mark, mais on a eu le loup. »

D'un large brasero émanait une chaleur réconfortante. Il y avait bien des jours que je n'avais pas mis les pieds dans un lieu où régnait une température aussi douillette, au point que j'en restai presque hébété. Ronce, en revanche, ne partageait pas mon avis : installé dans un fauteuil en bois de l'autre côté du brasero, les jambes tendues vers le feu, il portait une robe à capuchon et plusieurs épaisseurs de fourrure, comme s'il n'avait que ses vêtements pour le protéger du froid nocturne. Il avait toujours eu une large carrure, mais aujourd'hui il était corpulent ; il portait les cheveux bouclés, à l'imitation de Royal, et ses yeux sombres brillaient d'un éclat irrité.

« Comment se fait-il que tu ne sois pas mort ? » me lança-t-il.

Il n'existait pas de bonne réponse à cette question. Je me contentai de le regarder, l'œil inexpressif, les remparts mentaux dressés. Il devint subitement cramoisi et ses joues parurent se gonfler de colère. Il adressa un regard venimeux au sergent et, d'une voix tendue : « Rendez-moi compte clairement. » Puis, avant que l'autre pût obéir : « Vous avez laissé le loup s'échapper ?

— Non, messire. Il a attaqué le capitaine, ils sont

tombés ensemble dans la rivière, messire, et ils ont été emportés. Avec un courant aussi rapide et une eau aussi froide, ils n'avaient aucune chance de s'en tirer, mais j'ai envoyé quelques hommes en aval voir s'ils trouvaient le corps du capitaine.

— Il me faut aussi celui du loup si la rivière le rejette. Prévenez vos hommes.

— Oui, messire.

— Avez-vous attrapé le contrebandier, ce Nik ? Ou bien s'est-il enfui lui aussi ? » Le ton de Ronce dégoulinait de sarcasme.

« Non, messire. On tient le contrebandier et ses hommes ; on tient aussi ceux qui voyageaient avec lui, mais ils se sont mieux défendus qu'on ne s'y attendait ; certains ont essayé de se carapater dans les bois, mais on les a coincés. D'après eux, ce sont des pèlerins qui se rendaient au sanctuaire d'Éda, dans les Montagnes.

— Ça ne me regarde nullement. Quelle importance, la raison pour laquelle on enfreint la loi du roi, du moment qu'on l'enfreint ? Avez-vous récupéré l'or que le capitaine avait donné au contrebandier ? »

Le sergent prit l'air surpris. « Non, messire. De l'or à un contrebandier ? Je n'ai rien vu qui ressemble à ça. Peut-être que le capitaine Mark est tombé avec à la rivière, ou alors il ne l'avait pas donné à l'homme...

— Je ne suis pas un imbécile. J'en sais bien davantage sur ce qui se passe que vous ne le croyez. Retrouvez l'or, tout l'or, et rapportez-le ici. Avez-vous capturé tous les contrebandiers ? »

Le sergent prit une inspiration et décida de dire la vérité. « Il y en avait quelques-uns sur l'autre rive avec les poneys quand on a pris Nik. Ils se sont enfuis à cheval avant qu'on...

— N'y pensez plus. Où est la comparse du Bâtard ? »

Le sergent le regarda d'un œil vide. Il ne devait pas connaître le terme.

« N'avez-vous pas attrapé une ménestrelle ? Astérie ? » fit Ronce, acerbe.

Le sergent eut l'air mal à l'aise. « Elle s'est débattue, messire, pendant que les hommes maîtrisaient le Bâtard sur l'appontement. Elle a foncé sur un de ceux qui la tenaient et elle lui a cassé le nez. Il a fallu un peu... la brider pour la reprendre en main.

— Est-elle vivante ? » Le ton de Ronce ne laissait guère de doute sur le mépris que lui inspirait leur compétence.

Le sergent rougit. « Oui, messire. Mais... »

D'un regard, Ronce le fit taire. « Si votre capitaine était vivant à l'heure actuelle, il le regretterait. Vous ne savez absolument pas présenter un rapport ni dominer une situation. J'aurais dû être tenu au courant des événements minute par minute. La ménestrelle ne devait pas être témoin de ce qui se passait mais capturée et isolée. Et il fallait être idiot pour essayer de maîtriser un homme sur un bac au milieu d'une rivière déchaînée alors qu'il suffisait d'attendre qu'il débarque ; votre capitaine aurait alors eu une dizaine d'épées à sa disposition. Quant au pot-de-vin payé au contrebandier, il me sera rendu ou vous ne toucherez votre solde qu'une fois la somme remboursée. Je ne suis pas un imbécile. » Il foudroya de l'œil tous les soldats présents. « Vous vous y êtes pris comme des sabraches. Vous n'avez aucune excuse. » Il pinça les lèvres, puis, d'un ton cassant : « Sortez ! Tous !

— Bien, messire. Messire, et le prisonnier ?

— Laissez-le ici. Placez deux hommes devant la tente, l'épée au clair. Je souhaite lui parler seul. » Le sergent s'inclina et s'éclipsa promptement ; ses hommes l'imitèrent.

Je levai les yeux et soutins le regard de Ronce ; j'avais les mains liées dans le dos mais nul ne me maintenait plus à genoux. Je me relevai et toisai Ronce de tout mon haut. Il se laissa examiner sans ciller, et, quand il parla, ce fut d'un ton calme qui n'en rendait ses propos que plus menaçants. « Je te répète ce que j'ai dit au sergent : je ne suis pas un imbécile ; je ne doute pas que tu aies déjà un plan d'évasion, dont mon assassinat fait probablement partie. Sache que j'ai moi aussi un plan, dont ma survie fait partie ; je m'en vais te le dévoiler. C'est un plan tout simple, Bâtard – j'ai toujours préféré la simplicité. Le voici : si tu me causes le moindre désagrément, je te fais abattre. Comme tu l'as sans doute déduit, le roi Royal désire qu'on t'amène à lui vivant – si possible. Ne crois pas que ça m'empêchera de te tuer si tu deviens gênant. Dans le cas où tu songerais à employer ton Art, je te préviens que mon esprit est bien protégé, et si j'ai le plus léger soupçon que tu cherches à t'en servir, ton Art s'opposera aux épées de mes gardes. Quant à ton Vif, ma foi, il me semble que mes problèmes sont résolus de ce côté-là aussi ; cependant, au cas où ton loup réapparaîtrait, lui non plus n'est pas à l'abri d'un coup d'épée. »

Je gardai le silence.

« M'as-tu compris ? »

Je hochai la tête.

« Tant mieux. Si tu ne te rebelles pas, tu seras bien traité, de même que tes compagnons ; mais si tu fais des difficultés, ils partageront tes privations. Ça aussi, tu l'as bien compris ? » Son regard exigeait une réponse.

Je pris un ton aussi calme que le sien pour répondre. « Crois-tu vraiment que je me soucie que tu verses le sang de Nik alors qu'il m'a livré à toi ? »

Il sourit, et j'en eus froid dans le dos car ce sourire était autrefois celui d'un apprenti charpentier au caractère enjoué. Mais c'était un autre Ronce qui portait aujourd'hui sa dépouille. « Tu es malin, Bâtard, et tu l'as toujours été. Mais tu as le même point faible que ton père et le Prétendant : tu es persuadé que l'existence d'un seul de ces paysans vaut la tienne. Fais le moindre ennui et ils le paieront tous de leur sang, jusqu'à la dernière goutte. Est-ce clair ? Même Nik. »

Il avait raison : je ne supportais pas d'imaginer les pèlerins payant pour mon audace. « Et si je me montre coopératif ? demandai-je à mi-voix. Que leur arrivera-t-il ? »

Mes préoccupations ridicules lui firent secouer la tête. « Trois ans de servitude. Si j'étais moins clément, je leur ferais trancher une main, car ils ont clairement désobéi aux ordres du roi en tentant de franchir la frontière, et ils méritent la punition des traîtres. Dix ans pour les contrebandiers. »

Peu de ces derniers y survivraient, je le savais. « Et la ménestrelle ? »

J'ignore pourquoi, mais il répondit à ma question. « Elle, elle doit mourir ; tu le sais déjà. Elle connaissait ton identité, car Guillot l'avait interrogée à Lac-Bleu ; pourtant, elle a décidé de t'aider au lieu de servir son roi. C'est une renégate. »

Ses paroles mirent le feu à ma colère. « En m'aidant, c'est le vrai roi qu'elle sert ! Et quand Vérité reviendra, tu sentiras le poids de son courroux ! Nul ne pourra te protéger, toi ni le reste de ton prétendu clan ! »

Ronce resta un instant à me dévisager. Je me ressaisis : on aurait dit un enfant qui en menace un autre des foudres de son grand frère. Mes propos étaient vains, et pire encore.

« Gardes ! » Ronce n'avait pas crié ; il avait à peine élevé la voix, mais les deux hommes entrèrent aussitôt, l'épée pointée vers moi. Ronce fit comme s'il n'avait pas remarqué les armes. « Amenez-nous la ménestrelle, et veillez à ce qu'elle ne se "débatte" pas, cette fois-ci. » Les gardes hésitèrent et Ronce secoua la tête en soupirant. « Allez, tous les deux. Et envoyez-moi aussi votre sergent. » Quand ils furent sortis, il me regarda et fit une grimace de dégoût. « Tu vois ce qu'on me donne pour travailler ? Œil-de-Lune a toujours été le dépotoir de l'armée des Six-Duchés, et je me retrouve avec des poltrons, des crétins, des mécontents et des comploteurs, après quoi je dois affronter le mécontentement de mon roi quand ils sabotent les missions qu'on leur confie. »

J'eus l'impression qu'il espérait vraiment ma sympathie. Mais : « Du coup, Royal t'a envoyé les rejoindre », répondis-je.

Il me fit un sourire étrange. « Tout comme le roi Subtil y avait envoyé ton père et Vérité. »

C'était exact. Je baissai les yeux sur l'épaisse toison qui couvrait le plancher et qui absorbait l'eau dont je dégoulinais. La chaleur du brasero, s'infiltrant en moi, me faisait frissonner par à-coups comme si mon corps relâchait le froid qui s'y était introduit. Un instant, je tendis mon esprit : mon loup dormait à présent et il avait plus chaud que moi. Ronce prit une carafe sur une petite table près de son fauteuil et se servit une timbale de bouillon de bœuf fumant dont l'arôme me monta aux narines ; il en avala une gorgée avant de se radosser dans son fauteuil en soupirant.

« Nous avons fait du chemin depuis notre première rencontre, n'est-ce pas ? » Il avait presque un ton de regret.

Je hochai vaguement la tête. Ronce était quelqu'un de prudent et il n'hésiterait certainement pas à mettre ses menaces à exécution. J'avais vu la forme de son Art et constaté la façon dont Galen l'avait tordu, gauchi pour en faire un instrument à l'usage de Royal : il était fidèle à un petit prince plein de morgue. Cela, Galen l'avait gravé en lui et il était incapable de séparer cette fidélité de son Art. Il avait envie de pouvoir et il adorait l'existence indolente que lui valait son talent : ses bras n'étaient plus gonflés de muscles acquis par le travail ; en revanche, son ventre tendait le tissu de sa tunique et ses bajoues pendaient lourdement. Il paraissait plus vieux que moi de dix ans. Mais il défendrait sa position contre tout ce qui pourrait la menacer, et il la défendrait férocement.

Le sergent arriva le premier dans la tente, mais ses hommes se présentèrent peu après avec Astérie. Elle marchait entre eux et entra d'un air digne malgré son visage couvert d'ecchymoses et ses lèvres enflées, et c'est avec un calme glacé qu'elle se tint devant Ronce sans le saluer. J'étais peut-être le seul à percevoir la fureur qu'elle contenait ; elle ne manifestait en tout cas nulle crainte.

Elle était à côté de moi et Ronce nous dévisagea l'un et l'autre, puis il pointa le doigt sur elle. « Ménestrelle, vous savez que cet homme est FitzChevalerie, le Bâtard au Vif. »

Astérie ne répondit pas : ce n'était pas une question.

« À Lac-Bleu, Guillot, du clan de Galen, serviteur du roi Royal, vous a proposé de l'or, de l'argent de bon aloi, si vous nous aidiez à capturer cet homme ; or vous avez nié savoir où il se trouvait. » Il se tut comme pour lui laisser l'occasion de s'exprimer ; elle garda le silence. « Pourtant, nous vous découvrons ici en sa compagnie. » Il prit une profonde inspiration. « Et voici qu'il affirme qu'en l'aidant vous servez Vérité le Prétendant, et me menace du courroux de Vérité. Dites-moi : avant que je ne prenne des mesures, êtes-vous d'accord avec ses propos ? Ou bien parle-t-il indûment en votre nom ? »

Il lui offrait une chance de s'en tirer ; j'espérais qu'elle aurait le bon sens de la saisir. Je vis Astérie déglutir, puis, sans me regarder, elle répondit d'une voix basse et maîtrisée : « Je n'ai besoin de personne pour parler en mon nom, mon seigneur, et je ne sers personne non plus. Je ne sers pas FitzChevalerie. » Elle s'interrompit, et j'éprouvai un sentiment étourdissant de soulagement ; mais alors elle prit son souffle et poursuivit : « Toutefois, si Vérité Loinvoyant est vivant, c'est le roi légitime des Six-Duchés ; et sans doute ceux qui disent le contraire connaîtront le poids de sa colère – s'il revient. »

Ronce poussa un soupir et secoua la tête d'un air navré. D'un geste, il appela un garde. « Toi ! Casse-lui un doigt. N'importe lequel.

— Je suis ménestrelle ! » s'exclama Astérie, horrifiée, en regardant Ronce avec une expression incrédule – comme tous ceux qui étaient présents sous la tente. Il n'était pas sans précédent de voir un ménestrel exécuté pour trahison ; mais tuer un ménestrel était une chose, le mutiler en était une autre.

« N'as-tu pas entendu ce que j'ai dit ? demanda Ronce comme l'homme hésitait.

— Messire, c'est une ménestrelle. » Le garde paraissait aux abois. « Ça porte malheur de blesser un ménestrel. »

Ronce se tourna vers son sergent. « Tu feras donner à cet homme cinq coups de fouet avant que je me retire pour la nuit. Cinq, n'oublie pas, et je veux pouvoir compter les cinglures sur son dos.

— Oui, messire », dit le sergent d'une voix défaillante.

Ronce revint au garde. « Casse-lui un doigt ; n'importe lequel. » Il répéta l'ordre comme si rien ne s'était passé.

L'homme s'approcha d'Astérie, hébété. Il allait obéir, et Ronce ne reviendrait pas sur ce qu'il avait ordonné.

« Je te tuerai », dis-je à Ronce avec sincérité.

Il sourit d'un air serein. « Garde ! Tu casseras deux doigts à la ménestrelle. N'importe lesquels. » Vivement, le sergent vint se placer derrière moi en tirant son poignard ; il posa la lame sur ma gorge et me contraignit à m'agenouiller. Je levai les yeux vers Astérie. Elle jeta vers moi un regard totalement vide, puis elle le détourna. Comme moi, elle avait les mains liées dans le dos. Les yeux braqués droit devant elle sur la poitrine de Ronce, elle resta sans bouger, muette, blêmissant de seconde en seconde jusqu'au moment où le garde la toucha. Elle émit un cri rauque quand il lui saisit les poignets, puis elle poussa un hurlement qui ne put couvrir les deux petits craquements que firent ses doigts lorsque l'homme les rabattit en arrière.

« Montre-moi », ordonna Ronce.

Comme s'il rendait Astérie responsable du geste qu'il avait été contraint de commettre, l'homme la poussa violemment et elle tomba à plat ventre sur la peau de mouton, aux pieds de Ronce. Après le hurlement, elle n'avait plus poussé un cri. Les deux derniers doigts de sa main gauche se dressaient de travers par rapport aux autres. Ronce les examina, puis hocha la tête, satisfait.

« Emmène-la, et veille à ce qu'elle soit bien gardée ; ensuite, présente-toi à ton sergent ; quand il en aura fini avec toi, reviens me voir », dit-il d'un ton uni.

Le garde saisit Astérie par le col, la redressa sans douceur et sortit en la poussant devant lui ; il paraissait à la fois en colère et sur le point de se trouver mal. Ronce fit un signe de la tête au sergent. « Laisse-le se relever. »

Une fois debout, je le regardai de tout mon haut tandis qu'il était obligé de lever les yeux vers moi ; cependant, il ne subsistait plus le moindre doute sur celui qui était le maître de la situation, et c'est d'une voix très basse qu'il remarqua : « Tout à l'heure, tu disais m'avoir compris. À présent, j'en suis sûr. Ton trajet – et celui de tes compagnons – jusqu'à Œil-de-Lune peut être rapide et sans difficulté, ou bien il peut en être autrement. Ça ne dépend que de toi. »

Je ne répondis pas ; ce n'était pas nécessaire. Sur un signe de Ronce, le deuxième garde me conduisit dans une autre tente occupée par quatre de ses camarades. Là, il me donna du pain, de la viande et une timbale d'eau ; docilement, je le laissai me lier les mains par-devant afin de me permettre de manger ; ensuite, il me montra du doigt une couverture dans un angle et j'allai m'y installer comme un chien obéissant. Les soldats me rattachèrent les mains dans le dos et me lièrent les pieds ; ils alimentèrent le brasero toute la nuit et restèrent toujours au moins à deux pour me surveiller.

Cela m'était égal. Je me retournai face à la paroi de la tente, fermai les yeux et allai, non au pays des songes, mais auprès de mon loup. Sa fourrure était presque entièrement sèche, mais il dormait toujours, épuisé : le froid et la brutalité de la rivière l'avaient laissé rompu. Je me consolai du mieux que je le pouvais : Œil-de-Nuit était vivant et il dormait. Mais sur quelle rive ?

6

ŒIL-DE-LUNE

Œil-de-Lune est une petite ville fortifiée sise à la frontière entre les Six-Duchés et le royaume des Montagnes ; c'est une halte traditionnelle d'approvisionnement pour les caravanes marchandes qui empruntent la piste de Chelika pour franchir le col de Largecombe et gagner les pays au-delà du royaume des Montagnes. C'est à partir d'Œil-de-Lune que le prince Chevalerie négocia son dernier grand traité avec le prince Rurisk des Montagnes ; juste après la signature de ce traité, il fut découvert que Chevalerie était le père d'un fils illégitime conçu avec une femme de la région, et déjà âgé de six ans. Le roi-servant Chevalerie conclut ses négociations et retourna aussitôt à Castelcerf où il présenta à sa reine, à son père et à ses sujets ses plus profondes excuses pour ce manquement de jeunesse et renonça au trône pour éviter de jeter la moindre confusion dans la ligne de succession.

*

Ronce tint parole : le jour, je marchais, flanqué par des gardes, les mains attachées dans le dos ; la nuit, je logeais dans une tente et on me déliait les poignets afin que je puisse me restaurer. Nul ne se montrait inutilement cruel envers moi. J'ignore si Ronce avait interdit tout contact avec moi ou si des récits sur le Bâtard au Vif, empoisonneur patenté, avaient si bien circulé que personne ne se risquait à se frotter à moi ; toujours est-il que je n'eus guère à souffrir, durant le trajet qui m'amenait à Œil-de-Lune, que du mauvais temps et des rations militaires. On me tenait à l'écart des pèlerins, si bien que je n'avais aucune nouvelle de Caudron, d'Astérie ni des autres, et comme les gardes s'abstenaient de bavarder devant moi, je ne pouvais même pas compter sur les potins du camp pour en obtenir ; enfin, je n'osai pas en demander. Le seul fait de penser à la ménestrelle et à ce qu'on lui avait infligé me mettait le cœur au bord des lèvres, et je me demandais si une bonne âme aurait assez pitié d'elle pour lui redresser et lui éclisser les doigts – à condition que Ronce l'autorise. À ma grande surprise, je m'aperçus que je songeais souvent aussi à Caudron et aux enfants des pèlerins.

Heureusement, il me restait Œil-de-Nuit. Mon second soir sous la garde de Ronce, après un dîner où j'avalai en hâte du pain et du fromage, on me laissa seul dans un coin d'une tente qui abritait six hommes d'armes. Les nœuds qui me liaient les poignets et les chevilles étaient serrés mais pas au point de me faire mal, et on avait jeté une couverture sur moi. Mes gardes s'absorbèrent bientôt dans une partie de dés à la lueur de la bougie qui éclairait la tente ; c'était un abri en bon cuir de chèvre sur le sol duquel les hommes, soucieux de leur confort, avaient étalé des rameaux de cèdres, si bien que je ne souffrais pas trop du froid. J'étais courbatu, j'étais fatigué et le repas m'avait rendu somnolent, pourtant je m'efforçai de rester éveillé et tendis mon esprit vers Œil-de-Nuit, inquiet de ce que j'allais trouver : je n'avais perçu que d'infimes traces de sa présence dans mon esprit depuis que je l'avais fait s'endormir. Je le contactai et m'aperçus avec un choc qu'il était tout proche de moi ; il m'apparut comme franchissant un rideau, et ma stupéfaction sembla l'amuser.

Depuis combien de temps sais-tu faire ça ?

Depuis un moment déjà. J'ai réfléchi à ce que nous avait dit l'homme-ours, et quand nous nous sommes séparés, j'ai compris que j'avais une existence à moi. J'ai trouvé un lieu à moi dans mon esprit.

Je sentis en lui une hésitation, comme s'il pensait que j'allais le réprimander ; bien au contraire, je l'étreignis et l'enveloppai dans la chaleur qu'il m'inspirait. *J'avais peur que tu ne meures.*

Je crains la même chose pour toi, aujourd'hui. Et il ajouta presque humblement : *Mais je m'en suis sorti, et maintenant, au moins, l'un de nous est libre pour sauver l'autre.*

Je suis soulagé que tu n'aies rien ; mais j'ai peur que tu ne puisses pas faire grand-chose pour moi ; et si les soldats te voient, ils n'auront de cesse qu'ils ne t'aient abattu.

Alors ils ne me verront pas, répondit-il avec désinvolture. Il m'emmena chasser avec lui cette nuit-là.

Le lendemain, il me fallut toute ma concentration pour marcher sans tomber car une tourmente s'était levée. Nous tentions de conserver un pas militaire malgré les pistes enneigées que nous suivions et les vents hurlants qui nous bousculaient et menaçaient neige. Comme nous nous éloignions de la rivière et commencions de gravir les piémonts, la végétation se fit plus dense et, si nous entendions toujours le vent à la cime des arbres, nous le sentions moins. Le froid devenait plus sec et plus mordant la nuit à mesure que nous prenions de l'altitude ; ce qu'on me donnait à manger suffisait à me maintenir debout et en vie, mais guère davantage. Ronce, à cheval, était en tête de la colonne, suivi de sa garde montée ; je marchais derrière, au milieu d'autres gardes chargés de me surveiller ; ensuite venaient les pèlerins escortés par des soldats réguliers, et enfin le train de bagages.

À la fin de chaque journée, on m'isolait dans une tente rapidement dressée, on me donnait à manger, puis on ne s'occupait plus de moi jusqu'à l'aube suivante. Mes conversations se limitaient à quelques mots lorsqu'on m'apportait mes repas et aux échanges de pensée avec Œil-de-Nuit. La rive où nous nous trouvions était giboyeuse comparée à l'autre ; le loup trouvait à s'y nourrir sans mal et il était en bonne voie de retrouver sa vigueur d'antan. Il n'éprouvait aucune difficulté à soutenir notre allure tout en chassant. Il venait d'éventrer un lapin lors de ma quatrième nuit de captivité quand il leva soudain la tête pour humer le vent.

Qu'y a-t-il ?

Des chasseurs, à l'affût. Délaissant son repas, il se dressa. Il se trouvait sur le versant d'une colline au-dessus du camp de Ronce ; une vingtaine au moins de silhouettes sombres s'approchaient des tentes en se glissant d'arbre en arbre ; une dizaine d'entre elles étaient armées d'arcs. Deux s'accroupirent sous le couvert d'un taillis plus épais que les autres et, quelques instants plus tard, le museau sensible d'Œil-de-Nuit détecta une odeur de fumée : un feu réduit brillait d'un éclat sourd aux pieds des deux personnages. Ils firent des signes à leurs compagnons qui se déployèrent, silencieux comme des ombres ; les archers cherchèrent des positions à la vue dégagée tandis que les autres pénétraient inaperçus dans le camp. Certains se dirigèrent vers l'attache des animaux. Par mes propres oreilles, je captai des bruits de pas discrets près de la tente où je gisais ligoté, mais ils ne s'y arrêtèrent pas. Œil-de-Nuit perçut une odeur de poix qui flambait ; une seconde après, deux traits enflammés traversaient la nuit et happaient la tente de Ronce. Il y eut un grand cri et aussitôt des soldats endormis sortirent de leurs tentes pour se précipiter vers le brasier, pendant que les archers de la colline lâchaient sur eux une pluie de flèches.

Ronce jaillit de la tente en proie aux flammes en s'enveloppant dans ses couvertures et en beuglant des ordres. « C'est le Bâtard qu'ils veulent, bande d'imbéciles ! Gardez-le à tout prix ! » Une flèche ricocha près de lui sur le sol gelé ; il poussa un cri et se jeta à plat ventre derrière un chariot de vivres ; l'instant suivant, deux nouvelles flèches se plantaient dans le bois du véhicule.

Les hommes qui partageaient ma tente s'étaient dressés dès le début de l'échauffourée ; je ne leur avais guère prêté attention, préférant le point de vue qu'Œil-de-Nuit m'offrait des événements ; mais quand le sergent entra brusquement, son premier ordre fut : « Sortez-le d'ici avant qu'ils foutent le feu à la tente. S'ils essayent de le prendre, coupez-lui la gorge ! »

Les instructions du sergent furent suivies à la lettre : un homme me mit un genou sur le dos et appliqua la lame de son poignard sur ma gorge, et six autres nous encerclèrent. Alentour, dans l'obscurité, d'autres hommes luttaient et poussaient des cris. Une clameur s'éleva quand une deuxième tente prit feu, imitant celle de Ronce qui flambait à présent joyeusement en illuminant efficacement son coin du camp. Quand je voulus lever la tête pour voir ce qui se passait, le jeune soldat agenouillé sur moi me rabattit énergiquement le visage contre le sol gelé. Je me résignai à la glace et au gravier et observai la suite des événements par les yeux du loup.

Si les gardes de Ronce ne s'étaient pas tant appliqués à me surveiller et à protéger leur maître, ils se seraient peut-être rendus compte que nous n'étions ni l'un ni l'autre la cible de l'attaque : tandis que les flèches pleuvaient autour de Ronce et de sa tente en flammes, à l'autre extrémité du camp, plongée dans l'obscurité, les assaillants silencieux étaient occupés à détacher contrebandiers, pèlerins et poneys. Le regard d'Œil-de-Nuit m'avait révélé que l'archer qui avait mis le feu à la tente de Ronce portait aussi clairement que Nik les traits de la famille Grappin : les contrebandiers étaient venus sauver leurs frères. Les captifs s'échappèrent du camp comme de la farine d'un sac percé pendant que les gardes nous défendaient, Ronce et moi.

L'artiseur ne s'était pas trompé dans son évaluation de ses hommes : beaucoup attendirent la fin des hostilités à l'abri d'un chariot ou d'une tente. Ils se fussent sûrement bien battus s'ils avaient été attaqués personnellement, mais aucun ne se risqua à mener une sortie contre les archers de la colline. Un soupçon me vint alors : le capitaine Mark n'était peut-être pas le seul à avoir conclu un arrangement avec les contrebandiers ; les ripostes des soldats, quand il y en avait, étaient inefficaces, car l'éclat des brasiers les gênait pour voir dans la nuit alors qu'il faisait des cibles parfaites des archers royaux qui se dressaient pour répondre aux traits des contrebandiers.

Tout fut terminé en un temps étonnamment bref. Les archers de la colline continuèrent à nous arroser de flèches tout en battant en retraite, et cette grêle retint toute l'attention des hommes de Ronce. Quand elle cessa brusquement, Ronce appela son sergent à grands beuglements et lui demanda d'un ton menaçant si j'étais toujours là ; le garde se tourna vers ses hommes avec un regard d'avertissement, puis répondit qu'ils avaient réussi à empêcher qu'on s'empare de moi.

Le reste de la nuit fut un cauchemar : j'en passai une bonne partie la figure dans la neige tandis qu'un Ronce à demi nu rageait et tapait du pied autour de moi sous prétexte que la plupart de ses affaires avaient disparu dans l'incendie de sa tente. Quand l'évasion des pèlerins et des contrebandiers fut découverte, elle parut de second plan comparée au fait que personne n'avait de vêtements à sa taille.

Trois autres tentes étaient parties en fumée, et le cheval de Ronce avait été volé en même temps que les poneys des contrebandiers. Malgré des menaces de terrible vengeance proférées à grands rugissements, il ne fit rien pour organiser une poursuite et se contenta de me donner des coups de pied à plusieurs reprises. L'aube était presque là quand il pensa à demander si la ménestrelle avait disparu elle aussi. Elle avait disparu. Cela, déclara-t-il, était la preuve que c'était bien après moi qu'ils en avaient. Il tripla la garde autour de moi pour le reste de la nuit et les deux journées de trajet jusqu'à Œil-de-Lune, mais nous ne revîmes pas nos assaillants, ce qui n'avait rien de surprenant : ils avaient obtenu ce qu'ils voulaient et s'étaient évaporés dans les piémonts. Sans doute Nik disposait-il aussi de cachettes sur la rive où nous étions ; l'homme qui m'avait vendu ne m'inspirait aucune chaleur mais je ne pus m'empêcher de l'admirer d'avoir emmené les pèlerins durant son évasion. Peut-être Astérie pourrait-elle en tirer une chanson.

Œil-de-Lune paraissait une petite bourgade cachée dans un pli des jupes des montagnes ; les fermes étaient rares alentour et les rues pavées commençaient brusquement au niveau de la palissade en bois qui ceignait la ville. Une sentinelle nous interpella pour la forme du haut d'une tour qui se dressait au-dessus de la barricade, et c'est seulement après l'avoir franchie que je me rendis compte de la prospérité du bourg. Par mes leçons auprès de Geairepu, je savais qu'Œil-de-Lune avait été un important poste militaire des Six-Duchés avant de devenir une halte pour les caravanes à destination des Montagnes et au-delà ; aujourd'hui, les marchands d'ambre, de fourrures et d'ivoire sculpté passaient régulièrement par Œil-de-Lune et l'enrichissaient. Du moins était-ce le cas depuis que mon père avait réussi à négocier l'ouverture des cols avec le royaume des Montagnes.

La politique d'hostilité de Royal avait changé tout cela. Œil-de-Lune était redevenue la place militaire qu'elle était du temps de mon grand-père ; les soldats qui arpentaient les rues portaient l'or et le brun de Royal au lieu du bleu de Cerf, mais c'étaient néanmoins des soldats. Les marchands avaient l'air las et méfiant d'hommes qui n'étaient riches que par la grâce de leur souverain et qui se demandaient si cela serait profitable à long terme. Notre procession attira l'attention des habitants, mais ils ne nous manifestèrent qu'une curiosité subreptice, et je m'interrogeai : depuis quand portait-il malheur de s'occuper de trop près des affaires royales ?

Malgré ma fatigue, j'observai la ville avec intérêt : c'était là que mon grand-père m'avait amené pour m'abandonner à la charge de Vérité, et où Vérité m'avait confié à Burrich. Je n'avais jamais su si la famille de ma mère vivait près d'Œil-de-Lune ou s'il nous avait fallu voyager loin pour trouver mon père ; mais c'est en vain que je cherchai un indice ou un signe qui réveillât quelque souvenir de mon enfance disparue : Œil-de-Lune restait pour moi aussi étrangère et familière à la fois que toutes les bourgades que j'avais traversées.

La ville grouillait de soldats ; des tentes et des abat-vent étaient dressés contre chaque mur : apparemment, la population s'était brutalement accrue ces derniers temps. Nous pénétrâmes dans une cour que les animaux du train de bagages reconnurent comme leur foyer ; là, on nous fit mettre en rang, puis on nous dispersa avec une précision toute militaire. Mes gardes m'escortèrent jusqu'à un bâtiment bas en bois, sans fenêtre et rébarbatif ; à l'intérieur, un vieil homme était assis sur un tabouret, devant un feu accueillant qui crépitait dans une vaste cheminée. Moins accueillantes étaient les trois portes percées de judas à barreaux qui donnaient sur trois autres pièces. On me fit entrer dans l'une, on coupa mes liens et on me laissa seul.

En matière de prisons, j'en avais connu de beaucoup moins sympathiques. À cette réflexion, mes lèvres se retroussèrent en un rictus qui n'était pas tout à fait un sourire ironique. Il y avait un châlit en corde entrecroisée et un sac de paille en guise de matelas, ainsi qu'un pot de chambre dans un angle. Le judas laissait filtrer un peu de lumière et de chaleur – guère – mais la température était tout de même beaucoup plus agréable qu'à l'extérieur. Ma cellule n'avait pas la sévérité d'une véritable geôle, et je jugeai qu'elle devait servir à enfermer les soldats ivres ou qui causaient du désordre. Avec une curieuse impression, je retirai mon manteau et mes moufles, les posai dans un coin, puis je m'assis sur le lit et attendis la suite.

Le seul événement marquant de la soirée fut le repas, constitué de viande, de pain et même d'une chope de bière. Le vieux ouvrit la porte pour me passer le plateau, et, quand il vint le récupérer, il me remit deux couvertures ; je le remerciai : il parut surpris, et je restai abasourdi quand il me dit : « Vous avez la voix et le regard de votre père. » Puis il me referma la porte au nez, presque précipitamment. Nul ne m'adressa plus la parole, et la seule conversation que je surpris fut les échanges de jurons et de plaisanteries de soldats qui jouaient aux dés ; d'après le timbre des voix, le vieux gardien devait se trouver en compagnie de trois hommes plus jeunes que lui.

Comme le soir tombait, ils abandonnèrent leurs dés pour bavarder à mi-voix ; la stridence du vent ne me permettait pas d'entendre grand-chose, aussi finis-je par quitter mon lit pour m'approcher sans bruit de la porte. Par le judas, je n'aperçus pas moins de trois sentinelles en faction ; le vieux dormait sur son lit, dans un angle, mais les trois hommes vêtus de l'or et du brun de Royal prenaient leur mission au sérieux. Le premier était un adolescent sans poil au menton qui n'avait sans doute pas plus de quatorze ans ; les deux autres avaient l'attitude de soldats aguerris. L'un d'eux avait le visage encore plus balafré que moi : un habitué des bagarres, sans doute ; l'autre arborait une barbe soignée et commandait manifestement ses deux camarades. Sans être sur le qui-vive, tous trois étaient en alerte. Le bagarreur taquinait le gosse, qui affichait une mine morose : ces deux-là ne s'entendaient pas ; puis, las de son petit jeu, l'homme se mit à débiner Œil-de-Lune à n'en plus finir : l'alcool était mauvais, les femmes pas assez nombreuses, et celles qui s'y trouvaient étaient aussi froides que l'hiver lui-même ; il aurait voulu que le roi tranche la laisse des soldats et les lâche sur les coupe-jarrets et les voleurs de la putain des Montagnes : il était sûr qu'il était possible de gagner Jhaampe et de prendre en quelques jours cette forteresse en bois. À quoi bon attendre ? Et ainsi de suite, sur tous les tons ; ses compagnons hochaient la tête, comme s'ils connaissaient sa litanie par cœur. Je m'écartai du judas et me rassis sur mon lit pour réfléchir.

Jolie cage.

Au moins, j'ai bien mangé.

Pas aussi bien que moi. Ce qu'il te faudrait, c'est un peu de sang chaud dans ta viande. Comptes-tu bientôt t'échapper ?

Dès que j'en aurai trouvé le moyen.

Je passai quelque temps à explorer soigneusement ma cellule : murs et sol en planches dégrossies, vieilles et dures comme du fer ; plafond en planches étroitement jointes que je parvenais à peine à effleurer du bout des doigts ; et la porte en bois avec le judas à barreaux.

Si je devais sortir, ce serait obligatoirement par là ; je m'approchai du judas. « Je pourrais avoir de l'eau ? » demandai-je à mi-voix.

L'adolescent sursauta violemment, à la grande hilarité du bagarreur. Le troisième garde me regarda, puis, sans répondre, alla tirer une louche d'eau d'une barrique placée dans un coin de la pièce. Il revint près de ma porte et passa l'ustensile à travers les barreaux ; il me laissa boire, puis s'en repartit avec la louche. « Combien de temps est-ce qu'on va me garder ici ? l'interpellai-je.

— Jusqu'à ta mort, fit le bagarreur d'un ton assuré.

— On ne doit pas lui parler, dit le gosse tandis que leur sergent lançait : La ferme ! » L'ordre s'adressait aussi à moi. Je restai près de la porte à les observer, agrippé aux barreaux, ce qui mit visiblement le plus jeune mal à l'aise ; en revanche, le bagarreur me surveillait avec la convoitise d'un requin qui tourne autour de sa proie : il ne faudrait pas beaucoup le pousser pour lui donner envie de me frapper. Cela pouvait-il m'être utile ? J'en avais par-dessus la tête de me faire rouer de coups, mais c'était la seule attitude à laquelle je montrais quelque talent, depuis quelque temps. Je décidai de lancer le bouchon pour voir ce qui allait se passer. « Pourquoi ne devez-vous pas me parler ? » demandai-je.

Ils échangèrent des regards. « Écarte-toi de cette porte et tais-toi, dit le sergent.

— J'ai simplement posé une question, objectai-je d'un ton mesuré. Quel mal peut-il y avoir à me parler ? »

Le sergent se leva et je me reculai aussitôt.

« Je suis enfermé et vous êtes trois. Je m'ennuie, c'est tout. Vous ne pouvez pas au moins me dire ce qu'on va faire de moi ?

— Ce qu'on va faire, c'est ce qu'on aurait dû faire la première fois qu'on t'a tué : on va te pendre au-dessus de l'eau, on va te découper en petits morceaux et on va les brûler, Bâtard ! » répondit le bagarreur.

Son sergent se tourna vers lui. « La ferme ! Il essaie de te faire parler, crétin ! Plus personne ne lui adresse la parole : c'est comme ça que les magiciens du Vif piègent les gens : ils les font parler ; c'est comme ça qu'il a eu Pêne et ses gars. » Le sergent me lança un regard venimeux, qu'il reporta ensuite sur ses hommes. Ils reprirent leur poste et le bagarreur m'adressa un sourire sarcastique.

« Je ne sais pas ce qu'on vous a raconté sur moi, mais ce n'est pas vrai », dis-je. Nul ne répondit. « Écoutez, je ne suis pas différent de vous ; si j'étais un si grand magicien, vous croyez que je serais derrière ces barreaux ? Non, on veut faire de moi un bouc émissaire, voilà tout. Vous savez comment ça marche : quand quelque chose va de travers, il faut que quelqu'un porte le chapeau ; et c'est moi qui me retrouve dans le pétrin. Allons, regardez-moi et pensez aux histoires que vous avez entendues. J'ai connu Pêne lorsqu'il était avec Royal à Castelcerf ; vous trouvez que j'ai l'air d'un gars qui peut se débarrasser de lui ? » Et je continuai ainsi durant la plus grande partie de leur faction ; je n'espérais pas vraiment les convaincre de mon innocence, mais je comptais les persuader qu'ils n'avaient pas à redouter de m'écouter ni de me répondre. J'évoquai des épisodes malheureux de mon existence passée, certain qu'ils seraient répétés dans tous le camp ; quel profit j'en tirerais, je l'ignorais ; mais, pendant ce temps, je me tenais contre la porte, agrippé aux barreaux qu'à mouvements infimes j'essayais de faire tourner dans leurs logements. Mais s'ils bougeaient, c'était de façon imperceptible.

La journée du lendemain me parut interminable ; à chaque heure qui s'écoulait, j'avais l'impression que le danger s'approchait davantage. Ronce n'était pas venu me voir : il me tenait certainement captif en attendant que quelqu'un vienne le décharger de ma responsabilité, et je craignais fort qu'il s'agît de Guillot : je ne pensais pas que Royal confiât mon transport à qui que ce fût d'autre. Je ne tenais pas à me trouver à nouveau face à lui : je ne me sentais pas la force de lui résister. Je passai la journée à essayer de desceller les barreaux et à observer mes gardiens. Le soir venu, j'étais prêt à tenter ma chance ; après un dîner composé de fromage et de gruau, je m'étendis sur mon lit et me concentrai pour artiser.

Je baissai prudemment mes murs dans la crainte de trouver Ronce derrière ; puis je tendis mon Art, mais je ne ressentis rien. Je me concentrai à nouveau et réessayai, toujours en vain. J'ouvris les yeux dans l'obscurité de ma cellule. Quelle injustice ! J'en avais le cœur au bord des lèvres ! Les rêves d'Art m'emportaient quand bon leur semblait, mais, à présent que je cherchais le fleuve d'Art, il restait insaisissable ! Je fis encore deux tentatives, après quoi une migraine pulsatile me contraignit à renoncer. Ce n'était pas l'Art qui m'aiderait à me sortir de ma prison.

Reste le Vif, fit Œil-de-Nuit. J'eus la sensation qu'il était tout proche.

Franchement, je ne vois pas en quoi il me serait utile, répondis-je.

Moi non plus ; j'ai creusé un trou sous l'enceinte au cas où tu arriverais à sortir de ta cage. Ça n'a pas été facile, parce que la terre est gelée et que les troncs de la palissade sont profondément enfoncés. Mais si tu réussis à quitter ta cage, je peux te faire sortir de la ville.

Sage initiative, le complimentai-je. Au moins l'un de nous ne restait pas les bras croisés.

Sais-tu où je gîte cette nuit ? Je perçus un amusement contenu dans sa question.

Eh bien, où gîtes-tu ? demandai-je pour ne pas gâcher son plaisir.

Sous tes pieds. J'avais juste la place de m'y glisser.

Œil-de-Nuit, c'est de la folie ! On risque de te voir ou de découvrir tes traces !

Des dizaines de chiens ont couché ici avant moi ; personne ne remarquera mes allées et venues. J'ai profité de la tombée de la nuit pour visiter une bonne partie de cette garenne d'hommes : il y a un espace vide en dessous de tous les bâtiments ; il est très facile de se faufiler de l'un à l'autre.

Fais quand même attention, lui dis-je, sans pouvoir nier un certain réconfort à le savoir si près de moi. Je passai une nuit agitée. Les trois gardes restaient de marbre avec moi ; j'essayai mon charme sur le vieux, le lendemain matin, lorsqu'il me donna une chope de tisane et deux bouts de pain dur. « Ainsi, vous avez connu mon père, lui dis-je alors qu'il glissait mon petit déjeuner par le judas. Moi, je n'ai aucun souvenir de lui ; je ne l'ai jamais rencontré.

— Eh bien, réjouissez-vous, répliqua le vieux d'un ton

sec. Connaître le prince, ça ne voulait pas dire l'aimer. Raide comme un passe-lacet, qu'il était ; les règles et les ordres, c'était bon pour nous, pendant qu'il allait faire des bâtards à droite et à gauche. Oui, j'ai connu votre père – beaucoup trop à mon goût. » Et il s'en alla ; autant pour mes espoirs de m'en faire un allié. Je m'assis sur le lit avec mon pain et ma tisane, et je contemplai le mur, accablé. Encore une journée écoulée, une étape de plus sur le chemin qui menait Guillot à moi, une journée qui me rapprochait du moment d'être ramené à Gué-de-Négoce, une journée qui me rapprochait de ma mort.

Au plus froid et au plus noir de la nuit, Œil-de-Nuit me tira du sommeil. *De la fumée. Beaucoup.*

Je me redressai sur mon lit, puis j'allai au judas et regardai au-dehors. Le vieux dormait sur son lit de camp, l'adolescent et le bagarreur jouaient aux dés tandis que le troisième garde se curait les ongles avec son poignard. Tout était calme.

D'où vient la fumée ?

Veux-tu que j'aille voir ?

Oui, s'il te plaît. Sois prudent.

Comme d'habitude.

Du temps passa, pendant lequel je surveillai mes gardes, collé au mur de ma cellule. Enfin, Œil-de-Nuit me recontacta. *C'est un grand bâtiment qui sent le grain. Il brûle à deux endroits.*

Personne n'a donné l'alarme ?

Non. Les rues sont vides et noires. Cette partie de la ville est endormie.

Je fermai les yeux pour voir ce qu'il voyait : le bâtiment en question était un entrepôt de grain. On avait allumé deux feux à son pied ; l'un brûlait sans flammes, mais l'autre commençait à escalader le mur de bois sec.

Reviens. Nous allons peut-être pouvoir tourner cet incendie à notre avantage.

Attends.

Œil-de-Nuit s'engagea dans la rue en se glissant discrètement d'une maison à l'autre. Derrière nous, le feu gagna en puissance et se mit à crépiter. Le loup s'arrêta, huma l'air et changea de direction. Il se trouva bientôt devant un nouveau feu : celui-ci dévorait avec empressement une meule de paille couverte d'une bâche à l'arrière d'une grange ; de la fumée s'en échappait paresseusement. Soudain, une langue de flamme jaillit dans la nuit et avec un énorme bruit de souffle la meule tout entière s'embrasa. Des étincelles s'élevèrent dans le ciel, et certaines continuèrent à briller une fois retombées sur les toits avoisinants.

Ces incendies ne sont pas accidentels. Reviens tout de suite !

Œil-de-Nuit obéit promptement. En chemin, il aperçut un autre feu qui consumait un tas de chiffons imprégnés d'huile et fourrés sous l'angle d'une caserne ; une brise vagabonde encourageait les flammes dans leur exploration ; elles commençaient à grimper le long d'un pilier de soutènement et roulaient avec avidité sous le plancher.

Le froid mordant de l'hiver avait desséché la ville de bois aussi efficacement que la chaleur de l'été, des abat-vent et des tentes étaient accrochés entre les bâtiments : si les incendies restaient encore quelque temps inaperçus, Œil-de-Lune ne serait plus que cendres au matin – et moi aussi, si je demeurais enfermé dans ma cellule.

Combien de gardiens as-tu ?

Quatre ; il y a aussi une porte fermée à clé.

L'un des hommes doit avoir la clé.

Attends. Voyons si nos chances ne vont pas s'améliorer, à moins qu'ils ne décident de m'emmener ailleurs.

Dans la ville glacée, quelqu'un poussa soudain un grand cri : le premier feu avait été repéré. Debout dans ma cellule, j'écoutai par les oreilles d'Œil-de-Nuit. Peu à peu, une clameur monta, et mes gardes finirent par se lever en se demandant les uns les autres : « Qu'est-ce qui se passe ? »

L'un d'eux, le bagarreur, alla ouvrir la porte ; une bouffée d'air froid qui sentait la fumée s'engouffra par l'ouverture. L'homme se retourna et dit : « On dirait qu'il y a un gros incendie à l'autre bout de la ville. » Une seconde plus tard, ses deux compagnons étaient à ses côtés ; les propos tendus qu'ils échangeaient réveillèrent le vieux, qui alla lui aussi se renseigner à la porte. Dans la rue, quelqu'un passa au pas de course en criant. « Au feu ! Il y a le feu à l'entrepôt de grain ! Apportez des seaux ! »

Le gosse regarda son officier. « Vous voulez que j'aille voir ? »

L'homme hésita un instant, puis il céda à la tentation. « Non. Reste ici ; moi, j'y vais. Ouvre l'œil. » Il s'empara vivement de son manteau et s'enfonça dans la nuit. Le gosse le suivit des yeux avec une expression déçue, puis il se campa dans l'encadrement de la porte et contempla l'obscurité. Soudain : « Hé, il y a d'autres feux ! Là-bas ! » s'exclama-t-il. Avec un juron, le bagarreur saisit son manteau.

« Je vais jeter un coup d'œil.

— Mais on a ordre de rester pour garder le Bâtard !

— Toi, tu restes ! Je reviens tout de suite ; je veux juste voir ce qui se passe ! » Il cria ces derniers mots par-dessus son épaule tout en s'éloignant à la hâte. Le gosse et le vieux échangèrent un regard, puis le vieil homme regagna son lit et se rallongea ; son compagnon, lui, demeura à la porte. Quelques hommes passèrent en courant dans la rue, suivis par un attelage qui tirait un chariot au grand trot ; tous se dirigeaient apparemment vers l'incendie.

« Comment est-ce que ça se présente ? demandai-je.

— On ne distingue pas grand-chose d'ici ; rien que des flammes derrière les écuries et plein d'étincelles qui s'envolent. » L'adolescent était visiblement déçu de se trouver si loin de l'agitation. Il se rappela soudain à qui il parlait, rentra brusquement et ferma la porte. « Ne m'adresse pas la parole ! m'ordonna-t-il en allant s'asseoir.

— À quelle distance se trouve l'entrepôt ? fis-je, mais il ne daigna même pas me lancer un regard et demeura les yeux fixés sur le mur. Parce que, poursuivis-je sur le ton de la conversation, j'aimerais savoir ce que vous comptez faire si le feu se propage par ici : je n'ai pas envie de mourir brûlé vif. On vous a laissé les clés, non ? » Aussitôt, le gosse jeta un coup d'œil au vieux, dont la main esquissa un geste involontaire vers son sac comme pour s'assurer qu'elles étaient toujours là ; mais ni l'un ni l'autre ne répondit. Debout près du judas, j'observai l'adolescent. Au bout d'un moment, il se leva et ouvrit la porte. Je vis ses mâchoires se serrer. Le vieux alla regarder par-dessus son épaule.

« Le feu s'étend, c'est ça ? C'est terrifiant, un incendie en hiver : tout est sec comme de l'os. »

Le jeune me regarda sans répondre ; la main du vieux s'approcha du sac qui contenait la clé.

« Liez-moi les mains et allons-nous-en d'ici ; il ne s'agit pas de nous trouver dans ce bâtiment si l'incendie arrive jusqu'ici. »

Un coup d'œil du gosse. « Je ne suis pas fou, répondit-il. Je ne tiens pas à me faire exécuter pour t'avoir libéré !

— Grille dans ton trou, Bâtard ; moi, je m'en fous », ajouta le vieux. Il passa la tête par la porte. Malgré la distance, j'entendis le bruit de souffle d'un édifice qui s'écroulait dans une éruption de flammes ; le vent apportait désormais une forte odeur de fumée et je vis le gosse se tendre. Un homme passa en courant devant la porte ouverte et cria à l'adolescent qu'on se battait sur la place du marché ; d'autres hommes suivirent dans un cliquetis d'épées et d'armures légères. Des cendres volaient dans l'air à présent et le rugissement des flammes couvrait le bruit des rafales de vent ; le ciel était gris de fumée.

Tout à coup, le gosse et le vieux reculèrent précipitamment dans la pièce, et Œil-de-Nuit apparut, tous crocs dehors, dans l'encadrement de la porte, rendant impossible toute fuite des deux hommes. Le grondement qu'il émettait était plus fort que le crépitement des flammes.

« Ouvrez la porte de ma cellule et il ne vous fera pas de mal », dis-je.

Mais, non sans courage, le gosse dégaina son épée, puis, sans attendre que le loup s'approche, il se jeta sur lui, la lame pointée, et l'obligea à battre en retraite. Œil-de-Nuit évita l'attaque sans difficulté, mais la porte était maintenant libre. L'adolescent poursuivit son avantage et sortit pour assaillir encore le loup ; aussitôt, le vieux referma la porte derrière lui.

« Vous comptez rester ici et brûler vif en ma compagnie ? » demandai-je d'un ton dégagé.

En un instant, sa décision fut prise. « Crame tout seul ! » cracha-t-il, puis il rouvrit la porte et s'enfuit dans le noir.

Œil-de-Nuit ! Le vieux qui se sauve, c'est lui qui a la clé !

Je le rattrape.

J'étais maintenant seul dans ma geôle. Je m'attendais

peu ou prou à voir le jeune revenir, mais je me trompais. Agrippant les barreaux du judas, je secouai violemment la porte ; c'est à peine si elle bougea ; en revanche, un des barreaux paraissait remuer légèrement, et je tirai dessus en m'appuyant des deux pieds sur la porte afin d'y mettre tout mon poids. Une éternité plus tard, une des extrémités se délogea, et j'entrepris de tordre la barre de métal d'avant en arrière jusqu'au moment où elle céda ; cependant, même si j'arrachais tous les barreaux, l'ouverture resterait trop étroite pour me livrer passage, et, j'eus beau faire, la tige de métal que je tenais était trop grosse pour s'enfoncer dans les lézardes du mur : impossible de desceller la porte. L'air empestait à présent la fumée ; l'incendie se rapprochait. Je cognai de l'épaule contre le battant mais il n'eut pas un frémissement. Passant le bras par le judas, je tâtonnai vers le bas ; les doigts tendus, je touchai une épaisse barre de métal que je suivis jusqu'au verrou qui la maintenait en place ; je pouvais l'effleurer mais pas davantage. La température de la cellule montait-elle ou mon imagination me jouait-elle des tours ?

À l'aide de mon barreau arraché, je frappais à l'aveuglette sur le verrou et les ferrures qui le fixaient quand la porte extérieure s'ouvrit ; une garde en or et brun entra à grands pas en annonçant : « Je viens chercher le Bâtard ! » Et puis elle vit que la salle était vide.

L'instant d'après, elle rejetait sa capuche en arrière et dévoilait son visage : c'était Astérie. Je la regardai bouche bée.

« C'est plus facile que je ne l'escomptais », me dit-elle avec un sourire farouche. Sur ses traits tuméfiés, on eût dit un rictus effrayant.

« Pas sûr, répondis-je d'un ton hésitant. La cellule est fermée à clé. »

Son expression passa du sourire à la consternation. « L'arrière du bâtiment commence déjà à fumer. »

D'un geste vif de sa main indemne, elle s'empara de mon barreau, mais, alors qu'elle s'apprêtait à l'abattre sur le verrou, Œil-de-Nuit s'encadra dans la porte. Il entra et laissa tomber le sac du vieux sur le plancher ; le cuir était luisant de sang.

Je contemplai le loup, soudain horrifié. « Tu l'as tué ?

Je lui ai pris ce dont tu avais besoin. Dépêche-toi. L'arrière de ta cage brûle.

Pendant un instant, je demeurai incapable de réagir. Je regardais Œil-de-Nuit en me demandant ce que j'étais en train de faire de lui : il avait perdu un peu de sa pureté sauvage. Les yeux d'Astérie passaient alternativement de lui à moi et de moi au sac de cuir. Elle ne faisait pas un geste.

Et tu as perdu un peu de ce qui fait de toi un homme. Nous n'avons pas le temps, mon frère. Ne tuerais-tu pas un loup si ça devait me sauver la vie ?

Aucune réponse n'était nécessaire. « La clé est dans le sac », dis-je à Astérie.

Pendant quelques secondes, elle regarda l'objet sans bouger ; puis elle s'accroupit et sortit la lourde clé de fer du sac. Elle l'inséra dans le trou de la serrure et je formai le vœu de n'avoir pas trop abîmé le mécanisme. Elle fit tourner la clé, libéra le loquet d'une secousse et souleva la grosse barre. Comme je sortais de ma cellule, elle me dit : « Prenez les couvertures, vous en aurez besoin. Il fait un froid de chien. »

En allant les chercher en même temps que mon manteau et mes moufles, je sentis la chaleur qu'irradiait le mur du fond ; de la fumée commençait à filtrer par les interstices des planches. Nous nous sauvâmes, le loup sur les talons.

Dehors, nul ne fit attention à nous. L'incendie n'était plus maîtrisable ; il tenait la ville et courait où bon lui semblait. Les gens que je vis s'occupaient égoïstement de sauver leurs biens et leur peau ; un homme nous croisa avec une brouette chargée d'affaires sans même chercher à nous mettre en garde ; je me demandai si le contenu de son véhicule était à lui. Plus loin, dans la rue, des écuries brûlaient ; des palefreniers affolés faisaient sortir les chevaux mais les hennissements des animaux encore enfermés et en proie à la terreur étaient plus stridents que le vent. Dans un vacarme étourdissant, un bâtiment s'écroula en face de nous en nous envoyant un terrifiant soupir d'air et de cendres brûlants. Le vent avait propagé le feu à travers tout Œil-de-Lune. Il sautait de maison en maison et les rafales transportaient des étincelles et des escarbilles jusque dans la forêt, par-delà les palissades. La neige ne serait peut-être pas assez épaisse pour les éteindre. « Venez vite ! » cria Astérie d'un ton furieux, et je m'aperçus que j'étais planté dans la rue, bouche bée. Serrant les couvertures contre moi, je la suivis sans un mot ; nous parcourûmes au pas de course les rues de la ville en flammes ; elle paraissait connaître son chemin.

Nous arrivâmes sur un carrefour où un combat avait eu lieu : quatre cadavres jonchaient la chaussée, tous aux couleurs de Bauge. J'interrompis ma course le temps de récupérer sur l'un d'eux, celui d'une femme, un poignard et une bourse.

Nous approchions des portes de la ville quand un chariot s'arrêta près de nous dans un bruit de ferraille. Les chevaux qui le tiraient étaient mal assortis et couverts d'écume. « Montez ! » nous cria une voix. Astérie obéit sans une hésitation.

« Caudron ? fis-je.

— Taisez-vous ! » répliqua-t-elle. Je grimpai dans le chariot et le loup me rejoignit d'un bond souple. Sans attendre que nous soyons installés, elle fit claquer les rênes et la voiture repartit brutalement.

Devant nous se dressaient les portes ; grandes ouvertes, sans personne pour les garder, elles pivotaient sur leurs gonds au gré du souffle de l'incendie. Près de l'une, j'aperçus un corps étendu par terre. Caudron ne fit même pas ralentir l'attelage ; nous sortîmes sans un regard en arrière et nous engageâmes sur la route obscure pour rallier la horde de ceux qui fuyaient la destruction avec des carrioles et des brouettes. La plupart semblaient se diriger vers les rares fermes de la région afin d'y trouver refuge pour la nuit, mais Caudron poussait toujours les chevaux. Comme autour de nous la nuit s'épaississait et les fuyards devenaient moins nombreux, elle lança les bêtes à un pas plus rapide. Je scrutais l'obscurité devant nous.

Soudain, je m'aperçus qu'Astérie, elle, regardait en arrière. « Ce ne devait être qu'une diversion », murmura-t-elle d'une voix altérée. Je me retournai.

La palissade d'Œil-de-Lune se découpait, noire sur un immense embrasement orange ; au-dessus, des étincelles montaient dans le ciel obscur, denses comme des essaims d'abeilles, et le rugissement des flammes évoquait un vent de tempête. Un bâtiment s'effondra sur lui-même en soulevant un mascaret d'étincelles.

« Une diversion ? » Je tentai de la dévisager dans le noir. « C'est vous qui avez déclenché ça ? Pour moi ? »

Astérie m'adressa un regard amusé. « Je regrette de vous décevoir, mais non. Caudron et moi étions de la partie pour vous chercher, mais ce n'était pas le but de ces incendies ; la plupart sont l'œuvre de la famille de Nik, en représailles contre ceux qui les ont abusés. Ils sont entrés, ils les ont trouvés, ils les ont tués, et puis ils sont repartis. » Elle secoua la tête. « Même si je connaissais tous les tenants et aboutissants, ce serait trop compliqué à expliquer ici. Manifestement, la corruption régnait parmi les gardes royaux d'Œil-de-Lune depuis des années ; ils étaient grassement payés pour fermer les yeux sur les contrebandiers de la tribu Grappin, et ceux-ci veillaient à ce que les hommes en poste profitent des meilleures choses de la vie, et, si j'ai bien compris, le capitaine Mark se taillait la part du lion ; il n'était pas le seul à profiter de cette manne mais il était ladre dans sa répartition des bénéfices.

« Et puis Ronce a été envoyé sur place. Il ignorait tout de l'arrangement, il amenait un vaste corps de soldats avec lui et il a voulu imposer une discipline militaire sur la région. Nik vous a vendus à Mark, c'est vrai ; mais, dans l'opération, quelqu'un a vu l'occasion de livrer Mark à Ronce, et Ronce a vu l'occasion de vous capturer et d'éliminer une organisation de contrebandiers. Cependant, Nik Grappin et sa tribu avaient versé de solides pots-de-vin contre l'assurance d'un voyage sans risques pour les pèlerins ; du coup, quand les soldats ont manqué à leur parole envers lui, sa promesse aux pèlerins s'est trouvée rompue elle aussi. » Elle secoua la tête et reprit d'une voix tendue : « Certaines des femmes se sont fait violer ; un enfant est mort de froid ; un homme ne marchera plus jamais, parce qu'il a tenté de protéger son épouse. » Pendant un moment, il n'y eut d'autres bruits que le ferraillement du chariot et le lointain rugissement des flammes. Astérie regardait la ville incendiée avec des yeux très noirs. « Vous avez entendu parler de l'honneur des voleurs ? Eh bien, Nik et ses hommes ont lavé le leur. »

Je contemplais moi aussi la destruction d'Œil-de-Lune.

Je me souciais comme d'une guigne du sort de Ronce et de ses Baugiens, mais il se trouvait aussi dans cette ville des marchands, des boutiquiers, des familles, des foyers, et les flammes les dévoraient tous. Et des soldats des Six-Duchés avaient violé leurs captives, se comportant comme des brigands sans foi ni loi et non comme des gardes royaux. Des soldats des Six-Duchés, qui servaient un roi des Six-Duchés... Je secouai la tête. « Subtil les aurait tous fait pendre. »

Astérie s'éclaircit la gorge. « Ne vous faites pas de reproches, me dit-elle. J'ai appris depuis longtemps à ne pas me rendre responsable du mal qu'on me fait. Ce n'était pas ma faute; ce n'était même pas la vôtre. Vous n'avez été que le catalyseur qui a précipité l'enchaînement des événements.

— Ne m'appelez pas comme ça », fis-je d'un ton implorant. Le chariot nous emportait toujours plus loin dans la nuit.

7

POURSUITE

La paix entre les Six-Duchés et le royaume des Montagnes était relativement récente à l'époque du règne du roi Royal. Des décennies durant, le royaume des Montagnes avait conservé une mainmise aussi absolue sur ses cols que les Six-Duchés sur le commerce qui transitait par les fleuves Froide et Cerf. Le négoce et la circulation entre les deux régions étaient régulés de façon unilatérale par chacun des pouvoirs, au détriment des deux ; toutefois, pendant le règne du roi Subtil, des contrats commerciaux mutuellement profitables furent établis par le roi-servant Chevalerie des Six-Duchés et le prince Rurisk des Montagnes ; la pérennité et l'efficacité de cet arrangement se virent consolidées quand, plus de dix ans plus tard, la princesse des Montagnes, Kettricken, devint l'épouse du roi-servant Vérité. À la mort prématurée de son frère aîné, Rurisk, à la veille de son mariage, Kettricken devint seule héritière de la couronne de son royaume. Il sembla ainsi pendant quelque temps que les Six-Duchés et le royaume des Montagnes dussent partager un jour le même souverain et finir par ne former qu'un seul pays.

Mais les circonstances réduisirent cet espoir à néant : les Six-Duchés étaient menacés de l'extérieur par les Pirates et déchirés de l'intérieur par les chamailleries des princes ; le roi Subtil fut assassiné, le roi-servant Vérité disparut lors d'une mission au loin et, quand le prince Royal s'empara du trône, sa haine envers Kettricken était telle qu'elle crut devoir se réfugier dans ses Montagnes natales afin de protéger l'enfant qu'elle portait. Royal, roi autoproclamé, vit dans cette fuite la rupture d'une promesse d'abandon de territoire. Ses premières tentatives pour installer des troupes dans le royaume des Montagnes, prétendument pour « garder » les caravanes marchandes, furent repoussées par les Montagnards, et ses protestations et ses menaces n'eurent d'autre effet que de hâter la fermeture des frontières au commerce des Six-Duchés. Ainsi contrarié, il se lança dans une vigoureuse campagne visant à discréditer la reine Kettricken et à susciter une haine patriotique à l'encontre du royaume des Montagnes. Son but ultime semblait évident : s'approprier, par la force si nécessaire, les territoires des Mon-

tagnes pour en faire une province des Six-Duchés ; pourtant, le moment était mal choisi pour ce genre de stratégie : les régions qu'il possédait de plein droit étaient soumises au siège d'un ennemi extérieur qu'il ne paraissait pas avoir la capacité ni la volonté de vaincre. Jamais aucune force militaire n'avait conquis le royaume des Montagnes, et c'était cependant ce à quoi il semblait s'acharner. Quant à savoir pourquoi il tenait tant à annexer ce territoire, c'est une question qui à l'origine laissa perplexe tout un chacun.

*

La nuit était limpide et froide ; le clair de lune suffisait à nous montrer les tours et détours de la route, mais guère plus. Je restai quelque temps simplement assis dans le chariot à écouter le bruit des sabots sur la terre battue tout en essayant de digérer les derniers événements. Astérie prit les couvertures que nous avions emportées de ma cellule et les secoua, puis elle m'en donna une et se drapa l'autre sur les épaules ; elle se tenait recroquevillée, à l'écart de moi, le regard tourné vers l'arrière ; elle avait manifestement envie qu'on la laisse tranquille. J'observai un moment la lueur orangée d'Œil-de-Lune qui s'affaiblissait dans le lointain, puis mon esprit se remit à fonctionner.

« Caudron ? lançai-je par-dessus mon épaule. Où allons-nous ?

— Loin d'Œil-de-Lune », répondit-elle. Je perçus de la lassitude dans sa voix.

Astérie sursauta, puis me regarda. « Nous pensions que vous nous le diriez.

— Où sont partis les contrebandiers ? » demandai-je.

J'eus l'intuition du haussement d'épaules de la ménestrelle plus que je ne le vis. « Ils n'ont pas voulu nous le dévoiler ; ils ont dit que, si nous allions vous libérer, nous devions les quitter. Ils paraissaient croire que Ronce enverrait des soldats à vos trousses quels que soient les dommages infligés à Œil-de-Lune. »

Je hochai la tête, davantage pour moi qu'à son intention. « C'est vrai : il va me rendre responsable de l'attaque ; et on fera courir le bruit que les assaillants étaient des soldats venus du royaume des Montagnes pour me tirer de prison. » Je me redressai et m'écartai discrètement d'Astérie. « Quand on nous rattrapera, on vous tuera aussi.

— Il n'était pas dans nos plans de nous laisser rattraper, remarqua Caudron.

— Et les soldats n'y arriveront pas si nous nous y prenons bien, promis-je. Faites arrêter les chevaux. »

Caudron n'eut guère besoin de les forcer : ils n'avançaient plus depuis longtemps que d'un pas fatigué. Je lançai ma couverture à Astérie, descendis et contournai le chariot ; Œil-de-Nuit sauta lui aussi à terre et me suivit avec curiosité. « Que faites-vous ? demanda Caudron comme je dégrafais les harnais et les laissai tomber dans la neige.

— Je modifie l'attelage des chevaux afin qu'on puisse les monter. Savez-vous chevaucher à cru ? » Tout en parlant, je me servais du poignard de la garde pour trancher les rênes : qu'elle sût ou non, Caudron devrait aller sans selle.

« Bien obligée, de toute façon, grommela-t-elle en descendant à son tour du chariot. Mais nous n'irons pas bien vite, à deux sur ces chevaux.

— Astérie et vous n'aurez aucun problème, fis-je. Il vous suffira de continuer d'avancer. »

Debout dans le chariot, la ménestrelle me regardait ; je n'avais pas besoin de voir son visage pour savoir qu'il exprimait l'abasourdissement. « Vous nous quittez ? Alors que nous vous avons libéré ? »

Je ne voyais pas la situation sous cet angle. « C'est vous qui me quittez, répondis-je d'un ton ferme. Une fois qu'on est sortis d'Œil-de-Lune en direction des Montagnes, Jhaampe est la seule grande ville en vue. Avancez à une allure régulière, mais ne vous rendez pas tout de suite à Jhaampe : c'est ce à quoi s'attend Ronce. Trouvez un hameau quelconque et restez-y cachées un moment ; la plupart des Montagnards sont des gens hospitaliers. Si vous n'entendez pas parler de poursuite, continuez jusqu'à Jhaampe. Mais voyagez le plus vite et le plus loin possible avant de vous arrêter pour demander le gîte ou le couvert.

— Et vous, qu'allez-vous faire ? demanda Astérie à mi-voix.

— Œil-de-Nuit et moi allons partir de notre côté, comme nous aurions dû le faire depuis longtemps. Nous voyageons plus vite seuls.

— Je suis revenue vous libérer, dit Astérie d'une voix près de se briser, outrée par ma défection. Je suis revenue malgré tout ce qu'on m'a fait, malgré... ma main... et tout le reste...

— Il détourne l'ennemi de notre piste, intervint soudain Caudron.

— Vous avez besoin d'aide pour monter à cheval ? demandai-je à la vieille femme.

— Nous n'avons besoin d'aucune aide de votre part ! » s'exclama la ménestrelle d'un ton furieux. Elle secoua la tête. « Quand je pense à tout ce que j'ai souffert pour vous suivre ! Et à tout ce que nous avons fait pour vous libérer... Sans moi, vous auriez brûlé vif dans votre cellule !

— Je sais. » Je n'avais pas le temps de lui expliquer. « Adieu », dis-je à mi-voix. Je m'éloignai dans la forêt, Œil-de-Nuit à mes côtés ; les arbres se refermèrent autour de nous et les deux femmes disparurent à notre vue.

Caudron avait promptement perçu le fond de mon plan : dès que l'incendie aurait été maîtrisé, voire avant, Ronce penserait à moi ; on trouverait le vieux tué par un loup et on ne croirait pas une seconde que j'avais péri dans ma prison. La poursuite s'engagerait aussitôt ; on enverrait des cavaliers sur toutes les routes qui menaient aux Montagnes et ils auraient tôt fait de rattraper Caudron et Astérie – sauf si les chasseurs avaient une autre piste, plus difficile, à suivre, une piste qui couperait à travers champs et bois, plein ouest : droit vers Jhaampe.

Ce ne serait pas facile. Je n'avais pas une connaissance précise du pays qui s'étendait entre moi et la capitale du royaume des Montagnes ; il ne devait guère y avoir d'agglomérations, car les Montagnes avaient une population clairsemée, composée surtout de trappeurs, de chasseurs et de bergers nomades, gardiens de chèvres et de moutons qui vivaient de préférence dans des masures isolées ou des hameaux entourés de vastes territoires de chasse et de piégeage. Je n'aurais sans doute guère l'occasion de dérober ou de mendier de quoi me nourrir. Cependant, je m'inquiétais davantage de me retrouver au pied de quelque falaise impossible à escalader ou d'avoir à franchir à gué l'une des nombreuses rivières glacées qui descendaient en torrents impétueux les ravins et les étroites vallées du pays.

Inutile de nous faire du souci tant que le chemin est libre, fit Œil-de-Nuit. *Si nous sommes bloqués, il faudra simplement trouver un moyen de contourner l'obstacle ; ça nous ralentira peut-être, mais nous n'arriverons jamais nulle part si nous restons là à nous ronger les sangs.*

Nous marchâmes donc toute la nuit, le loup et moi. Quand nous traversions des clairières, j'observais les étoiles pour essayer de conserver autant que possible un cap plein ouest. Le terrain s'avérait aussi difficile que je l'avais supposé, et je m'arrangeais pour suivre des trajets plus accessibles à un homme et un loup à pied qu'à des hommes à cheval : notre piste menait par des versants encombrés de broussailles et des gorges resserrées aux taillis enchevêtrés, où je me consolais de mes efforts en imaginant l'avance que prenaient au même moment Astérie et Caudron sur les routes. Je préférais ne pas songer que Ronce dépêcherait des traqueurs en nombre suffisant pour suivre plus d'une piste. Non : il me fallait progresser au plus vite, puis pousser Ronce à envoyer toutes ses forces à ma poursuite.

Et la seule façon que je voyais d'y parvenir était de me présenter comme une menace pour Royal, une menace dont il faudrait s'occuper sans attendre.

Je levai les yeux vers le sommet d'une crête ; trois immenses cèdres groupés s'y dressaient. Je décidai d'y faire halte, d'allumer un petit feu et de tenter d'artiser ; comme je n'avais pas d'écorce elfique, je devais m'arranger pour pouvoir ensuite me reposer longuement.

Je veillerai sur toi, m'assura Œil-de-Nuit.

Les cèdres étaient gigantesques et leurs branches formaient un entrelacs si dense qu'à leur pied le sol était vierge de neige ; en revanche, il était couvert d'un tapis épais et odorant de petits morceaux de ramure tombés au cours des ans, dont je me fis une couche afin de m'isoler du froid de la terre ; j'allais ensuite ramasser du bois pour entretenir le feu. Pour la première fois, je jetai un coup d'œil dans la bourse que j'avais récupérée, et j'y trouvai un silex, ainsi que cinq ou six pièces de monnaie, des dés, un bracelet cassé et, enveloppée dans un bout de tissu, une mèche de cheveux fins. C'est le résumé trop parfait de la vie d'un soldat; je préférais ne pas me demander si c'était un enfant ou un amant que la femme laissait derrière elle. Elle n'était pas morte de mon fait, néanmoins une voix glacée murmura au fond de moi : « Catalyseur »; sans moi, elle serait encore en vie. L'espace d'un instant, je me sentis vieux, las et le cœur au bord des lèvres, puis, par un effort de volonté, je chassai la soldate et ma propre vie de mes préoccupations. J'allumai le feu, l'alimentai convenablement et entassai le reste du bois à portée de ma main, après quoi je m'emmitouflai dans mon manteau et m'allongeai sur ma couche en écorce de cèdre. Je pris une inspiration, fermai les yeux et artisai.

J'eus l'impression de basculer dans une rivière rapide. Je ne m'étais pas attendu à réussir si facilement et je faillis me laisser emporter; en cet endroit, le fleuve d'Art paraissait plus profond, plus impétueux et plus puissant, mais était-ce dû à un renforcement de mes capacités ou à autre chose? Je l'ignorais. Je me trouvai, me centrai sur moi-même et affermis résolument ma volonté contre les tentations de l'Art; je m'interdis de songer qu'il m'était loisible d'envoyer ma pensée à Molly et à notre enfant, de voir de mes propres yeux comment la petite grandissait et comment elles se portaient toutes deux; il n'était pas question non plus de contacter Vérité, si fort que j'en eusse envie. L'intensité de son Art était telle que je ne doutais nullement de le trouver, mais ce n'était pas la tâche que je m'étais fixée : j'étais là pour provoquer l'ennemi et je devais rester sur mes gardes. Je dressai toutes les protections qui ne me coupaient pas de l'Art et tournai ma volonté vers Ronce.

Je me tendis avec précaution, prêt à ériger instantanément mes murs en cas d'attaque. Je le trouvai sans mal et je fus presque effrayé de le sentir inconscient de mon contact.

Puis sa souffrance me traversa comme un trait de feu. Je me rétractai plus vivement qu'une anémone de mer dans une flaque laissée par la marée. À ma propre surprise, j'ouvris les yeux et vis au-dessus de moi des branches de cèdres chargées de neige. Mon visage et mon dos étaient baignés de sueur.

Qu'est-ce que c'était ? demanda Œil-de-Nuit, inquiet.

Je ne le sais pas plus que toi, répondis-je.

C'était de la douleur à l'état pur. Une douleur indépendante du corps, qui n'était ni chagrin ni peur ; une douleur totale, comme si toutes les parties du corps, à l'intérieur comme à l'extérieur, étaient immergées dans du feu.

Et c'étaient Royal et Guillot qui la causaient.

Je restai tremblant, non pas de ma séance d'Art, mais de la souffrance de Ronce. C'était une monstruosité trop grande pour être appréhendée par l'esprit. J'essayai de faire le tri des sensations que j'avais captées durant ce bref instant : Guillot, et peut-être une ombre de l'Art de Carrod, immobilisaient Ronce pendant sa punition ; de la part de Carrod, j'avais perçu une horreur et une aversion mal dissimulées pour cette tâche ; peut-être craignait-il un jour en être victime à son tour. La principale émotion de Guillot était la colère, due au fait que Ronce m'avait tenu en son pouvoir et m'avait laissé m'échapper ; mais, sous cette ire, il y avait une sorte de fascination pour ce que Royal infligeait à Ronce. Pourtant, Guillot n'y prenait aucun plaisir. Pas encore.

Mais Royal, si.

À une époque, j'avais connu Royal – pas très bien, il est vrai. C'était simplement le plus jeune de mes oncles, celui qui ne m'aimait pas et qui manifestait son animosité de façon puérile, en me bousculant, en me pinçant par en dessous, en me taquinant et en faisant courir des bruits sur moi. Son attitude ne me plaisait pas, lui-même ne me plaisait pas, mais la situation restait presque compréhensible : c'était la jalousie d'un adolescent dont le frère aîné – et héritier désigné de son père – avait engendré un nouveau rival qui détournait le temps et l'attention du roi Subtil. Autrefois, c'était simplement un jeune prince trop choyé envieux de ses grands frères qui le précédaient dans la succession ; il était gâté, grossier et égoïste.

Mais il était humain.

Ce que je percevais aujourd'hui chez lui était presque incompréhensible tant cela dépassait ce que j'étais capable de concevoir dans le domaine de la cruauté. Les forgisés avaient perdu leur humanité mais dans leur néant flottait l'ombre de ce qu'ils avaient été ; je n'aurais pas été plus choqué si Royal avait ouvert sa poitrine pour me dévoiler un nid de vipères : il avait rejeté son humanité pour quelque chose de plus noir. Tel était l'homme que les Six-Duchés appelaient le roi.

Tel était l'homme qui allait lancer des troupes à la poursuite d'Astérie et de Caudron.

« J'y retourne », dis-je à Œil-de-Nuit, et, sans lui laisser le temps de protester, je fermai les yeux et me jetai dans le fleuve d'Art. Je m'ouvris à lui pour absorber sa froide puissance, sans m'arrêter à songer qu'en trop grande quantité c'est elle qui me dévorerait. À l'instant où Guillot sentit ma présence, je m'adressai à eux : « Tu mourras de ma main, Royal, aussi sûrement que Vérité régnera de nouveau. » Puis je projetai contre eux la puissance que je venais d'accumuler.

Ce fut presque aussi instinctif que donner un coup de

poing. Je ne l'avais pas prévu, mais je compris soudain que Vérité s'y était pris ainsi à Gué-de-Négoce ; il n'y avait pas de message, rien qu'un déchaînement furieux de force. Je m'ouvris grand et me montrai à eux, puis, alors qu'ils se tournaient vers moi, j'utilisai ma volonté pour les écraser à l'aide de la moindre parcelle d'Art que j'avais absorbée. À l'instar de Vérité, je donnai toute ma puissance, et je crois que si je n'avais eu qu'un adversaire, j'aurais réussi à calciner son Art ; mais, en l'occurrence, ils partagèrent le choc. J'ignore quel en fut l'effet sur Ronce ; peut-être se réjouit-il de ma violence, car elle fracassa la concentration de Guillot et le libéra des tortures raffinées de Royal. Je sentis le hurlement aigu de terreur que poussa Carrod en rompant le contact ; Guillot, lui, aurait peut-être tenté de me résister si Royal ne lui avait ordonné d'une faible pensée : *Décroche-toi de lui, idiot ! Ne me mets pas en danger sous prétexte de vengeance !* Et, en un clin d'œil, ils disparurent.

Le jour était déjà levé depuis longtemps quand je repris conscience. Œil-de-Nuit était à demi couché sur moi et il y avait du sang sur son pelage. Je le repoussai mollement et il se releva aussitôt, puis me renifla le visage. Je sentis l'odeur de mon propre sang par son museau ; c'était révulsant. Je me redressai brusquement et le monde tournoya autour de moi. Peu à peu, je captais la clameur des pensées du loup.

Tu vas bien ? Tu tremblais et puis tu t'es mis à saigner du nez. Tu n'étais plus là, je n'arrivais plus à t'entendre !

« Je vais bien, répondis-je d'une voix rauque. Merci de m'avoir tenu chaud. »

Il ne restait plus de mon feu que quelques braises. À gestes précautionneux, j'y rajoutai quelques bouts de bois ; quand il eut repris, je me réchauffai aux flammes.

Ensuite, je me levai et me dirigeai à pas titubants vers la neige, à l'aplomb des branches ; je m'en frottai le visage pour me débarrasser du goût et de l'odeur du sang, puis j'en pris une bouchée car j'avais la langue épaisse et pâteuse.

As-tu besoin de te reposer ? Veux-tu manger ? me demanda Œil-de-Nuit d'un ton anxieux.

Oui et oui. Mais surtout nous devions nous sauver : ma dernière action allait certainement attirer nos ennemis sur nous. J'avais réalisé mon plan, et il avait réussi au-delà de tous mes espoirs ; à présent, ils n'auraient de cesse qu'ils ne m'aient détruit. Je leur avais aussi indiqué clairement où je me trouvais, et ils sauraient intuitivement où dépêcher leurs hommes. Je ne devais plus être là à leur arrivée. Je retournai auprès de mon feu, y jetai de la terre et le piétinai pour m'assurer qu'il était éteint ; puis nous nous enfuîmes.

Nous nous déplacions aussi vite que je le pouvais. Naturellement, j'allais moins vite qu'Œil-de-Nuit, et il me regardait d'un air apitoyé pendant que je peinais dans une montée, embourbé jusqu'aux hanches dans une neige qu'il survolait d'un pas léger en écartant simplement les doigts des pattes. Souvent, quand j'implorais une halte et m'arrêtais contre un arbre, il courait en avant pour trouver le meilleur chemin ; et quand le jour et mes forces déclinaient et que je faisais du feu pour la nuit, il disparaissait un moment et revenait avec de la viande pour nous deux. La plupart du temps, c'était du lièvre des neiges, mais il rapporta une fois un castor gras qui s'était aventuré trop loin de son trou d'eau pris par la glace. Je me jouais la comédie et faisais semblant de faire cuire ma viande, mais je me contentais en réalité de la roussir superficiellement au-dessus du feu : j'étais trop fatigué et trop affamé pour faire mieux. Ce régime ne me faisait certes pas grossir, mais au moins il me maintenait en vie et en mesure de me déplacer. Je dormais rarement à poings fermés, car il me fallait sans cesse alimenter mon feu de peur de geler sur place et me lever à plusieurs reprises au cours de la nuit pour taper des pieds dans la neige afin de leur rendre leur sensibilité. Tout se résumait à une question d'endurance ; il ne s'agissait pas pour moi de faire preuve de rapidité ni de force, mais, chichement, de faire durer ma capacité à faire chaque jour un pas après l'autre.

Je gardais mes murs inébranlablement dressés, ce qui ne m'empêchait pas de sentir les coups de boutoir de Guillot. Je ne le pensais pas en mesure de me suivre à la trace tant que je me protégeais, mais je n'en avais pas la certitude, et cette constante vigilance mentale puisait elle aussi dans mes forces. Certaines nuits, j'avais envie de laisser tomber mes protections et de le laisser entrer pour qu'il m'achève une fois pour toutes ; mais, en ces occasions, il me suffisait de songer à ce dont Royal était désormais capable pour qu'un trait de terreur me transperce et m'incite à tirer davantage sur mes réserves pour mettre une plus grande distance entre lui et moi.

Quand je me réveillai le quatrième matin de notre voyage, je sus que la frontière du royaume des Montagnes était loin derrière nous. Je n'avais pas relevé le moindre signe de poursuite depuis notre départ d'Œil-de-Lune ; si loin à l'intérieur du pays de Kettricken, nous devions être en sécurité.

Combien de chemin reste-t-il jusqu'à Jhaampe, et que ferons-nous une fois là-bas ?

Je ne connais pas la distance, et j'ignore ce que nous ferons.

Pour la première fois je réfléchis à la question, et me

contraignis à penser à tout ce à quoi je ne m'étais pas autorisé jusque-là. À proprement parler, j'ignorais ce qu'il était advenu de Kettricken depuis le soir où elle s'était enfuie du chevet du roi ; elle ne m'avait pas envoyé de nouvelles et je ne lui en avais pas fait parvenir de moi. Elle avait dû accoucher, et, selon mes calculs, son enfant devait avoir à peu près le même âge que ma fille. Une soudaine curiosité me prit : j'allais pouvoir prendre ce bébé contre moi et me dire : « Ainsi, voici l'effet que me ferait de tenir ma petite dans mes bras. »

Oui, mais Kettricken me croyait mort, exécuté par Royal et enterré depuis longtemps, d'après ce qu'on avait dû lui rapporter. Néanmoins, c'était ma reine et l'épouse de mon roi ; je devais pouvoir lui révéler que j'étais toujours vivant. D'un autre côté, lui dévoiler la vérité reviendrait à réveiller le chat qui dort : à la différence d'Astérie, de Caudron et de ceux qui avaient déduit mon identité *a posteriori*, Kettricken m'avait connu autrefois ; mon existence ne serait ni une rumeur, ni une légende, ni le récit échevelé d'une personne qui m'aurait entraperçu, mais un fait établi ; elle pourrait déclarer à ceux qui m'avaient fréquenté : « Oui, je l'ai vu, et il est vivant. Par quel miracle ? Mais grâce à son Vif, bien sûr ! »

Tout en pataugeant dans la neige derrière Œil-de-Nuit, je me demandais quelle serait la réaction de Patience lorsqu'elle apprendrait que je n'étais pas mort : la honte ou la joie ? Serait-elle peinée que je ne l'aie pas mise dans la confidence ? Par Kettricken, la nouvelle pourrait se propager à tous ceux qui m'avaient connu, et elle finirait par arriver aux oreilles de Molly et Burrich. Quel serait l'effet sur Molly d'apprendre ainsi, de si loin, non seulement que j'étais vivant et que je n'étais pas retourné auprès d'elle, mais que j'étais marqué par la tare du Vif ? Elle m'avait tu le fait qu'elle portait notre enfant et j'en avais eu le cœur fendu : pour la première fois, j'avais entrevu à quel point elle avait dû se sentir trahie et blessée par tous les secrets que je lui avais celés, et je craignais qu'en découvrir un nouveau de cette importance ne réduise à néant les sentiments qu'elle pouvait encore avoir pour moi. Mes chances de rebâtir une vie avec elle étaient déjà bien minces ; je n'aurais pas supporté qu'elles s'amenuisent encore.

Et tous les autres, les palefreniers que j'avais connus, les hommes aux côtés desquels j'avais combattu et ramé, les simples soldats de Castelcerf, tous sauraient que j'avais survécu. Quelle que fut la façon dont je considérais le Vif, j'avais vu la révulsion qu'il inspirait sur le visage d'un ami, j'avais constaté le changement d'attitude qu'il avait opéré même chez Astérie. Que penserait-on de Burrich, qui avait toléré la présence d'un adepte du Vif dans ses écuries ? Serait-il montré du doigt, lui aussi ? Je serrai les dents. Non, je devais demeurer mort. Mieux valait peut-être contourner Jhaampe et continuer seul ma quête de Vérité. Oui, mais, sans vivres, j'avais autant d'espoir de la voir aboutir qu'Œil-de-Nuit de se faire passer pour un chien de manchon.

Et il y avait un autre petit problème : la carte.

Quand Vérité avait quitté Castelcerf, ç'avait été sur la foi d'une vieille carte que Kettricken avait exhumée des bibliothèques du Château. Vieille et passée, elle datait de l'époque du roi Sagesse qui, le premier, avait rendu visite aux Anciens et s'était assuré leur concours pour la défense des Six-Duchés. Les détails s'étaient effacés sur le parchemin, mais tant Kettricken que Vérité avaient la conviction qu'une des pistes indiquées menait à l'endroit où le roi Sagesse avait rencontré ces discrètes créatures. Le roi-servant était parti de Castelcerf résolu à suivre les indications jusque dans les régions ultramontaines, en emportant une copie de la carte exécutée par ses soins. J'ignorais ce qu'était devenu l'original ; sans doute avait-il été transporté à Gué-de-Négoce lorsque Royal avait vidé les bibliothèques de Castelcerf ; mais son style et les caractéristiques inhabituelles de sa bordure me faisaient penser qu'il s'agissait d'une copie d'une carte encore plus ancienne : l'encadrement était de style montagnard, et, s'il était possible de retrouver l'original, ce devait être dans les bibliothèques de Jhaampe. J'y avais eu un accès limité pendant ma convalescence dans les Montagnes, et je les savais à la fois bien garnies et bien entretenues. Même si je ne mettais pas la main sur l'original de la carte en question, peut-être en dénicherais-je d'autres couvrant les mêmes régions.

Pendant le temps que j'avais passé là-bas, j'avais été frappé par la confiance dont faisaient preuve les habitants du pays : je n'avais guère vu de verrous ni de gardes comme nous en avions à Castelcerf ; il ne devait pas être difficile de s'introduire dans la résidence royale. Même si l'habitude avait été prise d'instaurer des tours de veille, les murs n'étaient constitués que de couches d'écorce crépies d'argile et peintes, et j'avais la conviction de pouvoir les franchir d'une manière ou d'une autre. Une fois à l'intérieur, il ne me faudrait pas longtemps pour fouiller la bibliothèque et dérober ce qui m'était nécessaire – et j'en profiterais pour refaire mes vivres.

J'avais le bon goût d'avoir honte de ce plan, mais je savais aussi que cela ne m'empêcherait pas de l'exécuter : encore une fois, je n'avais pas le choix. Alors que je gravissais lourdement une nouvelle pente couverte de neige, j'avais l'impression d'entendre mon cœur marteler inlassablement ces mots : *pas le choix, pas le choix, pas le choix.* Jamais le choix en rien ; le destin avait fait de moi un tueur, un menteur et un voleur, et plus je m'efforçais de m'écarter de ces rôles, plus je me trouvais contraint de les endosser. Œil-de-Nuit marchait sur mes talons et s'inquiétait de mon humeur morose.

Ainsi plongés dans nos pensées, nous parvînmes au sommet de la pente et nous dressâmes là, silhouettes stupidement découpées sur le fond du ciel, bien en vue de la troupe de cavaliers qui passait sur la route en contrebas. Le jaune et le brun de leurs tuniques ressortaient sur le blanc de la neige. Je me pétrifiai comme un daim effrayé. Malgré cela, nous aurions peut-être échappé à leur attention s'ils n'avaient pas été accompagnés d'une meute de chiens. Je les comptai d'un seul coup d'œil : six chiens, pas des chiens-de-loup, Éda merci, mais des bêtes courtaudes faites pour la chasse au lapin et mal adaptées au terrain et au climat ; il y avait aussi un chien à longues pattes, un corniaud efflanqué au poil bouclé sur le dos, qui se tenait avec son maître à l'écart de la meute : nos poursuivants avaient pris ce qui leur tombait sous la main pour nous retrouver. Il y avait cependant une dizaine d'hommes à cheval. Presque aussitôt que nous fûmes apparus, le corniaud leva la gueule et se mit à clabauder ; en un clin d'œil, les autres chiens reprirent son appel et tournèrent en rond, le museau dressé pour humer l'air ; puis ils captèrent notre odeur et aboyèrent. Le piqueur qui dirigeait la meute pointa le doigt vers nous alors que nous nous sauvions à toute allure. Le corniaud et son maître se précipitaient déjà dans notre direction.

« Je ne savais même pas qu'il y avait une route par ici ! » dis-je en guise d'excuse d'une voix haletante à Œil-de-Nuit alors que nous dévalions le versant. Nous avions un petit avantage : nous descendions en suivant nos propres traces tandis que les chiens et les cavaliers devaient monter une pente couverte de neige vierge. J'espérais qu'au moment où ils parviendraient à la crête que nous venions de quitter, nous serions hors de vue au fond de la ravine, au milieu des broussailles. Œil-de-Nuit retenait sa course pour éviter de me semer ; les chiens aboyaient et j'entendais les voix excitées des hommes qui nous donnaient la chasse.

SAUVE-TOI ! ordonnai-je à Œil-de-Nuit.

Je ne veux pas t'abandonner.

Je n'aurais guère de chance de m'en tirer, sans toi, reconnus-je. Je réfléchissais aussi vite que possible. *Descends au fond de la ravine et fais le plus de fausses pistes que tu pourras, reviens sur tes pas, va vers l'aval. Quand je te rejoindrai, nous gravirons le versant. Ça les retardera peut-être un moment.*

Des tours de renard ! jeta-t-il avec mépris avant de me dépasser comme une flèche grise et de s'évanouir dans les épais buissons de la ravine. J'essayai d'accélérer ; à l'instant où j'allais atteindre le bord couvert de broussailles du vallon encaissé, je regardai derrière moi : des chiens et des hommes franchissaient le sommet de la crête. Je gagnai l'abri des buissons chargés de neige et dégringolai tant bien que mal la pente abrupte. Là, Œil-de-Nuit avait laissé autant de traces que toute une meute de loups. Alors que je m'arrêtais pour reprendre rapidement mon souffle, il me frôla.

Filons ! lui jetai-je au passage.

Sans attendre sa réponse, je remontai la ravine aussi vite que mes jambes voulaient bien me porter. Tout au fond, la neige était moins épaisse, car les frondaisons en surplomb en avaient retenu la plus grande partie. Je courais presque plié en deux pour éviter de m'accrocher à de basses branches qui ne manqueraient pas de décharger sur moi leur fardeau glacé. Les abois des chiens résonnaient dans l'air froid ; je les écoutais attentivement tout en maintenant l'allure, et, quand, dans leurs cris, l'excitation laissa la place à la frustration, je sus qu'ils avaient atteint la piste brouillée au fond du val. C'était trop tôt ; ils y étaient parvenus trop tôt, ils allaient se remettre trop vite à notre poursuite.

Œil-de-Nuit !

Silence, étourdi ! Les chiens vont nous entendre ! Et l'autre aussi !

Je crus que mon cœur allait cesser de battre : comment avais-je pu être aussi stupide ! Je fonçai dans les broussailles enneigées tout en tendant l'oreille pour savoir ce qui se passait derrière nous ; les chasseurs s'étaient laissé berner par la fausse piste d'Œil-de-Nuit et forçaient les chiens à la suivre. Les cavaliers, trop nombreux dans la ravine exiguë, se gênaient mutuellement et piétinaient peut-être nos vraies traces : autant de temps gagné, mais guère. Soudain, des cris d'effroi jaillirent et les chiens se mirent à glapir éperdument ; je captai des pensées canines stupéfaites : un loup avait bondi au milieu d'eux et traversé la meute en donnant des coups de crocs de droite et de gauche avant de filer entre les pattes des chevaux ; un homme était tombé par terre et s'efforçait de maîtriser sa monture aux yeux fous ; un chien avait perdu les trois quarts d'une de ses oreilles pendantes et souffrait le martyre ; je m'efforçai de fermer mon esprit à sa douleur : la pauvre bête ! Et tout cela pour rien ! J'avais les jambes en plomb et la bouche sèche mais je me forçais à courir toujours afin de bien employer le temps gagné à si grand péril par Œil-de-Nuit. J'avais envie de lui crier de cesser ses escarmouches, de se sauver avec moi, mais je ne voulais pas courir le risque de trahir notre véritable position, et je continuai de m'éloigner.

La ravine s'encaissait de plus en plus ; des plantes grimpantes, des ronces et des broussailles pendaient de ses versants escarpés. Il me semblait que je marchais sur un ruisseau gelé. Je commençai à chercher des yeux un chemin de sortie. Derrière moi les chiens s'étaient remis à glapir pour s'informer qu'ils avaient trouvé la vraie piste, qu'il fallait suivre le loup, le loup, le loup. Je compris alors qu'Œil-de-Nuit s'était montré une fois encore afin de les entraîner loin de moi. *Sauve-toi, mon frère, sauve-toi !* Il me lança cette pensée sans se soucier que les chiens l'entendissent ; j'y perçus un entrain effréné, une folie téméraire qui m'évoquèrent la nuit où j'avais poursuivi Justin à travers Castelcerf pour le massacrer devant tous les invités de la cérémonie où Royal avait été intronisé roi-servant. Œil-de-Nuit était dans un tel état d'excitation qu'il ne s'inquiétait plus de sa propre sécurité. Je continuai ma course, le cœur étreint d'angoisse, en refoulant les larmes qui me piquaient les yeux.

J'arrivai au bout de la ravine ; devant moi se dressait une cascade de glace scintillante, monument au torrent de montagne qui dévalait l'encaissement durant les mois d'été. La glace s'accrochait en longues stalactites ridées aux rochers d'une fracture de la montagne et miroitait faiblement de la pellicule d'eau qui la recouvrait encore. Au pied de la cascade pétrifiée, la neige était cristalline. Je fis halte, craignant de poser le pied sur une couche de glace trop mince formée sur un profond bassin d'eau. Je levai les yeux : les parois étaient minées à la base et couvertes d'une végétation trop dense ; plus loin, des plaques de roche nue apparaissaient au travers des draperies de neige ; des baliveaux rabougris et des buissons dégingandés poussaient çà et là, tendus pour capter la maigre lumière qui tombait du haut de la ravine. Je ne voyais nulle part où tenter l'escalade. Je m'apprêtais à faire demi-tour quand j'entendis un hurlement s'élever, puis retomber ; cri ni de chien ni de loup, ce devait être la voix du corniaud, et j'y sentis une telle assurance que je n'eus pas le moindre doute : il était sur ma piste. J'entendis un homme l'encourager et le chien aboya, de nouveau, plus près. Je me dirigeai vers la paroi et en commençai l'ascension. L'homme se mit à crier et à siffler pour appeler ses compagnons : il avait une piste d'homme, qu'ils laissent tomber le loup, ce n'était qu'un tour de Vif ! Au loin, les abois des chiens changèrent de nature. À cet instant, je compris que Royal avait enfin trouvé ce qu'il cherchait : un usager du Vif pour me donner la chasse. Le Lignage s'était laissé acheter.

D'un bond, je m'accrochai à un jeune arbre en surplomb, me hissai, pris pied sur son tronc, et tendis le bras pour en saisir un autre au-dessus de moi ; quand je m'y suspendis, ses racines s'arrachèrent au sol pierreux. Je tombai mais réussis à me rattraper au premier. Allez, il faut monter ! me dis-je résolument. Je me mis debout sur le tronc et je l'entendis craquer sous mon poids ; j'empoignai des buissons qui pendaient de la paroi et m'efforçai de me hisser rapidement en évitant de rester suspendu aux arbustes ou aux broussailles plus de quelques instants. Des poignées de brindilles se brisèrent, des mottes d'herbe s'arrachèrent et je me retrouvai à jouer des pieds et des mains en dessous de la berge du ravin mais sans parvenir à l'escalader. J'entendis un cri et, sans le vouloir, je jetai un coup d'œil : un homme et un chien se tenaient dans la clairière en contrebas ; tandis que le chien aboyait, le museau dressé vers moi, l'homme encochait une flèche à son arc. Suspendu au-dessus d'eux, impuissant, je constituais une cible idéale.

« Je vous en prie », dis-je d'une voix hoquetante, puis je perçus le petit bruit, reconnaissable entre tous, d'une corde d'arc relâchée. Je sentis un choc dans le dos, comme un coup de poing, une des petites méchancetés habituelles de Royal quand j'étais enfant, puis une douleur plus profonde, plus cuisante, m'envahit. Une de mes mains lâcha prise. Je ne l'avais pas voulu ; elle s'était décrochée d'elle-même. Je restai agrippé par la main droite, ballant dans le vide. J'entendis très clairement les aboiements du chien qui avait senti l'odeur de mon sang ; j'entendis le bruissement des vêtements de l'homme qui tirait une nouvelle flèche de son carquois.

Une nouvelle douleur me mordit, au poignet droit, cette fois. Avec un cri, j'ouvris la main. Dans un réflexe de terreur, je me mis à pédaler éperdument sur les broussailles qui pendaient au-dessus de la paroi affouillée, et, j'ignore par quel miracle, je remontai la pente ; je sentis de la neige dure contre mon visage, et, du bras gauche, j'effectuai de vagues mouvements de brasse. *Remonte les jambes !* jeta Œil-de-Nuit, sans un jappement car il avait planté ses crocs dans ma manche et la chair de mon bras droit pour me tirer hors de la ravine. Savoir que j'avais encore une chance de survivre me rendit des forces et je donnai de violentes ruades jusqu'à ce que je sente le sol ferme sous mon ventre. Je m'écartai du ravin en m'agrippant à la terre ; je m'efforçais de ne pas prêter attention à la douleur concentrée dans mon dos, mais qui de là se répandait partout en moi en vagues écarlates. Si je n'avais pas vu l'homme lancer sa flèche, j'aurais juré avoir un morceau de bois gros comme un essieu de chariot planté dans le dos.

Debout ! Debout ! Il faut nous sauver !

Je ne sais plus comment j'ai pu me redresser. J'entendais des chiens qui escaladaient la paroi derrière moi. Œil-de-Nuit s'écarta du bord et les accueillit à mesure qu'ils apparaissaient ; ses mâchoires les déchiraient et il rejetait les corps sur le reste de la meute. Quand à son tour le corniaud au dos bouclé tomba, les abois décrurent soudain dans la ravine. Nous sentîmes tous deux sa souffrance et perçûmes les cris de l'homme, en contrebas, devant son compagnon de lien qui se vidait de son sang dans la neige. Alors, l'autre chasseur rappela ses chiens tout en affirmant d'un ton furieux aux cavaliers qu'il ne servait à rien de continuer à les envoyer au massacre. J'entendis en réponse les cris de rage et les jurons des hommes qui faisaient faire demi-tour à leurs chevaux épuisés dans l'espoir de trouver plus bas un passage pour quitter la ravine et tenter de reprendre notre piste.

Cours ! me lança Œil-de-Nuit. Nous n'avions pas envie de parler de ce que nous venions de faire. Une terrible sensation de chaleur qui était aussi un froid glacial s'étendait dans mon dos ; je portai la main à ma poitrine en m'attendant à demi à sentir la tête et la hampe de la flèche pointer, mais non, elle était profondément enfouie en moi. Je suivais Œil-de-Nuit d'un pas titubant, l'esprit balayé par de trop nombreuses sensations, par des douleurs trop différentes. Ma chemise et mon manteau tiraillaient la flèche au rythme de ma course, infime mouvement que la tête répercutait au fond de ma poitrine ; quels nouveaux dégâts y faisait-elle ? Je songeais aux occasions où j'avais dépecé des daims abattus à l'arc, à la chair mâchée, gorgée de sang, qui environnait leurs blessures. Le tireur m'avait-il perforé un poumon ? Un daim touché là n'allait pas loin... Était-ce le goût du sang que j'avais au fond de la gorge... ?

N'y pense pas! me lança violemment Œil-de-Nuit. *Tu nous affaiblis tous les deux! Marche, c'est tout! Marche et ne t'arrête pas!*

Il savait donc comme moi que j'étais incapable de courir. Je marchais donc et il marchait à mes côtés – cela pendant quelque temps; puis je me retrouvai à progresser à l'aveuglette, dans le noir, sans même me soucier de la direction que je suivais, et le loup n'était plus là. Je le cherchai à tâtons mais en vain. Quelque part, loin de moi, j'entendis à nouveau des aboiements. Je continuai à marcher. Je me cognais à des arbres, des branches m'égratignaient le visage, mais ce n'était pas grave car j'avais la face engourdie, presque insensible. Dans mon dos, ma chemise n'était plus qu'une plaque gluante de sang coagulé qui m'irritait la peau. J'essayai de resserrer mon manteau autour de moi, mais l'élancement brutal faillit me jeter à genoux. Étais-je bête! J'avais oublié qu'il appuierait sur la flèche. Quel idiot! Allons, marche, ne t'arrête pas.

Je heurtai un nouvel arbre. Une avalanche de neige s'abattit sur moi. Je m'écartai en trébuchant et repris ma progression. Longtemps. Puis je me retrouvai assis dans la neige, et j'avais de plus en plus froid. Il fallait que je me lève. Il fallait que je continue d'avancer.

Je marchai. Pas très longtemps, je crois. À l'abri de grands conifères sous lesquels la couche de neige était moins épaisse, je tombai à genoux. « Par pitié... » dis-je. Je n'avais plus la force de pleurer. « Par pitié... » J'ignorais qui j'implorais ainsi.

J'aperçus un creux entre deux grosses racines. Le sol y était couvert d'un tapis dense d'aiguilles. Je me ramassai dans ce petit espace; je ne pouvais m'allonger à cause de la flèche qui saillait de mon dos, mais je pus appuyer mon front contre le tronc accueillant et croiser mes bras sur ma poitrine. Je me fis le plus petit possible en ramenant mes jambes sous moi et en m'enfonçant dans le creux entre les racines. J'aurais eu froid si je n'avais été si épuisé. Je sombrai dans le sommeil. À mon réveil, je ferai du feu pour avoir chaud. J'imaginais la chaleur du feu, je la sentais presque.

Mon frère !

Je suis là, répondis-je calmement. *Tout près.* Je tendis mon esprit pour le rassurer. Il arrivait. Le pelage de sa gorge était hérissé de salive gelée, mais pas un croc ne l'avait touché ; il avait une entaille sur le côté du museau, mais sans gravité. Il avait entraîné nos poursuivants dans une course en cercles, puis avait harcelé les chevaux avant de les laisser patauger dans le noir au milieu d'un creux de terrain rempli d'herbe haute recouverte de neige. Seuls deux des chiens avaient survécu et un des chevaux boitait si bas que son cavalier avait dû monter en croupe d'un de ses compagnons.

Et il venait maintenant me rejoindre en grimpant sans mal les pentes enneigées. Il était fatigué, certes, mais l'énergie de la victoire rayonnait en lui. L'air nocturne était sec et propre ; il capta l'odeur, puis le petit éclat de l'œil d'un lièvre qui se tapissait sous un buisson dans l'espoir que le loup passerait sans le voir. Nous le vîmes. Un seul bond de côté et le lièvre se retrouva entre ses mâchoires ; nous l'attrapâmes par la tête et lui brisâmes la nuque d'une saccade ; puis nous reprîmes notre chemin avec le poids bienvenu entre les crocs. Nous mangerions bien ce soir. La forêt était noire et argentée autour de nous.

Cesse, mon frère. Ne fais pas ça.

Quoi donc ?

Je t'aime, mais je ne souhaite pas être toi.

Je restai en suspens où j'étais. Ses poumons puissants aspiraient l'air glacé de la nuit, l'entaille à son museau le piquait légèrement, ses pattes solides portaient sans mal son corps élancé.

Toi non plus, tu ne souhaites pas être moi, Changeur, pas vraiment.

Je n'étais pas sûr qu'il eût raison. Par ses yeux, je me vis et me sentis. Je m'étais enfoncé dans le creux des racines du grand arbre, roulé en boule comme un chiot abandonné. L'odeur de mon sang envahissait l'air. Et puis je battis des paupières, et me retrouvai en train de regarder mon coude replié sur mon visage. Je levai la tête lentement, péniblement. J'avais mal partout, et la douleur irradiait de la flèche plantée dans mon dos.

Je sentis une odeur de sang et de tripes de lièvre. Œil-de-Nuit se tenait à côté de moi, les pattes avant appuyées sur la carcasse qu'il déchirait. *Mange pendant que c'est chaud.*

Je ne sais pas si je vais y arriver.

Veux-tu que je te mâche les morceaux ?

Il ne plaisantait pas. Mais manger de la viande régurgitée me révulsait encore davantage que manger tout court, et je parvins à secouer la tête. Malgré mes doigts presque insensibles, je réussis à attraper le petit foie et à le porter à ma bouche ; il était chaud et gorgé de sang. Soudain, je me rendis compte qu'Œil-de-Nuit avait raison : je devais manger, parce que je devais vivre. Il avait coupé la bête en plusieurs morceaux ; j'en pris un et mordis dans la chair tiède ; elle était dure mais j'étais résolu à l'avaler. J'avais failli abandonner mon corps pour celui du loup, m'installer à ses côtés dans cet organisme en parfaite santé. Je l'avais déjà fait une fois, avec son accord, et nous avions aujourd'hui plus d'expérience l'un et l'autre : nous partagions, mais nous ne nous mélangions pas. Nous avions trop à y perdre.

Lentement, je me redressai. Je sentis les muscles de mon dos frotter contre la flèche et protester contre cette gêne. Je sentis aussi le poids de la hampe de bois. Quand je l'imaginai qui pointait entre mes omoplates, je crus que j'allais vomir tout ce que j'avais mangé, et je m'imposai un calme que j'étais loin de ressentir. Soudain, l'image de Burrich s'imposa sans prévenir à mon esprit, et je revis son visage de pierre au moment où il avait regardé se rouvrir sa vieille blessure alors qu'il pliait le genou. Je passai lentement ma main dans mon dos, suivis la colonne vertébrale du bout des doigts en sentant les muscles se tendre contre la flèche, et touchai enfin le bois visqueux de la hampe. Ce seul effleurement me procura une nouvelle sorte de souffrance. Maladroitement, je refermai les doigts sur la flèche, serrai les paupières, et tentai de l'arracher. Même si elle n'avait pas été douloureuse, l'opération aurait été difficile ; mais la souffrance fit danser le monde autour de moi, et, quand il eut repris sa stabilité, je me retrouvai à quatre pattes, la tête pendante.

Veux-tu que j'essaye ?

Je secouai la tête sans changer de position : j'avais trop peur de m'évanouir. Je m'efforçai de réfléchir : si le loup extirpait la flèche, je perdrais connaissance, j'en étais sûr, et si la blessure saignait trop, je n'aurais aucun moyen d'arrêter l'hémorragie. Non, mieux valait la laisser où elle était. Je rassemblai tout mon courage.

Peux-tu la casser ?

Il s'approcha de moi. Son museau flotta contre mon dos, il tourna la tête de façon à refermer les molaires sur la hampe, puis il serra les mâchoires. Il y eut un petit bruit de cisaillement, tel celui d'une branchette coupée par un jardinier, suivi d'un frisson de souffrance. Une houle de vertige déferla en moi, mais je parvins à dégager mon manteau imbibé de sang du moignon de flèche et le serra autour de moi en tremblant. Je fermai les yeux.

Non. Fais d'abord du feu.

Je rouvris péniblement les paupières. C'était trop dur. Je rassemblai toutes les brindilles et les bouts de bois à portée de ma main. Œil-de-Nuit s'efforça de m'aider en allant me chercher des branches mortes, mais il ne m'en fallut pas moins une éternité pour faire naître une flamme infime ; peu à peu, j'y ajoutai du petit bois. Alors que le feu avait bien démarré, je m'aperçus que l'aube était là : il fallait reprendre la route. Nous restâmes le temps de terminer le lapin et, pour ma part, de me réchauffer convenablement les pieds et les mains, après quoi nous repartîmes, Œil-de-Nuit devant qui m'obligeait impitoyablement à mettre un pied devant l'autre.

8

JHAAMPE

Jhaampe, capitale du royaume des Montagnes, est plus ancienne que Castelcerf de même que la lignée régnante de ce pays est antérieure à la maison des Loinvoyant. En tant que cité, Jhaampe est aussi éloignée par le style de la citadelle de Castelcerf que les souverains Loinvoyant le sont des Oblats, ces guides philosophes qui gouvernent les Montagnes.

Il ne s'agit pas d'une cité permanente comme nous les

connaissons chez nous, bien qu'il existe quelques bâtiments en dur ; en revanche, le long des rues à la planification précise et bordées de jardins, les nomades des Montagnes peuvent s'installer et s'en aller à loisir. On trouve un emplacement prévu pour le marché, mais les négociants vont et viennent en une procession qui reflète celle des saisons. Une vingtaine de tentes peuvent apparaître du jour au lendemain et leurs occupants grossir la population de Jhaampe l'espace d'une semaine ou d'un mois, puis disparaître sans laisser de traces une fois achevés les échanges et les visites pour lesquels ils sont venus. Jhaampe est une cité de toile en perpétuelle transformation, peuplée par le vigoureux peuple des Montagnes, habitué à vivre à l'air libre.

Les résidences de la famille régnante et de ceux qui choisissent de vivre auprès d'elle toute l'année n'ont rien à voir avec nos châteaux et nos palais : elles ont pour centre de grands arbres dont les branches, patiemment conduites au cours de plusieurs dizaines d'années, fournissent la structure des bâtiments. Cette construction vivante est ensuite drapée d'un tissu en fibre d'écorce renforcé d'un treillis ; ainsi, les murs peuvent prendre la forme aux courbes douces d'une tulipe ou d'un œuf. Sur le tissu est projeté un crépi d'argile, lui-même enduit d'une peinture brillante à base de résine teinte aux couleurs vives qu'affectionnent les Montagnards. Certains édifices sont décorés de motifs ou de créatures fantastiques, mais la plupart sont laissés tels quels ; les violets et les jaunes dominent, si bien que découvrir la cité qui pousse à l'ombre des grands arbres des montagnes donne l'impression d'arriver devant un carré de crocus au printemps.

Autour de ces demeures et aux carrefours de la « cité » nomade se trouvent les jardins. Chacun est unique, orga-

nisé autour d'une souche à la forme curieuse, d'un arrangement de pierres ou d'un bout de bois gracieux, ou bien autour d'essences odorantes, de fleurs aux couleurs vives ou de certaines combinaisons de plantes ; l'un d'eux, remarquable, renferme une source bouillonnante d'eau chaude auprès de laquelle poussent des végétaux aux feuilles succulentes et des fleurs aux fragrances exotiques, originaires de quelque climat plus doux et apportés là pour enchanter les Montagnards de leur mystère. Souvent, les visiteurs laissent en partant des dons dans les jardins, une sculpture sur bois, un récipient élégant, voire simplement des cailloux colorés joliment disposés. Les jardins n'appartiennent à personne et tous les soignent.

On trouve aussi à Jhaampe des sources chaudes, certaines si brûlantes qu'un homme peut s'y ébouillanter, d'autres à peine tièdes et agitées d'un doux frémissement. Elles ont été domestiquées pour servir à la fois de bains publics et de chauffage dans certaines des plus petites demeures. Dans chaque édifice, dans chaque jardin, à chaque angle de rue, le visiteur découvre l'austère beauté et la simplicité de couleurs et de formes qui constituent l'idéal montagnard, et l'impression générale qu'on en retire est celle d'un monde naturel baigné de joie et de sérénité. Ce choix d'une vie simple peut conduire le visiteur à remettre en question sa propre façon de vivre.

*

C'était la nuit. Je me rappelle qu'elle faisait suite à de longs jours de souffrance, mais guère plus. Je déplaçais mon bâton et je faisais un pas. Je déplaçais à nouveau mon bâton. Nous n'allions pas vite. Les tourbillons de neige dans le vent m'aveuglaient davantage que l'obscurité. Je ne pouvais échapper aux rafales qui les portaient. Œil-de-Nuit tournait sans cesse autour de moi, guidait mes pas hésitants comme s'il pouvait me faire accélérer. De temps en temps, il poussait un gémissement inquiet ; la peur et la fatigue tendaient son corps. Il sentait une odeur de feu de bois et de chèvres... *pas pour te trahir, mon frère, mais pour t'aider. N'oublie pas. Tu as besoin de quelqu'un qui ait des mains. Si on te brutalise, tu n'auras qu'à crier et je viendrai. Je ne serai pas loin...*

Je ne parvenais pas à me concentrer sur ses pensées. Je percevais sa frustration de ne pouvoir m'aider et sa crainte de m'entraîner dans un piège. Il me semblait que nous nous étions disputés mais je ne me rappelais plus ce que j'avais exigé ; quoi qu'il en fût, Œil-de-Nuit l'avait emporté, simplement parce qu'il savait ce qu'il voulait, lui. Je dérapai sur la neige tassée de la route et je tombai à genoux. Œil-de-Nuit s'assit à côté de moi et attendit que je me relève ; je voulus m'étendre et il saisit mon poignet entre ses crocs. Il tira dessus sans brutalité, mais la chose plantée dans mon dos explosa soudain en une gerbe de flammes. Je poussai un gémissement.

Je t'en prie, mon frère, il y a des maisons plus loin et des lumières dedans. Du feu et de la chaleur, et quelqu'un avec des mains, qui pourra nettoyer la blessure puante de ton dos. Je t'en prie, relève-toi, rien qu'une fois encore.

Je redressai la tête et tentai d'y voir : il y avait quelque chose sur la route, devant nous, quelque chose que la route contournait de part et d'autre. La lumière argentée de la lune brillait dessus mais je n'arrivais pas à distinguer de quoi il s'agissait. Je clignai les yeux à plusieurs reprises et la chose devint une pierre sculptée, plus grande qu'un homme ; on ne lui avait pas donné de forme particulière, on l'avait simplement adoucie pour la rendre gracieuse. À son pied, des branchioles nues évoquaient un buisson, une bordure de petites pierres l'entourait, et la neige garnissait le tout. L'ensemble me fit penser à Kettricken. J'essayai de me lever mais en vain. À côté de moi, Œil-de-Nuit poussa un gémissement d'angoisse ; j'étais incapable de former la moindre pensée rassurante : il me fallait toutes mes forces rien que pour rester à genoux.

Je n'entendis pas de bruits de pas, mais je perçus un brusque accroissement de la tension d'Œil-de-Nuit. Je levai la tête à nouveau. Loin devant moi, par-delà le jardin, quelqu'un s'approchait dans la nuit ; grand et mince, emmitouflé de tissu épais, la capuche rabattue si bas sur la tête qu'on aurait presque dit une cagoule. Je regardai l'individu venir vers moi. La mort, me dis-je ; seule la mort pouvait arriver si discrètement, se déplacer sans bruit par cette nuit glacée. « Sauve-toi, murmurai-je à Œil-de-Nuit. Inutile qu'elle nous prenne tous les deux. Sauve-toi vite. »

À mon grand étonnement, il m'obéit et s'éclipsa en silence. Je tournai la tête vers lui ; je ne le vis pas, mais je sentis qu'il ne se trouvait pas loin ; je sentis aussi sa force me quitter comme un manteau chaud dont je me serais dépouillé. Une partie de moi-même voulut l'accompagner, s'accrocher à lui et devenir loup ; je n'aspirais qu'à renoncer à mon corps meurtri.

S'il le faut, mon frère. S'il le faut, je ne te refuserai pas.

J'aurais préféré qu'il ne dise rien : la tentation n'en était que plus forte. Je m'étais promis de ne pas lui imposer cette épreuve, de mourir s'il le fallait, mais de le laisser libre, exempt de moi pour forger sa propre existence ; pourtant, alors que l'instant de la mort approchait, il me semblait voir de multiples bonnes raisons de ne pas tenir cette promesse. Ce corps sauvage en parfait état, cette vie simple dans l'instant m'attiraient irrésistiblement.

Peu à peu la silhouette grandit. Un grand frisson de froid et de douleur me convulsa. Je pouvais encore rejoindre le loup. Je rassemblai ce qui me restait d'énergie pour me défier moi-même. « Par ici ! criai-je à la Mort dans un croassement rauque. Je suis là. Viens me prendre, qu'on en finisse. »

Elle m'entendit. Je la vis s'arrêter et se raidir, comme effrayée ; puis elle accourut vers moi avec une soudaine hâte, son manteau blanc tournoyant dans le vent de la nuit. Elle se dressa près de moi, grande, mince et silencieuse. « Je suis venu à toi », murmurai-je. Tout à coup, elle s'agenouilla et j'entraperçus l'ivoire ciselé de son visage décharné. Elle passa les bras autour de moi et me souleva. La pression de son bras contre mon dos fut atroce et je m'évanouis.

*

La chaleur revenait doucement en moi, et avec elle la douleur. J'étais allongé sur le flanc, entre des murs, car j'entendais le vent rugir au-dehors comme l'océan. Je sentis une odeur de tisane et d'encens, de peinture, de copeaux de bois, et aussi une odeur de laine, celle du tapis sur lequel j'étais couché. Le visage me cuisait. J'étais incapable de maîtriser les vagues de tremblements qui m'agitaient et qui pourtant réveillaient à chaque passage la pointe de fer rouge qui me brûlait le dos. Les mains et les pieds m'élançaient.

« Les nœuds de votre manteau sont gelés ; je vais devoir les couper. Ne bougez pas. » La voix était étrangement douce, comme si elle n'était pas habituée à employer un tel ton.

Je parvins à ouvrir un œil. J'étais étendu par terre, le

visage tourné vers un âtre de pierre où flambait un feu. Quelqu'un était penché sur moi. Je vis étinceler une lame près de ma gorge, mais je ne pouvais pas bouger ; je sentis qu'elle faisait un mouvement de va-et-vient mais, en toute franchise, je n'aurais su dire si elle mordait dans ma chair. Puis on commença de m'ôter mon manteau. « Le froid l'a soudé à ta chemise », marmonna quelqu'un. J'eus presque l'impression de reconnaître la voix. Un hoquet : « C'est du sang ! C'est du sang coagulé ! » Mon manteau fit un curieux bruit d'arrachement lorsqu'on me l'enleva, et puis quelqu'un s'assit par terre près de moi.

Je tournai lentement le regard mais ne pus soulever la tête pour voir le visage de l'homme ; cependant, je distinguai un corps mince vêtu d'une robe de laine blanche et moelleuse, dont des mains couleur vieil ivoire remontaient les manches. Les doigts étaient longs et fins, les poignets maigres. Il se leva brusquement pour aller chercher quelque chose. Je restai seul un moment et je fermai les yeux. Quand je les rouvris, un large récipient de faïence bleue se trouvait près de mon visage ; de la vapeur s'en élevait dans un parfum de saule et de sorbier. « Du calme », dit la voix, et une main rassurante se posa un instant sur mon épaule ; soudain, je sentis un liquide tiède se répandre sur mon dos.

« Je recommence à saigner, murmurai-je pour moi.

— Non, je mouille ta chemise pour la décoller. » Encore une fois, la voix me parut familière. Mes paupières retombèrent. Une porte s'ouvrit, se referma, et une bouffée d'air froid m'effleura. L'homme interrompit ses opérations, et je sentis qu'il me quittait du regard. « Vous auriez pu frapper », fit-il avec une feinte sévérité. Le ruisselet d'eau chaude se remit à couler sur mon dos. « Même à quelqu'un comme moi, il arrive de recevoir des invités. »

J'entendis des pas s'approcher rapidement. Une silhouette s'accroupit d'un mouvement fluide à mes côtés, et je vis une jupe se plisser. Une main repoussa mes cheveux de mon visage. « Qui est-ce, saint homme ?

— Saint homme ? » Je perçus une ironie mordante dans le ton. « Je ne sais pas si je suis sacré, mais lui est sûrement massacré. Tenez, regardez son dos. » Sa voix se radoucit. « Quant à son identité, je l'ignore. »

La femme eut un hoquet d'horreur. « Tout cela, c'est son sang ? Mais comment peut-il être encore vivant ? Il faut le réchauffer et nettoyer tout ce sang. » Elle tira sur mes moufles et me les ôta des mains. « Oh, ces pauvres doigts ! Ils sont tout noirs du bout ! » s'exclama-t-elle épouvantée.

Je n'avais nulle envie de le voir ni de le savoir. Je lâchai prise.

J'eus pendant quelque temps l'impression d'être redevenu un loup. Je traversais prudemment un village inconnu, à l'affût des chiens et de tout mouvement alentour, mais tout n'était que silence blanc et neige tombant dans la nuit. Je trouvai la masure que je cherchais et en fis le tour sans oser y pénétrer. Au bout d'un moment, j'eus le sentiment d'avoir fait tout ce que je pouvais, et j'allai chasser. Je tuai, je mangeai, je dormis.

Quand je rouvris les yeux, la pièce baignait dans la pâle lumière du jour. Les murs étaient courbes. Je crus d'abord que mes yeux accommodaient mal, et puis je reconnus la forme d'une maison montagnarde. Peu à peu, j'en distinguai les détails : d'épais tapis de laine par terre, des meubles en bois rustiques, une fenêtre bouchée par une peau huilée. Sur une étagère, deux poupées étaient assises tête contre tête aux côtés d'un cheval de bois avec une petite carriole ; un pantin représentant un chasseur pendait dans un coin ; sur une table gisaient des bouts de bois peints de couleurs vives. Je sentais toujours une odeur de copeaux et de peinture. Des marionnettes, me dis-je. Quelqu'un fabrique ici des marionnettes. J'étais couché à plat ventre sur un lit, une couverture sur moi. J'avais bien chaud ; la peau du visage, des mains et des pieds me cuisait désagréablement, mais je pouvais n'en pas tenir compte, car la grande douleur qui me vrillait le dos primait tout. J'avais la bouche moins sèche ; avais-je bu ? Il me semblait me rappeler un goût de tisane tiède, mais c'était un souvenir incertain. Des pieds chaussés de pantoufles en feutre s'approchèrent de mon lit ; quelqu'un se pencha sur moi et souleva ma couverture. Un courant d'air frais coula sur ma peau. Des doigts experts coururent sur moi et palpèrent la région de ma blessure. « Qu'il est maigre ! S'il était un peu plus charnu, je lui donnerais plus de chances de s'en tirer, dit avec tristesse une voix de vieille femme.

— Va-t-il garder ses doigts et ses orteils ? » Une voix de femme, tout près de moi – une jeune femme. Je ne la voyais pas mais elle était toute proche. L'autre se pencha sur moi, manipula mes mains, plia mes doigts, en pinça les extrémités. Avec une grimace, j'essayai de les retirer. « S'il survit, il gardera ses doigts, dit-elle d'un ton prosaïque bien que non dénué de douceur. Ils seront sensibles au début, car la peau et la chair qui ont été gelées devront tomber ; mais ils ne sont pas en trop mauvais état. C'est l'infection du dos qui risque de le tuer. Il y a quelque chose au fond de cette blessure, une pointe de flèche et une partie de la hampe, on dirait.

— Vous ne pouvez pas les extraire ? » C'était la voix de Mains-d'ivoire.

« Si, facilement », répondit la femme. Je me rendis

soudain compte qu'elle parlait la langue de Cerf, avec l'accent montagnard. « Mais il va certainement saigner et il n'a pas les moyens de perdre encore du sang ; de plus, l'infection risque alors de se répandre dans tout le corps. » Elle poussa un soupir. « Ah, si Jonqui était encore de ce monde ! Elle était très versée dans ce domaine ; c'est elle qui avait retiré au prince Rurisk la flèche qui lui avait percé la poitrine. À chacune de ses respirations, on voyait des bulles se former sur sa blessure ; pourtant elle ne l'a pas laissé mourir. Je ne suis pas aussi bonne guérisseuse qu'elle mais je vais tout de même essayer ; je vais envoyer mon apprenti vous apporter une pommade pour ses mains, ses pieds et son visage : oignez-l'en bien chaque jour et ne vous inquiétez pas de sa desquamation. Pour son dos, il faudra y maintenir un cataplasme pour aspirer au mieux l'infection. Il faut aussi lui faire boire et manger tout ce qu'il pourra avaler, et qu'il se repose. D'ici une semaine, nous extrairons cette flèche en espérant qu'il aura repris assez de forces pour y survivre, Jofron. Connaissez-vous un bon cataplasme ?

— Un ou deux, oui. Celui au son et au gratteron est efficace.

— Ça ira très bien. J'aimerais rester pour m'occuper de lui mais j'ai d'autres patients à voir : Butte-aux-Cèdres a été attaqué cette nuit. On a appris par oiseau messager qu'il y a eu beaucoup de blessés avant que les soldats soient refoulés. Je ne peux soigner l'un et oublier les autres. Je dois le laisser entre vos mains.

— Et dans mon lit », fit Mains-d'ivoire d'un ton lugubre. J'entendis la porte se refermer sur la guérisseuse.

Je pris une profonde inspiration mais ne pus trouver la force de parler.

Derrière moi, j'entendis l'homme se déplacer dans la

maison, verser de l'eau et remuer de la vaisselle. Des pas s'approchèrent. « Je crois qu'il est réveillé », dit Jofron à mi-voix.

Je hochai légèrement la tête contre mon oreiller.

« Essayez de lui faire boire ça, dans ce cas, dit Mains-d'ivoire. Ensuite, laissez-le se reposer. Je vais aller chercher du son et du gratteron pour votre cataplasme – et de quoi me coucher aussi, puisqu'il paraît qu'il doit rester ici. » Un plateau passa au-dessus de moi et apparut dans mon champ de vision : un bol et une timbale y étaient posés. Une femme s'assit à côté de moi. J'étais incapable de tourner la tête pour voir son visage, mais le tissage de sa jupe était montagnard. Elle plongea une cuiller dans le bol et la porta à ma bouche ; j'en goûtai le contenu avec précaution : c'était une sorte de brouet. De la timbale s'échappait un parfum de camomille et de valériane. J'entendis une porte s'ouvrir en coulissant, puis se refermer, et une bouffée d'air froid traversa la pièce. Une nouvelle cuillerée de brouet, puis une troisième.

« Où ? articulai-je tant bien que mal.

— Comment ? » demanda la femme en se penchant. Elle tourna la tête pour voir mon visage. Ses yeux bleus étaient trop près des miens. « Vous avez dit quelque chose ? »

Je refusai la cuillerée suivante : je n'avais soudain plus la force de manger, bien que ce que j'avais déjà ingurgité m'eût revigoré. La pièce parut s'assombrir. Quand je repris connaissance, c'était la nuit. Tout était silencieux en dehors du crépitement étouffé du feu dans la cheminée ; il en émanait une lueur vacillante, mais suffisante pour éclairer la pièce. Je me sentais fiévreux, très faible, et j'avais terriblement soif. Il y avait une timbale d'eau sur une table basse près de mon lit ; je tentai de m'en saisir, mais la douleur arrêta mon geste. J'avais l'impression que ma blessure enflée me rigidifiait le dos ; le moindre mouvement la réveillait. « De l'eau », dis-je, mais de ma bouche sèche ne sortit qu'un murmure. Nul ne répondit.

Près de l'âtre, mon hôte s'était fabriqué une paillasse. Il dormait comme un chat, détendu mais environné d'une aura de constante vigilance. Sa tête reposait sur son bras allongé et le feu l'éclairait d'une lumière satinée. Je scrutai son visage et mon cœur s'arrêta un instant de battre dans ma poitrine.

Ses cheveux, ramenés en arrière en queue, découvraient les traits nets de son visage. Immobile et sans expression, on eût dit un masque ciselé ; la dernière trace d'enfance, consumée, n'avait laissé que les méplats purs de ses joues émaciées, de son front haut et de son long nez droit. Ses lèvres étaient plus minces, son menton plus ferme que dans mon souvenir. La lueur dansante du feu instillait de la couleur ambrée à son visage blanc. Le fou avait grandi depuis notre séparation – excessivement, me semblait-il, en douze mois ; pourtant, cette année avait été la plus longue de mon existence. Je demeurai un moment à le contempler.

Il ouvrit lentement les yeux, comme si je l'avais appelé, et, l'espace de quelques minutes, il resta lui aussi à me regarder sans un mot. Puis un pli barra son front. Il se redressa sans hâte, et je vis alors que sa peau avait bel et bien la couleur de l'ivoire, ses cheveux, celle de la farine fraîchement moulue ; mais ce furent ses yeux qui me paralysèrent le cœur et la langue : ils reflétaient la lumière du feu, jaunes comme ceux d'un chat. Je retrouvai enfin mon souffle. « Fou, soupirai-je tristement, que t'a-t-on fait ? » La bouche desséchée, j'avais du mal à articuler. Je tendis la main vers lui, mais mon geste tira sur les muscles de mon dos et je sentis ma blessure se rouvrir. Le monde bascula et disparut.

Sécurité : telle fut ma première impression. Elle provenait de la douce tiédeur du lit propre, du parfum végétal de l'oreiller sous ma tête. Quelque chose de chaud et de légèrement humide était doucement appuyé sur ma blessure et en atténuait le lancinement. Je me sentais protégé aussi tendrement que par les mains fraîches qui tenaient entre elles mes doigts noircis par le gel. J'ouvris les yeux et la pièce éclairée par le feu prit peu à peu de la netteté.

Il était assis près de mon lit. Il y avait en lui une immobilité qui n'était pas un manque d'éveil et il avait le regard plongé dans les ombres au-delà de moi. Il portait une simple robe de laine blanche à col rond. Le voir ainsi habillé sans apprêt me laissait saisi après toutes les années où je l'avais toujours connu en livrée multicolore ; c'était comme découvrir une marionnette aux teintes trop vives soudain dépouillée de sa peinture. Soudain, une larme d'argent coula sur une des joues le long de son nez étroit. J'en restai stupéfait.

« Fou ? » Cette fois, j'avais croassé au lieu de murmurer.

Ses yeux se braquèrent aussitôt sur les miens et il tomba à genoux près de moi. Il avait la respiration hachée. Il s'empara de la timbale d'eau et la porta à ma bouche. Je bus, puis il la reposa et prit ma main qui pendait. D'une voix douce, en s'adressant plus à lui-même qu'à moi, il dit : « Ce qu'on m'a fait, Fitz ? Grands Dieux, et toi, que t'a-t-on fait pour te marquer ainsi ? Que m'est-il arrivé pour que je ne te reconnaisse même pas alors que je te portais dans mes bras ? » Hésitants, ses doigts frais caressèrent mon visage, suivirent la balafre et l'arête brisée du nez. Il posa soudain son front contre le mien.

« Quand je pense combien tu étais beau ! » chuchota-t-il d'une voix brisée avant de se taire. J'eus l'impression que la goutte chaude de sa larme me brûlait le visage.

Il se redressa soudain, s'éclaircit la gorge, puis s'essuya les yeux de sa manche en un geste enfantin qui acheva de m'émouvoir. Je pris une profonde inspiration et me ressaisis. « Tu as changé, dis-je non sans difficulté.

— Ah ? Oui, sans doute. Comment en aurait-il été autrement ? Je te croyais mort et ma vie anéantie. Et aujourd'hui, te voir revenu en même temps que le but de mon existence... Quand j'ai ouvert les yeux sur toi, j'ai cru que mon cœur allait cesser de battre, que la folie avait fini par me gagner ; et puis tu as prononcé mon nom. J'ai changé, dis-tu ? Plus que tu ne l'imagines, autant que toi, visiblement. Cette nuit, je me reconnais à peine moi-même. » Jamais je n'avais entendu le fou parler ainsi à tort et à travers. Il reprit son souffle, mais sa voix se brisa sur ses paroles suivantes : « Pendant un an je t'ai cru mort, Fitz. Pendant tout un an ! »

Il n'avait pas lâché ma main et je le sentais trembler. Il se leva brusquement en disant : « Nous avons tous les deux besoin d'un remontant. » Il s'éloigna dans la chambre obscure ; il s'était plus étoffé qu'il n'avait grandi, et il avait perdu sa silhouette d'enfant. Mince et svelte, il était musclé comme un acrobate. Dans une armoire, il prit une bouteille et deux timbales ; il déboucha la bouteille et je sentis une chaude odeur d'eau-de-vie avant même qu'il ne nous serve ; puis il revint près de mon lit et me tendit une des timbales, que je réussis à prendre malgré mes doigts noircis de froid. Il paraissait avoir retrouvé en partie son sang-froid, et, tout en buvant, il m'observa par-dessus le bord de sa timbale. Je redressai la tête et fis couler une gorgée d'eau-de-vie dans ma bouche ; une moitié dégoulina dans ma barbe et je m'étranglai avec l'autre comme si je n'avais jamais avalé d'eau-de-vie de mon existence ; et puis je sentis la chaleur de l'alcool se répandre dans mon estomac. Le fou secoua la tête en m'essuyant délicatement le menton.

« J'aurais dû écouter mes rêves : je ne cessais de rêver que tu revenais. "J'arrive", voilà ce que tu répétais sans arrêt. Mais moi, j'étais convaincu que j'avais failli, que le Catalyseur était mort ; je ne t'ai même pas reconnu quand je t'ai ramassé sur la route.

— Fou... » murmurai-je. J'aurais préféré qu'il se taise ; j'avais envie de jouir un moment de mon impression de sécurité et de ne penser à rien. Mais il ne comprit pas.

Il me regarda avec son sourire espiègle d'autrefois. « Tu ne comprends toujours pas, n'est-ce pas ? Quand nous avons appris que tu étais mort, que Royal t'avait fait tuer... ma vie a pris fin. Et ç'a été pire, je crois, quand les pèlerins ont commencé à venir par petits groupes et à me saluer comme le Prophète blanc. Je savais que j'étais le Prophète blanc ; je le savais depuis mon enfance, comme ceux qui m'ont élevé. J'ai grandi dans la certitude qu'un jour je partirais vers le Nord pour te trouver et qu'à nous deux nous remettrions le temps sur la bonne voie. Toute ma vie, j'ai su que tel était mon rôle.

« Je n'étais guère plus qu'un enfant quand je me suis mis en route. Seul, je me suis rendu à Castelcerf pour y chercher le Catalyseur que je pouvais seul reconnaître. Je t'ai vu et je t'ai reconnu, alors que tu ne savais pas toi-même qui tu étais. J'ai observé la pesante rotation de la roue des événements et j'ai noté que chaque fois tu étais la petite pierre qui la détournait de son ancien chemin. J'ai essayé de t'en parler mais tu ne voulais rien entendre. Le Catalyseur, toi ? Oh non ! » Il éclata d'un rire presque affectueux, puis il termina sa timbale et porta la mienne à mes lèvres. J'en bus une gorgée.

Il se leva ensuite, fit le tour de la pièce à pas lents, puis s'arrêta pour remplir sa timbale, et revint enfin auprès de moi. « J'ai vu la situation au bord de la catastrophe, mais tu étais toujours là, telle la carte qui n'était jamais sortie, la face du dé qui n'était jamais apparue. Quand mon roi est mort, comme il était écrit, la lignée des Loinvoyant avait un héritier et FitzChevalerie était vivant, le Catalyseur qui changerait tout de façon qu'un héritier monte sur le trône. » Encore une fois, il but son eau-de-vie d'un trait, et l'alcool parfumait son haleine quand il reprit : « Je me suis enfui. Je me suis enfui avec Kettricken et l'enfant à naître, le deuil au cœur, et pourtant convaincu que tout se déroulerait comme prévu, car tu étais le Catalyseur. Mais lorsque nous avons appris ta mort... » Il se tut soudain. Quand il voulut poursuivre, ce fut d'une voix altérée dont toute musique avait disparu. « Ma vie est devenue un mensonge. Comment pouvais-je être le Prophète blanc si le Catalyseur n'était plus ? Que prédire ? Les changements qui auraient pu intervenir si tu avais été vivant ? Quel rôle pouvais-je jouer, sinon celui de simple témoin d'un monde qui allait s'enfoncer toujours davantage dans l'anéantissement ? Je n'avais plus de but, car, vois-tu, ton existence constituait plus de la moitié de la mienne. C'était par l'entrelacement de nos actes que j'existais. Pire encore, j'en suis venu à me demander si une partie quelconque du monde était bien telle que je la croyais ; étais-je vraiment un Prophète blanc, ou bien était-ce le résultat d'une folie bizarre, d'une illusion qu'une erreur de la nature avait inventée pour se consoler ? Un an, Fitz ! Un an, j'ai pleuré l'ami que j'avais perdu et le monde que j'avais condamné sans le vouloir. Tout était ma faute ; et quand l'enfant de Kettricken, mon dernier espoir, est né inerte et bleu, ce ne pouvait être encore une fois que de mon fait.

— Non ! » Le cri avait jailli de mes lèvres avec une force que j'ignorais posséder. Le fou se recroquevilla comme si je l'avais frappé. Puis : « Si, dit-il simplement en reprenant doucement ma main. Je regrette ; j'aurais dû me douter que tu n'étais pas au courant. La reine a été anéantie par cette tragédie – et moi aussi. Avec l'héritier des Loinvoyant, mon dernier espoir disparaissait. J'avais tenu bon en me répétant que si l'enfant montait un jour sur le trône, cela suffirait peut-être. Mais quand on n'a présenté à Kettricken alitée qu'un enfant mort-né pour prix de ses douleurs... j'ai eu l'impression que mon existence n'était qu'une plaisanterie, une comédie, une sinistre farce que m'avait jouée le temps. Mais aujourd'hui... » Il ferma les yeux un instant. « Aujourd'hui, je te retrouve bien vivant, et je revis moi aussi. Et je retrouve confiance tout à coup. Je sais à nouveau qui je suis, et qui est mon Catalyseur ! » Il éclata de rire, sans imaginer à quel point ses propos me glaçaient. « J'avais perdu la foi ! Moi, le Prophète blanc, je ne croyais plus en mes propres prédictions ! Mais nous sommes enfin réunis, Fitz, et tout va se passer comme il était écrit. »

Il inclina encore une fois la bouteille pour remplir sa timbale ; l'alcool qui en coula avait la couleur de ses yeux. Il vit mon regard posé sur lui et eut un sourire ravi. « Ah, tu te dis que le Prophète blanc n'est plus blanc ? Ce doit être l'évolution normale de mon espèce, et peut-être même vais-je encore gagner en teinte, les années passant. » D'un geste, il écarta le sujet. « Mais c'est sans grande importance. Je n'ai que trop parlé. Raconte-moi, Fitz ; raconte-moi tout. Comment as-tu fait pour survivre ? Pourquoi es-tu ici ?

— Vérité m'appelle. Je dois le rejoindre. »

À ces mots, le fou prit une inspiration, non pas brusque comme un hoquet, mais longue, comme s'il inspirait la vie même. Il rayonnait presque de plaisir. « Ainsi, il est vivant ! Ah ! » Avant que je pusse lui en dire davantage, il m'arrêta de la main. « Doucement. Explique-moi tout, mais dans l'ordre. Ce sont là des propos que je languis d'entendre depuis longtemps ; il me faut tout savoir. »

Je m'efforçai de lui obéir. J'avais peu de forces et la fièvre m'emportait parfois, si bien que ma pensée s'égarait et que j'oubliais à quel moment je m'étais écarté du récit de mes aventures. Arrivé aux cachots de Royal, les seuls mots que je pus prononcer furent : « Il m'a fait rouer de coups et affamer. » Le regard du fou se porta sur mon visage balafré puis se détourna aussitôt, et je sus qu'il comprenait : lui aussi n'avait que trop bien connu Royal. Comme il attendait que je continue, je secouai lentement la tête.

Il acquiesça, puis sourit. « Ce n'est pas grave, Fitz. Tu es fatigué, et tu m'as déjà dit ce que je voulais le plus apprendre. Le reste attendra. Pour ma part, je vais te narrer mon année passée. » J'essayai de l'écouter, de m'accrocher aux mots importants pour les ranger dans mon cœur : il y avait tant de choses sur lesquelles je m'interrogeais depuis si longtemps ! Royal avait bel et bien soupçonné la tentative de fuite ; en retournant dans ses appartements, Kettricken avait constaté la disparition des affaires qu'elle avait soigneusement choisies et emballées, dérobées par les espions de Royal, et elle s'était mise en route avec les vêtements qu'elle portait, un manteau récupéré au dernier moment et guère davantage. J'appris à cette occasion quel temps détestable le fou et Kettricken avaient dû affronter la nuit où ils s'étaient esquivés de Castelcerf.

Elle montait ma jument Suie tandis que le fou devait batailler avec ce cabochard de Rousseau, et ils avaient ainsi traversé les Six-Duchés en plein hiver; ils étaient arrivés à Lac-Bleu à la fin de la période des tempêtes. Le fou avait subvenu à leurs besoins et leur avait obtenu une place sur un navire en se maquillant, en se teignant les cheveux et en jonglant dans les rues. De quelle couleur s'était-il peint le visage? En blanc, naturellement, meilleur moyen de dissimuler le teint blanc pur que devaient chercher les espions de Royal.

Ils avaient traversé le lac sans incident majeur, passé Œil-de-Lune et pénétré dans les Montagnes. Là, Kettricken avait aussitôt demandé l'aide de son père afin de découvrir ce qu'il était advenu de Vérité : il avait fait escale à Jhaampe, en effet, mais on n'avait plus entendu parler de lui depuis. Kettricken avait lancé des cavaliers sur sa piste et s'était même jointe aux recherches, mais ses espoirs ne l'avaient conduite qu'au chagrin : loin au cœur des montagnes, elle avait trouvé le site d'un combat; l'hiver et les charognards avaient fait leur œuvre et aucun corps n'avait pu être identifié, mais on avait retrouvé la bannière au cerf de Vérité. Les flèches qui jonchaient le sol et les côtes marquées de coups de hache d'un des squelettes prouvaient que la troupe n'avait succombé sous l'assaut ni des bêtes ni des éléments. Il n'y avait pas assez de crânes pour le nombre de corps et les ossements éparpillés rendaient difficile le décompte des victimes. Aussi Kettricken avait-elle encore conservé quelque espérance jusqu'au moment où l'on avait trouvé un manteau qu'elle se rappelait avoir mis dans les affaires de Vérité : elle avait elle-même brodé le cerf sur l'écusson de poitrine. En dessous gisaient pêle-mêle des os effrités et des vêtements en lambeaux. Alors, Kettricken avait pleuré son défunt époux.

Elle avait regagné Jhaampe où elle avait oscillé entre une douleur qui l'anéantissait et une fureur brûlante inspirée par les intrigues de Royal. Sa rage avait fini par se cristalliser dans la résolution de placer l'enfant de Vérité sur le trône des Six-Duchés et de donner au peuple un souverain juste ; cette détermination l'avait soutenue jusqu'à la naissance de son enfant mort-né. Depuis, le fou l'avait à peine vue, sinon brièvement, lorsqu'elle se promenait dans ses jardins gelés, le visage aussi figé que la glace qui couvrait les parterres.

Le récit du fou était émaillé d'autres nouvelles, de plus ou moins grande importance pour moi. Suie et Rousseau étaient tous deux vivants et en bonne santé ; malgré son âge, ma jument portait le petit du jeune étalon, ce qui me fit hocher la tête avec étonnement. Royal avait tout fait pour déclencher une guerre, et l'on disait que les meutes de bandits qui écumaient désormais les Montagnes étaient à sa solde. Des chargements de grain qui avaient été payés au printemps n'avaient jamais été livrés, et les marchands montagnards n'avaient plus le droit de franchir la frontière avec leurs produits ; on avait découvert plusieurs petits villages proches des Six-Duchés pillés et incendiés, tous les habitants abattus, et le courroux du roi Eyod, lent à s'échauffer, brûlait à présent comme une fournaise. Les Montagnards ne possédaient pas d'armée constituée, mais tous sans exception étaient prêts à prendre les armes sur un mot de leur Oblat. La guerre était imminente.

Le fou me donna aussi des nouvelles de Patience, la dame de Castelcerf, transmises de bouche à oreille des marchands aux contrebandiers : elle faisait tout son possible pour défendre la côte de Cerf ; l'argent baissait, mais les habitants du pays lui versaient ce qu'ils appelaient la Part de la Dame, qu'elle distribuait du mieux qu'elle pouvait à ses soldats et ses marins. Castelcerf n'était pas encore tombé, bien que les Pirates eussent établi des camps tout le long des côtes des Six-Duchés ; avec l'hiver, la guerre s'était calmée, mais les rivages se couvriraient de sang dès le retour du printemps. Certains châteaux parmi les plus faibles envisageaient de traiter avec les Pirates rouges, et certains leur payaient ouvertement tribut dans l'espoir d'éviter la forgisation.

Les duchés côtiers ne survivraient pas à un autre été, tel était l'avis d'Umbre. Je me gardai bien d'interrompre le fou pendant qu'il parlait de mon ancien maître. Il était parvenu à Jhaampe en plein été, par des chemins secrets, déguisé en vieux camelot, mais il s'était fait connaître de la reine dès son arrivée ; c'était alors que le fou l'avait vu. « La guerre lui va bien, remarqua-t-il. Il a la démarche d'un jeune homme, il porte une épée à la hanche et il y a une flamme dans ses yeux. Il s'est réjoui de voir le ventre de la reine s'arrondir de l'héritier des Loinvoyant et ils ont évoqué avec enthousiasme l'enfant de Vérité sur le trône. Mais cela se passait l'été dernier. » Il soupira. « Il paraît qu'il est revenu, sans doute parce que la reine l'a prévenu qu'elle avait mis au monde un enfant mort-né. Je ne l'ai pas encore vu ; de toute façon, quel espoir peut-il encore nous apporter ? » Il secoua la tête. « Il faut un héritier au trône des Loinvoyant, dit-il d'un ton pénétré. Vérité doit en avoir un. Sinon... » Il eut un geste d'impuissance.

« Et pourquoi pas Royal ? Un enfant de lui ne suffirait-il pas ?

— Non. » Son regard se fit lointain. « Non. Je suis incapable de te dire pourquoi, mais je peux te l'assurer. Dans tous les avenirs que j'ai vus il n'a pas de descendant, pas même un bâtard. En tous temps, il règne comme le dernier des Loinvoyant et il mène aux ténèbres. »

Un frisson glacé me parcourut lentement. Il était trop étrange quand il s'exprimait ainsi ; et puis ses propos mystérieux m'avaient rappelé une autre inquiétude qui me pesait. « Il y avait deux femmes, une ménestrelle, Astérie, et Caudron, une vieille femme en pèlerinage, qui se rendaient dans les Montagnes. Caudron disait chercher le Prophète blanc – je n'imaginais pas qu'il s'agissait de toi. As-tu entendu parler d'elles ? Sont-elles arrivées à Jhaampe ? »

Il secoua lentement la tête. « Personne n'est venu en quête du Prophète blanc depuis le début de l'hiver. » Il s'interrompit devant mon expression anxieuse. « Naturellement, je ne suis pas au courant de toutes les allées et venues du pays ; elles sont peut-être à Jhaampe. Mais je n'ai eu aucun écho de leur présence. » Enfin, à contrecœur : « Les bandits s'en prennent maintenant aux voyageurs. Elles ont peut-être été... retardées. »

Elles étaient peut-être mortes. Elles m'avaient libéré de ma prison et je les avais obligées à continuer seules leur chemin.

« Fitz ?

— Ça va, Fou. Peux-tu me rendre un service ?

— Je me méfie de ce ton. De quoi s'agit-il ?

— Ne dis à personne que je suis ici. Ne révèle à personne que je suis vivant, pour le moment. »

Il poussa un soupir. « Même à Kettricken ? Pour lui apprendre que Vérité est toujours vivant ?

— Fou, je compte exécuter seul ma mission, et je ne tiens pas à donner de faux espoirs à la reine. Elle a déjà supporté une fois la nouvelle de la mort de son époux ; si je parviens à le lui ramener, il sera bien assez tôt pour se réjouir vraiment. C'est beaucoup demander, je sais, mais je dois demeurer un inconnu à qui tu portes secours. Plus tard, j'aurai peut-être besoin de ton aide pour me procurer une vieille carte des bibliothèques de Jhaampe ; mais quand je partirai, ce sera seul : j'ai plus de chances de réussir si je m'y prends discrètement. » Je détournai les yeux. « Que FitzChevalerie reste mort ; c'est préférable, dans l'ensemble.

— Mais tu verras au moins Umbre, non ? » Il n'arrivait pas à en croire ses oreilles.

« Même Umbre ne doit pas savoir que je suis vivant. » Je me tus un instant en me demandant de quoi mon vieux maître serait le plus mécontent : que j'aie tenté d'assassiner Royal alors qu'il me l'avait toujours interdit, ou que j'aie à ce point saboté le travail. « Je dois accomplir cette mission tout seul. » Je le dévisageai et, à son expression, je vis qu'il acceptait, bien qu'à contrecœur.

Il poussa un nouveau soupir. « Je ne peux pas me dire complètement d'accord avec ton procédé, mais je ne révélerai ta présence à personne. » Et il eut un petit rire. La conversation s'éteignit ; la bouteille d'eau-de-vie était vide et, réduits au silence, nous restâmes à nous dévisager comme deux ivrognes. L'alcool et la fièvre brûlaient en moi ; j'avais trop de sujets de réflexion et trop peu de moyens d'action. Si je ne bougeais pas, ma douleur dans le dos se limitait à un sourd lancinement au rythme de mon cœur.

« Dommage que tu n'aies pas réussi à tuer Royal, fit soudain le fou.

— Je sais. J'ai essayé, mais, comme conspirateur et comme assassin, je ne vaux rien. »

Il haussa les épaules à ma place. « Tu n'as jamais été très doué là-dedans, tu sais. Il y a toujours eu chez toi une naïveté qu'aucune laideur ne pouvait souiller, comme si tu ne croyais pas vraiment au mal. C'est ce que je préférais chez toi. » Le fou oscillait légèrement sur son séant, mais il se ressaisit. « C'est ce qui m'a le plus manqué, quand tu es mort. »

J'eus un sourire niais. « J'avais cru comprendre tout à l'heure que c'était ma grande beauté. »

Le fou resta un moment à me dévisager sans rien dire, puis il détourna le regard et, à mi-voix : « Ce n'est pas du jeu ; si j'avais été moi-même, je n'aurais jamais rien dit de tel. Et pourtant... Ah, Fitz ! » Ses yeux revinrent sur moi et il secoua la tête d'un air attendri, puis, sans trace de moquerie dans la voix, au point que j'eus l'impression d'avoir un inconnu devant moi : « La moitié de ton charme venait peut-être de ce que tu n'en avais pas conscience, à la différence de Royal. Voilà un homme qui est beau, mais qui le sait trop bien ; tu ne le verras jamais les cheveux ébouriffés ni les joues rougies par le vent. »

Un instant, j'éprouvai une gêne curieuse, puis : « Ni une flèche plantée dans le dos ; c'est bien dommage. » Là-dessus, nous partîmes d'un fou rire que seuls les ivrognes peuvent comprendre. Cette hilarité déclencha néanmoins une douleur aiguë dans mon dos et je haletai bientôt comme un poisson hors de l'eau. Le fou se leva, plus ferme sur ses jambes que je ne m'y serais attendu, pour ôter une poche dégouttante de ma plaie et la remplacer par une autre, chaude au point d'en être presque désagréable, qu'il tira d'une casserole posée dans la cheminée. Cela fait, il revint s'accroupir auprès de moi. Il planta son regard dans le mien ; l'expression de ses yeux jaunes était aussi difficile à déchiffrer que quand ils étaient délavés. Il posa une longue main fraîche sur ma joue et repoussa d'un geste délicat les cheveux qui me tombaient dans les yeux.

« Demain, me dit-il d'un ton grave, nous serons de nouveau nous-mêmes : le fou et le bâtard, ou le Prophète blanc et le Catalyseur, si tu préfères. Nous devrons reprendre le cours de ces existences, même si nous ne les aimons pas, et accomplir tout ce que le destin nous impose. Mais en cet instant, ici, rien qu'entre nous, et pour le seul motif que je suis ce que je suis et que tu es ce que tu es, je te le dis : je suis heureux, heureux que tu sois vivant. Te voir respirer insuffle l'air dans mes poumons. Si mon sort doit être lié à celui de quelqu'un, je suis heureux que ce soit le tien. »

Il se pencha et appuya son front contre le mien ; puis il poussa un long soupir et s'écarta. « Dors, maintenant, mon garçon, fit-il en imitant, fort bien, ma foi, la voix d'Umbre. Demain sera bientôt là, et nous avons du pain sur la planche. » Il eut un rire mal timbré. « Nous devons sauver le monde, toi et moi. »

9

CONFRONTATIONS

Il se peut très bien que la diplomatie soit l'art de manipuler les secrets. Que sortirait-il d'une négociation s'il n'y avait pas de secrets à garder ou à partager ? Et cela est aussi vrai d'un contrat de mariage que d'un accord commercial entre deux royaumes : chaque partie sait précisément ce qu'elle est prête à donner à l'autre pour obtenir ce qu'elle désire, et c'est dans la manipulation de ce savoir secret que sont menés les plus âpres marchandages. Il ne se passe rien entre les hommes où le secret n'ait sa part, qu'il s'agisse de jouer aux cartes ou de vendre une vache. L'avantage va toujours à celui qui perçoit le mieux quel secret révéler et quand. Le roi Subtil aimait à répéter qu'il n'y a pas de plus grand avantage que de connaître le secret de l'ennemi alors qu'il vous croit ignorant ; c'est peut-être là le secret le plus efficace qu'on puisse détenir.

*

Les jours suivants furent, pour moi, non pas des jours mais des périodes décousues de veilles entrecoupées de rêves de fièvre tremblotants. Ma brève conversation avec le fou avait peut-être épuisé mes dernières réserves, ou bien peut-être me sentais-je assez en sécurité pour m'abandonner à ma blessure, à moins que ce ne fut les deux ; toujours est-il que, lorsqu'il m'arrivait d'éprouver quoi que ce soit, étendu sur un lit près de la cheminée du fou, je me trouvais plongé dans une affreuse hébétude. Les bribes de conversations qui me parvenaient me faisaient l'effet d'une grêle de pierres ; je prenais conscience de mon triste état pour l'oublier aussitôt, mais, tel un tambour battant le rythme de ma douleur, l'injonction de Vérité, *rejoins-moi, rejoins-moi,* n'était jamais très loin. D'autres voix perçaient la brume de ma fièvre puis disparaissaient, mais la sienne demeurait constante.

*

« Elle pense que vous êtes celui qu'elle cherche. Je le crois aussi. Vous devriez la recevoir. Elle a fait un long et fatigant chemin pour trouver le Prophète blanc. » Jofron s'exprimait à voix basse et d'un ton patient.

J'entendis le fou poser brutalement sa râpe. « Eh bien,

dites-lui qu'elle s'est trompée ; dites-lui que je suis le Fabricant de Jouets blanc ; dites-lui que le Prophète blanc habite plus loin dans la rue, à cinq maisons d'ici sur la gauche.

— Je refuse de me moquer d'elle, répondit gravement Jofron. Elle a fait un long voyage pour vous voir et elle y a tout perdu sauf la vie. Venez, saint homme, elle attend dehors. Ne voulez-vous pas lui parler, rien qu'un instant ?

— Saint homme, répéta le fou d'un ton railleur. Vous lisez trop de vieux manuscrits, et elle aussi. Non, Jofron. » Et puis il soupira et baissa les bras. « Dites-lui que je la verrai dans deux jours ; mais pas aujourd'hui.

— Très bien. » Jofron n'était manifestement pas satisfaite. « Mais une autre femme l'accompagne, une ménestrelle, et celle-là ne se laissera pas rebuter si facilement. Je crois qu'elle le cherche.

— Mais personne ne sait qu'il est ici, à part vous, moi et la guérisseuse. Il souhaite rester au calme le temps de recouvrer la santé. »

En vain, j'essayai d'intervenir pour annoncer que j'acceptais de voir Astérie, que je ne voulais pas qu'on la renvoie : j'étais incapable d'articuler.

« Je le sais, et la guérisseuse n'est pas revenue de Butte-aux-Cèdres ; mais elle n'est pas bête, cette ménestrelle : elle a demandé aux enfants s'ils avaient entendu parler d'un étranger, et les enfants sont au courant de tout, comme d'habitude.

— Et ils répètent tout », ajouta le fou d'un ton lugubre. Je l'entendis jeter un autre outil à travers la pièce dans un geste d'agacement. « À ce que je vois, je n'ai plus le choix.

— Vous allez les recevoir ? »

Rire moqueur de la part du fou. « Bien sûr que non ! Je vais leur mentir. »

*

Le soleil de l'après-midi tombait à l'oblique sur mes yeux fermés. Une discussion se déroulait non loin de moi.

« Je souhaite seulement le voir. » Une voix de femme agacée. « Je sais qu'il est ici.

— Je pense devoir admettre que vous avez raison ; mais il dort. » Le fou et son calme exaspérant.

« Je tiens néanmoins à le voir. » Astérie, et son ton mordant.

Le fou poussa un grand soupir. « Je pourrais en effet vous permettre de le voir, mais alors vous voudriez le toucher, puis, l'ayant touché, vous voudriez attendre son réveil, et, à son réveil, vous voudriez lui parler. On n'en finirait plus, et j'ai beaucoup à faire. Un fabricant de jouets n'est pas maître de son temps.

— Vous n'êtes pas fabricant de jouets ; je sais qui vous êtes réellement, et je sais aussi qui il est. » Le froid entrait à flots par la porte ouverte ; il s'insinuait sous mes couvertures, me raidissait la chair et tiraillait ma blessure. J'aurais voulu qu'ils ferment.

« Ah, c'est vrai, Caudron et vous connaissez notre grand secret : je suis le Prophète blanc et lui c'est Tom le berger. Mais aujourd'hui je suis très occupé à prophétiser que des marionnettes seront achevées demain, et quant à lui il dort. Il compte les moutons.

— Ce n'est pas ce que je voulais dire. » Astérie avait baissé la voix, mais elle portait encore. « C'est FitzChevalerie, fils de Chevalerie l'Abdicateur ; et vous, vous êtes le fou.

— Autrefois, j'ai peut-être été le fou ; c'est de notoriété publique ici, à Jhaampe. Mais je suis désormais le fabricant de jouets ; comme je ne me sers plus de l'ancien titre, vous pouvez le prendre à votre compte, si vous le souhaitez. Pour ce qui est de Tom, j'ai l'impression que son titre actuel est celui de sire Traversin.

— J'en référerai à la reine.

— Judicieuse décision : si vous désirez vraiment devenir son fou, c'est assurément la personne à voir. Mais, en attendant, permettez que je vous montre quelque chose. Non, reculez un peu, que vous voyiez la chose dans son ensemble. Tenez, regardez. » J'entendis un claquement, puis un bruit de loquet qui s'enclenche. « Ma porte vue de l'extérieur ! annonça le fou d'un ton joyeux. Je l'ai peinte moi-même ! Ça vous plaît ? »

Il y eut un choc sourd, comme celui d'un coup de pied dans une porte, suivi de plusieurs autres. Le fou retourna auprès de sa table de travail en fredonnant, prit une tête de marionnette en bois et un pinceau, puis me jeta un coup d'œil. « Rendors-toi : elle n'est pas près de voir Kettricken ; la reine reçoit rarement en ce moment. Et quand cette ménestrelle obtiendra une audience, ça m'étonnerait qu'on croie son histoire. Pour l'instant, c'est tout ce que je peux faire, alors profites-en pour te reposer, et aussi pour reprendre des forces, car je crains que tu n'en aies besoin. »

*

L'éclat du jour sur la neige blanche. Le ventre collé au sol au milieu des arbres, les yeux fixés sur une clairière en contrebas. De jeunes humains qui jouent à se poursuivre, en bondissant et en se jetant mutuellement à terre pour rouler et rouler dans la neige. Ils ne sont guère différents des louveteaux. Nous n'avons jamais eu d'autres louveteaux pour jouer avec nous pendant notre enfance. Comme une démangeaison, le désir de dévaler la colline et de nous joindre à eux. Mais nous nous reprenons : ils auraient peur. Il faut seulement observer. Leurs glapissements emplissent l'air. Notre bébé louve deviendra-t-elle comme eux en grandissant ? nous demandons-nous. Ils se pourchassent dans la neige et leurs tresses volent dans le vent de leur course.

*

« Fitz, réveille-toi. Il faut que je te parle. »

Le fou s'était exprimé d'un tel ton que la brume et la douleur s'écartèrent aussitôt. J'ouvris les yeux, puis m'efforçai péniblement d'accommoder ma vision ; la pièce était obscure, mais il avait posé un candélabre par terre près de mon lit. Il était assis à côté et me dévisageait d'un air grave. J'étais incapable de déchiffrer son expression : il me semblait voir l'espoir danser dans ses yeux et aux coins de sa bouche, mais je percevais aussi une raideur en lui, comme s'il s'apprêtait à me donner de mauvaises nouvelles. « Tu m'écoutes ? Est-ce que tu m'entends ? » insista-t-il.

Je réussis à hocher la tête, puis : « Oui. » J'avais la voix si rauque que je la reconnus à peine. Au lieu de recouvrer des forces, condition indispensable pour que la guérisseuse puisse extraire la flèche, j'avais l'impression que c'était ma blessure qui l'emportait peu à peu : chaque jour, la zone douloureuse était plus grande, elle battait sans cesse aux limites de ma conscience et m'empêchait de réfléchir clairement.

« J'ai dîné avec Umbre et Kettricken ; il apportait des renseignements. » Le fou inclina la tête de côté et, le regard fixé sur moi : « Il affirme qu'il existe un enfant, une petite fille, de la lignée des Loinvoyant en Cerf. Ce n'est qu'un nourrisson, et c'est une bâtarde ; mais elle est de la même lignée que Vérité et Chevalerie. Umbre le jure. »

Je fermai les yeux.

« Fitz... Fitz ! Réveille-toi, écoute-moi. Il s'efforce de persuader Kettricken de revendiquer l'enfant, soit en annonçant que c'est celle qu'elle a eue légitimement de Vérité et qu'elle a cachée en la prétendant mort-née pour la protéger d'éventuels assassins, soit en la faisant passer pour la bâtarde de Vérité qu'elle a décidé de reconnaître et de prendre pour héritière. »

J'étais pétrifié, incapable de respirer. C'était ma fille, je le savais. En sécurité, dissimulée, sous la garde de Burrich – et destinée à être sacrifiée au trône ! Arrachée à Molly, remise à la reine, ma petite fille dont je ne savais même pas le nom ! Enlevée pour devenir princesse, puis reine... mise à jamais hors de ma portée.

« Fitz ! » Le fou me serra doucement l'épaule. Il aurait voulu me secouer. J'ouvris les yeux.

Il scruta mon visage. « Tu n'as rien à dire ? demanda-t-il d'un ton circonspect.

— Je peux avoir de l'eau ? »

Pendant qu'il allait me chercher une timbale, je me ressaisis. Il m'aida à boire, et, quand il reposa le récipient, j'avais trouvé une question que je jugeais convaincante. « Comment Kettricken a-t-elle réagi quand elle a su que Vérité avait engendré un bâtard ? Ça n'a pas dû la remplir de joie. »

L'expression hésitante que j'espérais apparut sur les traits du fou. « L'enfant est née à la fin des moissons, trop tard pour que Vérité l'ait faite avant son départ. Kettricken s'en est rendu compte plus vite que moi. » Puis, d'un ton presque doux : « C'est sans doute toi le père ; quand Kettricken a posé la question à Umbre, c'est ce qu'il a répondu. » Il me dévisagea. « Tu n'étais pas au courant ? »

Je fis non de la tête. Qu'était l'honneur pour un homme tel que moi ? Bâtard et assassin, de quelle noblesse d'âme pouvais-je me prévaloir ? Je prononçai le mensonge pour lequel je devais toujours me mépriser : « Je ne peux pas être le père d'un enfant né aux moissons : Molly m'avait interdit son lit des mois avant de quitter Castelcerf. » J'essayai d'empêcher ma voix de trembler. « Si c'est Molly la mère et qu'elle prétend que cet enfant est de moi, elle ment. » Je m'efforçai de prendre un ton sincère pour ajouter : « Je regrette, Fou ; je n'ai pas engendré d'héritier Loinvoyant, et je n'en ai pas l'intention. » Sans que j'eusse à me forcer, ma voix s'étrangla et mes yeux se brouillèrent ; je secouai la tête contre l'oreiller. « Curieux qu'une telle nouvelle me fasse si mal, que Molly cherche à faire passer son enfant pour le mien. » Je fermai les yeux.

« Si j'ai bien compris, dit le fou avec douceur, elle n'a fait état d'aucune prétention quant à son enfant ; je crois qu'elle ignore tout du plan d'Umbre pour le moment.

— Il va falloir que je voie Umbre et Kettricken, je pense, pour leur apprendre que je suis vivant et leur révéler la vérité ; mais plus tard, quand j'aurai repris des forces. Pour l'instant, Fou, ajoutai-je d'un ton implorant, j'aimerais rester seul. » Je ne voulais voir s'inscrire ni compassion ni incompréhension sur son visage. Alors même que je formais le vœu qu'il goberait mon mensonge, je me traînais moi-même plus bas que terre en songeant à la vilenie que j'avais inventée sur Molly. Je gardai donc les yeux clos en attendant qu'il prenne son chandelier et quitte la pièce.

Je restai un moment allongé dans le noir, plein de mépris pour moi-même. C'était mieux ainsi, me répétais-je ; si jamais je retrouvais Molly, tout irait bien pour moi ; et sinon, du moins ne lui prendrait-on pas notre enfant. Je me rabâchais que j'avais fait ce qu'il fallait faire; pourtant, je ne me faisais pas l'effet d'un homme raisonnable, mais d'un traître.

*

Je fis un rêve à la fois réaliste et hébétant : je faisais sauter des éclats d'un bloc de roche noire. Le rêve se résumait à cela, mais il paraissait interminable dans sa monotonie. Je me servais de ma dague comme ciseau et d'une pierre comme marteau ; mes doigts étaient enflés et couverts de croûtes dues aux multiples fois où j'avais tapé sur eux au lieu de frapper la garde de la dague. Mais cela ne m'arrêtait pas. Je faisais sauter des éclats de pierre noire, et j'attendais qu'on vienne m'aider.

*

À mon réveil, un soir, je trouvai Caudron assise à mon chevet. Elle paraissait encore plus âgée que dans mon souvenir. Une clarté indécise tombait sur son visage d'une fenêtre bouchée par un parchemin huilé, et j'étudiai un moment ses traits avant qu'elle remarquât mes yeux ouverts. Elle secoua alors la tête. « J'aurais dû le deviner, à vous voir si étrange : vous aussi, vous vous rendiez chez le Prophète blanc. » Elle se pencha vers moi et, dans un murmure : « Il refuse de laisser Astérie vous voir; il dit que vous êtes trop faible pour recevoir une visiteuse aussi pleine d'entrain, et que vous tenez à votre incognito pour le moment. Mais je lui transmettrai tous vos messages, d'accord ? »

Je refermai les yeux.

*

Un matin plein de lumière et un coup frappé à la porte. La fièvre qui me tenaillait m'empêchait de dormir, mais aussi de rester éveillé. J'avais bu de l'infusion d'écorce de saule à en avoir des grenouilles dans l'estomac, pourtant la migraine me martelait toujours le crâne et je ne cessais de frissonner de froid ou de transpirer à grosses gouttes. Un nouveau coup fut frappé, plus fort, et Caudron reposa la tasse d'infusion avec laquelle elle me tourmentait. Le fou était à sa table de travail ; il rangea sa gouge mais Caudron annonça : « Je m'en occupe ! » et ouvrit la porte à l'instant où il disait : « Laissez, j'y vais. »

Astérie entra si brusquement que Caudron poussa un cri de saisissement. La ménestrelle s'avança dans la pièce en faisant tomber la neige de sa coiffe et de son manteau, et lança au fou un regard triomphant. L'intéressé se contenta de lui répondre d'un hochement de tête cordial, comme s'il attendait sa visite, puis se remit à sculpter sans un mot. Les étincelles furieuses qui brillaient dans les yeux d'Astérie prirent un nouvel éclat et je la sentis satisfaite de je ne sais quoi. Elle claqua la porte derrière elle et traversa la pièce comme le vent du Nord en personne, puis elle s'assit en tailleur par terre près de mon lit. « Eh bien, Fitz, je suis heureuse de vous voir enfin. Caudron m'a dit que vous étiez blessé ; je vous aurais volontiers rendu visite plus tôt, mais on m'a refusé l'entrée. Comment allez-vous ? »

J'essayais de me concentrer sur ses propos ; j'aurais préféré qu'elle se déplace moins vite et parle moins fort. « Il fait trop froid ici, fis-je d'un ton irrité, et j'ai perdu ma boucle d'oreille. » Je n'avais découvert sa disparition que le matin même et j'en étais chagriné ; j'étais incapable de me rappeler quelle importance j'y attachais, mais je n'arrivais pas à penser à autre chose; rien que d'y songer faisait empirer ma migraine.

Elle ôta ses moufles; une de ses mains était bandée. Elle posa l'autre sur mon front : ce contact glacé m'emplit de félicité. Étrange que le froid pût paraître si agréable. « Il est brûlant! lança-t-elle au fou d'un ton accusateur. Vous n'auriez pas pu lui donner de l'écorce de saule? »

Le fou fit sauter un copeau de bois. « Il y en a une bouilloire près de votre genou, si vous ne l'avez pas renversée. Si vous arrivez à lui en faire boire davantage, c'est que vous êtes plus douée que moi. » Un nouveau copeau.

« Ce ne serait pas difficile », répliqua la ménestrelle d'une voix grinçante. Puis, plus aimablement, à moi : « Votre boucle d'oreille n'est pas perdue; tenez, je l'ai là. » Et elle sortit le bijou d'une poche pendue à sa ceinture; une petite partie de mon esprit était assez lucide pour remarquer qu'elle était chaudement vêtue à la mode montagnarde. De ses doigts froids et un peu rudes, elle replaça la boucle à mon oreille. Une question me vint.

« Pourquoi la déteniez-vous?

— J'ai demandé à Caudron de me l'apporter, répondit-elle sans sourciller, quand j'ai vu que le sire ici présent refusait de me laisser vous voir. Il me fallait un signe, un objet qui prouve à Kettricken la véracité de mes dires. Je suis allée la voir aujourd'hui même et je lui ai parlé, ainsi qu'à son conseiller. »

Le nom de la reine s'imposa à mes pensées floues et leur rendit un instant leur netteté. « Kettricken! Qu'avez-vous fait! m'écriai-je, atterré. Que lui avez-vous dit? »

Astérie resta interloquée. « Eh bien, mais tout ce qu'elle doit savoir pour vous aider dans votre mission : que vous êtes bel et bien vivant, que Vérité n'est pas mort et que vous allez vous mettre à sa recherche, qu'il faut avertir Molly que vous êtes vivant afin qu'elle ne perde pas courage et protège votre enfant jusqu'à votre retour, que...

— Je vous ai fait confiance ! criai-je. Je vous ai confié mes secrets et vous m'avez trahi ! Quel fou j'ai été ! » J'étais désespéré. Tout était perdu, tout !

« Non, le fou, c'est moi. » Il traversa lentement la pièce et s'arrêta près de mon lit, les yeux baissés sur moi. « Et d'autant plus que je croyais avoir ta confiance, apparemment, poursuivit-il ; jamais je ne l'avais vu si pâle. Ton enfant... fit-il comme s'il se parlait à lui-même. Un authentique descendant de la lignée des Loinvoyant. » Ses yeux jaunes brasillaient comme un feu mourant tandis que son regard se portait tour à tour sur Astérie et moi. « Tu savais l'importance de cette nouvelle pour moi. Pourquoi ? Pourquoi me mentir ? »

J'ignorais ce qui était le pire : la peine dans le regard du fou, ou le triomphe dans le coup d'œil qu'Astérie lui décocha.

« Je le devais pour la garder à moi ! Cette enfant est à moi, ce n'est pas l'héritière des Loinvoyant ! m'écriai-je, éperdu. Elle est à moi et à Molly ! Je veux l'aimer et la voir grandir, pas la donner comme un outil à un faiseur de rois ! Et c'est moi seul qui dois révéler à Molly que je suis vivant ! Astérie, comment avez-vous pu me faire ça ? Pourquoi ai-je été aussi bête ? Pourquoi a-t-il fallu que j'en parle ? »

La ménestrelle prit l'air aussi offensée que le fou ; elle se leva d'un mouvement raide et, d'une voix sèche : « Je ne cherchais qu'à vous aider à remplir votre devoir. » Derrière elle, le vent ouvrit la porte. « Cette femme a le droit de savoir que son mari est vivant.

— De quelle femme parlez-vous ? » demanda une voix glacée. Atterré, je vis Kettricken entrer à grands pas, suivie d'Umbre. Elle tourna vers moi un visage effrayant ; le chagrin avait ravagé ses traits, creusé des rides profondes de part et d'autre de sa bouche et fait fondre la chair de ses joues. En outre, la fureur bouillonnait en cet instant au fond de ses yeux. La bouffée d'air froid qui avait accompagné leur entrée me rafraîchit, puis la porte fut refermée et j'observai autour de moi tous ces visages familiers. La petite pièce en paraissait envahie, et ils posaient tous sur moi des regards glacés. Je battis des paupières. Ils étaient si nombreux, si proches, et ils ne me lâchaient pas ! Nul sourire, nul souhait de bienvenue, nulle joie ; rien que les violentes émotions attisées par les changements que j'avais opérés. C'était donc ainsi qu'on accueillait le Catalyseur... Personne n'affichait les expressions que j'aurais voulu voir.

Personne sauf Umbre. Il s'approcha de moi à grandes enjambées tout en ôtant ses gants de monte ; quand il repoussa la capuche de son manteau, je vis que ses cheveux blancs étaient noués en queue de guerrier. Un bandeau de cuir lui ceignait le front, au milieu duquel pendait un médaillon d'argent frappé d'un cerf, les andouillers baissés, prêt à charger : le sceau que Vérité m'avait donné. Astérie s'écarta précipitamment de son chemin. Sans lui accorder le moindre regard, il s'assit souplement par terre, près de mon lit, puis il me prit la main et ses yeux s'étrécirent à la vue de mes gelures. « Oh, mon garçon, mon garçon, je te croyais mort, dit-il à mi-voix. Quand Burrich m'a annoncé qu'il avait trouvé ton cadavre, j'ai cru que mon cœur allait se briser. Nos derniers mots avant notre séparation... Enfin, tu es ici, en mauvais état mais vivant ! »

Il me baisa le front. La main qu'il posa sur ma joue était calleuse et les marques de petite vérole disparaissaient presque sous le hâle de la peau. Je le regardai dans les yeux et j'y lus joie et chaleur. Le regard brouillé de larmes, je lui demandai : « Êtes-vous vraiment prêt à prendre ma fille pour la mettre sur le trône ? Un nouveau bâtard pour la lignée des Loinvoyant... Êtes-vous prêt à la laisser utiliser comme nous l'avons été ? »

Son visage se figea et la détermination durcit sa bouche. « Je ferai tout pour remettre un véritable Loinvoyant sur le trône des Six-Duchés ; mon serment d'allégeance m'y oblige, et toi aussi. » Il planta son regard dans le mien.

Je le dévisageai, épouvanté. Il m'aimait ; pis, il croyait en moi. Il croyait que je possédais la force et le dévouement qui constituaient l'armature de sa vie, et cela lui permettait de m'infliger froidement des tourments plus atroces que tout ce que la haine pouvait inspirer à Royal ; sa foi en moi était telle qu'il n'hésiterait pas à me plonger au cœur de n'importe quelle bataille, à exiger de moi n'importe quel sacrifice. Un sanglot sec me convulsa soudain et tirailla la flèche plantée dans mon dos. « Mais c'est sans fin ! m'écriai-je. Le devoir me poursuivra toujours ! Mieux vaut mourir ! Oubliez que je suis vivant ! » D'un geste brusque, je retirai ma main de celle d'Umbre sans me préoccuper de la souffrance que ce mouvement m'occasionnait. « Allez-vous-en ! »

Umbre ne broncha pas. « Il est brûlant de fièvre, fit-il d'un ton accusateur à l'adresse du fou. Il ne sait plus ce qu'il dit. Vous auriez dû lui donner de l'écorce de saule. »

Un sourire effrayant tordit les lèvres de l'intéressé, mais, avant qu'il pût répondre, on entendit un bruit de déchirement, une tête grise passa à travers la peau huilée qui protégeait la fenêtre et laissa voir, sous ses babines retroussées, deux rangées de crocs blancs. Le reste du loup suivit bientôt, une étagère sur laquelle étaient rangées des herbes en pots dégringola sur des parchemins déroulés, et, dans un crissement de griffes, Œil-de-Nuit atterrit entre mon lit et Umbre qui se redressa en hâte. Il adressa un grondement à la cantonade. *Je les tuerai tous si tu me l'ordonnes.* Je laissai retomber ma tête sur mes oreillers. Mon loup, si pur, si sauvage... Voilà donc ce que j'avais fait de lui ! Était-ce différent de ce qu'Umbre avait fait de moi ?

Je les regardai tous à nouveau. Le visage d'Umbre était un masque inexpressif ; les autres exprimaient qui un saisissement, qui une tristesse, qui une déception dont j'étais responsable. J'étais en proie à la fièvre et au désespoir en même temps. « Je regrette, dis-je d'une voix faible. Je n'ai jamais été celui que vous croyiez. Jamais. »

Le silence envahit la pièce. Le feu émit un petit crépitement.

Ma tête roula sur l'oreiller et je fermai les yeux, puis je prononçai les mots qu'il m'était impossible de retenir : « Je vais aller chercher Vérité et je vais me débrouiller pour le ramener – non parce que je suis celui que vous croyez tous, ajoutai-je en redressant lentement la tête, et je vis la confiance renaître dans les yeux d'Umbre, mais parce que je n'ai pas le choix. Je ne l'ai jamais eu.

— Vous croyez donc que Vérité est vivant ! » L'espoir qui perçait dans la voix de Kettricken était d'une violence avide. Elle s'avança vers moi tel un ouragan.

J'acquiesçai. « Oui, répondis-je avec effort. Oui, je le crois vivant. Je le sens fortement présent. » Son visage était tout près du mien, énorme. Je battis des paupières, et ma vision se brouilla.

« Pourquoi n'est-il pas revenu, dans ce cas ? Est-il égaré ? Blessé ? Ne se soucie-t-il donc pas de ceux qu'il a abandonnés ? » Ses questions me lapidaient comme autant de grêlons.

« Je pense... » fis-je, puis je me trouvai incapable de penser, de parler. Je fermai les yeux et j'entendis un long silence. Œil-de-Nuit gémit, puis un sourd grondement monta de sa gorge.

« Nous devrions peut-être le laisser quelque temps, dit Astérie d'un ton hésitant. Fitz n'est pas en état, pour l'instant.

— Vous pouvez sortir, lui répondit le fou avec grandeur. Moi, malheureusement, j'habite ici. »

*

À la chasse. Il est temps d'aller chasser. Je regarde du côté où nous sommes entrés, mais le Sans-Odeur a bouché le passage avec un nouveau morceau de peau de daim. La porte : une part de nous sait que c'est la porte et nous nous dirigeons vers elle pour gémir doucement et la pousser du museau. Elle cliquette contre le verrou comme un piège prêt à se refermer. Le Sans-Odeur s'approche à pas légers, prudents. Il tend son corps au-dessus de moi pour poser une patte pâle sur la porte et me l'ouvrir. Je me glisse dehors et je retrouve le monde froid de la nuit. Ça me fait du bien d'étirer mes muscles, et je fuis la douleur, la maison étouffante et le corps qui ne fonctionne pas pour rejoindre cet abri sauvage de chair et de fourrure. La nuit nous engloutit et nous chassons.

*

C'était une autre nuit, un autre moment, avant, après, je ne savais plus, mes jours se décousaient les uns des autres ; quelqu'un enleva une compresse tiède de mon front et la remplaça par une plus froide.

« Je regrette, Fou, dis-je.

— Trente-deux », répondit une voix d'un ton las. Puis, plus aimablement : « Bois. » Des mains fraîches soulevèrent mon visage, du liquide humecta mes lèvres. J'essayai de boire : c'était de l'infusion d'écorce de saule. Je détournai le visage avec dégoût. Le fou m'essuya le menton et s'assit par terre près de mon lit, puis s'y accouda ; il orienta son parchemin vers la lumière et reprit sa lecture. C'était la pleine nuit. Je fermai les yeux pour tenter de retrouver le sommeil, mais je ne parvins qu'à ressusciter tout ce que j'avais fait de mal, toutes les espérances que j'avais trahies.

« Je regrette tellement ! dis-je.

— Trente-trois, répondit le fou sans lever les yeux.

— Trente-trois quoi ? »

Il se tourna vers moi, surpris. « Ah, tu es réveillé pour de bon ?

— Naturellement. Trente-trois quoi ?

— Trente-trois "je regrette", adressés à diverses personnes, mais à moi pour la plupart. Tu as appelé Burrich à dix-sept reprises ; je crains d'avoir perdu le compte des fois où tu as appelé Molly, et je suis arrivé à un total global de soixante-deux "j'arrive, Vérité".

— Il y a de quoi te faire tourner en bourrique. Je regrette.

— Trente-quatre. Non, tu divagues de façon assez monotone, c'est tout. C'est la fièvre, je suppose.

— Sans doute. »

Le fou se remit à lire. « J'en ai assez de rester sur le ventre, dis-je.

— Tu peux toujours te retourner sur le dos », répondit le fou pour le plaisir de me faire grimacer. Puis : « Tu veux que je t'aide à te mettre sur le côté ?

— Non. J'ai encore plus mal.

— Préviens-moi si tu changes d'avis. » Il reporta son regard sur le manuscrit.

« Umbre n'est pas revenu me voir. »

Il soupira et posa son parchemin. « Personne d'autre non plus. La guérisseuse t'a examiné et nous a reproché de t'avoir dérangé. On doit te laisser tranquille jusqu'à ce qu'elle ait extrait la flèche, c'est-à-dire demain. De toute façon, Umbre et la reine ont beaucoup à débattre : vous savoir vivants, Vérité et toi, a tout changé.

— Autrefois, il m'aurait fait participer à leurs discussions. » Je me tus, conscient de m'apitoyer sur mon sort et de m'y complaire, mais incapable de m'en empêcher. « Ils doivent me juger indigne de confiance. Je ne leur en veux pas, d'ailleurs : tout le monde me déteste, aujourd'hui, à cause des secrets que j'ai gardés pour moi, des promesses que je n'ai pas tenues.

— Mais non, tout le monde ne te déteste pas, me reprit le fou. Il n'y a que moi. »

Je tournai les yeux vers lui, et son sourire sarcastique me rassura. « Ah, les secrets ! fit-il en soupirant. Un jour, j'écrirai un long traité philosophique sur le pouvoir des secrets, qu'on les garde ou qu'on les révèle.

— Il te reste de l'eau-de-vie ?

— Tu as de nouveau soif ? Eh bien, bois de l'infusion de saule. » Son ton était à la fois gracieux, acide et mielleux. « Il y en a tant que tu veux, tu sais, de pleins seaux, et rien que pour toi.

— J'ai l'impression que ma fièvre est un peu tombée », protestai-je humblement.

Il posa la main sur mon front. « En effet – pour l'instant. Mais je ne crois pas que la guérisseuse verrait d'un bon œil que tu t'enivres à nouveau.

— Elle n'est pas là », répondis-je.

Il haussa ses sourcils clairs. « Burrich serait drôlement fier de toi. » Cependant, il se leva d'un mouvement gracieux et se dirigea vers l'armoire de chêne, en contournant précautionneusement Œil-de-Nuit vautré devant la cheminée, plongé dans un sommeil alourdi par la chaleur. Mon regard s'égara vers la peau huilée de la fenêtre, puis revint sur le fou : le loup et lui avaient dû passer une sorte d'accord. Le ventre plein, Œil-de-Nuit dormait si profondément qu'il ne rêvait même pas ; de petites contractions agitèrent ses pattes quand je tendis mon esprit vers lui, aussi me retirai-je. Le fou était en train de poser la bouteille et deux timbales sur un plateau. Il paraissait un peu triste.

« Je regrette, tu sais.

— Il me semblait l'avoir compris. Trente-cinq fois.

— Mais c'est vrai ! J'aurais dû te faire confiance et te parler de ma fille. » Rien, ni la fièvre ni une flèche dans le dos n'aurait pu m'empêcher de sourire en prononçant ces deux derniers mots : ma fille. Je m'efforçai d'exposer la vérité toute nue, gêné que cela me parût une expérience inédite. « Je ne l'ai jamais vue, sinon par le biais de l'Art, et ce n'est pas pareil. Je veux que ce soit ma fille à moi – à moi et à Molly –, pas une enfant qui appartiendra à un royaume et qui devra apprendre à assumer d'énormes responsabilités ; rien qu'une petite fille qui cueillera des fleurs, qui fabriquera des bougies avec sa mère, qui... » Je me mis à bredouiller, m'interrompis, puis repris : « Enfin, bref, ce qu'ont le droit de faire les enfants ordinaires. Umbre veut le lui interdire. Dès l'instant où quelqu'un la montrera du doigt en disant : “Tenez, elle, elle pourrait être l'héritière du trône des Loinvoyant”, elle sera en danger ; il faudra la protéger, lui apprendre à se méfier, à peser chaque parole et à réfléchir à chaque geste. Et pourquoi ?

Ce n'est pas une véritable héritière royale : ce n'est que la bâtarde d'un bâtard ! » Je prononçai ces mots acides avec difficulté, puis je fis le serment de ne jamais permettre à personne de les lui dire en face. « Pourquoi devrait-elle courir tant de risques ? Ce serait différent si elle était née dans un palais avec une centaine de gardes pour la défendre ; mais elle n'a que Molly et Burrich.

— Burrich est avec elles ? Si Umbre a choisi Burrich, c'est parce qu'il lui prête l'efficacité de cent gardes, mais en plus discret », remarqua le fou. Se doutait-il du mal qu'il me faisait ? Il apporta l'eau-de-vie et les timbales, et m'en remplit une. Je réussis à la lui prendre des mains. « À une fille : la tienne et celle de Molly », fit-il, et nous bûmes. L'alcool descendit dans ma gorge avec une brûlure purificatrice.

« Ainsi, dis-je d'une voix étranglée, Umbre était au courant de tout depuis le début et a envoyé Burrich les protéger. Tout le monde savait sauf moi. » Pourquoi avais-je l'impression d'avoir été dépouillé ?

« Je le pense, sans avoir de certitude. » Le fou se tut, comme s'il s'interrogeait sur l'opportunité de poursuivre ; puis il rejeta ses réserves : « En réfléchissant sur les événements passés, j'ai assemblé divers éléments : je crois que Patience soupçonnait l'existence de ta fille, et c'est pourquoi elle a mis Molly au service de Burrich quand il a été blessé à la jambe ; son état ne requérait pas tant de soins, et il le savait aussi bien que Patience ; mais il sait écouter, surtout parce qu'il parle très peu, et Molly avait besoin de se confier à quelqu'un, en particulier à quelqu'un qui avait élevé un bâtard. Le jour où nous étions tous réunis chez lui... tu m'avais envoyé auprès de lui voir ce qu'il pouvait faire pour mon épaule – le jour où tu avais fermé la porte de Subtil au nez de Royal pour protéger le roi... » L'espace d'un instant, il parut se plonger dans ses souvenirs, puis il se reprit. « En montant chez Burrich, je les ai entendus se disputer ; du moins, Molly parlait d'un ton querelleur et Burrich gardait le silence, ce qui constitue la réplique la plus efficace ; j'ai donc tendu l'oreille, avoua-t-il sans remords. Mais je n'en ai guère appris : elle répétait qu'il pouvait lui procurer une certaine plante, et il refusait. Pour finir, il lui a promis de n'en parler à personne, et il lui a demandé de bien réfléchir et de faire ce qu'elle avait envie de faire, pas ce qui lui paraissait le plus raisonnable. Puis ils se sont tus, alors je suis entré, et Molly a pris congé. Ensuite, tu es arrivé en disant qu'elle t'avait quitté. » Il s'interrompit. « En y repensant, il faut que j'aie été aussi abruti que toi pour ne pas avoir compris le sens de cette conversation.

— Merci, dis-je d'un ton sec.

— De rien ; je dois tout de même reconnaître que nous avions tous bien d'autres sujets de préoccupations, alors.

— Je donnerais n'importe quoi pour pouvoir revenir en arrière et la convaincre que notre enfant serait le pivot de ma vie, davantage que mon roi ou mon pays.

— Ah ! Ainsi, tu aurais été prêt à quitter Castelcerf ce jour-là pour la suivre et la protéger ? » Le fou haussa les sourcils d'un air interrogateur.

Je ne répondis pas tout de suite. Puis : « Je n'aurais pas pu. » J'avais la gorge serrée ; je la dénouai à l'aide d'un peu d'eau-de-vie.

« Je sais ; je comprends. Vois-tu, nul ne peut échapper au destin – du moins tant que nous restons prisonniers du harnais du temps. Et, ajouta-t-il d'un ton plus doux, aucun enfant ne peut échapper à l'avenir décrété par le destin ; ni un fou, ni un bâtard – ni la bâtarde d'un bâtard. »

Un frisson glacé me parcourut. Malgré mon scepticisme, la peur m'étreignit. « Tu veux dire que tu connais son avenir ? »

Il soupira et acquiesça ; puis il sourit en secouant la tête. « C'est ainsi, pour moi : je sais qu'il se passe quelque chose avec un héritier Loinvoyant ; s'il s'agit de ta fille, alors, dans des années d'ici, je lirai sans doute quelque ancienne prophétie et je m'écrierai : Ah ! oui, c'est là, tout était prédit. Nul ne comprend vraiment une prophétie tant qu'elle ne s'est pas réalisée. C'est un peu comme un fer à cheval : le maréchal-ferrant te montre un morceau de fer et tu te dis qu'il ne s'adaptera jamais au sabot ; mais une fois que le fer est passé au feu, au marteau et à la lime, il se fixe parfaitement au sabot de ton cheval, mieux qu'à aucun autre.

— À t'entendre, on a l'impression que les prophètes taillent leurs prophéties de façon qu'elles collent à la réalité *a posteriori*. »

Il inclina la tête de côté. « Et un bon prophète, comme un bon maréchal-ferrant, te montre que le résultat s'adapte parfaitement. » Il prit la timbale vide de ma main. « Tu devrais être en train de dormir. Demain, la guérisseuse va extraire la flèche ; tu auras besoin de toutes tes forces. »

Je hochai la tête et je me sentis soudain les paupières lourdes.

*

Umbre m'agrippa les poignets et les tira fermement vers le bas ; j'avais la poitrine et la joue écrasées contre le banc de bois. Le fou était à califourchon sur mes jambes et m'immobilisait le bassin en s'y appuyant de tout son poids ; même Caudron, les mains sur mes épaules nues, me maintenait à plat sur le banc. J'avais l'impression d'être un porc prêt à l'abattage. Astérie se tenait non loin avec de la charpie et une cuvette d'eau brûlante. Comme Umbre me tirait par les poignets, il me sembla que mon corps tout entier allait s'ouvrir en deux au niveau de la blessure infectée de mon dos. La guérisseuse s'accroupit à côté de moi et j'entraperçus la pince qu'elle avait à la main : elle était en fer forgé – sans doute empruntée à la remise du forgeron.

« Prêt ? demanda-t-elle.

— Non », grognai-je. Nul ne fit attention à moi : ce n'était pas à moi qu'elle s'adressait. Elle avait passé toute la matinée à travailler sur moi comme sur un jouet cassé, à me palper et à faire sortir les fluides nauséabonds de ma plaie infectée tandis que je me tortillais en jurant dans ma barbe. Personne n'avait tenu compte de mes imprécations à part le fou qui, redevenu lui-même, n'avait pas cessé d'y suggérer des améliorations. Il avait convaincu Œil-de-Nuit d'attendre dehors ; je sentais le loup qui rôdait autour de la maison ; j'avais tenté de lui expliquer ce qui allait se passer : je l'avais débarrassé de piquants de porc-épic assez souvent par le passé pour qu'il eût une idée assez précise de l'inévitable douleur, mais cela ne l'empêchait pas de partager mon angoisse.

« Allez-y », dit Umbre à la guérisseuse. Son visage était tout près du mien et sa barbe chatouillait ma joue glabre. « Accroche-toi, mon garçon », me souffla-t-il à l'oreille. Les mâchoires froides de la pince appuyèrent sur ma chair enflammée.

« Ne respirez pas si vite et tenez-vous tranquille », m'ordonna la guérisseuse d'un ton sévère. Je tâchai de lui obéir. J'eus la sensation qu'elle enfonçait l'instrument dans mon dos à la recherche d'une prise. Après une éternité de tâtonnements, elle dit : « Tenez-le. » Je sentis la pince se refermer. La guérisseuse la tira vers elle en m'arrachant la colonne vertébrale.

C'est du moins ce qu'il me sembla. Je me rappelle le premier frottement du métal contre l'os, et j'oubliai alors ma résolution de ne pas crier. La douleur et ma conscience s'échappèrent dans un hurlement, puis je tombai dans le lieu indistinct où l'on n'accède ni en dormant ni à l'état de veille. Mes jours de fièvre me l'avaient rendu beaucoup trop familier.

*

Le fleuve d'Art... J'étais en lui et il était en moi... À un pas de moi ; il avait toujours été à un simple pas de moi. Rémission de la douleur et de la solitude ; rapide et doux. Je m'y dissolvais, je m'y défaisais comme un tricot se défait quand on tire sur le bon fil. Toute ma souffrance s'y défaisait aussi. *Non.* Vérité me l'interdit fermement. *Va-t'en, Fitz.* Comme s'il chassait un petit enfant qui s'est trop approché du feu. Je m'en allai.

*

Tel un plongeur qui remonte à la surface, j'émergeai sur le banc dur au milieu d'un mélange de voix. La lumière paraissait faible. Quelqu'un poussa une exclamation où il était question de sang et demanda une poche de tissu remplie de neige. Je sentis qu'on pressait le sac sur mon dos tandis qu'un chiffon imbibé de liquide rouge tombait sur le tapis du fou. La tache s'étendit dans la laine et je m'écoulai avec elle. Je flottais en l'air et la pièce était envahie de points noirs. La guérisseuse était accroupie devant le feu. Elle tira un nouvel outil de forgeron des flammes ; il rougeoyait et elle se tourna vers moi. « Attendez ! » m'écriai-je, saisi d'horreur, en me jetant d'une ruade presque à bas de mon banc ; mais Umbre me rattrapa par les épaules.

« Il le faut », me dit-il durement, en me maintenant d'une poigne de fer pendant que la guérisseuse s'approchait de moi. Je ne sentis tout d'abord qu'une pression quand elle appliqua le tison sur mon dos ; puis l'odeur de ma propre chair brûlée me parvint et je croyais pouvoir y rester indifférent quand un spasme de souffrance me convulsa plus violemment que le nœud coulant d'un bourreau. L'obscurité s'éleva pour m'entraîner dans ses abysses. « Pendu au-dessus de l'eau et brûlé ! » hurlai-je, désespéré. Un loup se mit à gémir.

*

Je remontais, de plus en plus proche de la lumière. La plongée avait été profonde, les eaux tièdes et pleines de songes. Je goûtai l'orée de la conscience, pris une bouffée d'éveil.

Umbre : « ... mais vous auriez quand même pu me prévenir qu'il était vivant et s'était rendu chez vous. Par El et Éda réunis, Fou, combien de fois vous ai-je confié mes desseins les plus secrets ?

— Presque autant de fois que vous me les avez cachés, répliqua le fou d'un ton acerbe. Fitz m'a demandé de garder sa présence chez moi confidentielle ; et c'est resté le cas jusqu'à ce que cette ménestrelle vienne y fourrer son nez. Quel mal y aurait-il eu à ce qu'on le laisse tranquille le temps qu'il reprenne ses forces avant de se faire extraire cette flèche ? Vous l'avez entendu délirer : ses propos vous paraissent-ils ceux d'un homme en paix avec lui-même ? »

Umbre soupira. « Tout de même, vous auriez pu m'avertir. Vous n'ignorez pas ce que cela aurait représenté pour moi de le savoir vivant.

— Vous n'ignorez pas ce que cela aurait représenté pour moi de savoir qu'il existait un héritier Loinvoyant, rétorqua le fou.

— Je vous l'ai appris en même temps qu'à la reine !

— Oui, mais depuis combien de temps étiez-vous au courant de son existence ? Depuis que vous avez envoyé Burrich monter la garde auprès de Molly ? Vous saviez que Molly portait son enfant la dernière fois que vous êtes venu ici, mais vous ne m'en avez rien dit. »

Umbre prit une brusque inspiration, manifestement agacé, puis s'imposa le calme. « Je préférerais que vous ne prononciez pas ces noms, même ici. Je les ai cachés jusqu'à la reine en personne. Comprenez donc, Fou : plus de personnes sont au courant, plus l'enfant court de risques ; jamais je n'aurais révélé son existence si celui de la reine n'était pas mort et que nous n'ayons pas cru Vérité définitivement disparu.

— Et que vous n'ayez vous-même espéré garder encore quelques secrets par-devers vous. Une ménestrelle connaît le nom de Molly ; ces gens-là ne savent pas garder un secret. » Son aversion pour Astérie vibrait dans sa voix. D'un ton plus mesuré, il ajouta : « Alors, quels étaient vos véritables desseins, Umbre ? Faire passer la fille de Fitz pour celle de Vérité ? La voler à Molly et la remettre à la reine pour qu'elle l'élève comme son propre enfant ? » Le fou s'exprimait dans un chuchotement glacial.

« Je... les temps sont durs et la nécessité pressante... mais... non, je ne comptais pas la voler. Burrich comprendrait, lui, et je pense qu'il saurait faire partager mon point de vue à Molly ; et d'ailleurs, qu'a-t-elle à offrir à cette enfant ? Une petite fabricante de bougies, sans le sou, sans travail... comment peut-elle s'occuper d'elle ? Cette enfant mérite mieux. La mère aussi, c'est vrai, et je veillerai à ce qu'elle non plus ne manque de rien. Mais la petite ne doit pas rester auprès d'elle. Réfléchissez, Fou : une fois connue son ascendance Loinvoyant, elle ne serait en sécurité que sur le trône ou dans la ligne de succession. Sa mère tient compte des conseils de Burrich ; il saurait lui faire comprendre.

— Je ne suis pas sûr que vous convainquiez Burrich lui-même : il a déjà sacrifié un enfant au devoir royal ; la seconde fois, il risque de ne pas y voir un choix judicieux.

— Quelquefois, tous les termes d'une alternative sont mauvais, Fou, et pourtant il faut choisir. »

Je dus faire du bruit car ils se précipitèrent tous deux vers moi. « Mon garçon ? fit Umbre d'une voix tendue. Es-tu réveillé, mon garçon ? »

Il me semblait que oui. J'entrouvris un œil. C'était la nuit ; la lumière provenait du feu dans la cheminée et de quelques bougies. Umbre, le fou, une bouteille d'eau-de-vie – et moi. Mon dos n'allait pas mieux, ma fièvre non plus. Avant que j'eusse le temps d'ouvrir la bouche, le fou porta une timbale à mes lèvres. Encore de cette épouvantable décoction de saule ! Mais j'avais si soif que j'avalai tout. Lorsqu'il me fit boire à nouveau, c'était du bouillon de viande merveilleusement salé. « J'ai très soif », dis-je quand j'eus fini ; je me sentais la bouche pâteuse, presque gluante.

« Tu as perdu beaucoup de sang, intervint Umbre bien inutilement.

— Tu veux encore du bouillon ? » demanda le fou.

Je parvins à hocher imperceptiblement la tête. Le fou prit la timbale et se dirigea vers l'âtre. Umbre se pencha tout contre moi et chuchota d'un ton étrangement pressant : « Fitz, dis-moi : me hais-tu, mon garçon ? »

Sur l'instant, je n'en savais rien ; mais le haïr, c'était le perdre, et cela aurait été insupportable. Trop peu de personnes avaient de l'affection pour moi en ce bas monde ; il m'était impossible d'en haïr ne fût-ce qu'une seule. Je secouai vaguement la tête. « Mais, dis-je lentement en articulant avec soin, ne prenez pas ma fille.

— Ne crains rien », répondit-il avec douceur. De sa main ridée, il repoussa mes cheveux de mon visage. « Si Vérité est vivant, ce ne sera pas nécessaire. Pour le moment, elle est plus en sécurité là où elle se trouve ; et si le roi Vérité revient et reprend son trône, Kettricken et lui auront leurs propres enfants.

— Vous me le promettez ? » demandai-je d'un ton suppliant.

Son regard croisa le mien, puis le fou s'approcha, une timbale de bouillon à la main, et Umbre s'écarta pour le laisser passer. Le bouillon était tiède et j'eus l'impression que c'était la vie elle-même qu'on me faisait boire. Quand j'eus terminé, ma voix avait retrouvé de la vigueur. « Umbre », fis-je. Il se tenait devant la cheminée, les yeux plongés dans les flammes. Il se retourna.

« Vous n'avez pas promis.

— Non, répondit-il gravement, je n'ai pas promis. L'époque est trop incertaine pour une telle promesse. »

Je restai un long moment à le dévisager, et il finit par détourner les yeux avec un petit hochement de tête accablé. Il était incapable de soutenir mon regard, mais il ne voulait pas non plus me mentir. La décision me revenait donc.

« Vous pouvez vous servir de moi, lui dis-je à mi-voix ; je ferai tout mon possible pour ramener Vérité et lui rendre son trône ; je vous donne ma mort, si cela est nécessaire. Mieux, je vous donne ma vie, Umbre. Mais pas celle de mon enfant ; pas celle de ma fille. »

Il planta son regard dans le mien et acquiesça gravement.

*

La convalescence fut longue et douloureuse. Il me semblait pourtant que j'aurais dû savourer chaque jour passé dans un lit moelleux, chaque bouchée de nourriture, chaque instant où je dormais en sécurité, mais non : l'extrémité noircie par le froid de mes doigts et de mes orteils se desquamait et s'accrochait à tout, et la nouvelle peau qui poussait en dessous était affreusement sensible. La guérisseuse venait tous les jours crever ma plaie sous prétexte qu'il fallait la maintenir ouverte afin de permettre à l'infection de s'évacuer. Je me lassai bientôt de la voir me retirer des bandages nauséabonds et de la sentir me piquer le dos pour empêcher la blessure de se refermer. Elle m'évoquait un corbeau qui s'acharne sur un animal mourant et, quand je lui en fis la remarque sans guère de délicatesse, elle me rit au nez.

Au bout de quelques jours, je pus me déplacer, mais avec la plus grande circonspection : chaque pas, chaque geste du bras était mesuré ; j'appris à coller mes coudes contre mes flancs pour réduire la traction sur les muscles de mon dos, à marcher comme si j'avais un panier plein d'œufs en équilibre sur la tête. Malgré toutes ces précautions, je me fatiguais rapidement et la fièvre me reprenait parfois la nuit à la suite d'une promenade trop épuisante ; je me rendais quotidiennement aux bains et, bien que l'eau chaude me détendît, je n'y passais pas un instant sans me souvenir que Royal avait tenté de me noyer dans ces mêmes bassins, et que j'avais vu Burrich jeté sur ces mêmes carrelages d'un coup au crâne. Alors dans ma tête montait la sirène : *Rejoins-moi, rejoins-moi,* et mon esprit s'emplissait de pensées et de questions à propos de Vérité, ce qui ne contribuait pas à m'apaiser ; au contraire, je me surprenais à prévoir à l'avance chaque détail de mon prochain voyage ; je dressais mentalement la liste du matériel à demander à Kettricken et je menais de longs et opiniâtres débats avec moi-même pour savoir si je devais prendre une bête de monte – je finis d'ailleurs par décider de n'en rien faire : il n'y avait pas de pâturages là où je me rendais. J'avais perdu ma capacité à me montrer cruel par insouciance et je me refusais à conduire un cheval ou un poney à la mort. Je savais aussi qu'il me faudrait bientôt demander la permission de fouiller les bibliothèques pour voir s'il n'existait pas une carte antérieure à celle de Vérité, et je redoutais d'affronter Kettricken qui ne m'avait toujours pas convoqué.

Chaque jour je me rappelais ces résolutions et chaque jour je les repoussais au lendemain : pour l'heure, il m'était impossible de traverser Jhaampe à pied sans devoir m'arrêter. Je commençai à me forcer à manger davantage et à repousser les limites de mes forces ; souvent le fou m'accompagnait dans mes promenades fortifiantes et, même si je n'ignorais pas qu'il détestait le froid, sa compagnie silencieuse m'était trop précieuse pour que je lui propose de rester au chaud chez lui. Il m'emmena une fois voir Suie, et la placide bête m'accueillit avec tant de plaisir que je retournai ensuite chaque jour auprès d'elle. Son ventre s'enflait du poulain de Rousseau ; elle devait mettre bas au début du printemps et, bien qu'elle parût en assez bonne santé, son âge m'inquiétait. Je puisais un réconfort extraordinaire dans la douce présence de la vieille jument ; lever le bras pour la brosser tirait sur ma blessure, mais je tenais à l'étriller ainsi que Rousseau. Le jeune et fringant cheval aurait eu besoin de davantage d'exercice ; je faisais ce que je pouvais en regrettant à chaque instant l'absence de Burrich.

Le loup allait et venait à son gré ; il se joignait au fou et à moi quand nous nous promenions et entrait dans la maison à notre suite. J'étais presque affligé de le voir si vite s'adapter à cette existence. Le fou ronchonnait contre les marques de griffes sur son plancher et les poils sur ses tapis mais ils s'appréciaient, et une marionnette de loup commença d'émerger de plusieurs morceaux de bois sur la table de travail du fou ; Œil-de-Nuit, pour sa part, prit goût à certain gâteau parfumé au carvi qui était aussi le préféré du fou : quand ce dernier en mangeait, le loup le regardait fixement en bavant abondamment sur le plancher jusqu'à ce que le fou baisse les bras et lui en donne une part. Je les sermonnais l'un comme l'autre sur les dégâts qu'un tel régime pouvait causer aux dents et à la fourrure d'Œil-de-Nuit, et ils ne me prêtaient attention ni l'un ni l'autre. Je devais être un peu jaloux de la façon dont le loup avait promptement accordé sa confiance au fou, et ce jusqu'au jour où Œil-de-Nuit me demanda ironiquement : *Pourquoi ne devrais-je pas faire confiance à qui tu fais confiance ?* Je n'avais rien à répondre à cela.

« Eh bien, depuis quand es-tu devenu fabricant de jouets ? » demandai-je un jour au fou par désœuvrement. Penché sur sa table, je l'observais qui fixait à l'aide de fils les membres et le torse d'un pantin à une armature de bois. Le loup était étendu de tout son long sous l'établi, profondément endormi.

Il haussa les épaules. « Une fois ici, il m'est vite apparu

que la cour du roi Eyod n'était pas la place d'un fou. » Il poussa un petit soupir. « Quant à moi, je ne désirais pas vraiment faire le bouffon pour un autre que le roi Subtil. Cela étant, j'ai cherché d'autres moyens de gagner mon pain ; un soir, très éméché, je me suis demandé ce que je savais faire le mieux. "La marionnette, tiens !" me suis-je répondu : tirée çà et là par les fils du destin, puis remisée dans un coin, écroulée en tas. Du coup, j'ai décidé que je ne danserais plus au gré de la traction des fils mais que je les tiendrais moi-même, et dès le lendemain j'ai fait un essai ; je me suis découvert alors un goût pour ce travail. Les jouets tout simples de mon enfance et ceux que j'ai vus à Castelcerf paraissent incroyablement étranges aux petits Montagnards, et je me suis aperçu que j'avais très peu besoin d'avoir affaire aux grandes personnes, ce qui me convient très bien : les enfants d'ici apprennent très jeunes à chasser, à pêcher, à tisser, à moissonner, et le fruit de ces activités leur appartient. Je pratique donc le troc pour ce qui m'est nécessaire. Je me suis rendu compte que les enfants acceptent promptement ce qui sort de l'ordinaire : ils avouent leur curiosité, vois-tu, au lieu de dédaigner l'objet qui l'excite. » De ses doigts pâles, il noua délicatement un fil, puis il souleva sa création et la fit danser pour moi.

Je la regardai caracoler joyeusement en regrettant de ne jamais avoir possédé une telle babiole, en bois peint de couleurs vives et aux angles finement poncés. « Je veux que ma fille ait des jouets comme celui-ci, dis-je sans le vouloir, des jouets bien faits, des chemises gaies et moelleuses, de jolis rubans pour les cheveux et des poupées qu'elle pourra bercer.

— Elle les aura, promit-il gravement. Elle les aura. »

*

Les jours s'écoulaient lentement. Mes mains retrouvèrent peu à peu un aspect normal et reprirent même des cals. La guérisseuse estima que ma blessure au dos pouvait désormais se passer de pansement. Je commençais à me sentir des fourmis dans les jambes mais je n'avais pas encore assez de forces pour me remettre en route, et mon agitation déteignait sur le fou. Je ne m'étais pas rendu compte que je tournais comme un lion en cage jusqu'au soir où il quitta son fauteuil pour pousser la table en travers de mon chemin. Nous éclatâmes de rire, mais cela ne fit pas disparaître la tension sous-jacente. J'en venais à croire que la paix trépassait là où je passais.

Caudron venait souvent me voir et me rendait à moitié fou en m'entretenant des manuscrits au sujet du Prophète blanc ; ses connaissances sur eux étaient grandes et ils faisaient trop fréquemment à mon goût référence à un Catalyseur. Parfois, le fou se laissait attirer dans ces discussions, mais il se contentait en général de ponctuer les explications qu'elle s'efforçait de me donner de vagues bruits de gorge. J'en venais presque à regretter la sévère taciturnité dont Caudron faisait preuve autrefois ; je l'avoue aussi, plus elle parlait, plus je me demandais comment il se faisait qu'une Cervienne eût voyagé si loin de sa terre natale et fût devenue l'adepte d'un enseignement qui devait la ramener chez elle ; mais je retrouvais la vieille Caudron que je connaissais quand elle détournait mes questions insidieuses.

Astérie aussi me rendait visite, quoique moins souvent que Caudron et d'ordinaire quand le fou était sorti : apparemment, ils étaient incapables de se rencontrer dans une pièce sans faire jaillir des étincelles entre eux. Dès que je pus me déplacer si peu que ce fût, elle entreprit de me convaincre de me promener avec elle, sans doute afin d'éviter le fou ; ces sorties me faisaient sûrement du bien mais je n'y prenais aucun plaisir : j'avais déjà eu mon content de froid hivernal, et sa conversation éveillait généralement en moi l'envie de me mettre en route sans plus attendre. Elle parlait fréquemment de la guerre en Cerf, me rapportait des bribes de nouvelles surprises dans les discussions d'Umbre et de Kettricken, car elle passait beaucoup de temps auprès d'eux ; elle jouait pour eux du mieux qu'elle pouvait avec une main abîmée et une harpe d'emprunt. Elle était installée dans la grand-salle de la résidence royale et cet aperçu de la vie de cour semblait lui convenir : elle était souvent d'humeur animée, voire exaltée. Les couleurs vives de ses tenues de Montagnarde faisaient ressortir ses yeux et sa chevelure sombres tandis que le froid rosissait ses joues. Elle paraissait parfaitement remise de tous ses malheurs et se montrait pleine de vie ; même sa main guérissait bien, et Umbre avait aidé la ménestrelle à se procurer, par le troc, du bois pour se fabriquer une nouvelle harpe. J'en éprouvais donc d'autant plus de honte à me sentir vieux, débile et fatigué devant un tel optimisme : au bout d'une heure ou deux en sa compagnie, j'étais aussi épuisé que si j'avais exercé une pouliche cabocharde. Je sentais constamment de sa part une volonté de me voir d'accord avec ses vues ; cela m'était souvent impossible.

« Il me fait peur, me dit-elle un jour lors d'une de ses fréquentes diatribes contre le fou. Ce n'est pas la couleur de sa peau, ce sont ses manières : il n'a jamais un mot gentil ni même simple pour quiconque, même pas pour les enfants qui viennent acheter ses jouets. Avez-vous remarqué comme il les taquine et se moque d'eux ?

— Il les aime bien et ils le lui rendent, répondis-je d'un ton las. Il ne les taquine pas par méchanceté, mais comme il taquine tout le monde, et les enfants adorent ça ; ils détestent qu'on les prenne de haut. » Notre courte promenade m'avait fatigué davantage que je ne voulais l'admettre devant elle, et j'en avais un peu assez d'être obligé de défendre sans cesse le fou.

Elle ne répondit pas. Je me rendis compte qu'Œil-de-Nuit nous suivait discrètement : je le vis se glisser d'un bouquet d'arbres aux buissons chargés de neige d'un jardin. Sa présence n'était sûrement pas un bien grand secret mais il n'aimait pas déambuler dans les rues au vu et au su de tous. Je tirai un étrange réconfort à le savoir tout proche.

J'essayai de changer de conversation. « Je n'ai pas vu Umbre depuis quelques jours », dis-je. Quêter ainsi des nouvelles de lui ne me plaisait pas, mais il n'était pas venu me voir et je ne tenais pas à lui rendre visite : je ne le haïssais pas, cependant je n'arrivais pas à lui pardonner les plans qu'il avait tirés sur ma fille.

« J'ai chanté pour lui hier soir. » Le souvenir la fit sourire. « Jamais je ne l'avais vu aussi plein d'esprit ; il parvint même à faire sourire Kettricken. On a peine à croire qu'il a vécu tant d'années isolé : il attire les gens comme une fleur les abeilles, il a une façon des plus charmantes de faire sentir à une femme qu'il l'admire, et...

— Umbre, charmant ? m'exclamai-je, abasourdi.

— Naturellement, répondit-elle avec amusement. Il en est tout à fait capable quand il a le temps. J'ai chanté pour lui et Kettricken l'autre soir, et il m'a remercié avec beaucoup de grâce ; il a tout à fait des manières de courtisan. » À son sourire, je compris que les remerciements d'Umbre lui avaient fait une impression durable. Imaginer Umbre en charmeur de dames exigeait de mon esprit des contorsions inaccoutumées et, abasourdi, je laissai Astérie à son agréable rêverie. Au bout d'un moment, elle reprit sans crier gare : « Il ne nous accompagnera pas.

— Qui ça ? Et où donc ? » La fièvre m'avait-elle ralenti l'entendement ou bien la ménestrelle sautait-elle comme une puce d'un sujet à l'autre ?

Elle me tapota gentiment le bras. « Vous commencez à être fatigué ; mieux vaut faire demi-tour. Vous posez toujours des questions stupides quand vous êtes las ; c'est comme ça que je m'en rends compte. » Elle prit une inspiration. « Umbre ne nous accompagnera pas à la recherche de Vérité : il doit rentrer en Cerf pour répandre la nouvelle de votre mission et rendre courage au peuple. Naturellement, il respectera votre désir et ne mentionnera pas votre nom ; il annoncera seulement que la reine s'est mise en route pour retrouver le roi et lui rendre son trône. »

Elle se tut, puis, d'un ton qui se voulait dégagé : « Il m'a demandé de composer quelques ritournelles à partir de chansons traditionnelles afin qu'elles soient faciles à retenir et à chanter. » Elle me sourit : elle était manifestement enchantée de s'être vu confier cette tâche. « Il les fera circuler dans les tavernes et les auberges de la route ; elles y prendront racine et se propageront de là dans tout le pays. Ce doit être des chansons simples qui racontent que Vérité va revenir pour ramener l'ordre et la justice, et qu'un héritier Loinvoyant va monter sur le trône pour unir les Six-Duchés dans la victoire et la paix. Il assure qu'il est de la première importance de soutenir le courage des gens et de graver en eux l'image de Vérité revenu. »

Je m'efforçai de débrouiller l'écheveau de ses bavardages sur les chansons et les prophéties. « Nous, avez-vous dit. Qui, nous ? Et où allons-nous ? »

Elle ôta son gant et me posa vivement la main sur le front. « Êtes-vous à nouveau fiévreux ? Oui, peut-être un peu. Rentrons. » Comme nous faisions demi-tour dans les rues silencieuses, elle reprit d'un ton patient : « Nous, c'est-à-dire vous, Kettricken et moi, allons chercher Vérité. Avez-vous oublié que c'est la raison de votre présence dans les Montagnes ? D'après Kettricken, ce sera dur : gagner le site de la bataille n'a rien de très difficile, mais, si Vérité a continué son chemin à partir de là, il aura emprunté une des vieilles pistes indiquées sur la carte, lesquelles pistes risquent de ne plus exister. Le père de Kettricken n'est manifestement pas enchanté de cette entreprise : il ne pense qu'à la guerre contre Royal. "Pendant que tu pars à la recherche de ton époux, ton faux frère essaye de réduire notre peuple en esclavage !" lui a-t-il reproché. Elle devra donc se contenter des vivres qu'on voudra bien lui donner et des compagnons qui préféreront l'accompagner plutôt que rester pour combattre Royal ; malheureusement, ils ne seront pas nombreux et...

— Je voudrais retourner chez le fou », fis-je d'une voix défaillante. J'avais la tête qui tournait et l'estomac au bord des lèvres. J'avais oublié que les décisions se prenaient comme elle venait de les décrire à la cour du roi Subtil ; pourquoi en aurait-il été différemment à Jhaampe ? On établissait des plans, on prenait des dispositions, puis on m'annonçait ce qu'on attendait de moi et j'obéissais. Ma fonction n'avait-elle pas toujours été telle ? Me rendre en tel endroit et tuer tel homme que je ne connaissais pas sur l'ordre de quelqu'un d'autre ? Pourquoi m'indignais-je soudain tant de découvrir qu'ils avaient poursuivi leurs grands desseins sans m'y faire participer, comme si je n'étais qu'un cheval dans un box qui attend qu'on le selle, qu'on le monte et qu'on le mène à la chasse ?

Mais, après tout, n'était-ce pas le marché que j'avais proposé à Umbre ? Ils pouvaient disposer de ma vie à condition de laisser mon enfant tranquille. Pourquoi cet étonnement, alors ? Et pourquoi m'en faire ? Mieux valait rentrer simplement chez le fou afin de dormir, de manger et de reprendre des forces en attendant qu'on m'appelle.

« Ça va ? demanda soudain Astérie d'un ton inquiet. Je ne vous ai jamais vu aussi pâle.

— Je vais bien, répondis-je d'une voix éteinte. Je me disais que j'aimerais bien aider quelque temps le fou à fabriquer des marionnettes, voilà tout. »

Elle plissa le front. « Je ne comprends toujours pas ce qui vous plaît chez lui. Pourquoi ne pas vous installer dans une chambre au palais ? Vous y seriez près de Kettricken et moi. Vous n'avez plus guère besoin de soins ; il est temps de reprendre votre place légitime aux côtés de la reine.

— Je me rendrai auprès de la reine quand elle me convoquera, répondis-je avec soumission. Ce sera bien assez tôt. »

10

DÉPART

Umbre Tombétoile occupe une place unique dans l'histoire des Six-Duchés. Il n'a jamais été reconnu par son père mais sa forte ressemblance avec les Loinvoyant laisse penser, avec une quasi-certitude, qu'il était apparenté à la lignée royale. Quoi qu'il en fût, son identité n'a guère d'importance en comparaison du rôle qu'il a joué ; certains ont dit qu'il avait espionné pendant des dizaines d'années pour le compte du roi Subtil avant les guerres contre les Pirates rouges ; d'autres ont rapproché son nom de celui de dame Thym, qui œuvrait presque sûrement comme empoisonneuse et voleuse pour la famille royale, mais il semble qu'aucune preuve officielle n'a été apportée.

Ce que l'on sait sans le moindre doute, en revanche, c'est qu'il est apparu pour la première fois en public à la suite de l'abandon de Castelcerf par le Prétendant, Royal Loinvoyant ; il s'est alors mis aux ordres de dame Patience, qui a pu dès lors compter sur le réseau de personnes qu'il avait établi dans les Six-Duchés tout entiers, à la fois pour recueillir des informations et distribuer des ressources destinées à la défense du littoral. Tout indique pourtant qu'il a tout d'abord tenté de conserver son rôle de personnage inconnu et dissimulé, mais son aspect extraordinaire rendait cette entreprise difficile et il a fini par y renoncer. Malgré son âge, il est devenu une sorte de héros, un vieillard plein de panache, si l'on veut, qui se présentait dans les auberges et les tavernes à toute heure du jour ou de la nuit, qui glissait entre les doigts des gardes de Royal et se moquait d'eux, qui transmettait des nouvelles et convoyait des fonds pour la défense des duchés côtiers. Ses exploits suscitaient l'admiration ; il recommandait toujours aux habitants des Six-Duchés de garder courage ; il leur prédisait le retour du roi Vérité et de la reine Kettricken qui ôteraient de leurs épaules le pénible joug des impôts et de la guerre. Nombre de ballades ont été écrites sur ses hauts faits mais la plus exacte demeure le cycle de la Vie d'Umbre Tombétoile, attribué à la ménestrelle de la reine Kettricken, Astérie Chant-d'Oiseau.

*

Ma mémoire rechigne à évoquer ces derniers jours à Jhaampe. Une hébétude s'était emparée de moi à laquelle ni l'amitié ni l'eau-de-vie ne pouvait rien ; je n'avais plus l'énergie ni la volonté de rien faire. « Si le destin est une grande vague qui doit m'emporter pour me fracasser contre une muraille sans considération pour mes désirs, eh bien, je choisis de rester les bras croisés. Qu'elle fasse de moi ce qu'elle voudra », déclarai-je un soir au fou avec une grandiloquence un tant soit peu alcoolique. Il ne répondit pas et continua de planter les poils de sa marionnette de loup ; Œil-de-Nuit, vigilant mais silencieux, était couché à ses pieds : quand je buvais, il me fermait son esprit et me signifiait sa répugnance en faisant comme si je n'existais plus. Caudron tricotait dans le coin de l'âtre avec une expression qui oscillait entre la déception et la désapprobation ; Umbre était assis sur une chaise à dos droit en face de moi, de l'autre côté de la table, une tasse de tisane posée devant lui, les yeux froids comme du jade. Je buvais seul, inutile de le préciser, et pour la troisième soirée d'affilée : je mettais en pratique la théorie de Burrich selon laquelle se soûler ne résout rien mais rend tolérable l'insupportable. Apparemment, ce principe ne s'appliquait pas à moi : plus j'étais ivre, moins ma situation me semblait tolérable – et plus je devenais insupportable pour mes amis.

La journée avait été extrêmement pénible. Umbre était enfin venu me trouver, pour m'annoncer que Kettricken souhaitait me voir le lendemain matin ; j'avais répondu que j'irais, puis, sur l'insistance d'Umbre, j'avais accepté de me rendre présentable – lavé, rasé, proprement vêtu et sans une goutte d'alcool dans l'estomac, ce qui n'était pas le cas pour le moment. L'instant était mal choisi pour tenter de rivaliser d'esprit ou d'arguments avec Umbre mais je m'y étais lancé pourtant, tant mon bon sens était obscurci ; je lui avais posé des questions sur un ton querelleur et accusateur, et il y avait répondu avec calme. Oui, il avait soupçonné que Molly portait mon enfant ; oui, il avait pressé Burrich de la prendre sous son aile ; Burrich avait déjà veillé à ce qu'elle eût de l'argent et un toit ; il avait renâclé à partager son logis mais, quand Umbre lui avait représenté les risques qu'elle encourait ainsi que son enfant si quelqu'un d'autre découvrait sa situation, il avait fini par céder. Non, il ne m'avait pas averti ; pourquoi ? Parce que Molly avait soutiré à Burrich la promesse de ne rien me dire de sa grossesse, et la condition que Burrich avait imposée à Umbre pour la protéger comme on le lui demandait avait été qu'il respecte lui aussi cette promesse. À l'origine, Burrich avait espéré que je déduirais tout seul le motif de la disparition de Molly ; il avait également confié à Umbre qu'une fois l'enfant né il se considérerait comme libéré de sa parole et m'annoncerait, non que Molly était enceinte, mais que j'avais un enfant. Malgré mon état, je m'étais fait la réflexion que Burrich, en cette occasion, avait dû puiser dans ses ultimes réserves de tortuosité d'esprit, et une partie de moi-même avait apprécié son amitié pour moi, si profonde qu'il avait négocié sa promesse. Mais quand il avait voulu m'avertir de la naissance de ma fille, il n'avait trouvé qu'un cadavre.

Il était aussitôt rentré en Cerf et avait confié la nouvelle à un maçon qui l'avait transmise à un confrère, et ainsi de suite jusqu'à ce qu'Umbre retrouve Burrich sur les quais de pêche. Ils n'arrivaient ni l'un ni l'autre à y croire. « Burrich était incapable d'accepter le fait que tu étais mort ; quant à moi, je ne comprenais pas pourquoi tu étais resté dans la chaumière. J'avais laissé à mes guetteurs tout le long de la route du fleuve la consigne de surveiller ton passage, car j'avais la certitude que tu ne chercherais pas à gagner Terrilville mais au contraire que tu te mettrais immédiatement en route pour les Montagnes : malgré tout ce que tu avais enduré, je restais convaincu de ta loyauté. C'est ce que j'avais dit à Burrich la nuit de mon départ : qu'il fallait te laisser seul afin de te permettre de décider où allait ta fidélité ; j'avais parié avec lui que, livré à toi-même, tu irais tout droit retrouver Vérité, telle une flèche décochée. C'est ce qui nous a le plus atterrés, je pense : que tu sois mort là où nous t'avions laissé et non sur le chemin qui menait à ton roi.

— Eh bien, déclarai-je avec la lourde suffisance de l'ivrogne, vous vous trompiez tous les deux. Vous croyez me connaître par cœur, vous croyiez avoir fabriqué un instrument incapable de contrarier vos desseins, hein ? Mais je ne suis pas mort dans la chaumière ! Et je ne suis pas non plus allé à la recherche de mon roi ! Je suis parti tuer Royal ! Pour moi seul ! » Je me radossai, les bras croisés, puis me redressai soudain à cause de ma blessure. « Pour moi ! répétai-je. Pas pour mon roi, ni pour Cerf ni pour aucun des six duchés : pour moi. Je suis allé le tuer pour moi tout seul. »

Umbre continua de me regarder sans répondre, mais, de son coin de l'âtre où elle se balançait, Caudron dit d'un ton empreint d'une satisfaction béate : « Les Écrits blancs l'annoncent : "Il aura soif du sang de son propre sang et sa soif jamais ne sera étanchée. Le Catalyseur désirera en vain foyer et enfants, car ses enfants seront ceux d'un autre et celui d'un autre le sien..."

— Nul ne peut me forcer à réaliser ces prophéties ! braillai-je. Qui les a écrites, d'abord ? »

Caudron se balança sans rien dire, et c'est le fou qui répondit, d'un ton mesuré, sans lever les yeux de son ouvrage. « C'est moi, dans mon enfance, à l'époque de mes rêves ; je ne te connaissais pas sauf dans mes songes.

— Vous êtes condamné à les réaliser », ajouta Caudron avec douceur.

Je reposai brutalement ma timbale sur la table. « Plutôt crever ! » hurlai-je. Nul ne sursauta ni ne réagit. Dans un éclair terrible de lucidité, j'entendis la voix du père de Molly, affalé dans son coin près de sa cheminée. « Fille maudite ! » Molly avait tressailli mais ne lui avait pas prêté davantage attention : elle savait qu'on ne raisonne pas avec un ivrogne. « Molly », gémis-je soudain, et je laissai tomber ma tête sur mon bras pour pleurer à chaudes larmes.

Au bout d'un moment, je sentis les mains d'Umbre se poser sur mes épaules. « Allons, mon garçon, tout ça ne te mène nulle part. Va te coucher ; demain, tu dois te présenter devant ta reine. » Il s'exprimait avec beaucoup plus de patience que je n'en méritais, et je mesurai alors toute la grossièreté dont j'avais fait preuve.

Je m'essuyai les yeux avec ma manche et relevai la tête. Sans résister, je laissai Umbre me mettre debout et m'entraîner vers le lit de camp. Je m'y assis, puis : « Vous étiez au courant. Vous étiez au courant depuis le début.

— Au courant de quoi ? me demanda-t-il d'un ton las.

— De toutes ces histoires de Catalyseur et de Prophète blanc. »

Il poussa un soupir. « Je ne sais rien de tout cela. Mais c'est vrai, je n'ignorais pas qu'il existait des textes à ce sujet ; n'oublie pas que la situation des Six-Duchés était beaucoup plus calme avant que ton père abdique ; pendant de longues années, après m'être retiré dans ma tour, je suis resté souvent plusieurs mois sans avoir à me mettre au service de mon roi, et j'avais amplement le temps de lire et de multiples sources pour me procurer des manuscrits. C'est ainsi que je suis tombé sur des récits et des documents venus de l'étranger qui traitaient d'un Catalyseur et d'un Prophète blanc. » Sa voix s'adoucit, comme s'il ne tenait plus compte de la colère qui sous-tendait ma question. « C'est seulement après que le fou est entré à Castelcerf et que j'ai découvert, par des moyens discrets, qu'il s'intéressait fort à ces textes que ma curiosité a été piquée. Toi-même, tu m'as dit une fois qu'il t'avait appelé "catalyseur" ; j'ai donc commencé à me poser des questions... Mais, à la vérité, je n'accorde que peu de foi aux prophéties en général. »

Je m'allongeai avec précaution ; j'arrivais presque à dormir sur le dos, à présent, mais je roulai néanmoins sur le côté, ôtai mes bottes du bout des pieds et tirai une couverture sur moi.

« Fitz ?

— Quoi ? demandai-je à contrecœur.

— La reine est en colère contre toi ; n'attends nulle patience de sa part demain. Mais rappelle-toi que ce n'est pas seulement notre reine : c'est aussi une femme qui a perdu un enfant, qui est restée plus d'un an dans l'incertitude quant à la mort de son époux, qui s'est vue pourchassée jusqu'aux frontières de son pays d'adoption pour trouver de nouveaux malheurs dans sa terre natale ; son père lui en veut, et c'est compréhensible : il regarde les Six-Duchés et Royal d'un œil de soldat et il n'aurait pas de temps à perdre à rechercher le frère de son ennemi, même s'il le croyait vivant. Kettricken est seule, plus affreusement seule que nous ne pouvons l'imaginer toi et moi. Aussi, aie de l'indulgence pour la femme et du respect pour ta reine. » Il se tut, l'air gêné. « Tu en auras bien besoin ; je ne puis guère t'aider dans la circonstance. »

Il poursuivit dans la même veine, je crois, mais j'avais cessé de l'écouter, et la houle du sommeil m'engloutit bientôt.

Il y avait quelque temps que les songes d'Art n'étaient pas venus me troubler, peut-être parce que ma faiblesse physique repoussait mes rêves de batailles ou bien parce la garde constante que je montais contre le clan de Royal leur interdisait l'accès à mon esprit. Mais cette nuit-là mon bref répit s'acheva. J'eus l'impression qu'une grande main pénétrait en moi, me saisissait par le cœur et me tirait hors de moi. Je me trouvai soudain ailleurs.

C'était une ville, dans le sens où des gens y vivaient en grand nombre, mais ces gens ne ressemblaient à nuls que je connusse et leurs habitations à aucune que j'eusse jamais vue : les bâtiments s'élevaient en spirale jusqu'à des hauteurs vertigineuses, et les murs de pierre semblaient avoir été fondus d'une seule pièce ; il y avait des ponts aux entrelacs délicats et des jardins qui descendaient en cascade le long des édifices ou les escaladaient ; certaines fontaines dansaient, d'autres formaient des bassins silencieux. Partout des gens vêtus de couleurs vives déambulaient dans la ville, aussi nombreux que des fourmis.

Pourtant, il n'y avait pas un bruit et tout était immobile. Je pressentais le mouvement des habitants, le jeu des fontaines, le parfum des fleurs qui s'épanouissaient dans les jardins, mais quand je me tournais vers eux, tout disparaissait. L'esprit captait le fin treillis du pont mais l'œil ne voyait que les ruines éboulées ; les murs ornés de fresques avaient été décapés par le vent qui n'avait laissé que des briques couvertes d'un crépi grossier ; un mouvement de la tête et la fontaine bondissante devenait poussière envahie d'herbe dans un bassin fissuré ; la foule affairée du marché parlait avec la voix d'un vent chargé de sable cuisant. Je me déplaçais dans ce fantôme de ville, désincarné, perdu, incapable de comprendre ce que je faisais là et ce qui m'attirait. Il ne faisait ni noir ni clair, ce n'était ni l'été ni l'hiver. Je suis en dehors du temps, me dis-je en me demandant s'il s'agissait du suprême enfer de la philosophie du fou, ou de l'ultime liberté.

Enfin, j'aperçus très loin devant moi une petite silhouette qui suivait à pas lents une des vastes avenues. Elle avait la tête courbée contre le vent et elle tenait le rabat de son manteau devant sa bouche et son nez pour les protéger des tourbillons de sable. Elle ne faisait pas partie de la foule de spectres et se déplaçait parmi les ruines en contournant les fractures du sol ou les soulèvements du pavé consécutifs à l'agitation de la terre. Dans un éclair d'intuition, je sus qu'il s'agissait de Vérité ; je le reconnus au sursaut de vie que je sentis dans ma poitrine, et je compris alors que j'avais été attiré en ce lieu par l'infime parcelle d'Art de Vérité qui se dissimulait encore dans ma conscience ; je perçus aussi qu'il encourait un danger extrême, bien que je ne visse rien de menaçant autour de lui. Il se trouvait à une grande distance de moi et je le voyais à travers les ombres brumeuses des bâtiments qui n'étaient plus, voilé par les spectres de la foule d'un jour de marché. Il marchait à pas lourds, solitaire, inaccessible à la ville disparue et pourtant inextricablement lié à elle. Rien ne m'était visible et cependant le péril pesait sur lui comme l'ombre d'un géant.

Je pressai le pas pour le rattraper et me retrouvai à ses côtés en un clin d'œil. « Ah ! fit-il en guise d'accueil, enfin te voici, Fitz. Bienvenue ! » Il ne cessa pas de marcher, il ne tourna même pas la tête, pourtant je sentis une chaleur, comme s'il m'avait serré la main, et je n'éprouvai pas le besoin de répondre. En revanche, je vis par ses yeux le danger qui l'attirait.

Le lit d'un fleuve passait devant nous. Ce qui le comblait n'était ni de l'eau ni de la pierre chatoyante mais participait des deux. Le fleuve coupait à travers la ville comme une lame luisante, venu de la montagne fendue derrière nous pour se jeter par-delà la cité dans un cours d'eau plus ancien ; tel un filon de charbon ou de quartz veiné d'or dénudé par un flot furieux, il gisait à nu sur le corps de la terre. Là coulait la magie la plus pure et la plus antique, inexorablement, sans se soucier des hommes. Le fleuve d'Art dans lequel j'avais appris si laborieusement à naviguer était à cette magie ce que le bouquet est au vin : ce que j'entrevoyais par les yeux de Vérité possédait une réalité physique aussi concrète que la mienne, et je m'y sentis aussitôt attiré comme le papillon par la flamme.

La séduction ne tenait pas seulement à la beauté de ce flot brillant : la magie envahissait tous les sens de Vérité. Le bruit de son passage était une musique, un écoulement de notes qui obligeait à écouter avec la certitude d'une symphonie à venir ; le vent transportait son parfum, fugace et changeant, un instant pointe de fleurs de citronnier, l'instant d'après volute de fumée épicée. Chaque inspiration m'apportait sa fragrance et je n'aspirais qu'à m'y engloutir, brusquement convaincu que la magie étancherait tous les appétits qui me faisaient souffrir, non seulement ceux de mon corps mais aussi les désirs indistincts de mon âme. Je regrettais amèrement de ne pas être présent physiquement afin d'éprouver aussi complètement que Vérité l'extase de ce lieu.

Celui-ci s'arrêta, redressa la tête. Il inhala profondément l'air aussi chargé d'Art que le brouillard est chargé d'humidité, et tout à coup je sentis au fond de sa gorge un goût de métal brûlant. L'envie qui le tenaillait devint un désir irrésistible ; une soif irrépressible monta en lui. Il allait s'approcher du fleuve, se jeter à genoux et y boire tout son content ; alors, toute la conscience du monde l'emplirait, il participerait du tout et deviendrait le tout ; enfin, il connaîtrait l'accomplissement.

Mais Vérité lui-même cesserait d'exister.

Je me reculai, saisi d'une horreur fascinée. Je ne crois pas qu'il existe plus terrifiant que se trouver face à l'authentique volonté d'autodestruction. Malgré la séduction qu'exerçait le fleuve sur moi, je sentis la colère m'envahir : ce n'était pas digne de Vérité ! Ni l'homme ni le prince que j'avais connu n'aurait été capable d'un acte aussi lâche. Je le regardai comme si je ne l'avais jamais vu.

Et je mesurai alors depuis combien de temps je ne l'avais effectivement pas vu.

Le noir brillant de ses yeux n'était plus qu'une noirceur terne, son manteau claquant au vent qu'une loque déchirée ; le cuir de ses bottes avait craqué depuis longtemps et béait aux coutures ; il avançait à pas hésitants et inégaux, et même si le vent n'avait pas soufflé en rafales, sa démarche n'aurait sans doute eu aucune fermeté. Il avait les lèvres pâles et craquelées, le teint grisâtre comme si le sang avait quitté son corps. Certains étés, il avait artisé si puissamment contre les Pirates rouges que sa chair et ses muscles fondaient et ne laissaient de lui qu'un squelette vidé de toute énergie physique ; aujourd'hui, au contraire, il n'était plus qu'énergie et ses muscles desséchés se tendaient sur une armature d'os à peine habillée de chair. C'était l'image même de la détermination et de l'épuisement : seule sa ténacité lui permettait de rester debout et de marcher vers le flot de magie.

J'ignore d'où je tirai la volonté de résister à l'envie de l'imiter ; peut-être d'avoir pris un instant pour m'intéresser à lui et vu ce que le monde perdrait s'il devait cesser d'exister tel qu'en lui-même. D'où que me vînt cette force, je l'opposai à la sienne ; je me jetai sur son chemin mais il passa à travers moi. Je n'existais pas en ce lieu. « Vérité, je vous en supplie, arrêtez-vous ! Attendez ! » Je me précipitai sur lui, plume déchaînée dans le vent. Peine perdue : il ne s'arrêta même pas.

« Quelqu'un doit s'en charger », murmura-t-il. Trois pas plus loin, il ajouta : « Pendant quelque temps, j'ai espéré que ce ne serait pas moi. Mais j'ai retourné la question en tous sens : "Qui, alors ?" » Il tourna vers moi ses yeux de braise éteinte. « Je n'ai pas trouvé de réponse. Il faut que ce soit moi.

— Vérité, arrêtez-vous ! » dis-je d'un ton implorant, mais il continua d'avancer, sans se presser, sans traîner, simplement du pas d'un homme qui a mesuré la distance entre son but et lui et qui a amassé la force voulue. Il aurait la résistance nécessaire pour aller jusqu'au bout.

Je m'écartai légèrement en sentant mon énergie refluer. L'espace d'un instant, je craignis de le perdre en étant rappelé dans mon corps endormi, puis je pris conscience d'un péril tout aussi imminent : si longtemps lié à lui au point d'être encore aujourd'hui attiré vers lui, je risquais de me noyer en même temps que lui dans cette veine de magie. Si j'avais possédé un corps en ce royaume, je me serais sans doute accroché à quelque point d'attache physique et m'y serais cramponné ; mais, tout en suppliant Vérité de m'écouter, je m'ancrai de la seule façon qui me vint à l'esprit : je tendis mon Art vers tous ceux dont l'existence était liée à la mienne : Molly, ma fille, Umbre, le fou, Burrich et Kettricken. Je n'avais de véritable lien d'Art avec aucun d'entre eux si bien que ma prise était des plus ténues, et amoindrie encore par ma terreur que Guillot, Carrod ou même Ronce me repèrent. J'eus l'impression que ma réaction ralentissait Vérité. « Par pitié, attendez, dis-je.

— Non, chuchota-t-il. N'essaye pas de me dissuader, Fitz. Je dois le faire. »

*

Jamais je n'aurais cru devoir mesurer mon Art à celui de Vérité, jamais je n'aurais imaginé m'opposer un jour à lui, et, comme je m'apprêtais à me dresser contre lui, j'eus l'impression d'être un enfant qui rue et hurle tandis que son père le porte à son lit : non seulement Vérité ne prêta aucune attention à mon attaque mais je sentis que sa volonté et sa concentration étaient dirigées ailleurs. Inexorablement, il continua d'avancer vers le flot noir en entraînant ma conscience avec lui. L'instinct de conservation insuffla de la frénésie à ma lutte, et je fis des efforts éperdus pour le repousser, pour le tirer en arrière, mais en vain.

Cependant, une affreuse ambiguïté imprégnait mon combat, car j'avais envie de le voir gagner. S'il l'emportait et me précipitait avec lui dans le fleuve, je serais dégagé de toute responsabilité ; je pourrais m'ouvrir à ce flot de pouvoir et m'y désaltérer : ce serait la fin de mes tourments, ou tout au moins un répit. Comme j'étais las des doutes et des remords, des devoirs et des dettes ! Si Vérité m'entraînait dans ce fleuve d'Art, je pourrais enfin rendre les armes sans déshonneur.

Vint l'instant où nous nous tînmes au bord de ce flux iridescent de pouvoir. Je le contemplai par les yeux de Vérité : comme coupée au couteau, la berge s'arrêtait net au ras de l'étrangeté fluide ; le fleuve était pour moi un élément qui n'appartenait pas à notre monde, un gauchissement de la nature même. Lentement, Vérité mit un genou à terre, puis resta les yeux fixés sur l'obscure luminescence ; j'ignore s'il voulait prendre le temps de dire adieu à notre univers ou de rassembler sa volonté avant de se détruire. Ma résolution de le retenir était en suspens. Nous nous trouvions devant une porte qui menait à un inconnu impossible à imaginer ; le désir et la curiosité nous attiraient toujours plus près du bord.

Vérité plongea ses mains et ses avant-bras dans la magie.

Je partageai avec lui le brutal afflux de connaissance, et je hurlai en même temps que lui quand le flot brûlant rongea sa chair et ses muscles ; je sentis l'attaque acide sur les os dénudés de ses doigts, de ses poignets et de ses avant-bras, et j'éprouvai sa souffrance. Pourtant, elle était chassée de ses traits par le sourire extatique qui illuminait son visage. Le lien qui me rattachait à lui me parut soudain un biais inadéquat qui m'empêchait de ressentir complètement ce qu'il vivait ; j'aurais voulu me trouver à ses côtés, offrir moi aussi mes bras nus à ce fleuve de magie. Je partageais sa conviction de pouvoir mettre fin à toute peine simplement en acceptant de me plonger tout entier dans le courant. C'était si facile ! Il lui suffisait de se laisser aller un peu plus en avant. À genoux, il se pencha au-dessus du fleuve ; les gouttes de transpiration qui tombaient de son visage disparaissaient en petites bouffées de vapeur au contact de la surface iridescente. Il avait la tête courbée et ses épaules montaient et descendaient au rythme de sa respiration hachée. Puis il s'adressa à moi d'une petite voix implorante : « Tire-moi en arrière. »

Je n'avais pas eu la force de résister à sa détermination mais, quand je joignis ma volonté à la sienne et que nous combattîmes ensemble la terrible attraction du pouvoir, je réussis, quoique d'extrême justesse. Il parvint à sortir ses avant-bras et ses mains du fluide, tout en ayant l'impression de les extirper d'un bloc de pierre. À contrecœur, je le lâchai et, l'espace d'un instant, alors qu'il reculait en chancelant, j'eus la perception totale de ce qu'il avait vécu. Ce qui coulait là, c'était l'unicité du monde, telle une note douce et pure. Ce n'était pas le chant de l'humanité mais un chant plus ancien, plus grand, qui parlait d'équilibres immenses et d'essence inaltérée. Si Vérité s'y était laissé aller, ses tourments eussent été achevés.

Mais il s'en détourna d'une démarche titubante, les bras tendus devant lui, la paume des mains vers le ciel, les doigts à demi repliés comme pour mendier. De forme, rien n'avait changé, mais à présent ses bras et ses mains brillaient comme de l'argent sous l'effet du pouvoir qui avait pénétré sa chair et s'y était répandu. Comme il s'éloignait du fleuve avec la même résolution qu'il s'en était approché, je sentis que ses bras et ses mains le brûlaient comme sous la morsure du froid.

« Je ne comprends pas, lui dis-je.

— C'est préférable pour l'instant. » Je perçus une dualité en lui. L'Art flambait dans son être comme un feu de forge d'une inconcevable puissance, mais l'énergie que possédait son corps lui permettait à peine de mettre un pied devant l'autre. Protéger son esprit contre la séduction du fleuve ne lui demandait plus aucun effort mais obliger son corps à suivre le chemin épuisait tant sa chair que sa volonté. « Fitz, rejoins-moi, je t'en prie. » Cette fois, il ne s'agissait plus d'une injonction d'Art, ni même de l'ordre d'un prince, mais de la supplication d'un homme à un autre. « Je n'ai pas de clan, Fitz ; je n'ai que toi. Si le clan que Galen avait créé pour moi s'était montré loyal, j'aurais davantage confiance dans l'aboutissement de mon devoir. Pourtant, non seulement ses membres sont infidèles mais ils veulent m'abattre ; ils me picorent comme des corbeaux un cerf à l'agonie. Je ne pense pas leurs attaques susceptibles de me détruire mais je crains qu'ils ne m'affaiblissent au point de m'empêcher de réussir, ou, pire encore, qu'ils ne me brouillent l'esprit et ne réussissent à ma place. Nous ne pouvons pas le permettre, mon garçon. Toi et moi sommes les seuls obstacles entre eux et la victoire. Toi et moi. Les Loinvoyant. »

Je n'étais pas présent au sens physique, pourtant il me sourit et posa une main à l'éclat terrifiant sur ma joue. Était-ce voulu ? Je l'ignore, mais je ressentis un choc aussi violent que si un guerrier m'avait frappé au visage d'un coup de bouclier. Je n'éprouvai cependant aucune douleur, mais de la conscience, comme le soleil crevant les nuages pour illuminer une clairière dans la forêt. Tout m'apparut soudain avec clarté ; je discernai tous les motifs et les buts de notre entreprise, et je compris avec une terrible lucidité pourquoi je devais suivre la route tracée devant moi.

Puis tout s'effaça et je tombai dans l'obscurité, réduit à rien. Vérité avait disparu et ma compréhension avec lui ; mais, l'espace d'un bref instant, j'en avais eu un aperçu total. Il n'y avait désormais plus que moi, si minuscule que je ne pouvais exister qu'en m'accrochant de toutes mes forces. Je m'accrochai donc.

À un monde de distance, j'entendis Astérie s'exclamer, effrayée : « Qu'est-ce qu'il a ? » Et Umbre répondre d'un ton bourru : « Ce n'est qu'une crise ; il en a de temps en temps. La tête, Fou ! Tenez-lui la tête ou il va se fracasser le crâne ! » Je sentis vaguement des mains m'agripper et m'empêcher de bouger. Je m'en remis à leurs soins et sombrai dans les ténèbres. Je repris plus ou moins connaissance un peu plus tard; j'en garde peu de souvenirs. Le fou me redressa et me soutint la tête afin que je puisse boire à une timbale qu'Umbre, l'air soucieux, portait à mes lèvres. L'amertume familière de l'écorce elfique me fit faire la grimace. J'entrevis Caudron, debout à côté de moi, qui m'observait, la lippe désapprobatrice. Astérie se tenait en retrait, les yeux agrandis comme ceux d'un animal acculé, n'osant pas s'approcher de moi. « Ça devrait le remettre sur pied », dit Umbre tandis que je m'enfonçais dans un profond sommeil.

Le lendemain matin, je me levai tôt malgré ma migraine et décidai d'aller aux bains. Je sortis de la maison si discrètement que le fou ne se réveilla même pas; en revanche, Œil-de-Nuit me suivit sans bruit.

Où es-tu allé la nuit dernière ? me demanda-t-il, mais je ne sus que répondre, et il perçut ma réticence à y songer. *Bon, je vais chasser,* m'informa-t-il d'un ton guindé. *Je te conseille de ne boire que de l'eau, aujourd'hui.* J'acquiesçai humblement et il me laissa à la porte de la maison de bains.

À l'intérieur, je fus accueilli par la forte odeur minérale que dégageait l'eau bouillonnante montée des entrailles de la terre. Les Montagnards la captaient dans de vastes bassins, puis la répartissaient par divers tuyaux dans des cuves qui permettaient à chacun de choisir la chaleur et la profondeur désirées. Je me lavai dans l'une d'elles puis m'immergeai dans l'eau la plus chaude que je pusse supporter en essayant de ne pas me rappeler la brûlure de l'Art sur les avant-bras de Vérité; j'en ressortis rouge comme un crabe bouilli. À l'extrémité la plus fraîche de la maison de bains se trouvaient plusieurs miroirs, dans lesquels je m'efforçai de ne pas me voir tout en me rasant :

mes traits m'évoquaient trop vivement ceux de Vérité. Ils avaient perdu un peu de leur émaciation au cours de la semaine passée mais ma mèche blanche avait repoussé, encore plus visible quand je me coiffais en queue de guerrier. Je n'aurais pas été étonné de distinguer l'empreinte de la main de Vérité sur mon visage, ni de découvrir que ma balafre avait disparu et que mon nez s'était redressé, tant son contact m'avait impressionné ; mais, au contraire, la pâleur de la cicatrice que Royal m'avait laissée ressortait encore davantage sur ma peau rougie par la vapeur et l'état de mon nez ne s'était pas amélioré. Je ne portais aucune marque de ma rencontre de la nuit. Mon esprit ne cessait de revenir sur cet instant où j'avais touché le pouvoir le plus pur ; j'avais beau faire, je n'arrivais pas à me rappeler complètement cette expérience absolue dont il n'était possible de retrouver, comme la douleur ou le plaisir, qu'un pâle souvenir. Je savais que j'avais éprouvé quelque chose d'extraordinaire : les délices de l'Art, contre lesquelles on mettait en garde tous les pratiquants, n'étaient qu'une petite braise comparées au brasier de savoir, de sensation et d'essence que j'avais brièvement connu la nuit précédente.

Cela m'avait changé. La colère que je nourrissais envers Kettricken et Umbre s'était dégonflée ; l'émotion était encore là mais je n'étais plus en mesure de lui insuffler toute sa force. Un infime instant, j'avais vu non seulement mon enfant mais toute la situation de tous les points de vue possibles, et il n'y avait nulle malice dans les intentions de mes compagnons, nul égoïsme : ils étaient convaincus de la moralité de leur entreprise. Pas moi ; mais il ne m'était plus possible de nier purement et simplement la logique de leurs actes. J'avais l'impression d'avoir été dépouillé de mon âme. Ils allaient nous prendre notre enfant, à Molly et à moi, et pourtant, si je pouvais abhorrer leur geste, je ne pouvais plus diriger cette colère contre eux.

Je secouai la tête et revins au présent. Je contemplai mon image dans le miroir en me demandant comment Kettricken allait me considérer : verrait-elle en moi le jeune homme toujours attaché aux talons de Vérité qui l'avait si souvent servie à la cour, ou bien examinerait-elle mon visage marqué et songerait-elle qu'elle ne me connaissait plus, que le Fitz d'autrefois n'était plus ? Elle savait en tout cas comment j'avais gagné ces cicatrices ; ma reine ne devrait donc pas s'en étonner ; qu'elle juge seule qui se trouvait derrière ces balafres.

Je rassemblai mon courage, puis présentai mon dos au miroir et regardai par-dessus mon épaule. Le cœur de ma blessure m'évoqua le dessin en creux d'une étoile de mer rouge ; tout autour, la chair était tendue et luisante. Je bougeai une épaule pour observer la peau qui tirait sur la cicatrice ; quand je tendis mon bras d'épée, je sentis une petite résistance. Bah, inutile de se faire du souci ! Je renfilai ma chemise.

Je retournai chez le fou changer de tenue, et j'eus la surprise de le trouver déjà vêtu et prêt à m'accompagner. Des habits étaient étendus sur mon lit de camp : une chemise blanche en laine à manches bouffantes, chaude et moelleuse, et des jambières noires en laine plus épaisse ; il y avait aussi un surcot assorti aux jambières. C'était Umbre qui les avait apportés, me dit le fou. L'ensemble était très simple de coupe et de couleur.

« Ça te va bien », observa le fou. Lui-même s'était habillé presque comme d'habitude, avec une robe de laine, mais celle-ci était bleu marine avec des broderies aux manches et aux ourlets, style qui se rapprochait davantage de celui des Montagnards, mais qui accentuait sa pâleur bien plus que sa robe blanche habituelle et rendait plus visible, à mon avis, la légère couleur fauve qui gagnait son teint, ses yeux et sa chevelure. Ses cheveux étaient plus fins que jamais ; libres, ils semblaient flotter autour de sa tête, mais aujourd'hui il les portait noués en queue.

« J'ignorais que Kettricken t'avait convoqué toi aussi », remarquai-je, à quoi il répondit d'un ton sarcastique : « Raison de plus pour me présenter devant elle. Umbre est passé te voir ce matin, et il s'est inquiété de te trouver absent. À mon avis, il craignait plus ou moins que tu ne te sois enfui de nouveau avec le loup ; mais, dans le cas contraire, il a laissé un message pour toi : en dehors des personnes qui sont entrées chez moi, nul ne connaît ta véritable identité à Jhaampe, aussi étrange que puisse paraître tant de discrétion de la part de la ménestrelle. Même la guérisseuse ignore qui elle a guéri. Ainsi, n'oublie pas que tu restes Tom le berger jusqu'au moment où la reine Kettricken jugera pouvoir s'adresser à toi de façon plus officielle. Compris ? »

Je soupirai : je ne comprenais que trop bien. « À ma connaissance, jamais Jhaampe n'avait dissimulé tant d'intrigues », observai-je.

Il eut un petit rire. « Tu n'es venu ici qu'une fois et pendant peu de temps. Crois-moi, Jhaampe abrite des intrigues tout aussi tortueuses que Castelcerf autrefois. En tant qu'étrangers, nous serions avisés d'éviter autant que possible de nous y trouver mêlés.

— Sauf à celles que nous apportons avec nous », fis-je, et il acquiesça avec un sourire amer.

La journée était éclatante, l'air vif ; le ciel que nous apercevions entre les sombres frondaisons des conifères était d'un azur infini. Une petite brise nous accompagnait en faisant rouler les cristaux de neige sur les crêtes gelées des congères ; la neige crissait sous nos bottes et le froid posait d'âpres baisers sur mon visage rasé de frais. Plus loin dans le village, j'entendais des cris d'enfants en train de jouer ; Œil-de-Nuit dressa les oreilles mais continua de nous suivre. Ces voix aiguës au loin m'évoquèrent des oiseaux de mer et une violente nostalgie des côtes de Cerf me prit soudain.

« Tu as eu une crise hier soir », me dit le fou à mi-voix. Ce n'était pas tout à fait une question.

« Je sais, répondis-je laconiquement.

— Caudron avait l'air très angoissée. Elle a soumis Umbre à un interrogatoire serré sur les plantes qu'il te préparait, et quand elle a vu qu'elles ne te remettaient pas d'aplomb comme il l'avait promis, elle est allée s'asseoir dans son coin ; elle y a passé la plus grande partie de la nuit, à tricoter à grand bruit et à jeter des regards noirs à Umbre. Quel soulagement quand ils sont enfin tous partis ! »

Je me demandai si Astérie était restée, elle, mais je ne posai pas la question ; je n'avais pas envie de savoir pourquoi cela m'importait.

« Qui est Caudron ? demanda brusquement le fou.

— Qui est Caudron ? répétai-je, surpris.

— Ça, je viens de le dire, il me semble.

— Caudron est... » L'étrangeté d'en savoir si peu sur une personne avec qui j'avais si longtemps voyagé me frappa soudain. « Elle est née en Cerf, je crois, puis elle a bourlingué, étudié des manuscrits et des prophéties, et elle est rentrée pour chercher le Prophète blanc. » Je haussai les épaules avec dérision devant la minceur de mes renseignements.

« Dis-moi, tu ne la trouves pas... troublante ?

— Pardon ?

— Tu ne sens pas quelque chose chez elle, quelque chose de... » Il secoua la tête avec irritation. C'était la première fois que je voyais le fou chercher ses mots. « Parfois, je sens qu'elle est importante, que son sort est lié au nôtre ; d'autres fois, elle a simplement l'air d'une vieille indiscrète affligée d'un manque de goût attristant dans le choix de ses compagnons.

— C'est à moi que tu fais allusion, je suppose ? fis-je en éclatant de rire.

— Non ; je parle de cette ménestrelle qui se mêle de tout.

— Pourquoi tant d'aversion entre Astérie et toi ? demandai-je avec lassitude.

— Il ne s'agit pas d'aversion, mon cher Fitzounet : de ma part, il s'agit d'indifférence ; malheureusement, elle n'est pas capable de concevoir qu'un homme puisse la regarder sans avoir envie de coucher avec elle ; par conséquent, elle prend mon absence d'intérêt pour une insulte et s'évertue à y voir un défaut chez moi, tandis que son attitude possessive envers toi m'exaspère. Elle n'a pas de véritable affection pour Fitz, tu sais ; elle veut simplement pouvoir dire qu'elle a connu FitzChevalerie. »

Je gardai le silence : je craignais qu'il n'eût raison. Sur ces entrefaites, nous arrivâmes au palais de Jhaampe. Je n'aurais pu imaginer construction plus éloignée du style de Castelcerf ; il paraît que les bâtiments de la capitale doivent leur aspect aux tentes en forme de dôme qu'utilisent encore quelques tribus nomades ; de fait, certaines maisons parmi les plus petites rappellent encore assez des tentes pour ne pas me sembler aussi surprenantes que le palais. L'arbre vivant qui en constituait le maître pilier se dressait, immense, au-dessus de nous, et d'autres arbres de moindre stature avaient été patiemment guidés pendant des années pour servir d'appui aux murs ; une fois cette armature créée, on l'avait gracieusement drapée de nattes d'écorce qui formaient la base des murs doucement incurvés. Crépies d'une sorte d'argile, puis peintes de couleurs vives, les constructions m'évoquaient toujours des boutons de tulipe ou des chapeaux de champignon, et, malgré ses vastes dimensions, le palais avait une apparence organique, comme s'il avait poussé dans l'humus fertile de la vieille forêt qui l'abritait.

Ses proportions seules en faisaient un palais, car on n'y voyait aucun signe de sa fonction, ni bannières, ni gardes royaux devant les portes ; nul ne chercha à nous en interdire l'accès : le fou ouvrit les battants sculptés à cadre de bois d'une entrée latérale et nous fûmes dans la place. Je le suivis à travers un labyrinthe de chambres isolées ; d'autres pièces se dressaient sur des plates-formes audessus de nous, auxquelles on accédait par des échelles ou, pour les plus grandes, des escaliers de bois. Les parois de ces habitations étaient fragiles, réduites, dans le cas de certaines pièces temporaires, à de simples plaques d'écorce tendues sur des cadres de bois. Il ne faisait guère plus chaud dans le palais que dans la forêt alentour, et les chambres étaient chauffées en hiver par des braseros individuels.

Le fou nous mena devant une salle dont les parois extérieures étaient décorées de délicates représentations d'oiseaux aquatiques ; il s'agissait là d'une pièce fixe, munie de portes coulissantes en bois, elles aussi ornées d'oiseaux sculptés. De l'intérieur provenaient le son de la harpe d'Astérie et un murmure de voix. Le fou frappa à la porte, attendit un instant, puis nous ouvrit. Kettricken se trouvait là, en compagnie de l'amie du fou, Jofron, et de plusieurs autres personnes que je ne connaissais pas. Astérie était assise sur un banc bas d'un côté de la salle et jouait doucement tandis que Kettricken et sa suite brodaient une courtepointe fixée sur un cadre qui occupait presque toute la pièce ; un jardin floral aux couleurs éclatantes se dessinait sur le tissu. Umbre était installé non loin d'Astérie, vêtu d'une chemise blanche, de jambières noires et d'une longue tunique en laine, ornée de broderies aux teintes gaies, par-dessus la chemise ; ses cheveux étaient noués en queue de guerrier et son front était ceint d'un bandeau de cuir frappé du cerf. Il paraissait des dizaines d'années plus jeune qu'à Castelcerf ; la ménestrelle et lui bavardaient mais le son de la harpe, pourtant à peine effleurée, couvrait leurs voix.

Kettricken leva les yeux, l'aiguille à la main, et nous souhaita calmement la bienvenue, puis elle me présenta sous le nom de Tom et me demanda courtoisement si je me remettais de ma blessure. Je répondis par l'affirmative, et elle m'offrit de m'asseoir pour me reposer un peu. Le fou fit le tour de la courtepointe, félicita Jofron de son point et, quand elle l'y invita, prit place à côté d'elle ; il prit une aiguille et de la soie floche dont il fit un fil, puis se mit à broder des papillons de son invention tout en causant à mi-voix avec Jofron des jardins qu'ils avaient connus. Il paraissait parfaitement à l'aise ; pour ma part, je me sentais un peu perdu, assis à ne rien faire dans une pièce pleine de gens affairés. Je pensais que Kettricken allait s'adresser à moi mais elle continua ses travaux d'aiguille ; Astérie croisa mon regard et me fit un sourire presque guindé ; Umbre, lui, faisait comme si nous ne nous connaissions pas.

Les échanges allaient bon train, mais murmurés et intermittents, demandes d'écheveaux ou commentaires sur l'ouvrage du voisin ou de la voisine. Astérie jouait de vieilles ballades familières de Cerf, mais sans les paroles. Nul ne me parlait ni ne s'intéressait à moi. J'attendais.

Au bout de quelque temps, je commençai à me demander s'il s'agissait d'une forme subtile de punition ; j'essayais de demeurer calme mais la tension ne cessait de monter en moi ; toutes les deux ou trois minutes, je devais me rappeler de décrisper les mâchoires et les épaules. Il me fallut un moment pour noter chez Kettricken les signes d'une semblable anxiété. J'avais passé de nombreuses heures en compagnie de ma dame lorsqu'elle s'était installée à Castelcerf ; je l'avais vue léthargique aux travaux d'aiguille et pleine de vie dans son jardin, mais aujourd'hui elle cousait furieusement, comme si le sort des Six-Duchés dépendait de l'achèvement de la courtepointe. Elle était plus mince que dans mon souvenir et sur son visage l'ossature et les méplats étaient plus accusés. Ses cheveux, un an après qu'elle les eut coupés en marque de deuil pour Vérité, restaient trop courts pour être coiffés commodément : des mèches pâles ne cessaient de tomber sur son visage. De nouvelles rides étaient apparues au coin de ses yeux et de sa bouche, et elle se mordillait souvent les lèvres, ce que je ne lui avais jamais vu faire auparavant.

La matinée me parut interminable mais un des jeunes gens finit par se redresser sur son siège, s'étira, puis déclara qu'il avait les yeux trop fatigués pour en faire davantage ; il demanda à sa voisine si elle avait envie de l'accompagner à la chasse et elle accepta de bon cœur. Comme si cela avait été un signal, les autres se levèrent à leur tour, s'étirèrent et souhaitèrent le bonjour à Kettricken. D'abord stupéfait par la familiarité dont ils faisaient preuve avec elle, je me rappelai bientôt qu'en ce pays elle n'avait pas statut de reine mais d'Oblat des Montagnes : son rôle n'était pas pour son peuple celui d'un gouvernant mais d'un guide et d'un coordinateur. Son père, le roi Eyod, portait le titre d'Oblat et se devait d'être toujours et sans égoïsme aucun disponible pour aider son peuple de toutes les façons possibles. C'était une position moins honorifique que la royauté de Cerf mais qui attirait davantage d'affection. N'ayant rien de mieux à faire, je me demandais s'il n'aurait pas mieux convenu à Vérité de devenir le roi consort de ce pays.

« FitzChevalerie. »

Je levai les yeux à l'appel de Kettricken : il ne restait plus dans la pièce qu'elle-même, Astérie, Umbre, le fou et moi. Je faillis regarder Umbre pour lui demander conseil mais je me rappelai à temps qu'il m'avait comme exclu : je devais me débrouiller seul. Au ton de Kettricken, c'était une audience officielle, aussi me levai-je et m'inclinai-je raidement. « Ma reine, vous m'avez convoqué.

— Expliquez-vous. »

Le vent qui soufflait dehors était moins polaire que sa voix. Je croisai son regard : bleu de glace. Je baissai les yeux et pris une inspiration. « Dois-je vous rendre compte, ma reine ?

— Si cela peut faire connaître les raisons de vos manquements, oui. » J'en restai bouche bée. Je la regardai mais rien ne passa entre nous : toute trace d'enfant avait disparu de Kettricken, comme les impuretés du fer disparaissent au feu et au marteau de la forge, et elle ne paraissait plus éprouver quoi que ce fût pour le neveu bâtard de son époux. Elle trônait devant moi en tant que reine et juge, non en tant qu'amie. Je fus surpris de la peine aiguë que j'en éprouvai.

Oubliant mon bon sens, je ne pus m'empêcher de répondre d'un ton froid : « Je m'en remets là-dessus au discernement de ma reine. »

Elle se montra impitoyable ; elle me fit débuter mon récit, non à ma mort, mais plusieurs jours auparavant, au moment où nous avions commencé à comploter l'enlèvement du roi Subtil pour le mettre hors de portée de Royal. Je dus avouer que les ducs côtiers m'avaient proposé de me reconnaître comme roi-servant à la place de Royal ; pis, je dus lui révéler que, tout en refusant leur offre, j'avais promis de faire front avec eux en prenant le commandement de Castelcerf afin d'assurer la protection de la côte de Cerf ; Umbre m'avait averti un jour que cette promesse constituait presque en soi une félonie, mais j'étais las de tous mes secrets et je les exposai sans me ménager. Plus d'une fois, je regrettai la présence d'Astérie car je redoutais d'entendre mes propres paroles reprises dans une chanson qui me dénigrerait ; cependant, si ma reine la jugeait digne de confiance, ce n'était pas à moi de la contredire.

Je poursuivis donc péniblement sur la piste des jours. Elle apprit la mort du roi Subtil dans mes bras, l'égorgement de Sereine et la chasse que j'avais donnée à Justin avant de l'assassiner devant toute l'assemblée de la grand-salle. Quand j'en arrivai à mon séjour dans les cachots de Royal, elle ne fit preuve d'aucune pitié. « Il m'a fait rouer de coups, priver de nourriture, et j'aurais péri si je n'avais pas feint la mort », dis-je, mais cela ne suffit pas à Kettricken.

Je n'avais raconté à personne, pas même à Burrich, tout ce que j'avais vécu à cette période. Je m'armai de courage et me lançai mais, au bout d'un moment, ma voix se mit à trembler, puis à hésiter ; je regardai le mur derrière Kettricken, repris mon souffle et poursuivis. Mes yeux se posèrent un peu plus tard sur la reine et je vis qu'elle était devenue blême. Enfin, je cessai de penser aux événements que décrivaient mes propos et j'entendis ma propre voix relater sans passion tout ce qui m'était arrivé. Quand je mentionnai que j'avais artisé Vérité depuis ma cellule, Kettricken eut un petit hoquet ; en dehors de cela, il régnait un silence absolu dans la pièce. Une fois, mes yeux se portèrent sur Umbre : il était assis dans une immobilité de cadavre, les mâchoires crispées comme s'il endurait quelque tourment intérieur.

Je continuai mon récit, évoquai sans y adjoindre de jugement personnel ma résurrection par Umbre et Burrich, la magie du Vif qui avait rendu la chose possible et les jours qui suivirent. Je racontai notre séparation en mauvais termes, le détail de mon voyage, les occasions où j'avais senti la présence de Vérité, celles où nous nous étions brièvement contactés, ma tentative d'assassinat sur Royal, et même l'implantation involontaire de l'ordre de le rejoindre que m'avait fait subir Vérité. Ma gorge et ma bouche s'asséchaient et ma voix devenait de plus en plus rauque à mesure qu'avançait mon compte rendu, mais je ne me tus qu'après avoir fini de décrire le dernier trajet qui m'avait amené, titubant, à Jhaampe ; alors, je restai debout devant Kettricken, vide, épuisé. D'aucuns disent que c'est un soulagement de partager peines et soucis ; pour moi, il n'y avait eu nulle catharsis, seulement l'exhumation de souvenirs pourrissants, la mise à nu de blessures qui suppuraient encore. Après un moment de silence, je trouvai la cruauté de demander : « Mon exposé excuse-t-il mes manquements, ma reine ? »

Si j'avais cru lui déchirer le cœur, j'avais échoué là aussi. « Vous n'avez pas parlé de votre fille, Fitz-Chevalerie. »

C'était exact : je n'avais mentionné ni Molly ni la petite. La peur me pourfendit telle une épée de glace. « Je n'ai pas considéré qu'elle faisait partie de mon compte rendu.

— Il le faut pourtant, c'est évident », répondit Kettricken, implacable. Par un effort de volonté, je parvins à croiser son regard. Elle se tenait les mains crispées l'une sur l'autre. Tremblaient-elles, avait-elle à l'avance des remords de ce qu'elle allait dire ? Je ne pus en décider. « Étant donné son lignage, elle fait bien plus que faire partie de notre discussion. Dans l'idéal, elle devrait se trouver parmi nous, où il nous serait possible de garantir dans une certaine mesure la sécurité de l'héritière des Loinvoyant. »

Je m'imposai le calme. « Ma reine, c'est à tort que vous la désignez ainsi. Ni elle ni moi n'avons aucun droit au trône : nous sommes tous deux illégitimes. »

Kettricken secoua la tête. « Nous ne nous intéressons pas ici à ce qu'il y a ou à ce qu'il n'y a pas entre la mère et vous ; nous ne nous intéressons qu'à son ascendance. Quelque prétention que vous ayez pour elle, son sang l'appellera. Je n'ai pas d'enfant. » Avant de l'avoir entendue prononcer cette phrase, je ne me rendais pas compte de la profondeur de sa douleur. Quelques instants plus tôt, je la jugeais sans cœur ; à présent, je me demandais si elle avait encore toute sa tête, tant cette seule phrase exprimait de chagrin et de désespoir. Elle prit sur elle pour continuer. « Il faut un héritier au trône des Loinvoyant. Umbre m'a expliqué que, seule, je ne puis compter rallier le peuple et l'inciter à prendre en main sa protection : à ses yeux, je demeure trop étrangère. Mais peu importe comment il me considère, je reste sa reine, et j'ai un devoir à remplir : je dois trouver le moyen d'unir les Six-Duchés et de chasser les envahisseurs de nos côtes. Dans ce but, il faut un chef. J'ai songé vous mettre en avant mais Umbre prétend que les gens ne vous accepteront pas : votre prétendue mort et l'usage de la magie des Bêtes constituent un trop grand obstacle. Cela étant, il ne subsiste de la lignée des Loinvoyant que votre enfant, car Royal s'est avéré félon à son propre sang. C'est donc elle qui doit devenir l'Oblat de notre peuple. Il se ralliera à elle. »

J'eus l'audace de l'interrompre. « Ce n'est qu'un nourrisson, ma reine. Comment pourrait-elle...

— C'est un symbole. C'est tout ce que le peuple exigera d'elle pour le moment : qu'elle existe. Plus tard, elle deviendra leur reine de fait. »

J'eus l'impression qu'elle m'avait coupé le souffle d'un coup de poing. Elle poursuivit : « Je vais envoyer Umbre la chercher pour la ramener ici, où l'on pourra la protéger et lui donner une instruction convenable. » Elle soupira. « J'aimerais pouvoir la faire accompagner de sa mère ; malheureusement, il faut présenter cette enfant comme la mienne. Que je déteste ce genre de duperie ! Mais Umbre m'a convaincue que cela était nécessaire ; j'espère qu'il saura aussi convaincre la mère de votre fille. » Elle ajouta, comme pour elle-même : « Nous devrons dire que nous avons annoncé la mort de mon enfant à sa naissance afin de faire croire à Royal qu'il n'avait nul héritier rival à redouter. Mon pauvre petit garçon ! Son peuple ne saura jamais qu'il est né ; c'est ainsi, sans doute, qu'il joue son rôle d'Oblat. »

Je m'aperçus que je dévisageais Kettricken, et je constatai qu'il ne restait guère de la reine que j'avais connue à Castelcerf. Ses propos me faisaient horreur, me révulsaient ; pourtant, c'est d'une voix douce que je demandai : « Pourquoi tout cela est-il nécessaire, ma reine ? Le roi Vérité est vivant. Je vais le retrouver et faire tout mon possible pour vous le rendre ; ensemble, vous régnerez à Castelcerf, et vos enfants à votre suite.

— Qu'en savons-nous ? » Elle faillit secouer la tête en signe de dénégation. « Cela sera peut-être, FitzChevalerie ; mais j'ai trop longtemps espéré en vain que tout s'arrangerait. Je ne veux plus être victime de telles illusions. Il faut s'assurer de certains points avant de prendre d'autres risques ; il nous faut un héritier à la lignée des Loinvoyant. » Elle soutint calmement mon regard. « J'ai rédigé la déclaration et en ai remis une copie à Umbre, tandis qu'une autre restera ici en sécurité. Votre enfant est l'héritière du trône, FitzChevalerie. »

J'avais réussi à garder mon âme intacte en me raccrochant à un infime espoir ; de longs mois durant, j'avais trouvé la force d'avancer en songeant qu'une fois mes aventures terminées je retrouverais Molly, reconquerrais son cœur et deviendrais le père de ma fille. D'autres rêvent peut-être d'honneurs, de fortune ou de hauts faits chantés par les ménestrels ; moi, je voulais rentrer dans une petite chaumière à l'heure où la lumière décroît, m'asseoir dans un fauteuil près d'une cheminée, le dos douloureux de labeur, les mains rugueuses de travail, et prendre une petite fille sur mes genoux pendant qu'une femme qui m'aimait me racontait sa journée. De tout ce qui m'avait été interdit simplement à cause de mon sang, cette vision m'était la plus chère ; devais-je à présent y renoncer aussi ? Devais-je rester pour toujours aux yeux de Molly l'homme qui lui avait menti, qui l'avait abandonnée enceinte et n'était jamais reparu, puis par la faute de qui elle s'était vue dépouiller de son enfant ?

J'avais parlé tout haut sans m'en apercevoir, et je ne m'en rendis compte qu'au moment où la reine répondit : « C'est cela, être Oblat, FitzChevalerie. On ne peut rien garder pour soi-même. Rien.

— Dans ce cas, je ne la reconnaîtrai pas. » Ces mots

me brûlèrent la langue comme de l'acide. « Je ne la revendiquerai pas comme ma fille.

— Ce sera inutile, car je la revendiquerai comme la mienne. Votre sang est fort : elle aura sans doute les traits Loinvoyant. Pour le dessein qui est le nôtre, il me suffit de savoir qu'elle est de vous. Vous l'avez déjà avoué à Astérie la ménestrelle : vous lui avez dit avoir engendré un enfant avec Molly, fabricante de bougies de Bourg-de-Castelcerf. Dans tous les six duchés, le témoignage d'un ménestrel est recevable, et elle a déjà signé le document en jurant sous serment savoir que l'enfant est un véritable Loinvoyant. FitzChevalerie, poursuivit-elle d'une voix presque tendre, bien que je fusse sur le point de perdre connaissance de l'entendre ainsi parler, nul n'échappe au destin, pas plus vous que votre fille. Prenez du recul et comprenez que c'est la raison de son existence : quand toutes les circonstances conspiraient à refuser un héritier à la lignée des Loinvoyant, il en a pourtant été créé un, par vous. Acceptez et supportez. »

C'étaient les mots à ne pas prononcer. Elle avait peut-être été élevée selon ce précepte, mais, moi, on m'avait dit : « Le combat n'est achevé que quand on l'a remporté. » Je levai les yeux et les promenai sur les personnes qui m'entouraient. J'ignore ce qu'elles virent sur mes traits mais tous les visages se figèrent. « Je puis trouver Vérité, déclarai-je à mi-voix, et je le trouverai. »

Nul ne dit mot.

« Vous voulez votre roi », continuai-je à l'adresse de Kettricken. Elle finit par prendre une expression d'acquiescement.

« Moi, je veux mon enfant, murmurai-je.

— Que dites-vous ? demanda-t-elle d'un ton froid.

— Je dis que je veux la même chose que vous : je

souhaite être auprès de celle que j'aime pour élever notre enfant avec elle. » Je croisai son regard. « Dites-moi que c'est possible. Je n'ai jamais rien désiré d'autre. »

Elle planta ses yeux dans les miens. « Je ne puis vous faire cette promesse, FitzChevalerie. Cette enfant est trop importante pour la laisser accaparer par la simple affection. »

Ces propos sonnèrent à mes oreilles comme totalement absurdes et parfaitement exacts à la fois. J'inclinai la tête, mais ce n'était pas un signe d'assentiment : les yeux fixés sur un trou du plancher, je cherchais d'autres alternatives, d'autres moyens.

« Je sais ce que vous allez me dire, fit Kettricken d'un ton amer : que si je m'approprie l'enfant pour le trône, vous ne m'aiderez pas à chercher Vérité. J'ai longuement réfléchi, sachant que cette décision m'interdirait votre appui : je suis prête à me mettre seule en quête de lui ; je possède la carte, et je finirai bien par...

— Kettricken. » J'avais prononcé son nom à mi-voix, en omettant involontairement son titre. Elle en resta saisie. Je secouai lentement la tête. « Vous ne comprenez pas : si Molly se trouvait devant moi avec notre fille, je devrais encore chercher mon roi ; quoi qu'on me fasse, quel que soit le tort qu'on m'inflige, je dois chercher Vérité. »

À ces mots, les visages changèrent : Umbre redressa la tête et me regarda, les yeux pleins d'une fierté brûlante ; Kettricken se détourna en battant des paupières pour chasser ses larmes – peut-être ressentait-elle un peu de honte. Pour le fou, j'étais redevenu le Catalyseur, et en Astérie renaissait l'espoir de me voir à l'origine d'une légende.

Mais, en moi, c'était la faim de l'absolu qui primait ; Vérité me l'avait montré sous sa forme pure. Je répondrais à l'ordre d'Art de mon roi et je le servirais comme j'en avais fait le serment ; mais un autre appel résonnait désormais en moi : celui de l'Art.

11

LES MONTAGNES

On pourrait croire que les Montagnes, avec leurs hameaux épars et leur population clairsemée, était un royaume récent, constitué de fraîche date ; en réalité, son histoire remonte beaucoup plus loin que les archives des Six-Duchés. Tout d'abord, parler de royaume est une erreur : en des temps reculés, les chasseurs, bergers et fermiers, tant nomades que sédentaires, ont donné peu à peu leur allégeance à une Juge, femme de grande sagesse qui résidait à Jhaampe ; ce personnage a été baptisé roi ou reine des Montagnes par les étrangers, mais, pour les résidents du royaume, il ou elle demeure l'Oblat, celui ou celle qui est prête à sacrifier tout, même sa vie, pour son peuple. La première Juge qui vécut à Jhaampe est aujourd'hui une figure de légende, indistincte, dont on ne connaît les hauts faits que par les épopées que chantent encore les Montagnards de nos jours.

Cependant, si loin que remontent ces ballades, il est une rumeur plus ancienne encore qui parle d'un souverain et d'une capitale antérieurs à ces faits. Le royaume des Montagnes que nous voyons aujourd'hui est peuplé presque uniquement de nomades et de sédentaires installés sur les versants orientaux du pays ; au-delà des monts s'étendent les côtes glacées de la mer Blanche. Quelques routes commerciales s'insinuent encore entre les crocs aigus des sommets pour atteindre ces régions enneigées où vivent des tribus de chasseurs. Au sud des Montagnes se trouvent les forêts vierges des déserts des Pluies, ainsi que la source de la Pluie, le fleuve qui constitue la frontière commerciale avec les États Chalcèdes. Ce sont là les seuls territoires situés au-delà des Montagnes dont la géographie et les peuples soient notés sur les cartes officielles. Pourtant, il a toujours couru des légendes sur un autre pays, un pays perdu, enfermé au milieu des sommets qui se dressent par-delà le royaume connu. À mesure que le voyageur s'enfonce dans les Montagnes, au-delà des frontières des peuples inféodés à Jhaampe, le terrain devient de plus en plus âpre et hostile ; la neige ne disparaît jamais des pics les plus élevés et certaines vallées n'abritent que des glaciers ; on raconte que, dans certaines régions, de grands panaches de vapeur et de fumée s'échappent de crevasses et que la terre peut vibrer, voire se déchirer lors de violentes convulsions. Rares sont les raisons qui peuvent amener à s'aventurer dans ce pays d'éboulis et d'à-pics : les pâtures sont trop réduites pour attirer les troupeaux et la chasse plus aisée et plus profitable sur les pentes verdoyantes des montagnes.

Sur ces territoires, nous ne disposons que des fables habituelles qu'engendrent les pays lointains : dragons et géants, anciennes cités en ruines, licornes farouches, trésors et cartes secrètes, rues empoussiérées pavées d'or, vallées où règne un éternel printemps et où l'eau sourd en fumant des entrailles de la terre, sorciers menaçants enfermés par un sortilège dans des cavernes incrustées de diamants et esprits malfaisants emprisonnés de toute éternité dans la pierre. Tout cela, dit-on, se trouve dans les territoires antiques et sans nom qui s'étendent derrière les frontières du royaume des Montagnes.

*

Kettricken était sincèrement convaincue que je refuserais de l'aider à chercher Vérité. Pendant ma convalescence, elle avait résolu de se lancer seule dans l'entreprise, et, dans ce but, elle avait rassemblé des vivres et des animaux. Dans les Six-Duchés, une reine aurait pu compter sur le trésor royal ainsi que sur la générosité forcée des nobles, mais tel n'était pas le cas dans les Montagnes : tant qu'Eyod était vivant, elle n'était qu'une jeune parente de l'Oblat, et, bien qu'elle dût lui succéder un jour, cela ne lui donnait pas le droit de disposer de la fortune de son peuple ; d'ailleurs, même si elle avait été l'Oblat, elle n'aurait pas eu accès à davantage de fonds : l'Oblat et sa proche famille vivaient simplement dans leur cadre magnifique car tout Jhaampe, le palais, les jardins, les fontaines appartenaient au peuple du royaume des Montagnes. L'Oblat ne manquait de rien, mais il ne possédait rien non plus en excès.

Aussi Kettricken ne se tourna-t-elle pas vers les coffres royaux ni les nobles avides de plaire, mais vers ses vieux amis et ses cousins pour obtenir ce qu'il lui fallait. Elle avait demandé à son père mais il lui avait répondu, d'un ton ferme quoique attristé, que chercher le roi des Six-Duchés ne regardait qu'elle et non les Montagnes ; il compatissait à sa douleur d'avoir perdu l'homme qu'elle aimait, cependant il ne pouvait distraire les fournitures destinées à la défense du royaume contre Royal des Six-Duchés, et le lien était si fort entre eux qu'elle put accepter son refus dans un esprit de compréhension. Pour ma part, j'avais honte de songer à la reine légitime de mon pays obligée de mendier auprès de sa famille et de ses amis – quand je n'étais pas occupé à nourrir la rancœur que je lui portais.

Elle avait conçu l'expédition à sa convenance, non à la mienne, et j'en approuvais peu d'aspects. Aux cours des jours qui précédèrent notre départ, elle daigna me consulter sur certains points mais elle négligea mes avis aussi souvent qu'elle les écouta. Nous nous adressions l'un à l'autre sur un ton civil, sans la chaleur ni de la colère ni de l'amitié. Nous étions en désaccord sur de nombreux sujets et, dans ce cas, elle agissait selon sa conviction ; cela signifiait implicitement que, par le passé, j'avais fait preuve de manque de jugement et de prévoyance.

Je ne voulais pas de bêtes de somme, qui risquaient de mourir de faim et de froid : j'avais beau fermer mon esprit, le Vif me laissait vulnérable à leur souffrance ; néanmoins, Kettricken s'était procuré une demi-douzaine d'animaux qui, selon elle, ne craignaient ni la neige ni le froid et grignotaient plus qu'ils ne paissaient. C'étaient des jeppas, créatures originaires de certains confins parmi les plus reculés des Montagnes ; on aurait dit des chèvres affublées d'un long cou et de pattes digitées au lieu de sabots. Seraient-elles capables de transporter assez de matériel pour compenser l'ennui d'avoir à nous occuper d'elles ? J'en doutais, mais Kettricken m'assura d'un ton calme que je m'habituerais promptement à elles.

Tout dépend du goût qu'a leur viande, fit Œil-de-Nuit, philosophe, et j'inclinai à penser comme lui.

La sélection de compagnons que Kettricken avait faite m'irritait encore davantage ; il me paraissait absurde qu'elle risque sa vie dans ce voyage mais, là-dessus, le bon sens me disait de me taire. En revanche, la présence d'Astérie me déplut lorsque j'appris quel marché elle avait passé pour obtenir le droit de nous accompagner : elle cherchait toujours une chanson qui établirait sa réputation et elle avait barguigné une place dans notre groupe en laissant entendre qu'elle rédigerait un document attestant que l'enfant de Molly était aussi le mien à condition de pouvoir se joindre à nous. J'avais le sentiment d'une trahison, elle le savait et, à juste titre, évita par la suite de trop m'approcher. Avec nous devaient venir aussi trois cousins de Kettricken, grands gaillards solidement charpentés qui avaient une longue expérience des expéditions dans les Montagnes. On le voit, notre groupe serait réduit ; Kettricken m'avait déclaré que si six personnes ne suffisaient pas à trouver son époux, six cents n'y parviendraient pas non plus ; j'avais convenu qu'il était plus aisé d'assurer l'intendance d'une petite expédition, qui, en outre, se déplaçait souvent plus vite qu'une grande.

Umbre ne devait pas être des nôtres : il allait retourner à Castelcerf annoncer à Patience l'entreprise de Kettricken et semer le germe de la rumeur selon laquelle il existait bel et bien un héritier au trône des Six-Duchés ; il devait aussi aller voir Burrich, Molly et l'enfant. Il m'avait proposé d'apprendre à Molly, Patience et Burrich que j'étais vivant ; il m'avait fait cette offre d'un ton gêné, car il savait pertinemment l'aversion que m'inspirait son rôle dans la récupération de ma fille pour le trône ; mais je ravalai ma colère, lui répondis poliment et reçus en récompense sa promesse solennelle de ne rien dire aux uns ni aux autres. Cela me paraissait alors le choix le plus judicieux : j'étais seul capable, me semblait-il, d'expliquer à Molly les raisons de mes actes ; de plus, elle avait déjà fait son deuil de moi : si je ne survivais pas à cette nouvelle entreprise, elle n'aurait pas de motif de me pleurer davantage.

Umbre vint me dire adieu le soir de son départ pour Cerf. Tout d'abord, nous tentâmes de faire comme si tout allait bien entre nous ; nous évoquâmes des sujets sans importance, mais qui en avaient eu pour nous autrefois, et c'est avec un chagrin sincère que j'appris la mort de Rôdeur. J'essayai de le convaincre d'emmener Rousseau et Suie pour les confier à Burrich : l'étalon avait besoin d'être pris en main plus fermement que ce n'était le cas à Jhaampe, et pouvait en outre constituer plus qu'un moyen de transport pour Burrich, qui pouvait monnayer ou échanger ses saillies ; quant au poulain de Suie, c'était une rentrée d'argent garantie. Mais Umbre refusa en arguant qu'il lui fallait voyager rapidement et sans attirer l'attention : un homme accompagné de trois chevaux était une cible toute désignée pour les bandits. J'avais vu le petit hongre rétif qu'il montait : malgré son mauvais caractère, c'était une bête solide, agile et, Umbre me l'assura, très rapide en cas de poursuite sur un terrain accidenté ; au sourire qu'il arbora, je compris qu'il avait personnellement éprouvé cette aptitude de sa monture. Le fou avait raison, me dis-je alors avec amertume : la guerre et l'intrigue convenaient à Umbre. Je le regardai, avec ses bottes montantes, sa vaste cape, le blason au cerf cabré qu'il affichait sur son front, au-dessus de ses yeux verts, et j'essayai de superposer à cette image celle du vieillard qui m'avait enseigné à tuer ; les années étaient là, mais il les portait différemment, et je me demandai à part moi quelles substances il prenait pour prolonger son énergie.

Pourtant, tout changé qu'il fut, c'était toujours Umbre. J'aurais voulu pouvoir me rapprocher de lui pour m'assurer qu'un lien existait encore entre nous, mais cela me fut impossible, sans que je comprisse pourquoi. En quoi son opinion m'importait-elle désormais, alors que je le savais prêt à me dépouiller de mon enfant et de mon bonheur pour le trône des Loinvoyant ? Je ressentais comme une faiblesse de ne pas trouver la force de le haïr ; je cherchai cette haine et ne rencontrai qu'une bouderie enfantine qui m'interdit de lui serrer la main lors de son départ et de lui souhaiter bonne chance ; il ne prêta nulle attention à mon humeur maussade, ce qui renforça mon sentiment de puérilité.

Quand il fut parti, le fou me remit la fonte en cuir qu'Umbre avait laissée pour moi ; j'y trouvai un couteau très pratique, une petite bourse pleine et tout un assortiment de poisons et de simples, y compris une copieuse provision d'écorce elfique. Je découvris aussi une petite papillote de graine de caris, soigneusement fermée, avec la mention de n'utiliser le produit qu'avec la plus grande prudence et en cas d'extrême nécessité. Dans un fourreau de cuir usagé était glissée une épée courte, toute simple mais en bon état. J'éprouvai soudain contre Umbre une colère inexplicable. « Ah, c'est bien de lui ! m'exclamai-je en vidant le sac sur la table pour prendre le fou à témoin. Du poison et des armes ! Voilà ce qu'il pense de moi ! Voilà comment il me considère ! Il ne voit rien d'autre que la mort pour moi !

— À mon avis, il ne t'a pas laissé tout ça pour que tu l'utilises sur toi-même », fit le fou d'un ton mesuré. Il écarta le couteau de la marionnette dont il fixait les fils. « Il veut peut-être que tu t'en serves pour te protéger.

— Mais tu ne comprends donc pas ? Ce sont des cadeaux pour le petit garçon qu'il a formé au métier d'assassin ! Il ne se rend pas compte que j'ai changé ! Il ne me pardonne pas de désirer une vie personnelle !

— Pas plus que tu ne lui pardonnes de ne plus être ton tuteur bienveillant et plein d'indulgence », répliqua sèchement le fou. Il liait les fils qui rattachaient les croix de manipulation aux membres du pantin. « C'est un peu inquiétant, n'est-ce pas, de le voir marcher fièrement comme un guerrier, risquer joyeusement sa peau pour défendre ce en quoi il croit, faire le joli cœur avec les dames, bref, se comporter comme s'il avait une existence personnelle ? »

J'eus l'impression d'avoir reçu un seau d'eau glacée. Je faillis reconnaître ma jalousie de voir Umbre s'emparer hardiment de ce qui m'échappait encore. Mais : « Ça n'a rien à voir ! » répondis-je d'un ton grinçant.

La marionnette me tança du doigt tandis que le fou souriait d'un air affecté au-dessus de sa tête. Le pantin avait une ressemblance troublante avec Ratounet. « Ce que j'observe, moi, dit le fou comme s'il se parlait à lui-même, c'est que ce n'est pas la tête de cerf de Vérité qu'il arbore sur son front. Non, l'emblème qu'il a choisi rappelle davantage... voyons... celui que le prince Vérité avait choisi pour son neveu bâtard. Tu ne vois pas une similitude ? »

Je gardai un moment le silence, puis : « Et alors ? » demandai-je à contrecœur.

Le fou fit descendre sa marionnette jusqu'au sol où la maigre créature s'agita en mouvements désarticulés. « Ni la mort du roi Subtil ni la prétendue disparition de Vérité n'ont réussi à faire sortir la belette de son trou ; c'est seulement quand il t'a cru assassiné que la colère l'a envahi au point de lui faire jeter aux orties dissimulations et déguisements et déclarer publiquement qu'il ferait monter un vrai Loinvoyant sur le trône. » La marionnette pointa un doigt sur moi.

« Tu veux dire qu'il fait tout ça pour moi ? Alors que la dernière chose que je veux, c'est que le trône me vole ma fille ? »

La marionnette croisa ses bras et hocha la tête d'un air pensif. « À ce qu'il me semble, Umbre a toujours agi dans ce qui lui paraissait ton intérêt, que cela te convienne ou non. Il étend peut-être cette attitude à ta fille. Après tout, c'est sa petite-nièce et elle est tout ce qui reste de sa lignée – Royal et toi exceptés, naturellement. » La marionnette fit quelques pas en dansant. « Comment veux-tu qu'un homme de son âge subvienne autrement aux besoins d'une enfant si jeune ? Il sait qu'il ne vivra pas éternellement. Il considère peut-être qu'elle sera plus en sécurité sur un trône que piétinée par un homme qui désire s'approprier la place. »

Je me détournai et fis semblant de trier du linge à laver. Il me faudrait longtemps pour réfléchir à tout ce qu'il m'avait dit.

*

Sans discuter, je laissai Kettricken choisir le type de tentes et de vêtements nécessaires à son expédition, et j'eus l'honnêteté de me montrer reconnaissant de ce qu'elle voulût bien me fournir à moi aussi effets et abri : je n'aurais pas pu lui reprocher de m'exclure de sa suite ; mais, au contraire, Jofron se présenta un jour avec une pile d'affaires à mon intention et prit ma pointure de pieds pour la confection des bottes avachies qu'affectionnaient les Montagnards. Invitée pleine d'entrain, elle ne cessa d'échanger des piques avec le fou ; il parlait plus couramment le chyurda que moi et j'avais par moments du mal à suivre la conversation, tandis que la moitié de ses jeux de mots m'échappaient. Je me demandai sans m'y arrêter ce qu'il y avait entre ces deux-là ; à mon arrivée, j'avais pris Jofron pour une espèce de disciple du fou, mais aujourd'hui je m'interrogeais : n'avait-elle pas feint de s'intéresser à son enseignement pour être près de lui ? Avant de sortir, elle prit aussi la mesure des pieds du fou et s'enquit des teintes et garnitures qu'il souhaitait pour ses bottes.

« De nouvelles bottes ? fis-je après qu'elle nous eut quittés. Étant donné la rareté de tes sorties, je ne vois pas à quoi elles vont te servir. »

Il me regarda dans les yeux ; son expression enjouée s'effaça. « Je dois t'accompagner, tu le sais bien », répondit-il d'un ton calme. Un curieux sourire apparut sur ses lèvres. « Pour quelle autre raison crois-tu que nous nous trouvions ici, ensemble, si loin de chez nous ? C'est par l'interaction du Catalyseur et du Prophète blanc que les événements de notre temps reprendront le bon cap. Je suis convaincu que, si nous réussissons, les Pirates rouges seront chassés des côtes des Six-Duchés et qu'un Loinvoyant héritera du trône.

— Ce serait apparemment l'accomplissement de la plupart des prophéties », fit Caudron de son coin de cheminée. Elle cousait la dernière rangée d'un tricot à une moufle épaisse. « Si le fléau de la faim aveugle est ce qu'on appelle la forgisation et que vous y mettiez un terme par vos actions, une autre prophétie serait réalisée. »

Le talent de Caudron de sortir une prophétie en toute occasion commençait à me porter sur les nerfs. Je pris une grande inspiration, puis demandai au fou : « Et que dit la reine Kettricken de ta participation à l'expédition ?

— Je ne lui en ai pas parlé, répondit-il d'un air joyeux. Je ne vais pas avec elle, Fitz : je te suis. » Il prit une expression songeuse. « Depuis ma plus tendre enfance, je sais que nous devons accomplir cette tâche, et il ne m'est jamais venu à l'esprit de douter que j'irais avec toi. J'ai commencé mes préparatifs dès le jour de ton arrivée.

— Moi aussi », murmura Caudron.

Nous nous tournâmes vers elle, bouche bée. Feignant de ne pas s'en apercevoir, elle enfila la moufle et admira son œuvre.

« Non », fis-je d'un ton catégorique : j'allais sans doute devoir assister à l'agonie des bêtes de somme ; je n'avais nulle envie de voir en plus mourir une amie. Elle était beaucoup trop âgée pour une telle aventure, c'était évident.

« Je pensais vous proposer de vous installer chez moi, dit le fou sur un ton plus mesuré. Il y a du bois pour le reste de l'hiver, quelques réserves de viande et...

— Je m'attends à mourir au cours du voyage, si cela peut vous rassurer. » Elle ôta la moufle et la posa près de sa pareille, puis examina d'un air détaché ce qui restait de son écheveau de laine et enfin se mit à monter des mailles ; le fil avançait sans à-coups entre ses doigts. « Inutile de vous inquiéter de mon sort d'ici là. J'ai préparé ce qu'il me faut ; avec un peu de troc, je me suis procuré les vivres et le matériel nécessaires. » Elle leva les yeux de ses aiguilles et ajouta à mi-voix : « J'ai les moyens d'aller au bout de ce voyage. »

Je ne pus qu'admirer sa calme certitude d'être sa propre maîtresse et de pouvoir disposer de sa vie comme elle l'entendait ; je me demandai soudain ce qui m'avait poussé à la considérer comme une vieille femme sans défense dont il faudrait prendre soin. Elle reporta son regard sur ses mailles – sans nécessité, car ses doigts s'activaient, qu'elle les surveille ou non. « Vous m'avez comprise, je vois », fit-elle ; et tout fut dit.

Je n'ai jamais connu d'expédition qui se déroulât comme prévu : en général, plus elle est considérable, plus on rencontre de difficultés, et la nôtre ne fit pas exception à la règle. Le matin de la veille de notre départ, une main me réveilla en me secouant rudement.

« Debout, Fitz ! Nous devons partir tout de suite », me dit Kettricken.

Je me redressai lentement dans mon lit. Le sommeil m'avait fui aussitôt mais ma blessure encore sensible ne m'incitait pas aux gestes trop brusques. Le fou était assis au bord de son lit, avec une expression inhabituellement inquiète. « Que se passe-t-il ? demandai-je.

— Royal. » Jamais je n'avais entendu mettre autant de venin dans un seul mot. Elle était blême et ne cessait de serrer et de desserrer les poings à ses côtes. « Il a fait parvenir à mon père un courrier sous pavillon de trêve où il nous accuse d'abriter un traître reconnu aux Six-Duchés ; il déclare que si nous vous livrons à lui, il y verra un signe de bonne volonté envers les Six-Duchés et ne nous considérera pas comme des ennemis ; mais dans le cas contraire il lâchera ses troupes qu'il a massées à nos frontières, car il saura que nous complotons contre lui avec ses adversaires. » Elle se tut. « Mon père réfléchit à ce qu'il convient de faire.

— Kettricken, je ne suis qu'un prétexte ! » protestai-je. Mon cœur martelait ma poitrine ; Œil-de-Nuit poussa un gémissement inquiet. « Vous savez bien qu'il lui a fallu des mois pour placer ses troupes ! Elles ne sont pas là à cause de ma présence chez vous ! Il compte faire mouvement contre le royaume des Montagnes quoi qu'il arrive. Vous connaissez Royal : ce n'est qu'une menace pour voir s'il peut vous amener à me livrer à lui ; une fois que vous l'aurez fait, il trouvera une autre excuse pour attaquer.

— Je ne suis pas une imbécile, coupa-t-elle d'un ton glacé. Nos guetteurs ont repéré ses troupes depuis des semaines, et nous nous sommes préparés du mieux possible.

Nos montagnes ont toujours constitué notre plus solide défense, mais nous n'avons jamais affronté un ennemi organisé en si grand nombre. Mon père est Oblat, Fitz ; il doit agir au mieux des intérêts du royaume des Montagnes. En ce moment même, il doit donc se demander si vous livrer lui donnera une chance de traiter avec Royal. Ne le croyez pas stupide au point de lui faire confiance ; mais plus il pourra retarder une attaque contre son peuple, meilleure sera notre préparation.

— Apparemment, le choix est limité, fis-je d'un ton amer.

— Mon père n'avait aucune raison de me mettre au courant de ce message, rétorqua Kettricken. C'est à lui seul que revient la décision. » Elle planta son regard dans le mien et je retrouvai dans ses yeux un peu de notre ancienne amitié. « Il n'est pas impossible qu'il m'offre ainsi l'occasion de vous escamoter avant que je ne refuse son ordre de vous livrer à Royal. Il envisage peut-être de lui dire que vous vous êtes enfui mais qu'il compte vous poursuivre. »

Dans le dos de Kettricken, le fou enfilait des jambières sous sa chemise de nuit.

« Ce sera plus difficile que prévu, me confia la reine. Je ne puis plus impliquer de Montagnards dans cette affaire ; en conséquence, il n'y aura plus que vous, Astérie et moi seuls ; et nous devons partir dans l'heure.

— Je serai prêt, promis-je.

— Rendez-vous derrière le hangar à bois de Joss », dit-elle, puis elle sortit.

Je regardai le fou. « Eh bien, avertissons-nous Caudron ?

— Pourquoi me poser cette question à moi ? » repartit-il.

Je haussai les épaules, puis me levai et me vêtis rapidement. Par bien des côtés, je n'étais pas prêt, mais je n'y pouvais rien. En très peu de temps, le fou et moi nous retrouvâmes le sac sur le dos ; Œil-de-Nuit se dressa, s'étira consciencieusement et nous précéda vers la porte. *La cheminée me manquera, mais la chasse sera meilleure.* J'enviai la sérénité avec laquelle il prenait tout.

Du regard, le fou examina une dernière fois la pièce, puis il ferma la porte derrière nous. « C'était la première fois que j'avais un logement rien qu'à moi, remarqua-t-il alors que nous nous mettions en route.

— Tu sacrifies beaucoup à cette aventure », fis-je d'un ton gêné en songeant à ses outils, à ses marionnettes à demi achevées et même à ses plantes devant la fenêtre. Malgré moi, je me sentais coupable, peut-être parce que j'étais soulagé de ne pas partir seul.

Il me jeta un bref coup d'œil et haussa les épaules. « Je m'emmène moi-même : c'est tout ce dont j'ai vraiment besoin, et tout ce que je possède réellement. » Il se retourna vers la porte qu'il avait peinte de ses propres mains. « Jofron prendra soin de ma maison – et de Caudron. »

Laissait-il derrière lui plus qu'il ne m'en avait dit ? Je l'ignorais.

Nous approchions du hangar à bois quand je vis des enfants, sur le chemin, courir vers nous. « Le voilà ! » cria l'un d'eux, le doigt tendu. Je lançai un regard surpris au fou, puis me raidis en me demandant ce qui allait se passer. Comment se défendre contre des enfants ? Interdit, j'attendis l'assaut. Mais le loup, lui, n'attendit pas : il se ramassa dans la neige, la queue à plat ; puis, comme les enfants continuaient de se précipiter vers nous, il bondit brusquement vers le premier. « NON ! » hurlai-je, horrifié, mais ni les uns ni les autres ne prêtèrent attention à mon cri. Les pattes antérieures du loup heurtèrent l'enfant en pleine poitrine et le firent bouler brutalement dans la neige ; en un éclair, Œil-de-Nuit se releva et bondit vers les autres qui s'enfuirent avec des éclats de rire suraigus tandis qu'il les rattrapait et les fauchait les uns après les autres. Alors qu'il jetait le dernier à terre, le premier, qui s'était remis sur pied, entreprit de le pourchasser en faisant de vains moulinets avec les bras pour le saisir par la queue lorsque le loup le frôlait, la langue pendante.

À deux reprises encore, il jeta les enfants dans la neige, puis il s'arrêta net au milieu d'un virage. Il regarda ses compagnons de jeu qui se relevaient, puis me jeta un coup d'œil par-dessus l'épaule ; il baissa les oreilles d'un air contrit et reporta son regard sur les enfants en remuant la queue au ras de la neige. Une petite fille était en train d'extraire de sa poche un morceau de pain au lard tandis qu'une autre agitait une lanière de cuir pour l'attirer dans une partie de à-qui-tirera-la-corde-le-plus-fort. Je fis semblant de ne rien remarquer.

Je vous rattraperai plus tard, fit-il.

Je n'en doute pas, répliquai-je sèchement. Le fou et moi poursuivîmes notre chemin. Un dernier coup d'œil en arrière me montra le loup les crocs enfoncés dans le cuir et les quatre pattes fermement plantées dans la neige tandis que deux enfants tiraient sur l'autre extrémité de la lanière. Je savais désormais à quoi il passait ses après-midi, et je crois que j'en ressentis un pincement de jalousie.

Kettricken nous attendait en compagnie de six jeppas attachés ensemble en colonne. Je regrettais à présent de ne pas m'être davantage renseigné sur ces bêtes, mais à l'origine c'étaient d'autres que moi qui devaient en avoir la charge. « Nous les emmenons tous ? demandai-je, consterné.

— Il serait trop long de déballer les affaires et de refaire des bâts avec le seul nécessaire ; plus tard, nous abandonnerons peut-être le matériel et les animaux en trop, mais, pour le moment, je souhaite simplement partir le plus vite possible.

— Alors, allons-y », dis-je.

Kettricken posa un regard appuyé sur le fou. « Que faites-vous ici ? Vous voulez faire vos adieux à Fitz ?

— Où il va, je vais », répondit le fou à mi-voix.

Une expression adoucie passa sur les traits de la reine. « Il va faire froid, Fou ; je n'ai pas oublié combien vous avez souffert sur la route qui nous menait aux Montagnes. Or, là où nous nous rendons, le froid durera encore alors que le printemps sera sur Jhaampe.

— Où il va, je vais », répéta doucement le fou.

Kettricken secoua la tête, puis haussa les épaules ; elle remonta la colonne de jeppas et claqua des doigts : l'animal de tête agita ses oreilles hirsutes et lui emboîta le pas, entraînant ses congénères. Leur obéissance m'impressionna ; je tendis mon esprit vers eux et découvris un instinct grégaire si puissant qu'ils se considéraient à peine comme des individus distincts. Tant que celui de tête suivrait Kettricken, les autres ne poseraient pas de problème.

Kettricken nous fit emprunter une piste qui ne valait guère mieux qu'un sentier et serpentait derrière les chaumières clairsemées où logeaient les résidents d'hiver de Jhaampe ; en peu de temps, nous dépassâmes la dernière maison et nous enfonçâmes dans des bois anciens. Le fou et moi marchions derrière les animaux ; j'observai celui qui nous précédait et notai que ses larges pattes s'étalaient sur la neige d'une façon très similaire à celles du loup. Leur allure était celle d'une marche rapide.

Nous n'avions guère avancé quand un cri retentit

derrière nous ; je me raidis et jetai un vif coup d'œil en arrière : c'était Astérie qui arrivait en courant, son sac rebondissant sur son dos. Parvenue à notre hauteur, elle s'exclama d'un ton accusateur : « Vous êtes partis sans moi ! »

Le fou eut un sourire réjoui tandis que je haussais les épaules. « Je suis parti quand ma reine me l'a ordonné », dis-je.

Elle nous foudroya du regard, puis remonta lourdement la colonne de jeppas sur le côté de la piste pour rattraper Kettricken. Leurs voix étaient clairement distinctes dans l'air glacé. « Je vous ai dit que je partais tout de suite, fit la reine d'un ton sévère. C'est ce que j'ai fait. »

À mon grand étonnement, Astérie eut le bon sens de ne pas insister. Elle pataugea un moment dans la neige aux côtés de Kettricken, puis renonça peu à peu, se laissa dépasser par les jeppas, puis par le fou et enfin par moi, et se retrouva en queue de peloton. J'avais de la peine pour elle : elle allait avoir du mal à soutenir notre allure ; et puis je songeai à ma fille et je ne me retournai même pas pour m'assurer qu'elle ne se laissait pas distancer.

Ce fut le début d'une longue et monotone journée. Le chemin montait sans cesse, sans excès, mais grimper constamment était épuisant. Kettricken ne ralentissait jamais et nous forçait à conserver une allure régulière. Nul ne parlait beaucoup ; pour ma part, j'étais trop occupé à ne pas perdre mon souffle et à essayer de ne pas faire attention à la douleur qui grandissait peu à peu dans mon dos : ma blessure était refermée mais les muscles alentour étaient à peine guéris et protestaient.

De grands arbres se dressaient tout autour de nous, des conifères pour la plupart, plus quelques essences que je ne connaissais pas, et ils muaient la grisaille de ce jour d'hiver en un éternel crépuscule. Peu de broussailles encombraient notre route : le paysage se composait surtout d'alignements désordonnés de troncs immenses coupés par quelques basses branches ; dans leur majorité, cependant, les ramures vivantes se trouvaient loin au-dessus de nos têtes. De temps en temps, nous passions devant des bosquets d'arbres à feuilles caduques qui avaient profité de la trouée laissée par la mort d'un géant. La neige de la piste était bien battue, souvent foulée, à l'évidence, par des animaux et des hommes à skis ; la trace était toutefois étroite et, si l'on n'y prêtait pas attention, il était facile de s'en écarter et de s'enfoncer dans une épaisseur inattendue de neige vierge. Je m'efforçais d'ouvrir l'œil.

La journée était douce selon les critères montagnards et je m'aperçus bientôt que les vêtements fournis par Kettricken conservaient fort efficacement la chaleur ; je dégrafai mon manteau à la hauteur de ma gorge, puis le col de ma chemise pour me rafraîchir ; le fou, lui, rejeta en arrière le capuchon bordé de fourrure de son manteau et je vis qu'il portait en dessous une coiffe de laine gaiement colorée ; le gland accroché au sommet par un fil dansait au rythme de sa marche. Si notre allure le gênait, il n'en disait rien. Peut-être, comme moi, n'avait-il plus assez de souffle pour se plaindre.

Peu après midi, Œil-de-Nuit nous rejoignit.

« Bon toutou ! » lui lançai-je.

Cette insulte n'est rien à côté des noms que vous donne Caudron, répondit-il d'un ton satisfait. *Je vous plaindrai tous quand la vieille femelle rattrapera la meute. Elle a un bâton.*

Elle nous suit ?

Elle piste bien pour une humaine sans nez. Et Œil-de-Nuit nous dépassa au petit trot, en se déplaçant avec une aisance étonnante dans la neige épaisse du bord du sentier. Je sentis qu'il savourait l'onde d'inquiétude que son odeur faisait passer dans la colonne de jeppas. Il parvint à la hauteur de Kettricken, puis se plaça devant elle; une fois en tête, il continua d'avancer, la démarche assurée, comme s'il connaissait le chemin. Je ne tardai pas à le perdre de vue, mais je ne me faisais pas de souci : il reviendrait souvent sur ses pas pour s'assurer que nous suivions.

« Caudron est sur nos traces », dis-je au fou.

Il m'adressa un regard interrogateur.

« D'après Œil-de-Nuit, elle est très en colère contre nous. »

Un petit soupir fit monter et descendre ses épaules. « Ma foi, elle a le droit de prendre ses propres décisions », dit-il en se parlant à lui-même. Puis, à moi : « Ça m'effraye toujours un peu quand vous faites ça, le loup et toi.

— Ça te gêne, que j'aie le Vif ?

— Ça te gêne de me regarder droit dans les yeux ? » répliqua-t-il.

Il n'était pas utile d'en dire davantage. Nous poursuivîmes notre progression.

Kettricken nous imposa une allure régulière tant que le jour dura, après quoi nous nous arrêtâmes sur une zone de terre piétinée à l'abri d'un grand arbre ; bien qu'apparemment peu fréquentée, la piste que nous suivions était manifestement une des voies commerciales qui menaient à Jhaampe. Kettricken, sans laisser place à la discussion, nous donna ses instructions ; elle indiqua à la ménestrelle un petit tas de bois sec protégé par une bâche : « Prenez-en un peu pour faire du feu, puis veillez à remplacer au moins la quantité utilisée ; beaucoup de voyageurs font halte ici et, par mauvais temps, des vies peuvent dépendre de ce bois. » Astérie obéit docilement.

Sous ses ordres encore, le fou et moi montâmes un abri ; quand nous eûmes terminé, devant nous se dressait une tente en forme de champignon. Ensuite, la reine distribua les corvées : décharger les affaires de couchage et les transporter dans la tente, débâter les animaux, attacher le chef et faire fondre de la neige pour avoir de l'eau ; elle-même fit amplement sa part de travail. J'admirai avec quelle efficacité elle avait établi notre camp et pourvu à nos besoins, et je me rendis compte avec un coup au cœur qu'elle me faisait penser à Vérité. Elle aurait fait un bon soldat.

Une fois le bivouac installé, le fou et moi échangeâmes un regard, puis j'allai trouver Kettricken qui examinait les jeppas ; les robustes bêtes étaient déjà occupées à grignoter les bourgeons et l'écorce des arbustes qui poussaient près du camp. « Il est possible que Caudron nous suive, lui annonçai-je. Pensez-vous que je doive revenir sur nos pas pour la chercher ?

— Pour quoi faire ? » répliqua Kettricken. La question aurait pu paraître cruelle mais la reine poursuivit : « Si elle est capable de nous rattraper, nous partagerons nos vivres, vous le savez. Mais, à mon avis, elle se fatiguera avant d'arriver jusqu'à nous et elle fera demi-tour, si ce n'est pas déjà fait. »

À moins qu'épuisée elle ne gise sur le bord de la piste, me dis-je. Mais je n'allai pas à sa rencontre : j'avais reconnu dans les paroles de Kettricken la mentalité rude et pratique des Montagnards ; elle respecterait la volonté de Caudron de nous suivre, et même si la vieille femme devait y laisser la vie, elle n'interviendrait pas dans sa décision. Je savais que, chez les Montagnards, il n'était pas rare qu'une personne âgée choisisse ce qu'ils appelaient le retrait, exil librement accepté durant lequel le froid pouvait mettre un terme à toutes les infirmités. Je respectais moi aussi le droit de Caudron de décider de son chemin de vie, quitte à ce qu'elle en meure ; mais cela ne m'empêcha pas d'envoyer Œil-de-Nuit sur nos traces afin de voir si elle nous suivait toujours, en voulant me persuader qu'il ne s'agissait que de curiosité de ma part ; le loup venait de rentrer au camp, un lièvre blanc éclaboussé de sang entre les crocs. À ma prière, il se leva, s'étira et me dit d'un air lugubre : *Alors, surveille ma viande.* Et il disparut dans le soir tombant.

Le repas, composé de gruau et de galettes, venait d'être servi quand Caudron se présenta, Œil-de-Nuit sur les talons. Elle se dirigea d'un air dédaigneux vers le feu et s'y réchauffa les mains en nous foudroyant du regard, le fou et moi ; nous échangeâmes un coup d'œil coupable, et je m'empressai d'offrir à Caudron la tasse de tisane que je venais de me verser. Elle la prit, la but, puis, d'un ton accusateur : « Vous êtes partis sans moi.

— C'est vrai, reconnus-je. Kettricken est venue nous avertir que nous nous mettions en route sans attendre, si bien que le fou et moi...

— Mais je vous ai rattrapés ! fit-elle, triomphante, sans me laisser finir ma phrase. Et je compte bien vous accompagner.

— Nous sommes en fuite, intervint Kettricken avec calme. Nous ne pouvons ralentir notre allure pour vous permettre de nous suivre. »

Les yeux de Caudron étincelèrent presque. « Vous l'ai-je demandé ? » demanda-t-elle d'un ton acerbe.

Kettricken haussa les épaules. « Je voulais que tout soit clair, répondit-elle.

— C'est clair », fit Caudron. La question était réglée.

J'avais assisté à leur échange dans une sorte de stupeur

admirative, et je sentis mon respect croître pour ces deux femmes. Je compris alors, je crois, comment Kettricken se percevait elle-même : elle était reine des Six-Duchés et n'avait pas le moindre doute à ce sujet ; mais, à la différence de bien d'autres à sa place, elle ne s'était pas retranchée derrière son titre ni vexée de la réplique cinglante de Caudron ; non, elle lui avait répondu de femme à femme, avec respect mais aussi autorité. Une fois encore, j'avais eu un aperçu de son caractère et je n'y avais décelé aucun défaut.

Nous partageâmes tous la yourte cette nuit-là. Kettricken emplit un petit brasero de braises prélevées dans notre feu, le plaça à l'intérieur, et notre abri s'en trouva aussitôt étonnamment confortable. Elle distribua des tours de garde, sans oublier de s'y inclure, ainsi que Caudron ; les autres dormirent bien, mais je restai éveillé quelque temps : j'avais repris la route pour retrouver Vérité, et cela soulageait dans une petite mesure la pression de l'ordre d'Art ; mais je me dirigeais également vers le fleuve où il avait plongé ses bras dans l'Art pur, et cette image fascinante rôdait toujours désormais aux frontières de ma conscience ; je repoussai résolument cette tentation, mais elle ne cessa ensuite d'envahir tous mes rêves. Nous levâmes le camp très tôt et nous mîmes en route avant que le jour fût tout à fait là. Kettricken nous ordonna de nous débarrasser d'une seconde yourte, plus petite, prévue pour loger les compagnons que nous avions finalement laissés à Jhaampe ; elle l'abandonna soigneusement emballée à l'emplacement du bivouac, à la disposition d'autres voyageurs ; en contrepartie, le jeppa ainsi allégé se vit chargé du plus gros des affaires jusque-là portées à dos d'homme ; j'en fus soulagé car mon dos me lançait désormais sans arrêt.

Quatre jours durant, Kettricken nous maintint à cette cadence. S'attendait-elle que nous fussions pourchassés ? Je ne lui posai pas la question, et, de toute façon, les occasions de parler en privé étaient rares. Kettricken marchait toujours en tête, suivie par les bêtes, le fou et moi, Astérie et, souvent à quelque distance derrière nous, Caudron. Les deux femmes tenaient leurs promesses respectives : Kettricken ne ralentissait pas l'allure pour la vieille femme, et Caudron ne s'en plaignait jamais. Chaque soir, elle arrivait tard au camp, en général en compagnie d'Œil-de-Nuit, juste à temps pour partager notre repas et notre abri pour la nuit ; mais elle se levait en même temps que Kettricken le lendemain matin, et sans la moindre récrimination.

Le quatrième soir, alors que, rassemblés sous la tente, nous nous apprêtions tous à dormir, Kettricken s'adressa soudain à moi. « FitzChevalerie, je souhaiterais votre avis. »

Je me redressai sur ma couche, surpris par le formalisme de sa requête. « Je suis à votre service, ma reine. »

À côté de moi, le fou étouffa un ricanement ; Kettricken et moi devions en effet paraître un peu déplacés, au milieu d'un méli-mélo de couvertures et de fourrures, à nous parler sur un ton aussi solennel. Mais je ne changeai pas d'attitude.

Kettricken ajouta un peu de bois dans le brasero pour donner de la lumière, puis elle sortit un cylindre émaillé, en ôta le capuchon et en tira un vélin. Comme elle le déroulait, je reconnus la carte qui avait inspiré son entreprise à Vérité ; la revoir dans ce décor me fit une impression curieuse : elle appartenait à une époque beaucoup plus stable de ma vie où les repas fins et copieux allaient de soi, où mes vêtements étaient coupés à mes mesures et où je savais le soir dans quel lit j'allais coucher. C'était injuste : mon univers avait subi bouleversement sur bouleversement depuis la dernière fois que j'avais vu cette carte, tandis qu'elle demeurait inchangée, antique feuille de vélin couverte d'un entrelacs de lignes. Kettricken la plaqua sur ses genoux et tapota une zone vierge du bout de l'index. « Voici à peu près où nous nous trouvons », me dit-elle. Elle prit une inspiration comme si elle s'armait de courage, puis elle indiqua une autre zone, vierge d'inscriptions elle aussi. « Et voilà où nous avons découvert les traces de combat, où j'ai découvert le manteau de Vérité et... les ossements. » Sa voix trembla légèrement sur ces derniers mots. Elle me regarda brusquement et je vis dans ses yeux une expression disparue depuis Castelcerf. « C'est dur pour moi, vous savez, Fitz. J'ai recueilli ces ossements, persuadée que c'étaient les siens ; de longs mois durant, je l'ai cru mort, et aujourd'hui, sur la seule foi d'une magie que je ne possède ni ne comprends, je m'efforce de le croire vivant, de me convaincre que l'espoir existe encore. Mais... mes mains ont tenu ces os, et elles ne peuvent oublier leur poids, leur froidure, ni mon nez leur odeur.

— Il est vivant, ma dame », assurai-je à mi-voix.

Elle soupira de nouveau. « Voici ce que je veux vous demander : devons-nous nous rendre directement là où les pistes sont indiquées sur cette carte, celles que Vérité disait vouloir suivre ? Ou bien souhaitez-vous d'abord inspecter le site du combat ? »

Je réfléchis un instant. « Vous avez recueilli sur ce site tout ce qu'il y avait à recueillir, j'en suis persuadé, ma dame. Le temps a passé depuis lors, un demi-été et plus d'une moitié d'hiver. Non, je ne vois pas ce que j'y découvrirais qui aurait échappé à vos pisteurs alors que le sol était vierge de neige. Vérité est vivant, ma reine, et il ne s'y trouve pas ; ce n'est donc pas là qu'il faut le chercher, mais là où il disait devoir aller. »

Elle acquiesça lentement de la tête mais, si mes propos lui avaient rendu courage, elle n'en montra rien et se contenta de tapoter à nouveau la carte du doigt. « La route indiquée ici nous est connue ; c'était autrefois une voie commerciale et, bien que nul ne se rappelle quelle en était la destination, elle est encore en usage ; les villages les plus reculés et les trappeurs les plus solitaires maintiennent ouverts des sentiers qui y conduisent et ils la suivent ensuite jusqu'à Jhaampe. Nous aurions pu l'emprunter depuis le début, mais je n'y tenais pas : elle est trop fréquentée ; nous avons pris le chemin le plus rapide, sinon le plus large. Demain, néanmoins, nous croiserons cette piste et nous la prendrons pour nous enfoncer dans les Montagnes en tournant le dos à Jhaampe. » De l'index, elle suivit le tracé de la route. « Je ne suis jamais allée dans cette partie du royaume, avoua-t-elle sans détour. Rares sont ceux qui s'y sont rendus, en dehors de certains trappeurs et de quelques aventuriers désireux de vérifier si les vieilles légendes sont exactes ; en général, ils en rapportent des histoires encore plus étranges que celles qui les ont poussés à s'y risquer. »

Je regardais ses doigts pâles errer lentement sur la carte. La mince ligne de l'ancienne route se divisait en trois pistes avec des destinations différentes ; elle commençait et s'achevait apparemment sans but ni origine : les indications autrefois portées aux extrémités de ces lignes n'étaient aujourd'hui plus que des fantômes d'encre. Nous n'avions aucun moyen de savoir quelle direction Vérité avait prise ; les trois pistes semblaient proches les unes des autres sur la carte mais, étant donné la nature du terrain, elles pouvaient être séparées par des jours, voire des semaines de trajet ; en outre, je n'étais pas du tout convaincu que l'échelle fût exacte sur cette vieille carte.

« Par où commençons-nous ? » demandai-je à Kettricken.

Après une brève hésitation, elle désigna l'extrémité d'une des pistes. « Par ici. Je pense que c'est la plus proche.

— C'est un choix raisonnable. »

Elle planta de nouveau ses yeux dans les miens. « Fitz, ne pouvez-vous simplement l'artiser et lui demander où il se trouve ? Ou le prier de nous rejoindre ? Ou au moins de nous dire pourquoi il n'est pas revenu auprès de moi ? »

À chacun de mes signes de dénégation, ses yeux s'agrandissaient. « Mais pourquoi ? s'exclama-t-elle d'une voix tremblante. La fameuse magie secrète des Loinvoyant ne peut même pas le rappeler à nous dans cette extrémité ? »

Je ne la quittais pas des yeux tout en regrettant la présence de tant d'oreilles attentives autour de nous : malgré tout ce que Kettricken savait de moi, j'éprouvais encore beaucoup de gêne à parler de l'Art à quiconque en dehors de Vérité. Je pesai soigneusement mes mots. « En l'artisant, je risque de le mettre en grand danger, ma dame, ou de nous attirer des ennuis.

— Comment cela ? » fit-elle d'un ton insistant.

Je jetai un bref coup d'œil au fou, à Caudron et Astérie ; j'avais moi-même du mal à m'expliquer le malaise que j'éprouvais à parler ouvertement d'une magie gardée secrète pendant de nombreuses générations ; mais c'était ma reine qui se tenait devant moi et elle m'avait posé une question. Je baissai les yeux. « Le clan que Galen a créé n'a jamais été loyal au roi – ni au roi Subtil, ni au roi

Vérité. Il a toujours été au service d'un traître et employé pour jeter le doute sur la santé mentale du roi et saper sa capacité à défendre le royaume. »

Un petit hoquet échappa à Caudron tandis que les yeux bleus de Kettricken prenaient une teinte gris acier. Je poursuivis. « Aujourd'hui, si je devais artiser Vérité, les membres du clan risqueraient de surprendre notre conversation et, par cet usage de l'Art, de découvrir où il est, ou bien où nous sommes. Ce sont devenus de puissants artiseurs et ils ont inventé des moyens d'utiliser cette magie que je n'ai jamais appris : ils sont capables d'espionner d'autres artiseurs, d'infliger de grandes souffrances ou de créer des illusions. J'ai peur d'artiser mon roi, reine Kettricken, et, s'il a choisi de ne pas me contacter, c'est, je suppose, qu'il partage mes craintes. »

Kettricken était devenue très pâle. Elle chuchota : « Ils lui ont toujours été infidèles, Fitz ? N'ont-ils pas du tout participé à la défense des Six-Duchés ? »

Je pesai ma réponse comme si je rendais compte à Vérité lui-même. « Je ne dispose d'aucune preuve, ma dame, mais je pense que certains messages d'Art concernant les Pirates rouges n'ont jamais été transmis, ou bien ont été délibérément retardés ; les ordres que Vérité artisait aux membres du clan dans les tours de guet n'arrivaient sans doute pas aux châteaux qu'ils avaient charge de garder, mais ils lui obéissaient suffisamment pour que Vérité fût incapable, plusieurs heures après avoir donné ses ordres, de savoir s'ils avaient été transmis ou non ; aux yeux de ses ducs, ses efforts apparaissaient alors vains, ses stratégies inopportunes ou absurdes. » Je laissai ma voix s'éteindre devant la colère qui envahissait le visage de Kettricken et rougissait ses pommettes.

« Combien de vies ? fit-elle d'un ton âpre. Combien de

villes ? Combien de morts, ou, pire, de forgisés ? Tout cela à cause de la rancune d'un prince, à cause de l'ambition d'un enfant gâté pour le trône ? Comment a-t-il pu faire cela, Fitz ? Comment a-t-il pu supporter de laisser des gens mourir dans le seul but de faire passer son frère pour ridicule et incompétent ? »

J'ignorais la réponse à ces questions. « Peut-être n'étaient-ce pas pour lui des gens et des villes, mais de simples pions, des objets qui appartenaient à Vérité et qu'il devait détruire s'il ne pouvait pas se les approprier. »

Kettricken ferma les yeux. « Cela n'est pas pardonnable », dit-elle pour elle-même. Elle paraissait presque souffrante. D'un ton étrange, à la fois doux et péremptoire, elle ajouta : « Il vous faudra le tuer, FitzChevalerie. »

Je ressentis une curieuse impression à recevoir enfin cet ordre royal. « Je le sais, ma dame ; je le savais déjà lors de ma dernière tentative.

— Non, me reprit-elle. Lors de votre dernière tentative, vous agissiez pour vous-même ; ignoriez-vous que de là venait mon courroux contre vous ? Cette fois, je vous dis que vous devez le tuer pour le bien des Six-Duchés. » Elle hocha la tête d'un air presque surpris. « C'est ainsi seulement qu'il peut être l'Oblat de son peuple : en se faisant tuer avant de lui faire davantage de mal. »

Soudain, elle promena son regard sur le cercle de ses compagnons qui la dévisageaient, serrés sous la tente. « Allons, au lit, nous dit-elle comme si elle s'adressait à des enfants désobéissants. Nous devons nous lever tôt et voyager rapidement. Dormez tant que vous en avez la possibilité. »

Astérie sortit prendre le premier tour de garde, les autres s'allongèrent et, alors que les flammes du brasero s'éteignaient et que la lumière baissait, tous s'endormirent ;

malgré ma fatigue, pourtant, je demeurai les yeux ouverts dans le noir. Je n'entendais autour de moi que de lourdes respirations et le vent de la nuit qui glissait lentement entre les arbres ; en tendant mon esprit, je percevais Œil-de-Nuit qui rôdait non loin, prêt à bondir sur la première souris imprudente qu'il rencontrerait. La paix et l'immobilité de la forêt sous la neige nous enveloppaient. Tous dormaient à poings fermés, sauf Astérie.

Nul autre que moi n'entendait le flot impétueux du besoin d'Art qui grandissait en moi à chaque journée de notre voyage. Je n'avais pas confié à la reine mon autre crainte : celle de ne pas revenir si j'artisais Vérité, de m'immerger dans le fleuve d'Art et de le laisser m'emporter à jamais. La seule pensée de cette tentation déclenchait en moi un frémissement proche de l'abjection. Farouchement, je dressai remparts et murailles et plaçai tous les garde-fous possibles entre moi et l'Art qu'on m'avait enseigné : ce soir, je m'efforçais non seulement d'empêcher Royal et son clan d'entrer, mais aussi de m'empêcher de sortir.

12

LA ROUTE D'ART

D'où provient véritablement la magie ? L'a-t-on dans le sang dès la naissance, de même que certains chiens naissent avec le talent de suivre une piste tandis que d'autres sont doués pour garder les troupeaux ? Est-ce un savoir qui peut s'acquérir par la simple volonté d'apprendre ? Ou bien les diverses magies sont-elles inhérentes aux pierres, aux eaux et aux terres du monde, si bien qu'un enfant s'en imprègne avec l'eau qu'il boit ou l'air qu'il respire ? Toutes ces questions, je les pose sans avoir la moindre idée de la façon d'y trouver les réponses. Si nous connaissions l'origine de la magie, celui qui le désirerait pourrait-il créer un sorcier de grand pouvoir ? Pourrait-on élever un enfant pour la magie comme on élève un cheval pour le labour ou la vitesse ? Ou bien choisir un nourrisson et commencer à le former avant même qu'il sache parler ? Ou encore bâtir son logis là où la terre regorge le plus de magie et où l'on peut y puiser à loisir ? Ces questions m'effraient tant que seul m'incite à y chercher réponse le fait que, si je ne m'y lance pas, quelqu'un d'autre risque de le faire à ma place.

*

C'est en début d'après-midi que nous parvînmes à la piste large indiquée sur la carte ; notre étroit sentier s'y fondit comme un ruisseau dans une rivière. Nous devions la suivre pendant quelques jours ; parfois, elle passait devant des hameaux nichés dans un repli protecteur des Montagnes, mais alors, loin d'y faire halte, Kettricken nous faisait au contraire presser le pas. Nous croisions aussi d'autres voyageurs qui nous saluaient courtoisement mais refusaient fermement toute tentative de conversation ; si aucun d'entre eux reconnut en Kettricken la fille d'Eyod, il n'en laissa rien voir. Vint un jour, cependant, où nous voyageâmes du matin jusqu'au soir sans apercevoir âme qui vive, non plus que hameau ou chaumière. La piste se rétrécit, et les seules traces qu'elle portait étaient anciennes et brouillées par de récentes chutes de neige.

Quand nous la reprîmes le lendemain matin, elle se réduisit bientôt à une vague sente qui serpentait entre les arbres ; à plusieurs reprises, Kettricken s'arrêta pour examiner les alentours, et, une fois, elle nous fit rebrousser chemin pour prendre une autre direction ; je restais pour ma part incapable de détecter les signes sur lesquels elle se fondait.

Ce soir-là, une fois le camp monté, elle sortit à nouveau la carte pour l'étudier. Sentant son incertitude, j'allai m'asseoir auprès d'elle et, sans lui poser de question ni lui donner de conseil, je contemplai avec elle les dessins à demi effacés. Enfin, elle me regarda.

« Je pense que nous sommes ici, dit-elle en montrant le bout de la piste marchande que nous avions suivie. Plus au nord, nous devrions tomber sur cette autre route ; j'espérais qu'il existait une ancienne piste pour les relier : il me semblait logique que cette vieille voie soit rattachée à une autre, plus oubliée. Mais à présent... » Elle soupira. « Demain, nous irons à l'aveuglette en souhaitant que la chance nous sourie. »

Nul d'entre nous ne trouva d'encouragement dans ces derniers mots.

Néanmoins, le lendemain, nous reprîmes notre progression, droit vers le nord, à travers des bois qui paraissaient n'avoir jamais connu la hache ; les branches s'entrelaçaient loin au-dessus de nos têtes tandis que d'innombrables générations de feuilles et d'aiguilles formaient un épais tapis sous la neige inégale qui était parvenue jusqu'au sol. Pour mon Vif, les arbres de cette forêt possédaient une vie spectrale quasi animale, comme s'ils avaient acquis une sorte de conscience par la seule vertu de leur âge ; mais c'était la conscience du vaste monde de la lumière, de l'humidité, de la terre et de l'air : ils ne s'intéressaient nullement à notre présence et, l'après-midi venu, j'avais le sentiment de n'avoir pas plus d'importance qu'une fourmi. Je n'aurais jamais imaginé être un jour dédaigné par un arbre.

Tandis que nous marchions et que les heures s'écoulaient, je ne devais pas être le seul à me demander si nous ne nous étions pas complètement égarés. Une forêt aussi ancienne aurait pu engloutir une route en une génération, les racines soulever les pavés, les feuilles et les aiguilles la recouvrir entièrement ; celle que nous cherchions n'existait peut-être plus que sous la forme d'une ligne sur une vieille carte.

C'est le loup, toujours très loin devant nous, qui la repéra le premier.

Je n'aime pas ça du tout, fit-il.

« La route est par là ! » criai-je à Kettricken, devant moi. Ma voix maigrelette évoquait le bourdonnement d'une mouche dans une salle immense, et je fus presque surpris que la reine m'entendît et se retournât. Elle vit mon doigt tendu et, avec un haussement d'épaules, mena l'animal de tête plus à l'ouest. Nous parcourûmes encore une certaine distance avant de distinguer une trouée droite comme un i dans la masse des arbres, éclairée par un rai de lumière. Kettricken fit descendre ses jeppas sur la large surface.

Qu'est-ce qui ne te plaît pas ?

Le loup s'ébroua comme pour éjecter l'eau de ses poils. *Cette piste est trop humaine. C'est comme un feu pour faire cuire la viande.*

Je ne comprends pas.

Il rabattit ses oreilles en arrière. *C'est comme une grande force rapetissée et pliée à la volonté d'un homme. Le feu cherche toujours à échapper à ce qui l'enferme ; cette route aussi.*

Sa réponse ne m'expliquait rien. J'arrivai moi-même à la route, derrière les jeppas et Kettricken. La large piste coupait droit à travers les arbres, en dessous du niveau de la forêt, comme la trace laissée par un enfant qui traîne un bâton dans du sable. Les arbres poussaient tout le long et la surplombaient, mais aucune racine ne l'avait crevée, aucun baliveau n'en avait jailli, et la neige qui la couvrait ne portait pas la moindre marque, pas même celle d'un oiseau ; on n'y voyait même pas d'empreintes anciennes à demi effacées par la neige : nul animal, nul homme ne s'était engagé sur cette route depuis le début de l'hiver, et, autant que je puisse en juger, aucune trace de gibier ne la traversait.

Je posai le pied sur sa surface.

J'eus l'impression d'enfoncer le visage dans des toiles d'araignée, cependant qu'un bloc de glace me glissait le long du dos, comme lorsqu'on pénètre dans une cuisine surchauffée après avoir été exposé à un vent glacial. C'est une sensation physique qui me saisit, aussi précise que celle que je viens d'évoquer et pourtant aussi indescriptible que le mouillé ou le sec. Je me figeai sur place. Cependant, aucun de mes compagnons ne manifesta quoi que ce fût en descendant du niveau de la forêt à celui de la route ; le seul commentaire, en aparté, d'Astérie fut que là au moins la neige était moins épaisse et qu'il serait plus facile de marcher ; sans même songer à s'étonner de cette moindre épaisseur, elle pressa le pas pour rattraper la colonne de jeppas. J'étais toujours immobile sur la route quand, plusieurs minutes plus tard, Caudron émergea des arbres et parvint à son tour sur la voie. Comme moi, elle s'arrêta, apparemment surprise, et marmonna quelque chose.

« Pardon ? Vous avez dit “façonné par l'Art” ? »

Elle leva brusquement les yeux vers moi comme si elle ne m'avait pas vu planté devant elle, puis elle me foudroya du regard et resta un moment silencieuse. Enfin : « J'ai dit "satanés Montagnards" ! J'ai failli me tordre la cheville en sautant ; ces bottes montagnardes n'ont pas plus de tenue que des chaussettes ! » Là-dessus, elle me tourna le dos et partit à pas lourds à la suite des autres. Je l'imitai. J'avais l'impression de marcher dans de l'eau mais sans éprouver la résistance de l'eau ; c'est une sensation difficile à décrire : c'était comme si j'étais environné d'un liquide qui coulait vers le haut et m'entraînait avec lui.

La force cherche à échapper à ce qui l'enferme, répéta le loup d'un ton lugubre. Je m'aperçus qu'il trottait à ma hauteur, mais sur le rebord où commençait la forêt et non sur la surface lisse de la route. *Tu aurais intérêt à me rejoindre.*

Je considérai sa proposition. *Tout va bien, apparemment. C'est plus facile de marcher sur la route ; le terrain est moins accidenté.*

C'est ça, comme le feu qui te réchauffe jusqu'au moment où il te brûle.

Je ne vis pas quoi répondre et restai un moment aux côtés de Caudron : après des jours passés à progresser en file indienne sur une piste étroite, marcher de front avec quelqu'un me paraissait très agréable. Nous suivîmes ainsi la vieille route tout le reste de l'après-midi. Elle montait sans cesse mais toujours en prenant les versants par l'oblique si bien que la pente n'était jamais excessive ; seules venaient rompre la neige lisse qui la recouvrait quelques branches mortes tombées des arbres en surplomb, la plupart pourrissantes. Pas une fois je ne relevai de traces d'animaux, qu'elles suivent la route ou la croisent.

Il n'y a même pas la moindre odeur de gibier, confirma

Œil-de-Nuit d'un ton affligé. *Je vais devoir aller loin cette nuit pour me procurer de la viande fraîche.*

Tu pourrais t'y mettre dès maintenant, suggérai-je.

Je préfère ne pas te laisser seul sur cette route, répondit-il avec gravité.

Qu'est-ce qui pourrait m'arriver ? Et puis Caudron est à côté de moi ; je ne suis pas seul.

Elle ne vaut pas mieux que toi, répliqua-t-il, têtu ; mais, malgré mes questions, il ne put m'expliquer ce qu'il craignait.

Cependant, à mesure que l'après-midi avançait, je me laissai peu à peu distraire ; de temps en temps, je me surprenais à m'égarer dans des rêveries aux images réalistes, des songes où je m'absorbais tant qu'en sortir était comme s'éveiller en sursaut ; et, comme souvent les rêves, ils éclataient comme des bulles de savon en ne me laissant presque aucun souvenir : Patience distribuant des ordres comme si elle était reine des Six-Duchés, Burrich donnant le bain à un bébé en chantonnant, deux personnes que je ne connaissais pas reconstruisant une maison à l'aide de pierres noircies par le feu ; ces images sans rapport entre elles et aux couleurs presque trop vives étaient pourtant d'une telle précision que j'en arrivais quasiment à les croire réelles. Mon pas, tout d'abord si aisé sur la route, me semblait peu à peu s'accélérer, comme si un courant me poussait en avant, indépendant de ma volonté ; pourtant, je ne devais pas marcher très vite car Caudron resta à ma hauteur tout l'après-midi. Elle interrompait souvent mes songeries pour me poser des questions sans importance, attirer mon attention sur un oiseau perché ou me demander si mon dos me faisait toujours mal. Je m'efforçais de lui répondre mais au bout de quelques instants j'avais oublié ce dont nous parlions ; étant donné mon état d'esprit confus, je ne lui en voulais pas de me regarder de travers mais j'étais incapable de trouver remède à mes absences. Nous passâmes devant une grosse branche tombée sur la route et il me vint à son propos une pensée singulière dont je voulus faire part à Caudron ; mais l'idée m'échappa avant même que je pusse la formuler. J'étais si absorbé dans mon néant intérieur que je sursautai quand le fou m'appela. Je regardai devant moi : les jeppas avaient disparu. Puis : « FitzChevalerie ! » cria-t-il encore une fois ; je me retournai et m'aperçus alors que j'avais doublé non seulement le fou mais l'expédition tout entière. À côté de moi, Caudron marmonnait en faisant demi-tour.

Les autres s'étaient arrêtés et débâtaient les jeppas. « Vous n'avez tout de même pas l'intention de planter la tente au milieu de la route ? » s'exclama Caudron d'un ton inquiet.

Occupés à étendre la peau de chèvre de la yourte, Astérie et le fou s'interrompirent pour la regarder. « Craignez-vous de gêner la circulation des foules et des charrois ? fit le fou d'un ton ironique.

— C'est plat, ici ; la nuit dernière, j'avais une racine ou une pierre dans le dos », renchérit Astérie.

Sans leur prêter attention, Caudron s'adressa à Kettricken : « Nous risquons d'être visibles de très loin dans les deux directions ; mieux vaudrait camper sous les arbres. »

Kettricken observa les alentours. « Il fait presque nuit, Caudron, et je ne pense pas que nous ayons guère à craindre d'être poursuivis ; à mon sens... »

Je sursautai quand le fou me prit par le bras et m'entraîna vers le bord de la route. « Grimpe », m'ordonna-t-il d'un ton bourru quand nous fûmes au pied du remblai. J'obéis en m'aidant des pieds et des mains et me retrouvai sur le sol moussu de la forêt ; aussitôt, je me mis à bâiller, mes oreilles se débouchèrent et je me sentis l'esprit plus vif. Je jetai un coup d'œil vers la route où Astérie et Kettricken rassemblaient les peaux pour déplacer la yourte. « Alors on ne s'installe plus sur la route ? fis-je bêtement.

— Ça va bien ? me demanda le fou d'un ton anxieux.

— Oui, naturellement. Mon dos ne me fait pas plus souffrir que d'habitude, ajoutai-je en croyant que c'était de ma blessure qu'il parlait.

— Tu étais planté là, le regard perdu au loin sur la route, sans faire attention à personne. D'après Caudron, tu es dans cet état-là depuis le début de l'après-midi.

— J'avais l'esprit un peu embrouillé, c'est vrai », reconnus-je. J'ôtai une moufle pour me tâter le front. « Je ne pense pas avoir de fièvre ; pourtant, c'était comme... comme des rêves de fièvre, très réalistes.

— Pour Caudron, ça viendrait de la route. Tu aurais déclaré qu'elle a été façonnée par l'Art.

— Non, je n'ai pas dit ça ; j'ai cru que c'est ce qu'elle avait dit en s'y engageant : qu'elle avait été façonnée par l'Art.

— Et qu'est-ce que ça signifie ? demanda le fou.

— Je ne sais pas exactement ; je n'ai jamais entendu parler de l'Art comme outil pour fabriquer ou façonner des objets. » Je posai sur la route un regard perplexe. Elle s'étirait fluidement à travers la forêt, ruban d'un blanc immaculé qui disparaissait sous les arbres ; elle fixait l'attention et j'avais presque l'impression de voir ce qui se trouvait au-delà du versant boisé.

« Fitz ! »

Saisi, je reportai mon regard sur le fou. « Quoi ? » fis-je, agacé.

Il frissonnait de froid. « Tu es resté là à regarder la route depuis que je t'ai quitté ! Je te croyais parti chercher du bois jusqu'au moment où je t'ai vu planté comme une statue ! Que t'arrive-t-il ? »

Je clignai lentement les yeux. Je m'étais promené dans une ville en admirant les amoncellements de fruits jaune et rouge vif sur les étals du marché ; mais alors même que je cherchais à retenir ma vision, elle s'évanouit en ne laissant dans mon esprit qu'un méli-mélo de couleurs et de parfums. « Je ne sais pas. J'ai peut-être de la fièvre, ou alors je suis très fatigué. Je vais chercher le bois.

— Je t'accompagne », déclara le fou.

À côté de moi, le loup poussa un gémissement inquiet. Je le regardai. « Qu'y a-t-il ? » lui demandai-je tout haut.

Il leva les yeux vers moi ; son chanfrein prit un pli angoissé. *On dirait que tu ne m'entends pas, et tes pensées ne sont pas... des pensées.*

Ça ira : le fou est avec moi. Va chasser ; je sens que tu as faim.

Moi aussi, je sens que tu as faim, répliqua-t-il d'un ton sinistre.

Et il s'en alla, mais à contrecœur. Je suivis le fou dans la forêt, mais me bornai à porter le bois qu'il ramassait et me tendait. J'avais l'impression de n'être pas tout à fait réveillé. « T'est-il déjà arrivé d'étudier un document extraordinairement intéressant et de t'apercevoir tout à coup que tu y as passé, non quelques minutes, mais plusieurs heures ? Eh bien, c'est le sentiment que j'ai en ce moment. »

Le fou me passa un bout de bois. « Tu me fais peur, murmura-t-il. Tu t'exprimes exactement comme le roi Subtil quand il a commencé à s'affaiblir.

— Mais il se droguait pour ne plus souffrir, alors, observai-je. Pas moi.

— C'est bien ce qui me fait peur », répliqua-t-il.

Nous regagnâmes le camp ensemble ; nous avions mis tant de temps que Caudron et Astérie avaient ramassé du combustible de leur côté et fait un petit feu qui éclairait la tente en forme de dôme et les personnes qui se déplaçaient autour ; les jeppas qui broutaient non loin n'étaient que des silhouettes noires. Comme nous déposions notre réserve de bois près du feu, Caudron interrompit sa cuisine.

« Comment vous sentez-vous ? me demanda-t-elle d'un ton grave.

— Un peu mieux », répondis-je.

Je cherchai des corvées qui resteraient à faire, mais le bivouac s'était organisé sans moi. Kettricken s'était installée sous la tente pour étudier la carte à la lueur d'une bougie, Caudron touillait dans le gruau tandis que, aussi étrange que cela paraisse, le fou et la ménestrelle conversaient à voix basse. Debout sans bouger, j'essayai de me rappeler quelque chose que je voulais faire, que je m'apprêtais à faire. Ah, la route ! Je voulais jeter un nouveau coup d'œil à la route. Je commençai à me diriger vers elle.

« FitzChevalerie ! »

Je me retournai, surpris par la sécheresse du ton de Caudron. « Qu'y a-t-il ?

— Où allez-vous ? » Elle se tut, comme étonnée par sa propre question. « Je veux dire, Œil-de-Nuit est-il dans les parages ? Je ne l'ai pas vu depuis un moment.

— Il est parti chasser. Il va bientôt revenir. » Et je repris la direction de la route.

« D'habitude, il a déjà tué son gibier et il est de retour, à cette heure-ci », poursuivit-elle.

Je m'arrêtai. « Il m'a dit qu'il n'y avait guère de gibier près de la route ; il aura été obligé d'aller plus loin. » Et je me détournai à nouveau.

« Voilà qui est bizarre, reprit Caudron. On ne voit pas trace de circulation humaine sur cette route, et pourtant les animaux l'évitent. Le gibier n'a-t-il pas tendance à suivre le chemin le plus facile ? »

Sans m'arrêter, je lui répondis par-dessus mon épaule : « Certains animaux, oui ; d'autres préfèrent rester à couvert.

— Attrapez-le, ma fille ! aboya Caudron.

— Fitz ! cria Astérie, mais c'est le fou qui parvint à ma hauteur le premier et me saisit le bras.

— Reviens sous la tente, me dit-il d'un ton pressant en me tirant en arrière.

— Mais je veux seulement jeter un coup d'œil à la route !

— Il fait noir ; tu n'y verras rien. Attends le matin, quand nous aurons repris notre chemin. Pour le moment, rentre sous la tente. »

Je l'accompagnai, non sans grommeler : « C'est toi qui te conduis de façon bizarre, Fou.

— Tu ne dirais pas ça si tu avais vu ta tête il y a un instant. »

Le repas du soir ne fut pas différent de ceux que nous prenions depuis notre départ de Jhaampe : gruau épais amélioré de tranches de pomme séchée, viande boucanée et tisane ; c'était un menu nourrissant mais guère exaltant, et il ne parvint pas à me distraire du regard de mes compagnons qui ne me quittaient pas des yeux. Je finis par poser ma chope de tisane pour demander, exaspéré : « Eh bien, quoi ? »

Tout d'abord, nul ne répondit, puis : « Fitz, vous ne monterez pas la garde cette nuit, dit Kettricken sans ambages. Je veux que vous restiez à l'intérieur et que vous vous reposiez.

— Je ne suis pas malade ; je peux prendre mon tour », protestai-je. Mais ce fut ma reine qui répliqua :

« Je vous ordonne de demeurer sous la tente cette nuit. »

Par un effort de volonté, je ravalai mes objections et inclinai la tête. « Comme il vous plaira. Je suis peut-être trop fatigué, en effet.

— Non, ce n'est pas que cela, FitzChevalerie. Vous avez à peine touché à votre repas et, si on ne vous force pas à parler, vous restez sans bouger, les yeux dans le vague. Que vous arrive-t-il ? »

J'essayai de trouver une réponse à la question brutale de Kettricken. « Je ne sais pas, en tout cas pas exactement ; c'est difficile à expliquer. » On n'entendait plus que les petits crépitements du feu. Tous les regards étaient sur moi. « Quand on apprend l'Art, poursuivis-je lentement, on s'aperçoit que la magie en elle-même recèle un danger : elle distrait l'attention de l'usager. Lorsqu'on se sert de l'Art, il faut concentrer son attention sur le but recherché et refuser de se laisser distraire par l'attraction de l'Art. Si l'usager perd cette concentration, s'il cède à l'Art lui-même, il peut s'y perdre, s'y engloutir. » Je quittai le feu des yeux et regardai les visages qui m'entouraient. Tous étaient immobiles sauf Caudron qui hochait imperceptiblement la tête.

« Aujourd'hui, depuis notre arrivée sur la route, j'éprouve une sensation qui ressemble presque à l'attraction de l'Art. Je n'ai pas essayé d'artiser, et même, depuis quelques jours, je me tiens à l'écart de l'Art autant qu'il m'est possible, car je crains que le clan de Royal ne tente de s'introduire dans mon esprit pour me faire du mal. Pourtant, j'ai l'impression que l'Art m'appelle ; c'est comme une musique que je parviens presque à entendre, ou une très faible odeur de gibier. Je me surprends à chercher à le capter, à déterminer ce qui m'attire... »

Je regardai soudain Caudron et lus dans ses yeux une lointaine convoitise. « Est-ce parce que la route a été façonnée par l'Art ? »

Une expression furieuse passa en un éclair sur ses traits, puis elle baissa les yeux sur ses mains ridées posées sur son giron, enfin elle poussa un soupir exaspéré. « Peut-être. D'après les vieilles légendes que j'ai entendues, quand un objet est une création de l'Art, il peut être dangereux pour certains individus ; je ne parle pas des gens ordinaires mais de ceux qui ont une aptitude naturelle pour cette magie sans y avoir été formés, ou bien de ceux dont la formation n'est pas assez poussée pour les inciter à la prudence.

— Je n'ai jamais entendu de légendes à propos d'objets créés par l'Art. » Je me tournai vers le fou et Astérie. « Et vous deux ? »

Ils secouèrent lentement la tête.

« Il me semble, dis-je à Caudron d'un ton circonspect, qu'un érudit comme le fou devrait avoir eu vent de ces légendes, et qu'en tout cas une ménestrelle professionnelle devrait en avoir entendu parler. » Je la regardai droit dans les yeux.

Elle croisa les bras sur sa poitrine. « Je ne suis pas responsable de ce qu'ils ont lu ou n'ont pas lu, répondit-elle, guindée. Je me borne à vous signaler ce qu'on m'a raconté il y a longtemps.

— Il y a combien de temps ? » insistai-je. Kettricken fronça les sourcils mais n'intervint pas.

« Il y a très longtemps, répliqua-t-elle d'une voix glaciale. À une époque où les jeunes gens respectaient leurs aînés. »

Un sourire ravi illumina le visage du fou. Caudron parut considérer qu'elle avait remporté la partie, car elle reposa bruyamment sa chope dans son bol et me tendit le tout. « C'est votre tour de faire la vaisselle », me dit-elle d'un ton sévère, sur quoi elle se leva et se dirigea à pas lourds vers la tente.

Tandis que je rassemblais les plats pour les nettoyer avec de la neige, Kettricken s'approcha de moi. « Que soupçonnez-vous ? me demanda-t-elle à sa manière sans détour. Croyez-vous que Caudron soit une espionne, un ennemi infiltré parmi nous ?

— Non, je ne pense pas ; mais elle est... quelque chose ; ce n'est pas seulement une vieille femme qui s'intéresse au fou pour des raisons religieuses ; cela va plus loin que ça.

— Mais vous n'avez pas de certitude.

— Non. J'ai simplement remarqué qu'elle paraît en savoir beaucoup plus long sur l'Art que je ne m'y attendrais ; néanmoins, une vieille personne peut acquérir de nombreuses connaissances dans des domaines hors du commun au cours de sa vie. C'est peut-être le cas de Caudron. » Je levai les yeux vers le sommet des arbres agité par le vent. « Croyez-vous que la neige va tomber cette nuit ? demandai-je à Kettricken.

— C'est presque sûr, et nous aurons de la chance si elle s'arrête au matin. Il faut ramasser encore du bois et l'entreposer près de l'entrée de la tente. Non, pas vous ; allez dans la tente. Si vous vous égariez, avec la nuit tombée et la neige qui ne va pas tarder, nous ne vous retrouverions jamais. »

Je m'apprêtais à protester mais elle m'interrompit d'une question. « Mon Vérité... est-il mieux formé que vous à l'Art ?

— Oui, ma dame.

— Pensez-vous que cette route l'attirerait comme elle vous attire ?

— C'est quasiment certain ; mais il m'a toujours dépassé en matière d'Art ou d'entêtement. »

Un sourire triste étira légèrement ses lèvres. « C'est vrai, il est têtu, cet homme. » Elle laissa soudain échapper un grand soupir. « Comme j'aimerais que nous soyons simplement un homme et une femme et que nous vivions loin de la mer et des montagnes ! Si tout pouvait être simple pour nous !

— C'est aussi mon rêve, murmurai-je. Je rêve d'attraper des ampoules aux mains en faisant un travail simple et de voir les bougies de Molly éclairer notre maison.

— Je souhaite que cela se réalise, Fitz, répondit Kettricken sur le même ton. Je vous le souhaite sincèrement. Mais nous avons un long chemin à parcourir d'ici là.

— En effet », dis-je, et une sorte de paix s'établit entre nous. Sans le moindre doute, si les circonstances l'exigeaient, elle prendrait ma fille pour le trône ; mais elle ne pouvait pas davantage modifier son attitude face au devoir et au rôle de l'Oblat qu'elle ne pouvait changer son sang ou ses os. Elle était ce qu'elle était et ses désirs n'entraient pas en ligne de compte.

En conséquence, si je voulais garder ma fille, il fallait que je rende son époux à Kettricken.

Nous nous couchâmes plus tard que de coutume ce soir-là ; tous étaient plus fatigués que d'habitude. Les traits tirés, le fou prit malgré tout son tour de garde ; la teinte fauve qu'avait prise sa peau lui donnait un aspect effrayant quand il avait froid : on eût dit une représentation de la souffrance sculptée dans du vieil ivoire. Les autres et moi-même ne remarquions guère le froid lorsque nous marchions pendant le jour, mais je pense que le fou ne parvenait jamais à se réchauffer complètement ; pourtant, il s'emmitoufla et alla se planter dehors, dans le vent qui se levait, sans un murmure. Le reste de la troupe s'apprêta au sommeil.

Tout d'abord, la tempête se cantonna dans les hauteurs, au niveau de la cime des arbres. Des aiguilles tombaient en crépitant sur la yourte, suivies, à mesure que la tempête gagnait en puissance, par de petites branches et des paquets de neige glacée. Le froid s'intensifia et se mit à s'insinuer par les moindres interstices des couvertures et des vêtements. À la moitié de la veille d'Astérie, Kettricken fit rentrer la ménestrelle en déclarant que la tempête monterait la garde à notre place ; quand la jeune femme pénétra sous la tente, le loup apparut sur ses talons, et, à mon grand soulagement, nul ne protesta trop fort contre sa présence. Astérie trouva bien à se plaindre qu'il apportait de la neige dans la tente mais le fou rétorqua qu'il en apportait moins qu'elle. Œil-de-Nuit se dirigea aussitôt de notre côté et se coucha entre le fou et la paroi extérieure ; il posa sa grande tête sur la poitrine de mon compagnon et poussa un profond soupir avant de fermer les yeux. J'en éprouvai presque de la jalousie.

Il a plus froid que toi, beaucoup plus. Et, dans la ville, où la chasse était si mauvaise, il a souvent partagé sa nourriture avec moi.

Alors, il fait partie de la meute ? demandai-je non sans un certain amusement.

À toi de me le dire, répondit Œil-de-Nuit d'un ton de défi. *Il t'a sauvé la vie, il t'a donné son gibier et il a partagé sa tanière avec toi. Est-il de notre meute ou non ?*

Oui, sans doute, fis-je après un instant de réflexion. Je n'avais jamais envisagé la situation sous cet angle.

Discrètement, je rapprochai mon sac de couchage du fou. « Tu as froid ? lui demandai-je.

— Non, tant que je n'arrête pas de trembler », répondit-il, l'air pitoyable. Puis : « J'ai plus chaud maintenant que le loup s'est couché entre la paroi et moi. Il dégage une quantité incroyable de chaleur.

— C'est pour te remercier de toutes les fois où tu lui as donné à manger à Jhaampe. »

Le fou me regarda dans la pénombre de la tente. « Ah ? Je ne pensais pas que les souvenirs d'un animal pouvaient remonter si loin. »

Cette remarque inattendue me fit réfléchir. « D'habitude, c'est exact ; mais ce soir il se rappelle que tu l'as nourri et il t'en est reconnaissant. »

Le fou leva une main pour gratter délicatement Œil-de-Nuit à la base des oreilles. Le loup émit un grognement de chiot ravi et se mussa davantage contre le fou. À nouveau, je m'étonnai des changements que je constatais chez lui : de plus en plus souvent, ses réactions et ses pensées étaient un mélange d'humain et de loup.

J'étais néanmoins trop fatigué pour m'appesantir sur le sujet. Je fermai les yeux et me préparai à m'endormir, mais, au bout d'un moment, je m'aperçus que j'avais les paupières étroitement closes, les mâchoires serrées et que le sommeil me fuyait : malgré l'épuisement qui me poussait à me laisser aller à l'inconscience, la périlleuse séduction de l'Art m'empêchait de me détendre. Je me tournai et me retournai dans l'espoir de trouver une position plus propice au sommeil jusqu'au moment où Caudron, à côté de moi, me demanda d'un ton sec si j'avais des puces. Je m'efforçai dès lors de rester immobile.

Le regard perdu dans l'obscurité de la tente, j'écoutai le vent qui soufflait à l'extérieur et le doux bruit de la respiration de mes compagnons à mes côtés. Je fermai les yeux, relâchai mes muscles pour essayer au moins de reposer mon corps ; je mourais d'envie de dormir, mais les rêves me tiraillaient tant, tels de méchants petits hameçons plantés dans mon esprit, que je me crus sur le point de hurler. La plupart étaient affreux : une sorte de cérémonie de forgisation dans un village de la côte, un énorme brasier dans une fosse, et des prisonniers amenés devant des Outrîliens moqueurs qui leur offraient le choix entre se faire forgiser et se jeter dans la fosse. Des enfants assistaient à la scène. Dans un sursaut d'horreur, j'arrachai mon esprit aux flammes.

Je repris mon souffle et refermai les paupières. Dormir... La nuit, dans une salle du château de Castelcerf, Brodette décousait soigneusement la dentelle d'une vieille robe de mariée. Les lèvres pincées en une moue de désapprobation, elle tirait les petits fils qui attachaient l'ouvrage au tissu. « On en obtiendra un bon prix, lui dit Patience ; cela suffira peut-être à l'approvisionnement de nos tours de guet pour un nouveau mois. Il comprendrait sûrement les sacrifices qu'il faut faire pour Cerf. » Elle se tenait la tête très droite et sa chevelure noire grisonnait davantage que dans mes souvenirs ; elle défaisait les chapelets de perles minuscules et chatoyantes qui festonnaient le col de la robe ; le tissu blanc était devenu ivoire avec le temps, et les volants abondants tombaient en cascade sur les genoux des deux femmes. Patience inclina soudain la tête de côté comme si elle tendait l'oreille, une expression perplexe sur le visage. Je m'enfuis.

Il me fallut user de toute ma volonté pour ouvrir les yeux. Le feu du petit brasero n'était plus que braises qui émettaient une lueur rougeâtre. Les yeux fixés sur les piquets qui tendaient les peaux de la tente, je m'appliquai à calmer ma respiration. Je n'osai penser à aucun sujet qui risquât de m'attirer hors de ma propre existence, qu'il s'agît de Molly, Burrich ou Vérité, et m'efforçai d'évoquer quelque image neutre sur laquelle concentrer mon esprit, sans connotation particulière avec ma vie. J'imaginai un paysage vide, une plaine couverte d'un manteau de neige blanche et lisse, un paisible ciel nocturne au-dessus. Immobilité bienvenue... Je m'y laissai choir comme dans un lit de plumes moelleux.

Un cavalier arrivait à bride abattue, penché en avant, accroché à l'encolure de son cheval qu'il talonnait. Il y avait une beauté simple et sans menace dans ce duo, le cheval au galop, l'homme dont le manteau tourbillonnant faisait écho à la queue flottante de sa monture. Pendant quelque temps, il n'y eut rien d'autre que l'homme et le destrier noirs qui ouvraient la plaine enneigée sous la lune d'une nuit claire. Le cheval courait bien, dans un étirement et une rétraction sans efforts des muscles, et l'homme le chevauchait avec légèreté, presque comme suspendu au-dessus de lui. La lune accrocha un reflet d'argent au front du cavalier et miroita sur l'emblème au cerf cabré qu'il portait. Umbre !

Trois autres cavaliers apparurent. Deux se présentèrent par-derrière mais leurs chevaux galopaient avec lassitude, lourdement, et le cavalier solitaire les distancerait si la course devait se poursuivre ; en revanche, le troisième coupait la plaine à l'oblique et son cheval pie courait de toutes ses forces sans paraître remarquer la neige épaisse qu'il brassait dans sa course. Petit, celui qui le montait se tenait droit sur sa selle, manifestement à l'aise ; c'était sans doute une femme ou un jeune homme. L'éclat de la lune voleta sur la lame d'une épée. Un moment, on eût pu croire que le chemin du jeune cavalier allait couper celui d'Umbre, mais le vieil assassin vit l'adversaire. Il dit quelques mots à sa monture, et, spectacle incroyable, le hongre accéléra brutalement. Il laissa les deux poursuivants les plus lourds loin derrière lui mais le pie était plus frais ; le hongre ne pouvait maintenir son allure et le galop régulier de l'autre rognait peu à peu son avance ; l'écart se réduisait peu à peu mais implacablement ; enfin, le pie se trouva derrière le hongre noir. Celui-ci ralentit, Umbre se tourna dans sa selle et leva un bras en signe de salut ; l'autre cria d'une voix de femme qui paraissait ténue dans l'air glacé : « Pour Vérité, le vrai roi ! » Elle lança un sac à Umbre, qui lui jeta un paquet en retour, et ils se séparèrent soudain, chacun virant de son côté. Le bruit des sabots s'éloigna dans la nuit.

Les montures des poursuivants, fourbues et couvertes d'écume, fumaient dans l'air froid. Leurs cavaliers tirèrent les rênes en sacrant quand ils parvinrent à l'endroit où Umbre et sa complice s'étaient écartés l'un de l'autre. Des bribes de discussion mêlées de jurons flottèrent dans la nuit. « Satanés partisans Loinvoyant ! », « Impossible de savoir qui l'a maintenant ! », enfin : « Moi, je ne tiens pas à prendre le fouet à cause de cette histoire ! » Ils parurent tomber d'accord car ils laissèrent souffler leurs montures, puis reprirent lentement leur route dans la direction inverse de celle où ils étaient venus.

Je revins brièvement en moi et je m'aperçus avec étonnement que je souriais alors même que j'avais le visage baigné de sueur. J'artisais avec force et précision, en respirant profondément pour soutenir l'effort. Je voulus m'écarter de l'Art, mais l'envie de savoir était trop forte et trop attirante ; j'étais heureux de la fuite d'Umbre, heureux d'apprendre qu'il y avait des partisans qui œuvraient pour Vérité. Le monde s'ouvrait tout grand devant moi, tentant comme un plateau de sucreries. Mon cœur choisit sans hésiter.

*

Un enfant pleurait, à la façon interminable, désespérée des nourrissons. C'était ma fille. Elle était couchée sur un lit, enveloppée dans une couverture perlée de pluie, et elle avait le visage rouge à force de crier. « Tais-toi ! Ne peux-tu te taire une minute ! » lui dit Molly d'une voix effrayante tant on y sentait d'épuisement et d'exaspération.

Burrich, sévère et fatigué : « Ne vous mettez pas en colère contre elle ; ce n'est qu'une enfant. Elle a sans doute faim, c'est tout. »

Molly se redressa, les lèvres pincées, les bras croisés raides sur la poitrine ; elle avait les joues rouges et ses cheveux pendaient en mèches trempées. Burrich accrocha son manteau dégouttant. Ils venaient manifestement de rentrer ; les braises étaient éteintes dans la cheminée et il faisait froid dans la chaumière. En ménageant son genou, Burrich s'agenouilla maladroitement devant l'âtre et choisit du petit bois pour le feu ; je le sentais tendu et je savais l'effort qu'il faisait pour contenir son agacement. « Occupez-vous de la petite, fit-il à mi-voix ; je vais allumer du feu et mettre de l'eau à chauffer. »

Molly ôta son manteau et le suspendit à côté de celui de Burrich. Elle détestait qu'on lui dise ce qu'elle avait à faire. Les hurlements du bébé se poursuivaient, aussi impitoyables que le vent d'hiver. « J'ai froid, je suis fatiguée, j'ai faim et je suis trempée. Elle va devoir apprendre qu'il faut parfois attendre. »

Burrich se pencha pour souffler sur une braise et jura

tout bas en la voyant s'éteindre. « Elle aussi, elle a froid, elle a faim, elle est fatiguée et elle est trempée, dit-il d'un ton plus sec sans cesser d'essayer d'allumer le petit bois. Mais elle est trop petite pour y faire quoi que ce soit, alors elle pleure ; pas pour vous tourmenter, mais pour vous dire qu'elle a besoin d'aide. C'est comme un chiot qui glapit, jeune femme, ou un poussin qui pépie : ce n'est pas pour vous énerver. » Sa voix était montée d'un cran à chaque phrase.

« Eh bien, moi, ça m'énerve ! s'exclama Molly en se retournant, prête à se battre. Qu'elle pleure ! Je suis trop fatiguée pour m'occuper d'elle ! En plus, elle devient gâtée ! Elle crie seulement pour qu'on la prenne dans les bras ! Je n'ai plus une minute à moi, je ne peux même plus dormir une nuit entière ! Donner à manger à la petite, baigner la petite, changer la petite, tenir la petite, voilà toute ma vie, aujourd'hui ! » À gestes brusques, elle avait décompté ses doléances sur ses doigts. Elle avait dans l'œil le même éclat que lorsqu'elle bravait son père, et elle s'attendait certainement que Burrich se lève et s'avance vers elle, l'air menaçant. Mais il se contenta de souffler sur une petite braise et d'émettre un grognement satisfait quand une flamme mince s'éleva pour embraser une torsade d'écorce de bouleau ; sans daigner se retourner vers Molly ni vers l'enfant qui pleurait, il se mit à déposer du petit bois sur le feu encore hésitant, et je m'émerveillai qu'il ne perçoive pas la rage de Molly ; pour ma part, je n'aurais pas été aussi calme si je l'avais sue derrière moi avec une telle expression sur les traits.

Une fois le feu bien lancé, il se redressa et se tourna, non vers Molly, mais vers la petite, puis se dirigea vers elle en frôlant Molly comme si elle n'avait pas existé. J'ignore s'il se rendit compte qu'elle s'était raidie dans l'attente d'un coup à venir, mais j'eus le cœur fendu de voir cette cicatrice que lui avait laissée son père. Burrich se pencha sur l'enfant et la démaillota en lui parlant d'une voix douce, et c'est avec une sorte de révérence que je vis avec quelle habileté il la changeait. Il jeta un coup d'œil autour de lui, puis s'empara sur un dossier de chaise d'une chemise de laine qui lui appartenait et y emmitoufla ma fille. Elle pleurait toujours mais sur un ton différent. Il la plaça contre son épaule et, de sa main libre, versa de l'eau dans une bouilloire qu'il mit à chauffer. On eût dit que Molly n'était pas là. Pâle comme la mort, les yeux agrandis, elle le regarda mesurer du grain. Comme l'eau ne bouillait pas encore, il s'assit et tapota rythmiquement le dos du bébé. Les cris perdirent de leur conviction, comme si la petite commençait à se fatiguer.

Molly s'approcha d'eux à grands pas. « Donnez-la-moi ; je vais m'en occuper. »

Burrich leva lentement les yeux vers elle, impassible. « Je vous la donnerai quand vous vous serez calmée et que vous aurez vraiment envie de la prendre.

— Vous allez me la donner tout de suite ! C'est ma fille ! » répondit Molly d'un ton cinglant en essayant de s'emparer du bébé. Burrich l'arrêta du regard. Elle recula. « Vous voulez me faire honte, c'est ça ? jeta-t-elle d'une voix stridente. C'est ma fille ! J'ai le droit de l'élever comme bon me semble ; elle n'a pas besoin qu'on la tienne tout le temps dans les bras !

— En effet, dit-il sans se fâcher mais sans faire mine non plus de lui donner l'enfant.

— Vous me prenez pour une mauvaise mère, mais que savez-vous des enfants pour prétendre que j'ai tort ? »

Burrich se leva, vacilla un instant sur sa jambe invalide, puis reprit son équilibre. Il saisit la mesure, versa dans l'eau bouillante le grain en pluie et le tourna avec une cuiller pour bien le mouiller, puis il reposa le couvercle sur la casserole qu'il écarta légèrement du feu. Pendant tout ce temps, il n'avait cessé de bercer la petite au creux de son bras. Quand il répondit à Molly, je sus qu'il avait mûrement pesé ses termes. « Des enfants, rien, peut-être ; mais je m'y connais en ce qui concerne les jeunes de beaucoup d'espèces, poulains, chiots, veaux, porcelets, et même chatons. Je sais que si on veut avoir leur confiance, il faut souvent les toucher quand ils sont petits, doucement mais avec fermeté pour qu'ils aient confiance aussi en la force de celui qui s'occupe d'eux. »

Il s'échauffait ; j'avais entendu cent fois ce sermon qui s'adressait en général à des palefreniers trop impatients. « On ne leur crie pas dessus et on ne fait pas de gestes qui peuvent paraître menaçants ; on les nourrit bien, on leur fournit de l'eau propre, on les nettoie et on leur donne un abri pour l'hiver. » Son ton se fit accusateur : « On ne passe pas ses nerfs sur eux et on ne confond pas punition et discipline. »

Molly prit un air outré. « C'est par les punitions qu'on obtient la discipline ! On l'apprend en se faisant punir quand on a fait quelque chose de mal. »

Burrich secoua la tête. « J'aimerais "punir" celui qui vous a enseigné ça – à la dure, sans doute, dit-il, et je sentis la colère monter dans sa voix. Qu'avez-vous appris de votre père quand il passait ses nerfs sur vous ? Que se montrer tendre avec son enfant est signe de faiblesse ? Qu'accepter de prendre son petit dans les bras quand il crie parce qu'il a besoin de vous est indigne d'un adulte ?

— Je ne tiens pas à parler de mon père », déclara soudain Molly, mais d'un ton hésitant. Elle tendit les bras vers la petite comme un enfant qui cherche son jouet préféré, et

Burrich lui laissa prendre le nourrisson. Molly s'assit au bord de la cheminée, puis ouvrit son corsage; la petite s'accrocha voracement à son sein et se tut aussitôt. Pendant quelque temps, on n'entendit plus que le vent qui murmurait au-dehors, le bouillonnement du gruau et les claquement du bois que Burrich cassait pour alimenter le feu. « Vous n'étiez pas toujours patient avec Fitz quand il était enfant », marmonna Molly d'un ton de reproche.

Un rire bref comme un aboiement échappa à Burrich. « Personne n'aurait pu rester éternellement patient avec ce gosse, je crois ! Quand on me l'a confié, il avait cinq ou six ans et je ne savais rien de lui ; en outre, j'étais jeune et bien d'autres choses m'intéressaient. Un poulain, on peut le mettre dans un enclos, un chien, on peut l'attacher un moment; ce n'est pas possible avec un enfant : pas une seconde on ne peut oublier qu'on en a un. » Il haussa les épaules d'un air fataliste. « Avant que j'aie le temps de me retourner, il était devenu le centre de mon existence. » Il se tut un instant, une expression étrange sur le visage. « Et puis on me l'a pris et je ne m'y suis pas opposé... Et aujourd'hui, il est mort. »

Un silence. J'aurais voulu leur parler, leur dire que j'étais vivant, mais c'était impossible. Je les voyais, je les entendais mais je ne pouvais rien leur transmettre. Tel le vent au-dehors, je tempêtai, je cognai les murs, mais en vain.

« Que vais-je faire ? Qu'allons-nous devenir ? » fit brusquement Molly. Le désespoir qui perçait dans sa voix me déchira le cœur. « Regardez-moi : je suis fille mère et je n'ai pas de quoi m'établir. Toutes mes économies ont disparu. » Elle leva les yeux vers Burrich. « Ai-je été bête ! J'avais toujours cru qu'il reviendrait auprès de moi, qu'il m'épouserait; mais il n'est jamais revenu. Il ne reviendra jamais. » Elle se mit à se balancer en serrant la petite contre elle. Des larmes roulèrent sur ses joues. « J'ai bien entendu le vieux, aujourd'hui, celui qui a dit qu'il m'avait vue à Bourg-de-Castelcerf et que j'étais la putain du Bâtard au Vif. Combien de temps faudra-t-il avant que l'histoire fasse le tour de Capelan ? Je n'ose plus aller à la ville ; je ne peux plus y marcher la tête haute. »

À ces mots, quelque chose se brisa en Burrich ; il s'avachit soudain, le coude sur le genou, la tête dans les mains. « Je croyais que vous ne l'aviez pas entendu, murmura-t-il. S'il n'avait pas eu l'âge d'être mon arrière-grand-père, je l'aurais obligé à répondre de ses propos.

— On ne provoque pas un homme qui dit la vérité », répondit Molly avec accablement.

Burrich releva brusquement la tête. « Vous n'êtes pas une putain ! s'exclama-t-il avec émotion. Vous étiez l'épouse de Fitz ! Ce n'est pas votre faute si certains ne le savaient pas !

— Son épouse ! répéta Molly d'un ton moqueur. Je n'étais pas son épouse, Burrich ; nous n'étions pas mariés.

— C'est pourtant ainsi qu'il parlait de vous. Je vous le jure, j'en suis certain : s'il n'était pas mort, il vous aurait rejointe, c'est évident. Il a toujours voulu vous épouser.

— Ah ça, oui, ce n'étaient pas les intentions qui lui manquaient, ni les mensonges ! Mais les intentions ne sont pas les faits, Burrich. Si chaque femme à qui on a promis le mariage était une épouse, il y aurait beaucoup moins de bâtards ! » Elle se redressa et essuya les larmes de ses joues d'un geste las qui mettait un terme à la discussion. Burrich n'avait pas répondu. Molly regarda le petit visage enfin apaisé du nourrisson ; il s'était endormi. Elle insinua son petit doigt dans la bouche du bébé pour libérer son mamelon, puis elle referma son corsage et dit avec un pâle sourire : « J'ai l'impression d'avoir senti une dent sous sa gencive. Ça lui donne peut-être des coliques, tout simplement.

— Une dent ? Faites-moi voir ! » Burrich s'approcha et se pencha sur la petite dont Molly retroussa la lèvre inférieure : une minuscule demi-lune blanche apparaissait en effet dans la gencive. Tout en dormant, ma fille s'écarta, les sourcils froncés. Burrich la prit tendrement des bras de Molly et la déposa sur le lit, toujours emmaillotée dans sa chemise. Près de la cheminée, Molly ôta le couvercle de la casserole et remua dans le gruau.

« Je m'occuperai de vous deux », dit Burrich, l'air gêné. Il n'avait pas quitté l'enfant des yeux. « Je ne suis pas trop vieux pour trouver du travail, vous savez ; tant que je peux manier une hache, nous pouvons vendre ou échanger du bois en ville. Nous nous débrouillerons.

— Vous n'êtes pas vieux », répondit Molly d'un ton absent en salant le gruau, puis elle se laissa tomber dans son fauteuil. Dans un panier à portée de sa main, elle prit une chemise à raccommoder et la tourna en tous sens en cherchant par où commencer. « On vous dirait remis à neuf chaque matin. Tenez, cette chemise : elle est déchirée aux épaules comme si elle appartenait à un adolescent en pleine croissance. J'ai l'impression que vous rajeunissez tous les jours, tandis qu'il me semble vieillir à chaque heure qui passe. Et puis je ne peux pas vivre éternellement à vos crochets, Burrich ; je dois faire ma vie. Pour l'instant, je ne sais pas par où commencer, voilà tout.

— Eh bien, pour l'instant, ne vous en souciez pas », répondit-il d'un ton rassurant. Il alla se placer derrière son fauteuil et leva les mains comme s'il allait les poser sur ses épaules ; mais non : il croisa les bras sur sa poitrine. « Le printemps va bientôt arriver ; nous ferons un potager, le poisson va remonter les rivières, et puis il y aura peut-être de l'embauche à Capelan. Nous y arriverons, vous verrez. »

Son optimisme trouva un écho en Molly. « Je devrais commencer dès maintenant à fabriquer des ruches en paille ; avec de la chance, je mettrai peut-être la main sur un essaim.

— Je connais un champ de fleurs dans les collines où les abeilles butinent en grand nombre en été ; si nous y plaçons nos ruches, s'y installeraient-elles ? »

Molly eut un petit sourire. « Ce ne sont pas des oiseaux, grand nigaud. Elles n'essaiment que quand elles sont trop nombreuses dans la ruche d'origine ; nous pourrions nous procurer un essaim de cette manière mais pas avant le plein été, voire l'automne. Non, au printemps, quand les abeilles commenceront à se réveiller, nous essaierons de trouver un arbre qui abrite une ruche. J'aidais mon père à les chercher quand j'étais petite, avant de m'aviser de faire hiberner les abeilles dans une ruche : on pose quelque part une assiette pleine de miel chaud pour les attirer ; une abeille arrive, puis une autre, et si on est doué, comme moi, on peut remonter leur parcours jusqu'à l'arbre d'où elles viennent. Ce n'est que le début, naturellement ; il faut encore obliger l'essaim à sortir de l'arbre pour entrer dans la ruche qu'on a préparée. Quelquefois, quand l'arbre est assez petit, il suffit de l'abattre et de récupérer le gâteau pour le placer dans la ruche en paille.

— Le gâteau ?

— C'est la partie de l'arbre dans laquelle elles nichent.

— Et elles ne piquent pas ? demanda Burrich d'un ton incrédule.

— Non, si on s'y prend comme il faut, répondit-elle calmement.

— Il faudra que vous m'appreniez », dit-il avec humilité.

Molly se tortilla dans son fauteuil pour se tourner vers lui. Le sourire qu'elle lui fit ne ressemblait pas à son sourire d'autrefois ; il disait : nous faisons semblant que tout ira bien et je le sais aussi bien que vous. Elle avait appris à la dure qu'aucun espoir n'était complètement fiable. « D'accord, si vous m'enseignez mes lettres. Brodette et Patience ont commencé et je sais un peu lire, mais j'ai plus de mal avec l'écriture.

— Je vous montrerai, ainsi vous pourrez montrer à Ortie à votre tour », promit-il.

Ortie... Elle avait appelé ma fille Ortie, du nom de la plante qu'elle adorait, bien qu'elle laissât de cuisantes démangeaisons aux mains et aux bras si on la cueillait sans faire attention. Était-ce ce qu'elle pensait de ma fille, qu'elle donnait du chagrin en même temps que de la joie ? Je fus peiné qu'elle la vît ainsi. Je sentis mon attention attirée ailleurs mais je m'accrochai fermement à la scène à laquelle j'assistais : si je ne pouvais pas m'approcher davantage de Molly, je voulais profiter autant que possible de ce que j'avais.

Non, dit Vérité d'un ton ferme. *Va-t'en tout de suite ; tu les mets en danger. Crois-tu qu'ils auraient scrupule à les détruire s'ils pensaient ainsi pouvoir te faire mal et t'affaiblir ?*

Je me retrouvai tout à coup en compagnie de Vérité. Là où il se trouvait, il faisait froid et sombre et le vent soufflait. J'essayai de distinguer ce qui nous entourait mais il bloqua ma vue. Il m'avait amené à lui sans le moindre effort et sans le moindre effort il m'empêcha de voir ; la puissance de l'Art qu'il avait en lui était effrayante, pourtant je le sentais fatigué, épuisé presque à en mourir malgré cet immense pouvoir. L'Art était comme un étalon plein de vigueur et Vérité comme la corde effilochée qui le tient attaché : la traction était incessante et il ne devait pas relâcher sa résistance.

Nous venons vous rejoindre, lui dis-je bien que ce fût inutile.

Je sais. Hâtez-vous. Et ne recommence plus ; ne songe plus à eux, ne pense pas non plus à ceux qui nous veulent du mal. Ici, chaque murmure est un cri. Ils disposent de pouvoirs que tu n'imagines pas et d'une puissance à laquelle tu ne peux t'opposer. Où que tu ailles, tes ennemis risquent de te suivre ; ne laisse donc aucune trace.

Mais où êtes-vous ? m'écriai-je alors qu'il me repoussait.

Trouve-moi ! ordonna-t-il avant de me rejeter dans mon corps et mon existence.

*

Je me retrouvai assis dans mes couvertures en train de respirer convulsivement pour reprendre mon souffle ; j'avais l'impression d'avoir été violemment plaqué sur le dos. Pendant quelques instants, j'émis de petits couinements en m'efforçant de remplir mes poumons d'air, puis je parvins enfin à inspirer complètement. Je promenai mon regard sur l'intérieur de la tente plongée dans l'obscurité. Dehors, la tempête hurlait. Du brasero n'émanait plus qu'une vague lueur rougeâtre qui n'éclairait guère que la forme pelotonnée de Caudron, tout à côté.

« Ça va ? murmura le fou.

— Non », répondis-je aussi bas. Je me rallongeai près de lui. Je me sentais soudain trop épuisé pour réfléchir, pour prononcer une parole de plus. La transpiration dont j'étais couvert se refroidissait et je fus pris de frissons. À mon grand étonnement, le fou passa un bras autour de mes épaules ; reconnaissant de son geste, je me rapprochai de lui pour partager la chaleur de son corps. Je perçus également la compassion de mon loup. Je m'attendais que le fou me tînt quelque propos réconfortant mais il était trop avisé pour s'y risquer. Je m'endormis plein du désir de paroles qui n'existaient pas.

13

STRATÉGIE

Six Sages s'en sont venus à Jhaampe
Ils ont gravi un mont, n'en sont pas retournés
Ils ont perdu leur peau et ont trouvé leur chair
Et se sont envolés sur des ailes de pierre.

Cinq Sages s'en sont venus à Jhaampe
Ont suivi un chemin ni pente ni montée
Fendus, multipliés puis en un seul changés
Ont laissé une tâche encore inachevée.

Quatre Sages s'en sont venus à Jhaampe
Un langage muet se sont mis à parler
Ont supplié la Reine de les laisser partir
Ce qu'ils sont devenus nul ne peut rien en dire.

Trois Sages s'en sont venus à Jhaampe
Avaient aidé un roi à rester couronné

Mais quand ils ont tenté de gravir le sommet
Dans une chute affreuse ils en sont retombés.

Deux Sages s'en sont venus à Jhaampe
Nobles étaient les dames qu'ils y ont trouvées
Ont oublié leur quête et vécu amoureux
Plus avisés, qui sait, que certains avant eux.

Un Sage s'en est venu à Jhaampe
A écarté la Reine et puis le Couronné
A rempli sa mission, est tombé endormi
À l'abri des rochers ses os il a remis.

Aucun Sage ne vient à Jhaampe
Pour gravir aucun mont sans jamais retourner
C'est être bien plus sage et courageux encore
Que de rester chez soi et d'affronter la mort.

*

« Fitz ? Tu es réveillé ? » Le fou était penché sur moi, le visage tout proche du mien. Il paraissait inquiet.

« Je crois. » Je refermai les yeux. Des images et des pensées voltigeaient dans ma tête, sans que je pusse savoir lesquelles m'appartenaient ; mais était-il important de le déterminer ? Je ne m'en souvenais plus.

« Fitz ! » C'était Kettricken qui me secouait.

« Redressez-le », suggéra Astérie. Kettricken m'attrapa vivement par le devant de la chemise et me tira en position assise. Ce brusque changement d'assiette me donna le vertige. Je ne comprenais pas pourquoi ils tenaient tant à ce que je me réveille en pleine nuit. Je le leur dis.

« Il est midi, répondit Kettricken d'un ton grave. La

tempête fait rage depuis la nuit. » Elle me regarda de plus près. « Avez-vous faim ? Voulez-vous une tasse de tisane ? »

Tandis que j'essayais de faire le tri de mes envies, j'oubliai sa question. Il y avait trop de gens qui murmuraient autour de moi et j'étais incapable de faire la part de leurs pensées et des miennes. « Je vous prie de m'excuser, dis-je poliment à la femme. Que m'avez-vous demandé ?

— Fitz ! » siffla l'homme au teint pâle, exaspéré. Il tendit la main derrière moi et ramena un paquetage. « Il a de l'écorce elfique là-dedans ; c'est Umbre qui la lui a donnée. Ça devrait le remettre sur pied.

— Il n'a pas besoin de ça ! » fit une vieille femme d'un ton sec. Elle s'approcha de moi à quatre pattes et me pinça durement l'oreille.

« Ouille ! Caudron ! » m'exclamai-je en essayant de m'écarter. Elle continua de me tenir douloureusement l'oreille. « Réveillez-vous ! ordonna-t-elle d'un ton sévère. Tout de suite !

— Je suis réveillé ! » promis-je, et, après m'avoir lancé un coup d'œil menaçant, elle me lâcha. Pendant que je promenais mon regard autour de moi, un peu éberlué, elle marmonna d'un ton irrité : « Nous sommes trop près de cette satanée route !

— La tempête souffle toujours, dehors ? demandai-je, hébété.

— Ça ne fait jamais que six fois qu'on vous le répète, repartit Astérie, mais l'inquiétude perçait sous son ironie.

— J'ai fait des... cauchemars, cette nuit ; je n'ai pas bien dormi. » Je regardai mes compagnons serrés autour du petit brasero. Quelqu'un avait bravé le vent pour reconstituer la réserve de bois. Une casserole était suspendue au-dessus du feu, pleine à déborder de neige en train de fondre. « Où est Œil-de-Nuit ? demandai-je dès que je me fus rendu compte de son absence.

— À la chasse », répondit Kettricken. *Sans beaucoup de résultats,* fut l'écho qui me vint de la montagne au-dessus de nous. Je sentais le vent qui lui ébouriffait le poil ; il tenait ses oreilles rabattues. *Il n'y a pas une proie dehors par ce temps. Je ne sais pas pourquoi je me fatigue.*

Rentre te mettre au chaud, proposai-je. À cet instant, Caudron se pencha vers moi et me pinça durement le bras. Je m'écartai en poussant un cri.

« Restez avec nous ! fit-elle sèchement.

— Que faisons-nous ? » demandai-je en me rasseyant et en me frottant le bras. Le comportement de mes compagnons me paraissait incompréhensible.

« Nous attendons que la tempête s'apaise », me dit Astérie. Elle s'approcha pour me dévisager. « Fitz, que vous arrive-t-il ? Je ne vous sens pas vraiment avec nous.

— Je ne sais pas, répondis-je avec sincérité. J'ai l'impression d'être englué dans un rêve, et, si je ne fais pas un effort pour demeurer éveillé, je commence à me rendormir.

— Eh bien, faites cet effort », me conseilla Caudron d'un ton bourru. Je ne m'expliquais pas l'irritation que je semblais lui inspirer.

« Il vaudrait peut-être mieux qu'il dorme, intervint le fou. Il a l'air épuisé, et, d'après ses bonds et ses glapissements de la nuit dernière, ses rêves ne devaient pas être reposants.

— Il se reposera donc mieux en restant éveillé qu'en les retrouvant », rétorqua Caudron, inflexible. Elle m'enfonça soudain un doigt dans les côtes. « Parlez-nous, Fitz.

— De quoi ? » demandai-je.

Kettricken se glissa aussitôt dans la brèche. « Avez-vous rêvé de Vérité cette nuit ? Est-ce d'artiser qui vous a mis dans cet état d'hébétude ? »

Je soupirai. On ne répond pas par un mensonge à une question de sa reine. « Oui. » Puis, voyant son regard s'illuminer, je me sentis tenu d'ajouter : « Mais c'était un rêve qui ne vous réconfortera guère. Il est vivant et il se trouve dans un lieu froid et venteux. Il m'a empêché d'en voir davantage, et, quand j'ai voulu savoir où il était, il m'a simplement ordonné de le trouver.

— Pourquoi une telle attitude ? » demanda Kettricken. À son expression peinée, on eût cru que Vérité lui-même l'avait repoussée.

« Il m'a sévèrement mis en garde contre tout emploi de l'Art. J'étais en train de... d'observer Molly et Burrich. » Ces mots m'arrachèrent la bouche car je n'avais nulle envie d'évoquer ce que j'avais vu alors. « Vérité m'a écarté d'eux et m'a prévenu que nos ennemis risquaient de les trouver par mon biais et de leur faire du mal. Je pense que c'est la raison pour laquelle il m'a dissimulé son environnement : il redoutait que, si je le reconnaissais, Royal ou son clan ne soit capable de le lire dans mon esprit.

— Craint-il qu'ils le recherchent, lui aussi ? fit Kettricken d'un air étonné.

— C'est l'impression que j'ai eue. Je n'ai perçu aucune peur en lui, mais il semble penser qu'ils vont essayer de le trouver, physiquement ou par l'Art.

— Pourquoi Royal se donnerait-il cette peine alors que tous le croient mort ? » me demanda Kettricken.

Je haussai les épaules. « Peut-être pour s'assurer qu'il ne reviendra jamais démontrer le contraire. Je ne sais pas vraiment, ma reine. Je sens que mon roi me cache beaucoup de choses. Il m'a averti que le clan dispose de pouvoirs nombreux et redoutables.

— Mais Vérité est de taille à l'affronter, n'est-ce pas ? fit Kettricken avec une confiance d'enfant.

— Il maîtrise une tempête de pouvoir comme je n'en ai jamais vue, ma dame. Mais il lui faut toute sa volonté pour la dompter.

— Ce genre de maîtrise n'est qu'illusion, marmonna Caudron, un piège destiné à tromper l'imprudent.

— Le roi Vérité n'a rien d'un imprudent, dame Caudron ! répliqua Kettricken avec colère.

— Non, en effet, intervins-je d'un ton conciliant. Et c'est moi qui décris la situation ainsi, non Vér... non le roi Vérité, ma dame. Je m'efforce seulement de vous faire comprendre que ce qu'il fait à présent dépasse mon entendement. Je ne peux que lui souhaiter de savoir dans quoi il se lance, et obéir à ses ordres.

— Le trouver, oui », dit Kettricken. Elle soupira. « J'aimerais pouvoir me remettre en route à l'instant ; mais seul un fou défierait une telle tempête.

— Tant que nous demeurerons ici, FitzChevalerie sera constamment en danger », intervint Caudron. Tous les regards convergèrent sur elle.

« Qu'est-ce qui vous fait dire cela, Caudron ? » demanda Kettricken.

La vieille femme hésita. « C'est visible ; si on ne l'oblige pas à parler, ses pensées divaguent, ses yeux se vident. Il ne peut pas s'endormir sans que l'Art s'empare de lui. Il est évident que la route est responsable de son état.

— Ce que vous décrivez est exact mais il ne me paraît pas du tout évident que la route soit en cause ; ces symptômes pourraient provenir d'une fièvre consécutive à sa blessure ou de...

— Non. » Avec audace, j'interrompis ma reine. « C'est

bien la route : je n'ai pas de fièvre, et je ne ressentais rien de tel avant que nous ne l'empruntions.

— Expliquez-moi, ordonna Kettricken.

— Je ne comprends pas moi-même le phénomène. Je peux seulement supposer que l'Art a présidé, j'ignore comment, à la construction de cette route ; elle est plus rectiligne et plus égale qu'aucune de ma connaissance ; nul arbre, nulle plante ne s'y enracine bien qu'elle soit peu fréquentée ; elle ne porte aucune trace d'animaux ; et avez-vous observé hier l'arbre qui s'y était abattu ? La souche et les branches supérieures étaient encore presque en bon état, mais toute la partie du tronc qui reposait sur la route était pourrie, quasiment réduite en poussière. Une force vit encore dans cette route, pour qu'elle demeure si nette et si dégagée ; et cette force, dont j'ignore ce qu'elle est, je pense qu'elle est liée à l'Art. »

Kettricken médita un moment ma déclaration. « Que proposez-vous ? » demanda-t-elle enfin.

Je haussai les épaules. « Rien pour l'instant. La tente est bien arrimée ; nous serions fous d'essayer de la déplacer par ce vent. Je dois simplement avoir conscience du danger que je cours et tenter de l'éviter. Et demain, ou du moins quand la tempête tombera, il me faudra longer la route au lieu de marcher dessus.

— Ça ne changera pas grand-chose à l'affaire, grommela Caudron.

— Peut-être, mais comme elle nous sert de guide pour retrouver Vérité, il serait inconséquent de la quitter. Vérité y a survécu, or il était seul. » Je me tus en songeant que certains fragments de rêves d'Art où mon roi figurait m'apparaissaient à présent plus compréhensibles. « Je me débrouillerai. »

L'expression dubitative des visages qui m'entouraient

n'avait rien de rassurant. « Sans doute, si vous ne pouvez pas faire autrement, conclut Kettricken d'un ton lugubre. Si nous pouvons vous aider de quelque manière que ce soit, FitzChevalerie...

— Je n'en vois aucune, dis-je franchement.

— Si, il faut lui occuper l'esprit autant que possible, intervint Caudron. Ne pas le laisser à ne rien faire ni dormir excessivement. Astérie, vous avez votre harpe, n'est-ce pas ? Ne pourriez-vous pas chanter pour nous ?

— J'ai *une* harpe, la reprit Astérie d'un ton amer. Un bien piètre instrument à côté de celle qui m'a été confisquée à Œil-de-Lune. » L'espace d'un instant, son visage se figea et ses yeux se vidèrent de toute expression. Était-ce à cela que je ressemblais quand l'Art s'emparait de moi ? Caudron lui tapota affectueusement le genou, et Astérie sursauta. « Cependant, c'est tout ce que j'ai sous la main, et j'en jouerai si vous pensez que cela peut être utile. » Elle prit son paquetage derrière elle et en sortit une harpe emballée ; lorsqu'elle défit la protection, je constatai qu'il ne s'agissait en effet guère que d'un cadre de bois sur lequel étaient tendues des cordes. L'instrument avait en gros la forme de son ancienne harpe, mais sans la grâce ni le lustre, et l'un était à l'autre ce que les épées d'exercice de Hod étaient à une épée de qualité : un outil pratique et fonctionnel, rien de plus. Pourtant, la ménestrelle posa l'objet sur ses genoux et se mit à l'accorder. Elle avait commencé à jouer les premières notes d'une vieille ballade cervienne quand elle fut interrompue par l'apparition d'un museau enneigé à l'entrée de la tente.

« Œil-de-Nuit ! » s'exclama joyeusement le fou.

J'ai de la viande à partager, dit le loup avec fierté. *Plus qu'il n'en faut pour bien s'empiffrer.*

Ce n'était pas une exagération. Quand je sortis de la

tente à quatre pattes pour voir ce qu'il avait tué, je me trouvai devant une sorte de sanglier ; il possédait les mêmes défenses et le même poil rude que ceux auxquels j'avais donné la chasse par le passé mais il était de plus grande taille et son pelage était tacheté noir et blanc. Kettricken me rejoignit et s'émerveilla en disant qu'elle avait vu peu de ces créatures jusque-là mais qu'elles vivaient au fond des forêts et qu'elles avaient la réputation d'un gibier peu commode, à éviter de préférence. De sa main gantée, elle gratta le loup derrière l'oreille en le complimentant à l'excès de sa bravoure et de son habileté, au point qu'il se laissa tomber dans la neige, terrassé d'orgueil. Je le regardai qui se vautrait par terre et je ne pus retenir un sourire moqueur ; il se redressa aussitôt, me pinça méchamment le mollet et m'ordonna d'éventrer la bête.

La viande était grasse et de belle qualité ; Kettricken et moi effectuâmes le plus gros du dépeçage car le froid harcelait impitoyablement le fou et Caudron, et Astérie fut dispensée de la corvée pour préserver ses mains de harpiste : le froid et l'humidité n'étaient pas le meilleur remède pour ses doigts encore convalescents. Je ne m'en plaignis pas : le travail lui-même et les rudes conditions dans lesquelles nous l'effectuions empêchaient mon esprit de s'égarer, et je prenais un curieux plaisir à me trouver seul en compagnie de Kettricken, même en de telles circonstances, car, en partageant cette humble tâche, nous pouvions tous deux oublier rang et passé et n'être plus que deux individus dans le froid qui se réjouissaient de la qualité de la viande. Nous en découpâmes de longues lanières qui cuiraient rapidement sur le petit brasero, en quantité suffisante pour rassasier chacun. Œil-de-Nuit s'appropria les entrailles et fit bombance du cœur et du foie, puis d'une patte avant dont il broya les os avec délectation. Il entra dans la tente avec son trophée craquant et nul ne fit le moindre commentaire, sinon pour le féliciter, sur le loup couvert de sang et de neige qui, allongé le long d'une des parois de la yourte, mastiquait bruyamment. Je le trouvais insupportablement satisfait de lui-même et le lui dis ; il se contenta de répondre qu'il n'avait jamais eu gibier plus difficile à tuer ni à rapporter intact pour le partager. Pendant ce temps, le fou ne cessait de lui gratter les oreilles.

Bientôt, une savoureuse odeur de viande grillée envahit la tente. Il y avait plusieurs jours que nous n'avions pas mangé de venaison fraîche, et le froid que nous avions affronté la rendait doublement appétissante. Ragaillardis, nous en vînmes presque à oublier les hurlements du vent et le froid âpre qui enserrait notre petit abri. Une fois tous repus, Caudron prépara de la tisane. Je ne sais rien qui réchauffe mieux qu'un repas de viande, une tisane et la présence de bons amis.

C'est l'esprit de la meute, observa Œil-de-Nuit, comblé, de son coin, et je ne pus qu'acquiescer.

Astérie s'essuya les doigts et reprit sa harpe au fou qui avait demandé à l'examiner. À mon grand étonnement, il se pencha sur la ménestrelle et dit en suivant d'un doigt pâle le cadre de l'instrument : « Si j'avais mes outils, je donnerais un coup de rabot ici et ici, et j'arrondirais tout ce côté ; à mon avis, vous le tiendriez mieux. »

Astérie le dévisagea avec suspicion mais elle chercha en vain dans son expression une trace de moquerie. « Mon maître, dit-elle d'un ton circonspect comme si elle s'adressait à nous tous, qui m'a enseigné à jouer de la harpe était aussi très doué pour les fabriquer – trop, peut-être. Il a essayé de me transmettre son art, et j'en ai appris les rudiments, mais il ne supportait pas de me voir "massacrer du beau bois", selon son expression. Je n'ai donc jamais su les étapes les plus délicates de la fabrication d'une harpe.

— Si nous étions à Jhaampe, je vous laisserais massacrer autant de bois que vous le souhaiteriez : la pratique est le seul apprentissage valable. Mais pour l'instant, même avec les couteaux que nous possédons, je pense pouvoir donner une forme plus gracieuse à ce cadre, dit le fou avec sincérité.

— Eh bien, je ne dis pas non », répondit Astérie. Je me demandais depuis quand ils avaient cessé les hostilités et me rendis compte que, depuis quelques jours, je ne prêtais plus guère attention qu'à moi-même. J'avais accepté le fait que j'intéressais Astérie seulement dans la mesure où elle pourrait être présente si j'accomplissais quelque haut fait, et je n'avais pas insisté pour obtenir son amitié ; quant à Kettricken, son rang et sa peine érigeaient entre nous une barrière que je ne m'étais pas risqué à abattre ; Caudron, elle, manifestait une telle réticence à parler d'elle-même que toute conversation approfondie était difficile. Mais je ne me voyais pas d'excuse pour avoir exclu le fou et le loup de mes pensées.

Quand tu dresses des murs pour te protéger de ceux qui te veulent du mal, ce n'est pas seulement ton Art que tu enfermes dans ta tête, fit Œil-de-Nuit.

Je méditai cette déclaration. Il me semblait en effet que mon Vif et ma perception des autres s'étaient un peu affaiblis ces derniers jours ; peut-être mon compagnon avait-il raison. Caudron m'enfonça brutalement un doigt dans les côtes. « Ne vous égarez pas ! me gourmanda-t-elle.

— Je réfléchissais, c'est tout ! rétorquai-je.

— Eh bien, réfléchissez tout haut.

— Je n'ai pas d'idées qui vaillent de les partager, pour l'instant. »

Mon manque de coopération m'attira un regard noir de Caudron.

« Récite-nous quelque chose, dans ce cas, intervint le fou. Ou bien chante. Fais ce qu'il faut pour te concentrer sur ce qui se passe ici.

— Bonne idée », fit Astérie, et ce fut mon tour d'adresser un regard noir au fou, mais tous les yeux étaient désormais tournés vers moi. Je pris une inspiration et tâchai de trouver un poème à réciter. Tout le monde ou presque a une histoire préférée ou sait par cœur un bout de poésie; mais la plus grande partie de l'instruction que j'avais reçue portait sur les plantes toxiques et autres domaines de l'art de l'assassinat. « Je connais une chanson, dis-je finalement à contrecœur. "Le Sacrifice de Feux-Croisés" ».

Caudron se renfrogna mais Astérie joua les premières notes de la ballade avec un sourire amusé. Après un faux départ, je me lançai et ne me débrouillai pas si mal, ma foi, bien qu'une ou deux fausses notes fissent grimacer Astérie. Pour quelque mystérieuse raison, le choix de ma chanson avait déplu à Caudron qui ne me quitta pas des yeux, l'air revêche. Quand j'eus fini, Kettricken prit ma place pour chanter une ballade de chasse des Montagnes, puis le fou nous réjouit avec une chanson paillarde où il était question de courtiser une fille de laiterie; il me sembla lire une admiration involontaire dans le regard d'Astérie devant le brio du fou. Restait Caudron, et je m'attendais à ce qu'elle décline d'enchaîner; mais non : elle chanta la vieille comptine : « Six Sages s'en sont venus à Jhaampe, Ils ont gravi un mont, n'en sont pas retournés », sans cesser de me regarder comme si chaque mot qu'elle prononçait de sa voix fêlée était une pique à moi destinée; mais s'ils dissimulaient une insulte, elle m'échappa complètement, de même que la raison de son irritation.

Les loups chantent ensemble, me dit Œil-de-Nuit à l'instant où Kettricken s'adressait à la ménestrelle : « Jouez-nous un morceau que nous connaissons tous, Astérie, et qui nous donne du cœur. » La jeune femme interpréta une vieille chanson qui parlait de cueillir des fleurs pour sa bien-aimée, et nous la reprîmes tous en chœur, certains avec plus d'émotion que d'autres.

Comme la dernière note de la harpe mourait, Caudron dit : « Le vent tombe. »

Nous tendîmes tous l'oreille, puis Kettricken se glissa hors de la tente. Je l'imitai et nous nous tînmes silencieux dans le vent qui s'apaisait. Le crépuscule avait volé les couleurs du monde, et, dans le sillage de la tempête, la neige s'était mise à tomber à gros flocons. « La tourmente s'est épuisée, fit Kettricken. Nous pourrons reprendre notre route demain.

— J'en serai soulagé », dis-je. *Rejoins-moi, rejoins-moi,* répétaient les battements de mon cœur. Quelque part dans ces Montagnes, ou au-delà, se trouvait Vérité.

Et le fleuve d'Art.

« Moi aussi, murmura Kettricken. Que n'ai-je suivi mon instinct l'année dernière et poussé jusqu'aux confins de la carte ! Mais j'ai réfléchi et j'ai conclu que je ne saurais faire mieux que Vérité ; de plus, je craignais de mettre son enfant en péril – un enfant que j'ai néanmoins perdu ; j'ai ainsi doublement trahi Vérité.

— Trahi Vérité ? m'exclamai-je, horrifié. En perdant son enfant ?

— Son enfant, sa couronne, son royaume ; son père aussi. Que ne m'a-t-il confié que je n'aie pas perdu, Fitz-Chevalerie ? Tout en me précipitant de tout mon cœur à sa recherche, je me demande comment je pourrai le regarder dans les yeux.

— Oh, ma reine, vous vous trompez, je vous l'assure. Il n'a sûrement pas le sentiment que vous l'avez trahi, mais il doit craindre de vous avoir abandonnée au milieu du plus grand danger.

— Il n'a fait que se rendre là où son devoir l'appelait », chuchota Kettricken. Puis, d'une voix plaintive : « Ah, Fitz, comment pouvez-vous vous faire l'interprète de ses sentiments alors que vous n'êtes même pas capable de me dire où il se trouve ?

— Où il se trouve, ma reine, est un simple renseignement, un point sur une carte. Mais ses émotions, ce qu'il ressent pour vous... c'est son souffle même, et quand nous sommes reliés par l'Art, je sais ces choses-là, parfois malgré moi. » Je me rappelai certaines occasions où j'avais eu connaissance, bien involontairement, des émois que sa reine inspirait à Vérité, et je me réjouis que l'obscurité dissimulât mon visage à Kettricken.

« Comme j'aimerais pouvoir apprendre cet Art... Savez-vous à quel point et combien souvent je vous en ai voulu parce que vous pouviez communiquer avec celui qui me manque et sonder sans difficulté son cœur et son âme ? La jalousie est une vilaine émotion et je me suis toujours efforcée de la chasser de moi ; mais parfois il me semble une injustice monstrueuse que vous soyez ainsi uni à lui et pas moi. »

Jamais il ne m'était venu à l'esprit qu'elle pût nourrir de tels sentiments. « L'Art est une malédiction autant qu'une bénédiction, fis-je, gêné. Même si je pouvais vous en faire cadeau, ma dame, je ne sais pas si j'aurais envie de l'imposer à une amie.

— Pour percevoir sa présence et son amour ne fût-ce qu'un instant, Fitz... pour cela, j'accepterais n'importe quelle malédiction. Pouvoir le sentir me toucher, sous quelque forme que ce soit... imaginez-vous à quel point il me manque ?

— Je crois, ma dame », répondis-je à mi-voix. Molly... comme une main agrippée à mon cœur. *Elle tranchait de durs navets d'hiver sur la table. Le couteau était émoussé, il faudrait demander à Burrich de l'aiguiser s'il rentrait à cause de la pluie. Il coupait du bois pour le vendre demain au village. Il travaillait trop, sa jambe lui ferait mal ce soir.*

« Fitz ? FitzChevalerie ! »

Je me retrouvai brusquement devant Kettricken qui me secouait par les épaules.

« Pardon », murmurai-je. Je me frottai les yeux, puis éclatai de rire. « Quelle ironie ! Toute ma vie j'ai eu le plus grand mal à me servir de l'Art ; il allait et venait comme le vent dans les voiles d'un navire. Tout à coup, voici qu'artiser m'est aussi facile que respirer, et j'en meurs d'envie ; mais Vérité m'a recommandé de n'en rien faire et je dois croire qu'il a raison.

— Moi aussi », fit Kettricken d'un ton las.

Nous demeurâmes encore un moment dans le noir, et je dus résister à l'impulsion soudaine de passer le bras autour des épaules de ma reine pour l'assurer que tout irait bien, que nous retrouverions son époux et roi. L'espace d'un instant, j'avais revu la grande et mince jeune fille venue des Montagnes pour épouser Vérité ; mais j'avais de nouveau devant moi la reine des Six-Duchés et j'avais constaté sa force ; elle n'avait sûrement pas besoin du réconfort de quelqu'un comme moi.

Nous prélevâmes quelques lanières de viande sur le sanglier qui gelait peu à peu, puis rejoignîmes nos compagnons sous la tente. Œil-de-Nuit dormait, repu ; le fou tenait la harpe d'Astérie entre ses genoux et, à l'aide d'un couteau à dépecer en guise de plane, adoucissait certaines lignes du cadre ; la ménestrelle, assise à ses côtés, l'observait en s'efforçant de ne pas avoir l'air inquiète. Caudron avait pris une petite poche qu'elle portait accrochée au cou et en avait tiré une poignée de petites pierres polies qu'elle triait. Tandis que Kettricken et moi allumions un petit feu dans le brasero et préparions la viande, Caudron essaya de m'expliquer les règles de son jeu, sans grand succès. Elle finit par renoncer en s'exclamant : « Vous comprendrez quand vous aurez perdu deux ou trois fois ! »

Je perdis plus de deux ou trois fois. Elle m'obligea à jouer des heures après que nous eûmes dîné. Le fou, lui, continua de raboter la harpe d'Astérie en s'interrompant fréquemment pour redonner du tranchant au couteau. Kettricken resta silencieuse, presque morose, jusqu'au moment où le fou s'aperçut de son humeur mélancolique et se mit à évoquer Castelcerf avant qu'elle y vînt ; je tendis l'oreille et me trouvai pris dans les souvenirs de l'époque où les Pirates rouges n'étaient encore qu'un conte et où ma vie était, sinon heureuse, du moins sans risque ; peu à peu, la conversation porta sur les divers ménestrels, célèbres ou peu connus, qui avaient joué à Castelcerf, et Astérie harcela le fou de questions à leur sujet.

Je ne tardai pas à m'absorber dans le jeu des cailloux, étrangement apaisant : les pierres étaient rouges, noires et blanches, lisses et agréables au toucher. Le joueur devait en tirer un certain nombre au hasard et les placer à l'intersection des lignes dessinées sur un tissu. C'était un jeu à la fois simple et complexe ; chaque fois que je remportais une partie, Caudron m'exposait aussitôt une stratégie plus élaborée qui m'absorbait tout entier et libérait mon esprit de tout souvenir et de toute réflexion. Enfin, alors que les autres s'assoupissaient déjà dans leurs peaux de couchage, Caudron disposa les cailloux sur le damier et me demanda d'étudier ce nouveau jeu.

« On peut gagner d'un seul déplacement de la pierre noire, me dit-elle. Mais la solution n'est pas facile à voir. »

J'examinai l'agencement des cailloux, puis secouai la tête. « Combien de temps vous a-t-il fallu pour apprendre à jouer ? »

Elle eut un petit sourire. « J'apprenais vite, étant enfant ; mais je dois reconnaître que vous êtes encore plus rapide.

— Tiens ? Je croyais que ce jeu venait d'un pays lointain.

— Non, c'est un vieux jeu cervien.

— Je n'ai jamais vu personne le pratiquer.

— Ce n'était pas rare quand j'étais petite mais on ne l'enseignait pas à tout le monde. Toutefois, ce n'est pas la question qui nous occupe pour le moment. Étudiez la disposition des cailloux et, au matin, donnez-moi la solution. »

Elle laissa les pierres telles qu'elle les avait placées sur le tissu, près du brasero. Les longues séances de mémorisation auxquelles Umbre m'avait contraint me furent utiles : quand je me couchai, je visualisai le damier et me donnai un seul caillou noir pour gagner ; les déplacements possibles étaient nombreux, car une pierre noire pouvait prendre la place d'une rouge et l'obliger à se positionner sur une autre intersection, et une rouge en faire autant avec une blanche. Je fermai les yeux mais conservai l'image du jeu et essayais plusieurs combinaisons de déplacement jusqu'au moment où je m'endormis ; j'ignore si je rêvai du jeu ou pas du tout ; en tout cas, les songes d'Art me laissèrent tranquille ; en revanche, à mon réveil au matin, je n'avais toujours pas de solution au problème que Caudron m'avait soumis.

Premier levé, je me glissai hors de la tente et revins avec une casserole pleine de neige à faire fondre pour la tisane du petit déjeuner ; il faisait nettement plus chaud que les jours précédents et je m'en sentis ragaillardi, tout en me demandant si le printemps s'était déjà installé dans les basses terres. Avant que mon esprit ait le temps de s'égarer à nouveau, je m'assis pour réfléchir au jeu ; à cet instant, Œil-de-Nuit vint poser sa tête sur mon épaule.

J'en ai assez de rêver de petits cailloux. Lève les yeux et regarde l'ensemble, petit frère. Il s'agit d'une meute, pas de chasseurs isolés. Tiens, cette pierre, là : mets la noire à la place et, au lieu de te servir de la rouge pour déplacer une blanche, pose-la ici pour refermer le piège. C'est tout.

Je m'émerveillais encore de la miraculeuse simplicité de la solution d'Œil-de-Nuit quand Caudron s'éveilla. Avec un sourire ironique, elle me demanda si j'avais trouvé la réponse ; en guise de réponse, je pris une pierre noire dans la poche et effectuai les arrangements préconisés par le loup. La mâchoire de Caudron en tomba de stupéfaction ; la vieille femme me regarda, abasourdie. « Personne n'a jamais résolu ce problème aussi rapidement, dit-elle enfin.

— On m'a aidé, avouai-je, penaud. C'est le loup qui a trouvé, pas moi. »

Caudron écarquilla les yeux. « Vous vous moquez d'une vieille femme, me reprocha-t-elle, mais le ton était hésitant.

— Pas du tout. » Elle paraissait vexée. « J'ai réfléchi la plus grande partie de la nuit – je crois même avoir rêvé de stratégies –, mais, à mon réveil, c'est Œil-de-Nuit qui avait la solution. »

Elle se tut un moment. « Je prenais Œil-de-Nuit pour un... un animal savant, une bête capable d'obéir à vos ordres même quand vous ne les donniez pas à haute voix ; mais voici que vous le prétendez en mesure de comprendre la logique d'un jeu. Allez-vous me dire qu'il comprend aussi mes paroles ? »

À l'autre bout de la tente, Astérie, appuyée sur un coude, écoutait notre échange. J'essayai de concevoir un moyen de ne pas révéler la vérité, puis je rejetai violemment cette solution ; carrant les épaules comme si je rendais compte à Vérité en personne, je parlai d'une voix nette : « Nous sommes liés par le Vif ; ce que j'entends, ce que je comprends, il le comprend comme moi ; ce qui l'intéresse, il l'apprend. Je ne prétends pas qu'il saurait lire un manuscrit ni se rappeler une chanson mais, si une chose l'intrigue, il y pense à sa façon – celle d'un loup, la plupart du temps, mais parfois à la façon dont n'importe quel homme s'y... » J'avais du mal à énoncer clairement ce que je ne concevais pas bien moi-même. « Il a considéré le jeu comme une meute de loups en train de chasser un gibier, non comme un assemblage de pions noirs, rouges et blancs ; et il a vu quelle direction il devait prendre, s'il chassait avec cette meute, pour accroître la probabilité d'une prise. J'imagine que moi aussi, parfois, j'adopte son point de vue... celui d'un loup. Ça n'a rien de répréhensible, à mon sens ; c'est seulement une manière différente de percevoir le monde. »

Il subsistait une trace de peur superstitieuse dans le regard de Caudron qui allait et venait entre le loup endormi et moi. Œil-de-Nuit choisit cet instant pour agiter mollement la queue afin d'indiquer qu'il savait pertinemment être le sujet de notre conversation. Caudron frissonna. « Ce que vous faites avec lui... est-ce comme artiser entre humains, mais avec un loup ? »

Je commençai à faire non de la tête, puis me repris et haussai les épaules. « Au début, le Vif est plutôt un partage ; c'était vrai surtout quand j'étais enfant : avec mon compagnon de Vif, je suivais des odeurs, je pourchassais un poulet pour le voir courir, je savourais un repas en commun. Mais quand deux êtres restent ensemble aussi longtemps qu'Œil-de-Nuit et moi, la relation se modifie ; elle passe au-delà des émotions et n'est jamais vraiment exprimable par des mots. J'ai davantage conscience de l'animal dans lequel vit mon esprit, et lui a davantage conscience... »

De penser ; de penser à ce qui se passe avant et après une action. On devient conscient d'être toujours en train de faire des choix et on réfléchit afin de faire les meilleurs.

Exactement. Je répétai ses propos à Caudron. Œil-de-Nuit s'était redressé ; il s'étira longuement, puis se rassit et regarda la vieille femme, la tête penchée.

« Je vois, dit-elle d'une voix défaillante. Je vois. » Là-dessus, elle se leva et quitta la tente.

Astérie s'étira elle aussi. « Voilà qui éclaire d'un jour tout à fait nouveau le fait de lui gratter les oreilles », remarqua-t-elle. Le fou éclata d'un rire bref, s'assit dans sa peau de couchage et tendit le bras pour gratter Œil-de-Nuit derrière l'oreille. Le loup s'écroula sur lui, ravi. Après avoir émis un grondement méprisant à leur adresse, je me remis à préparer la tisane.

Nous mîmes plus de temps que prévu pour remballer nos affaires et reprendre la route : une épaisse couche de neige humide couvrait tout et lever le camp en fut singulièrement compliqué. Nous découpâmes ce qui restait du sanglier et l'empaquetâmes. Les jeppas furent réunis – malgré la tempête, ils ne s'étaient guère éloignés ; le secret semblait résider dans le sac de grains sucrés que

Kettricken gardait toujours sur elle pour attirer l'animal de tête. Quand nous fûmes enfin chargés et prêts à partir, Caudron déclara qu'il ne fallait pas me laisser marcher sur la route et que quelqu'un devait toujours me tenir compagnie ; je me hérissai mais nul n'y prêta attention. Le fou se porta volontaire pour prendre le premier tour, à quoi Astérie réagit en secouant la tête avec un curieux sourire. Je supportai de me faire ainsi ridiculiser en boudant vaillamment ; nul n'y prêta attention non plus.

Peu de temps après, les femmes et les jeppas cheminaient gaillardement sur la route tandis que le fou et moi pataugions péniblement dans la neige du replat qui la longeait. Caudron se retourna vers nous en brandissant son bâton de marche. « Éloignez-le davantage ! cria-t-elle au fou. Écartez-vous jusqu'à l'extrême limite où vous pourrez nous voir ! Allez, allez ! »

Docilement, nous nous enfonçâmes donc dans les bois. Dès que nous fûmes hors de vue, le fou me demanda d'un ton excité : « Qui est Caudron ?

— Tu en sais autant que moi », répondis-je laconiquement. Puis une autre question me vint. « Qu'y a-t-il entre Astérie et toi, maintenant ? »

Il haussa les sourcils et me fit un clin d'œil salace.

« Ça, ça m'étonnerait beaucoup, répondis-je.

— Ah, tout le monde n'est pas insensible comme toi à mes charmes, Fitz. Que te dire ? Elle me désire, son âme se consume d'amour pour moi mais elle ne sait pas l'exprimer, la malheureuse. »

Je renonçai : ce n'était pas une bonne question. « Que voulais-tu dire en me demandant qui est Caudron ? »

Il me lança un regard apitoyé. « Ce n'est pourtant pas compliqué, petit prince. Qui est cette femme qui en sait si long sur ce qui te tourmente, qui tire soudain d'une poche un jeu dont je n'ai trouvé mention qu'une seule fois dans un très vieux manuscrit, qui chante *Six Sages s'en sont venus à Jhaampe* en y ajoutant deux couplets que je n'ai jamais entendus ? Qui, ô lumière de ma vie, est Caudron et pourquoi une femme aussi antique a-t-elle choisi de passer ses derniers jours à courir les montagnes en notre compagnie ?

— Tu es en verve, ce matin, observai-je avec aigreur.

— N'est-ce pas ? Et toi, tu es presque aussi habile que moi à éviter les questions. Allons, ce mystère a bien dû t'inspirer quelques réflexions à partager avec un pauvre fou, non ?

— Elle ne m'a pas fourni assez de renseignements sur elle-même pour que je puisse émettre la moindre conjecture, répliquai-je.

— Eh bien, que peut-on supposer sur quelqu'un qui surveille aussi étroitement sa langue ? Qui semble avoir quelques connaissances sur l'Art ? Et sur les anciens jeux de Cerf et la poésie d'autrefois ? Quel âge lui donnes-tu ? »

Je haussai les épaules, puis un souvenir me revint tout à coup.

« Elle n'a pas apprécié que je chante la ballade sur le clan de Feux-Croisés.

— C'est peut-être ta façon de chanter qui lui a déplu, tout simplement. Ne commençons pas à nous raccrocher à n'importe quoi. »

Je souris malgré moi. « Il y a si longtemps que tu ne lançais plus de piques que c'est presque un soulagement de t'entendre te moquer de moi.

— Si j'avais su que ça te manquait, j'aurais repris plus tôt mes turlupinades. » Il me fit un sourire complice, puis redevint grave. « FitzChevalerie, le mystère plane sur cette femme comme les mouches sur... sur de la bière renversée.

Elle empeste littéralement les prémonitions, les présages et les signes. Je crois qu'il est temps que l'un de nous lui tire les vers du nez. » Il me sourit. « Ta meilleure chance, ce sera cet après-midi, pendant qu'elle sera de garde avec toi. Fais preuve de subtilité, naturellement ; demande-lui qui était roi quand elle était petite, et aussi pourquoi on l'a exilée.

— Exilée ? » Je m'esclaffai. « Ton imagination travaille trop !

— Crois-tu ? Moi pas. Pose-lui la question, et veille à me rapporter tout ce qu'elle n'aura pas dit.

— Et en échange de tout ça, tu m'apprendras ce qu'il y a entre Astérie et toi ? »

Il me jeta un coup d'œil oblique. « Tu sais, je ne suis pas sûr d'être capable de te donner une réponse. Parfois, tu me surprends, Fitz – rarement, bien sûr : la plupart du temps, c'est moi-même qui me surprends, comme quand je me porte volontaire pour patauger dans la neige en zigzaguant entre les arbres en compagnie d'un bâtard alors que je pourrais marcher à mon aise sur une avenue parfaitement rectiligne derrière un chapelet de charmants jeppas. »

Je ne parvins pas à lui arracher davantage de renseignements ce matin-là. L'après-midi, ce ne fut pas Caudron mais Astérie qui m'accompagna. Je m'attendais à de la tension entre nous – je n'avais pas oublié qu'elle avait échangé ce qu'elle savait sur ma fille contre sa participation à l'expédition ; cependant, les jours passant, ma colère envers elle s'était muée en simple circonspection : je savais qu'elle n'aurait aucun scrupule à retourner contre moi la moindre confidence, aussi m'étais-je apprêté à surveiller ma langue avec la volonté arrêtée de ne pas parler de Molly ni de ma fille, quoique cela n'eût plus guère d'importance désormais.

Mais, à mon grand étonnement, Astérie se montra

gracieuse et encline à bavarder. Elle me pressa de questions, non à propos de Molly mais du fou, au point que j'en vins à me demander si elle ne s'était pas bel et bien éprise de lui. En de rares occasions, à la cour, des femmes s'étaient intéressées à lui et l'avaient poursuivi de leurs ardeurs ; envers celles qu'attirait seulement l'étrangeté de son apparence, il avait fait preuve d'une cruauté impitoyable en mettant à nu la frivolité de leur inclination. À une époque, une maraîchère était si impressionnée par sa vivacité d'esprit qu'elle en demeurait coite en sa présence ; d'après les potins des cuisines, elle déposait des bouquets de fleurs à son intention au pied de l'escalier de sa tour, et d'aucuns supputaient qu'elle avait à l'occasion été invitée à gravir ce même escalier ; pour finir, elle avait dû quitter Castelcerf pour s'occuper de sa vieille mère dans quelque village lointain et, à ma connaissance, l'affaire s'était arrêtée là.

Pourtant, si peu que j'en susse sur le fou, je n'en dis rien à Astérie et je détournai ses questions par des réponses banales : le fou et moi étions des camarades d'enfance mais nos devoirs respectifs ne nous avaient guère laissé de temps pour devenir intimes. C'était très près de la vérité, pourtant, je le voyais bien, la ménestrelle s'agaçait de mes faux-fuyants tout en s'en amusant. Ses autres questions étaient tout aussi inattendues ; elle me demanda si j'avais jamais cherché à connaître le vrai nom du fou, à quoi je répondis que, n'étant même pas capable de me rappeler celui que ma propre mère m'avait donné, j'hésitais à interroger les autres sur ce sujet. Elle se tut un moment, mais voulut ensuite savoir comment il s'habillait enfant ; ma description de ses habits de bouffon qui changeaient avec les saisons la laissa insatisfaite jusqu'à ce que je lui affirme en toute honnêteté ne jamais l'avoir vu, avant Jhaampe, autrement qu'en tenue de fou. À la fin de l'après-midi, nos échanges de questions et de réponses tenaient plus de la joute que de la conversation, et je fus soulagé de rejoindre le reste du groupe dans le camp dressé à quelque distance de la route.

Malgré cette précaution, Caudron ne me laissa pas un instant de répit et ajouta ses propres corvées aux miennes afin de m'occuper l'esprit. Le fou prépara un ragoût fort passable en puisant dans nos réserves et dans la carcasse du sanglier ; le loup, lui, se contenta d'un cuissot prélevé sur l'animal. À peine le repas achevé et la vaisselle débarrassée, Caudron étendit son carré de tissu et sortit sa poche de cailloux. « Maintenant, voyons ce que vous avez appris », me dit-elle.

Cinq ou six parties plus tard, elle me dévisagea, la mine renfrognée. « Vous ne mentiez donc pas ! s'exclama-t-elle d'un ton accusateur.

— À quel propos ?

— À propos du loup qui aurait trouvé la solution. Si vous aviez découvert seul cette stratégie, vous joueriez différemment, à présent ; mais comme on vous a fourni la réponse, vous ne la comprenez pas complètement. »

À cet instant, le loup se leva en s'étirant. *Vos cailloux et votre bout de tissu me fatiguent,* me dit-il. *Moi, quand je chasse, je m'amuse davantage et il y a de la viande à la fin.*

Tu as faim ?

Non, je m'ennuie. Du museau, il poussa le rabat de la tente et il sortit dans la nuit.

Caudron le regarda s'en aller avec une petite moue. « J'allais demander si vous ne pourriez pas travailler ensemble sur ce jeu. Il m'intéresserait de voir comment vous jouez.

— À mon avis, il l'a senti venir », marmonnai-je, un peu contrarié qu'il ne m'ait pas invité à l'accompagner.

Cinq parties plus tard, la brillante simplicité de la tactique du nœud coulant qu'avait appliquée Œil-de-Nuit m'apparut enfin. Elle était évidente depuis le début, mais j'eus soudain l'impression de voir les pierres se déplacer au lieu de rester inertes sur les intersections de la grille, et, à la partie suivante, je l'employai et remportai le jeu sans difficulté, ainsi que les trois suivants car j'avais compris qu'on pouvait aussi l'utiliser dans la situation inverse.

À ma quatrième partie gagnée, Caudron ôta tous les cailloux du carré de tissu. Autour de nous, nos compagnons dormaient déjà tous à poings fermés. Caudron jeta une poignée de brindilles dans le brasero pour nous donner un peu de lumière, puis, à gestes vifs, ses doigts noueux redisposèrent les pierres sur la grille. « Là encore, c'est à vous de jouer, me dit-elle. Mais cette fois vous ne devez placer qu'un caillou blanc ; un petit caillou blanc sans pouvoir, mais qui peut vous faire gagner. Réfléchissez bien – et pas de triche : laissez le loup en dehors. »

Je contemplai l'agencement du jeu pour le fixer dans mon esprit, puis m'allongeai pour dormir. Le problème qu'elle me soumettait me paraissait insoluble ; je ne voyais pas comment gagner avec une pierre noire et encore moins avec une blanche. J'ignore si le jeu en fut la cause ou bien notre éloignement de la route, mais je sombrai rapidement dans un sommeil sans rêve qui se poursuivit presque jusqu'au point du jour ; alors je rejoignis mon loup dans ses folles errances. Œil-de-Nuit avait laissé la route loin derrière lui et explorait avec entrain les versants avoisinants. Nous tombâmes sur deux félins occupés à dévorer un animal qu'ils venaient d'abattre et il passa quelque temps à les asticoter en tournant autour d'eux juste hors de leur portée pour les faire feuler et cracher ; voyant que nous n'arrivions pas à les détourner de leur repas, nous renonçâmes à notre jeu et reprîmes la direction de la yourte. À l'approche du camp, nous rôdâmes autour des jeppas pour les inquiéter et les obliger à se regrouper dans une posture défensive, puis nous les fîmes tourner en rond juste devant la tente. Le loup s'insinua dans la yourte, et j'étais encore avec lui quand il donna un rude coup de museau glacé au fou.

C'est bon de voir que tu es encore capable de t'amuser, me dit-il alors que je séparais mon esprit du sien et m'éveillais dans mon propre corps.

Oui, très bon, acquiesçai-je, et je me levai pour accueillir le jour.

14

INDICATIONS

J'ai appris une chose au cours de mes voyages : ce qu'une région tient pour une grande richesse est considéré comme ordinaire dans une autre. Le poisson que nous ne donnerions pas à manger à un chat à Castelcerf passe pour un mets délicat dans les cités de l'Intérieur ; ici, l'eau est synonyme de fortune ; là, les crues constantes du fleuve sont à la fois une gêne et un danger. La fleur de cuir, les faïences gracieuses, le verre transparent comme l'air, les plantes exotiques... j'ai vu tout cela en si grandes quantités que les propriétaires n'y reconnaissent même plus des signes de richesse.

Ainsi, peut-être la magie, si elle est assez abondante, devient-elle banale ; au lieu de susciter l'étonnement et la crainte, elle sert à créer des routes et des panneaux indicateurs avec une prodigalité qui laisse pantois ceux qui n'en disposent pas.

*

Ce jour-là, je voyageai, comme précédemment, à flanc d'un versant boisé ; tout d'abord, la pente resta douce et je demeurai en vue de la route au-dessus de moi ; les branches des immenses conifères avaient retenu la plus grande partie de la neige tombée dernièrement et, si le terrain était accidenté et couvert çà et là de plaques de neige, ma progression n'en était guère entravée. Vers la fin de la journée, toutefois, la taille des arbres décrut peu à peu et le versant devint de plus en plus escarpé. La route serrait la montagne et je marchais en contrebas. Lorsqu'il fut temps de monter le camp, mes compagnons et moi eûmes du mal à trouver un emplacement suffisamment plan pour y dresser la tente : nous dûmes descendre assez bas pour atteindre une zone où le sol retrouvât quelque horizontalité. Une fois la yourte installée, Kettricken se mit à regarder la route, au-dessus de nous, les sourcils froncés, puis elle sortit sa carte ; elle l'examinait à la lumière déclinante du jour quand je lui demandai ce qui n'allait pas.

Elle tapota le manuscrit du bout de sa moufle, puis indiqua d'un mouvement du bras la pente au pied de laquelle nous nous trouvions. « Demain, si la route continue à monter et la pente à s'accentuer, vous ne pourrez plus soutenir notre allure. Nous sortirons des arbres demain soir ; nous devons constituer une réserve de bois dès à présent, à la mesure de ce que les jeppas peuvent porter. » Elle fronça de nouveau les sourcils. « Il nous faudra peut-être ralentir pour vous permettre de nous suivre.

— Je resterai à votre hauteur », promis-je.

Elle planta son regard bleu dans le mien. « D'ici après-demain, vous serez peut-être obligé d'emprunter la route vous aussi.

— Si cela arrive, je devrai me débrouiller. » Je haussai les épaules et m'efforçai de sourire malgré mon inquiétude. « Je n'ai pas le choix.

— Comme nous tous », murmura-t-elle à part elle.

Le soir, alors que je venais de finir la vaisselle, Caudron sortit à nouveau son carré de tissu sur lequel elle disposa ses cailloux. J'observai l'agencement des pierres, puis secouai la tête. « Je n'ai pas encore trouvé, dis-je.

— Vous m'en voyez soulagée, répondit-elle. Si vous aviez trouvé, seul ou même avec votre loup, j'en serais tombée raide d'étonnement. C'est un problème difficile. Mais nous allons faire quelques parties et, si vous gardez les yeux bien ouverts, et l'esprit affûté, vous verrez peut-être la solution. »

Je ne vis rien du tout et je me couchai la tête pleine de morceaux de tissu et de petits cailloux.

Le lendemain se passa comme Kettricken l'avait prédit : dès midi, je progressais péniblement parmi des broussailles et des éboulis, Astérie derrière moi. Malgré les efforts qu'il fallait fournir, elle ne cessait de poser des questions, toutes à propos du fou : que savais-je de sa famille ? Qui lui avait taillé ses vêtements ? Avait-il jamais été gravement malade ? Réflexe désormais ancré chez moi, je lui répondais en lui donnant le moins de renseignements possible, voire pas du tout. Je m'étais attendu qu'elle se lasse de ce petit jeu, mais elle était aussi obstinée qu'un chien de combat, et, pour finir, je me retournai brusquement et lui demandai ce qui la passionnait tant chez le fou.

Une expression étrange passa sur ses traits, comme si

elle se raidissait devant un défi. Elle ouvrit la bouche, se reprit, puis ne put résister et, me dévisageant avidement, elle déclara : « Le fou est une femme, et elle est amoureuse de vous. »

L'espace d'un instant, j'eus l'impression qu'elle s'était exprimée dans une langue étrangère. Planté devant elle, j'essayai de comprendre ce qu'elle voulait dire. Si elle n'avait pas éclaté de rire, j'aurais sans doute trouvé une repartie, mais son rire me vexa tant, j'ignore pourquoi, que je lui tournai le dos et repris ma marche le long du versant escarpé.

« Mais vous rougissez ! s'exclama-t-elle dans mon dos d'un ton ravi. Vous avez même la nuque rouge ! Vous avez passé des années auprès d'elle et vous ne saviez rien ? Vous ne vous êtes jamais douté de rien ?

— Vous avez des idées complètement ridicules, dis-je sans même un regard en arrière.

— Ah ? Lesquelles ?

— Toutes, répliquai-je d'un ton glacial.

— Allez-y, dites-moi que vous avez la preuve de mon erreur. »

Sans lui faire l'honneur d'une réponse, je m'enfonçai dans un épais taillis et ne pris pas la peine de retenir les branches qui se rabattaient derrière moi. C'était son rire qui m'agaçait, et elle le savait. Je quittai enfin les arbres et m'arrêtai aussitôt : le versant tombait presque à pic à mes pieds, parsemé de rares buissons, et le rocher gris et fracturé formait des crêtes glacées sous la neige.

« N'avancez pas ! » lançai-je à Astérie alors qu'elle parvenait à ma hauteur. Elle regarda ce qui nous entourait, le souffle coupé.

Des yeux, je remontai la pente rocheuse jusqu'à la route, taillée dans la montagne comme la trace d'une gouge dans un morceau de bois. C'était le seul moyen sans risque de passer ; au-dessus de nous s'étendait le versant escarpé parsemé de blocs erratiques ; la pente couverte d'une épaisseur inégale de neige n'était pas tout à fait assez accentuée pour mériter le nom de falaise. Quelques arbres et arbustes y poussaient, tordus par le vent, certaines de leurs racines jetées par-dessus la rocaille. Remonter jusqu'à la route ne serait pas une mince affaire ; pourtant, je n'aurais pas dû m'en étonner : le versant que nous longions n'avait cessé de s'incliner de toute la matinée ; mais je m'étais tant concentré sur le meilleur chemin à suivre que je n'avais pas pensé à chercher la route des yeux.

« Nous allons devoir remonter », annonçai-je à la ménestrelle et elle acquiesça sans un mot.

C'était plus facile à dire qu'à faire. À plusieurs reprises, je sentis les pierriers glisser sous mes pas et je dus plus d'une fois m'aider des mains pour grimper. Astérie me suivait, le souffle court. « Ce n'est plus très loin ! » lui dis-je à l'instant où Œil-de-Nuit gravissait la pente et arrivait à notre hauteur. Il nous dépassa sans effort, à grands bonds qui l'amenèrent rapidement sur la route. Il disparut, puis revint un instant plus tard et se mit à nous observer. Peu après, le fou apparut à son tour et nous regarda d'un air inquiet. « Vous avez besoin d'aide ? nous cria-t-il.

— Non, ça va aller ! » répondis-je. Je m'arrêtai, accroupi, accroché au tronc d'un arbre rabougri, pour reprendre ma respiration et essuyer la transpiration qui coulait dans mes yeux. Astérie fit halte près de moi. Soudain, je sentis la route au-dessus de moi ; comme dans une rivière, un courant s'y déplaçait, et, de même que le courant d'un fleuve agite l'air au-dessus de lui, la route créait du vent autour d'elle, un vent, non d'air froid, mais d'existences, à la fois proches et lointaines. L'étrange essence du fou y flottait, la peur taciturne de Caudron et la détermination teintée de tristesse de Kettricken aussi ; elles étaient aussi distinctes et identifiables que les bouquets de différents vins.

« FitzChevalerie ! » Astérie appuya son appel en me donnant un coup entre les omoplates.

« Quoi ? demandai-je distraitement.

— Continuez à monter ! Je ne tiens plus, accrochée ici ; j'attrape des crampes dans les mollets !

— Ah ! » Je réintégrai mon corps et franchis la distance qui me séparait du bord de la route. Le courant d'Art me rendait conscient d'Astérie derrière moi sans que j'eusse le moindre effort à faire ; je la sentais placer ses pieds, puis s'agripper à un saule noueux au ras de la falaise. Je m'arrêtai un instant devant la route, puis je posai le pied sur sa surface lisse et me laissai glisser dans son courant comme un enfant dans celui d'une rivière.

Le fou nous avait attendus ; Kettricken, devant la colonne de jeppas, regardait dans notre direction, l'air inquiet. Je pris une profonde inspiration, comme si je rassemblais mon courage ; à côté de moi, Œil-de-Nuit me poussa brusquement la main du bout du museau.

Reste près de moi, proposa-t-il. Je me rendis compte qu'il cherchait à affermir sa prise sur notre lien et je m'effrayai de ne pouvoir l'aider. Je rencontrai son profond regard et une question me vint soudain.

Tu es sur la route ! Je ne pensais pas que les animaux pouvaient y circuler.

Il émit un grognement de dédain. *Il y a une différence entre considérer comme avisé de faire quelque chose et le faire pour de bon ; de plus, tu as peut-être remarqué que les jeppas marchent sur la route depuis quelques jours déjà.*

Bien sûr ! C'était trop évident. *Dans ce cas, pourquoi les bêtes sauvages l'évitent-elles ?*

Parce que nous comptons encore sur nous-mêmes pour survivre ; les jeppas, eux, se soumettent aux humains et acceptent de les suivre au danger, même si ça leur paraît complètement fou. Ainsi, ils n'ont pas l'idée de fuir devant un loup non plus ; quand je leur fais peur, ils courent se réfugier auprès de vous, humains. C'est comme les chevaux ou le bétail devant une rivière : laissés à eux-mêmes, ils ne s'y jettent que s'ils ont la mort à leurs trousses, qu'il s'agisse de prédateurs ou de la famine ; mais l'homme arrive à les convaincre de la traverser chaque fois qu'il désire atteindre l'autre rive ; pour moi, ce n'est pas signe de grande intelligence.

Mais alors, que fais-tu sur cette route ? demandai-je avec un sourire.

L'amitié, ça ne se discute pas, répondit-il d'un ton grave.

« Fitz ! »

Je sursautai et me retournai ; c'était Caudron. « Je vais bien », lui dis-je, tout en sachant que c'était faux : le Vif me donnait habituellement une conscience aiguë de la présence des autres, mais Caudron était arrivée sur mes talons sans que je me rende compte de rien. La route d'Art obscurcissait mon Vif ; lorsque je ne pensais pas spécifiquement à Œil-de-Nuit, le loup n'était qu'une ombre vague dans mon esprit.

Je serais même moins que ça si je ne m'efforçais pas de rester avec toi, dit-il d'un ton inquiet.

« Ça ira ; il faut seulement que je fasse attention », répondis-je.

Caudron crut que je m'adressais à elle. « En effet. » D'un geste décidé, elle me prit par le bras et m'entraîna à la suite des autres. Ils avaient déjà pris de l'avance ; Astérie marchait en compagnie du fou et chantait une chanson d'amour, mais lui ne cessait de me jeter des coups d'œil soucieux par-dessus son épaule. Je lui fis un signe de la tête et il me le rendit d'un air préoccupé. Caudron me pinça le bras. « Occupez-vous de moi ; parlez-moi. Tenez, avez-vous résolu le problème que je vous ai soumis ?

— Pas encore », avouai-je. Les journées se réchauffaient mais le vent qui soufflait menaçait encore sur les plus hauts sommets. Si j'y prêtais attention, je sentais le froid sur mes joues, mais la route d'Art me commandait de ne pas y penser. Elle montait désormais régulièrement, et pourtant il me semblait marcher sans effort sur sa surface ; mes yeux me disaient que je gravissais une pente mais j'avançais avec autant d'aisance que si je la descendais.

Caudron me pinça encore une fois. « Concentrez-vous sur le problème, ordonna-t-elle sèchement. Et ne vous y trompez pas : votre corps se fatigue et il a froid. Ce n'est pas parce que vous n'en avez pas constamment conscience que vous pouvez ne pas en tenir compte. Marchez lentement. »

Ses conseils me parurent à la fois absurdes et avisés ; je m'aperçus qu'en s'accrochant à mon bras, non seulement elle se soutenait mais elle me forçait aussi à ralentir le pas. Je raccourcis mes enjambées pour me mettre à l'unisson des siennes. « Les autres n'ont pas l'air d'en souffrir, remarquai-je.

— C'est exact, mais ils ne sont ni âgés ni sensibles à l'Art. Ce soir, ils auront des courbatures et demain ils marcheront moins vite. Cette route a été créée dans l'idée que ses usagers seraient inconscients de ses influences les plus subtiles ou bien formés à les maîtriser.

— Comment savez-vous tout cela ? demandai-je, soudain attentif.

— C'est à moi que vous vous intéressez ou à la route ? répliqua-t-elle d'un ton cassant.

— Ma foi, aux deux », fis-je.

Elle ne répondit pas. « Connaissez-vous vos comptines ? » s'enquit-elle après un long silence.

J'ignore pourquoi cette question me mit en colère. « Je n'en sais rien ! dis-je. Je n'ai aucun souvenir de ma petite enfance, à l'époque où la plupart des enfants les apprennent. À la place, on m'a appris des comptines d'écuries ; voulez-vous que je vous récite les quinze points qui désignent un bon cheval ?

— Récitez-moi plutôt *Six Sages s'en sont venus à Jhaampe !* gronda-t-elle. De mon temps, non seulement on enseignait les comptines aux enfants mais aussi leur signification. Nous gravissons le mont dont il est question dans celle-ci, jeune ignorant ! Celui sur lequel nul sage ne monte en espérant en redescendre ! »

Un frisson glacé me parcourut l'échine. En quelques rares occasions, il m'est arrivé de percevoir une vérité symbolique d'une façon telle qu'elle apparaissait dans sa plus effrayante nudité. Ce fut là une de ces occasions. Caudron venait de placer à l'avant-plan de mes pensées ce que je savais déjà depuis des jours. « Les Sages étaient des artiseurs, n'est-ce pas ? fis-je à mi-voix. Six, puis cinq, puis quatre... clans, puis ce qu'il en restait... » Mon esprit gravissait l'escalier de la logique en substituant l'intuition à la plupart des degrés. « C'est donc ce qu'il est advenu des artiseurs, les anciens que nous n'avons pas pu retrouver. Lorsque le clan de Galen s'est avéré inefficace, expliquai-je à Caudron, alors que Vérité avait besoin d'aide pour défendre Cerf, le roi-servant et moi avons cherché les anciens artiseurs, ceux qui avaient été les disciples de Sollicité avant que Galen devienne maître d'Art. Nous n'avons retrouvé que quelques noms dans les archives, et ceux à qui ils appartenaient étaient tous morts ou avaient disparu. Nous avons soupçonné quelque félonie. »

Caudron émit un petit rire dédaigneux. « Cela n'aurait rien de nouveau dans les clans. Mais, le plus souvent, ces artiseurs dont le talent grandissait devenaient de plus en plus sensibles à l'Art, qui finissait par les appeler ; si on le maîtrisait assez, on pouvait survivre à un voyage sur cette route ; sinon, c'était la mort.

— Et si on réussissait ? » demandai-je.

Caudron me lança un regard en biais mais ne répondit pas.

« Qu'y a-t-il au bout de cette route ? Qui l'a construite et où mène-t-elle ?

— À Vérité, murmura-t-elle enfin. Elle mène à Vérité. Nous n'avons pas besoin d'en savoir davantage, vous et moi.

— Mais vous en savez bien plus ! m'exclamai-je d'un ton accusateur. Et moi aussi ! Elle mène aussi à la source de l'Art ! »

Son regard devint inquiet, puis s'opacifia. « Je ne sais rien », répondit-elle aigrement. Puis, comme prise de remords : « Je nourris de nombreuses hypothèses et j'ai entendu beaucoup de demi-vérités, de légendes, de prophéties, de rumeurs ; voilà tout ce que je sais.

— Et comment les connaissez-vous ? » insistai-je.

Elle me regarda dans les yeux. « J'y suis condamnée – tout comme vous. »

Et, refusant de prononcer un mot de plus sur ce sujet, elle disposa des parties hypothétiques sur la grille du tissu en me demandant quel coup je jouerais selon que j'avais une pierre noire, rouge ou blanche. Je m'efforçai de me concentrer sur le jeu car je savais qu'elle m'y invitait pour empêcher mon esprit de vagabonder, mais ne pas prêter attention à la force d'Art de la route s'assimilait à ne pas tenir compte d'un vent puissant ou d'un courant d'eau glacée : je pouvais m'y astreindre mais cela ne la faisait pas disparaître. En plein milieu d'une réflexion sur une stratégie nouvelle, je m'étonnai des formes que prenaient mes propres pensées et il me sembla qu'elles ne m'appartenaient pas mais qu'elles provenaient de quelqu'un d'autre avec qui j'eusse établi un lien mental. Je parvins à conserver l'énigme que Caudron me soumettait au premier plan de mon esprit, mais les voix murmurantes n'en demeuraient pas moins en fond.

La route montait sans cesse avec force lacets. La montagne se dressait presque à pic sur notre gauche et tombait aussi abruptement sur notre droite, entaillée par cette route qui passait là où nul bâtisseur sain d'esprit ne l'aurait tracée : la plupart des voies commerciales suivent les vallées et les cols, mais celle-ci escaladait la montagne et nous emmenait toujours plus haut. À la tombée du jour, Caudron et moi nous étions laissé distancer par nos compagnons. Œil-de-Nuit partit en éclaireur, puis revint nous annoncer qu'ils avaient trouvé un emplacement, vaste et plan, sur lequel ils dressaient la tente. Avec la venue de la nuit, le vent devenait mordant, et, me réjouissant à l'avance de me reposer au chaud, j'incitai Caudron à se hâter.

« Me hâter ? rétorqua-t-elle. Mais c'est vous qui ralentissez sans cesse ! Allons, restez à ma hauteur. »

La dernière marche avant l'arrivée à la garnison est toujours la plus longue, me disaient les soldats de Castelcerf ; mais ce soir-là j'avais l'impression de marcher dans du sirop, tant mes pieds me paraissaient lourds. Je m'arrêtais constamment, me semble-t-il ; en tout cas, Caudron me tirait fréquemment par le bras en me répétant de la suivre, et, même quand nous passâmes un pli de la montagne et que la tente illuminée m'apparut, je n'arrivai pas à accélérer. Comme dans un rêve de fièvre, je voyais la yourte toute proche, puis très éloignée l'instant d'après. J'avançais lourdement. Des foules chuchotaient autour de moi ; la nuit obscurcissait ma vision et le vent glacé m'obligeait à plisser les yeux. Une vaste troupe de gens nous croisa sur la route, accompagnée de mules bâtées ; des jeunes filles qui riaient aux éclats portaient des paniers remplis de fils multicolores. Je me retournai au passage d'un marchand de sonnettes ; il portait un râtelier sur l'épaule et des dizaines de clochettes en bronze de toute forme et de toute taille carillonnaient au rythme de ses pas. Je tirai Caudron par la manche pour le lui montrer, mais elle me saisit le bras dans une poigne de fer et m'obligea à la suivre. Un adolescent passa à grandes enjambées ; il descendait au village avec une hotte pleine de fleurs des Montagnes aux couleurs vives desquelles émanait une fragrance entêtante. Je me libérai de l'étreinte de Caudron et courus derrière le jeune garçon ; je voulais acheter des fleurs pour Molly, afin qu'elle en parfume ses bougies.

« À l'aide ! » s'exclama Caudron. Je tournai la tête pour voir ce qui lui arrivait mais elle ne se trouvait plus à mes côtés et je ne la vis nulle part dans la foule.

« Caudron ! » criai-je. Je me rendis soudain compte que le marchand de fleurs était en train de s'éloigner. « Attends ! lui lançai-je.

— Il s'en va ! » s'écria Caudron, et il y avait de la peur et du désespoir dans sa voix.

Œil-de-Nuit me heurta brutalement dans le dos. Son

poids et son élan me projetèrent à plat ventre dans la mince couche de neige qui recouvrait la surface lisse de la route. Malgré mes moufles, je m'écorchai la paume des mains et une douleur cuisante naquit dans mes genoux. « Idiot ! » grondai-je en essayant de me relever ; mais il me saisit par une cheville et me fit retomber, et je me retrouvai allongé au bord de la route, le regard plongé dans l'abîme qui la longeait. La douleur et la stupéfaction que je ressentais avaient pétrifié la nuit ; la foule avait disparu et je restai seul avec le loup.

« Œil-de-Nuit ! m'écriai-je. Laisse-moi me lever ! »

Mais il referma la mâchoire sur mon poignet et entreprit de me tirer à l'écart du bord de la route. J'ignorais qu'il possédât une telle force, ou plutôt je n'aurais jamais cru qu'il s'en servirait un jour contre moi. Je le frappai vainement de ma main libre pour le repousser tout en hurlant et en essayant de me redresser. Je sentais le sang couler le long de mon bras là où un croc s'était enfoncé dans ma chair.

Tout à coup, Kettricken et le fou se trouvèrent à mes côtés ; ils me prirent par les bras et me remirent debout. « Il est devenu fou ! » m'exclamai-je alors qu'Astérie arrivait en courant. Elle était blême et ses yeux étaient écarquillés.

« Oh, le loup ! » s'écria-t-elle en se laissant tomber à genoux pour le serrer dans ses bras. Œil-de-Nuit resta assis, haletant, manifestement ravi de cette étreinte.

« Mais qu'est-ce qui t'a pris ? » lui demandai-je, furieux. Il me regarda mais ne répondit pas.

Ma première réaction fut stupide : je portai mes mains à mes oreilles. Je savais pourtant pertinemment que ce n'était pas ainsi que je percevais ce que me disait Œil-de-Nuit. Il poussa un gémissement en voyant mon geste, et je l'entendis parfaitement : c'était un gémissement de chien. « Œil-de-Nuit ! » criai-je. Il se dressa sur les pattes arrière et posa celles de devant sur ma poitrine. Il était si grand que ses yeux étaient presque au niveau des miens. Je captai un écho de son inquiétude et de son désespoir mais rien de plus. Je tendis mon Vif et ne le trouvai pas. Je ne percevais plus personne. On eût dit que tous mes compagnons avaient été forgisés.

Je levai les yeux vers leurs visages effrayés et me rendis compte qu'ils parlaient – non, ils hurlaient presque ; il était question du bord de la route, de la colonne noire ; quelqu'un demandait sans cesse : « Que s'est-il passé ? Que s'est-il passé ? » Je fus soudain frappé du manque de grâce de la parole : tous ces mots rattachés les uns aux autres, que chaque bouche prononçait différemment... Et c'était ainsi que nous communiquions ? « Fitz, Fitz, Fitz », criaient-ils ; c'était mon nom et il me désignait, je suppose, mais chaque voix l'exprimait autrement et chacun avait une image différente de celui dont il parlait et de la raison pour laquelle il voulait me parler. Les mots étaient des objets trop malcommodes, je ne parvenais pas à me concentrer sur le sens que mes compagnons essayaient de leur donner ; c'était comme s'adresser à un marchand étranger : on fait des gestes, on sourit ou on fronce les sourcils et on s'efforce de deviner, on ne fait qu'imaginer ce que l'autre veut dire.

« S'il vous plaît ! fis-je. Taisez-vous, s'il vous plaît ! » Je désirais seulement qu'ils fassent silence, qu'ils cessent les bruits qu'ils faisaient avec leur bouche, mais le son de mes propres paroles capta mon attention. « S'il vous plaît », répétai-je en m'étonnant de tous les mouvements que devait effectuer ma propre bouche pour produire ces sons imprécis. « Taisez-vous ! » Je m'aperçus que ces deux mots avaient trop de sens pour n'en avoir qu'un seul véritable.

Un jour, alors que je venais de connaître Burrich, il m'avait ordonné de défaire le harnais d'un équipage de chevaux. Nous en étions encore à prendre la mesure l'un de l'autre, et la tâche qu'il m'avait donnée n'était pas de celles qu'un homme dans son bon sens confie à un enfant. Mais je me débrouillai : je grimpai sur les dociles bêtes et défis toutes les boucles et toutes les agrafes jusqu'à ce que le harnais gît en morceaux sur le sol. Quand Burrich revint voir ce qui me prenait tant de temps, il demeura muet de stupéfaction mais ne put me reprocher de n'avoir pas obéi à son ordre. Quant à moi, j'étais effaré du nombre de pièces qui entraient dans la composition d'un objet apparemment d'une seule pièce quand je m'y étais attaqué.

J'avais la même impression sur la route : tous ces sons pour faire un mot, tous ces mots pour former une pensée ! Le langage tombait en morceaux entre mes mains. Jamais je n'y avais réfléchi. Je me tenais devant mes compagnons, immergé dans l'essence de l'Art, et parler me paraissait aussi inefficace et puéril que manger du gruau avec les doigts. Les mots étaient lents, flous, et ils dissimulaient le sens autant qu'ils le révélaient. « Fitz, il faut que vous... » fit Kettricken, et l'étude de toutes les significations possibles de ces cinq mots m'absorba tant que je n'entendis pas la fin de sa phrase.

Le fou me prit par la main et m'entraîna sous la tente ; là, il me poussa et me tira jusqu'à ce que je m'assoie, après quoi il m'ôta ma coiffe, mes moufles et mon manteau, et, sans un mot, il me plaça une chope chaude entre les mains. Cela, je pouvais le comprendre ; mais les échanges rapides et préoccupés des autres m'évoquaient les caquètements effrayés d'une cagée de poules. Le loup entra et s'allongea près de moi, sa grande tête posée sur une de mes cuisses ; je caressai ses douces oreilles. Il se pressa contre moi dans une attitude presque implorante, et je le grattai derrière les oreilles : peut-être était-ce ce qu'il désirait. C'était terrible de ne pas avoir de certitude.

Je ne rendis guère de services ce soir-là : chaque fois que j'essayais d'accomplir ma part de corvées, quelqu'un s'en chargeait à ma place. À plusieurs reprises, Caudron me pinça ou m'enfonça un coude dans les côtes avec un « Réveillez-vous ! » abrupt. En une de ces occasions, les mouvements de ses lèvres alors qu'elle me tançait me fascinèrent tant qu'elle s'en alla sans que je m'en rende compte, et je ne me rappelle pas ce que je faisais quand elle me saisit la nuque d'une main aussi sèche qu'une serre. Elle m'obligea à me pencher vers l'avant et me maintint dans cette position tout en désignant du doigt chacun des cailloux disposés sur le tissu, puis elle me mit une pierre noire dans la main. Pendant un moment, je contemplai fixement le jeu, et je sentis soudain un changement de perception : il n'y avait plus de distance entre moi et les cailloux. J'imaginai ma pierre dans diverses positions et finis par trouver le coup parfait ; quand je posai le caillou, j'eus l'impression que mes oreilles se débouchaient ou que le sommeil quittait tout à coup mes yeux. Je promenai mon regard sur mes compagnons.

« Excusez-moi, marmonnai-je tout en sachant que c'était insuffisant. Excusez-moi.

— Ça va mieux ? me demanda Caudron d'une voix douce, comme si elle s'adressait à un tout petit enfant.

— Je suis davantage moi-même, oui », répondis-je. Je plantai mes yeux dans les siens, soudain à bout. « Que m'est-il arrivé ?

— L'Art, dit-elle simplement. Vous ne le maîtrisez pas

assez. Vous avez failli suivre la route là où elle ne va plus ; il se trouve là une espèce de repère qui marquait une bifurcation : un des embranchements descendait vers la vallée, l'autre continuait à flanc de montagne. Le premier a disparu, emporté par un cataclysme il y a bien longtemps. Il ne reste plus en bas qu'un chaos de pierraille, mais un peu plus loin la route en émerge, puis elle s'évanouit à nouveau plus loin parmi la caillasse. Vérité n'a sûrement pas pris ce chemin, mais vous avez failli mourir en suivant le souvenir de cette partie de la route. » Elle se tut, le regard sévère. « De mon temps... Vous n'avez pas été assez formé pour ce que vous avez déjà fait, et encore moins pour ce défi. Si vous ne pouvez pas faire mieux que cela... Êtes-vous certain que Vérité est vivant ? me demanda-t-elle brusquement. Qu'il a survécu seul à cette épreuve ? »

Je jugeai qu'il était temps que l'un de nous cesse de faire des mystères. « Je l'ai vu dans un rêve d'Art, dans une ville remplie de gens semblables à ceux que nous avons croisés aujourd'hui. Il a plongé ses mains et ses bras dans un fleuve magique et il s'en est allé chargé de pouvoir.

— Dieu des poissons ! sacra Caudron, les traits empreints d'horreur et d'admiration à la fois.

— Mais nous n'avons croisé personne aujourd'hui ! » protesta Astérie. Je ne m'étais pas rendu compte qu'elle s'était assise à côté de moi et je sursautai, effrayé qu'on pût s'approcher autant de moi sans que je ne perçoive rien.

« Tous ceux qui ont emprunté cette route y ont laissé quelque chose d'eux-mêmes. Vos sens ne décèlent pas ces fantômes, Astérie, mais Fitz s'avance ici nu comme un nouveau-né, et aussi naïf. » Caudron se laissa soudain aller contre son rouleau de couchage et les rides de son visage se creusèrent. « Comment se peut-il que le Catalyseur soit un tel enfant ? fit-elle sans s'adresser à personne. Vous n'êtes même pas en mesure de vous sauver de vous-même ; comment allez-vous sauver le monde ? »

Le fou se pencha pour me prendre la main. Une sorte de force s'écoula en moi à travers ce contact rassurant. « Les prophéties n'ont jamais garanti la compétence, seulement la persévérance », dit-il ; le ton était léger mais les mots me firent profonde impression. Que dit Colum le Blanc, déjà ? « Ils tombent comme des gouttes de pluie sur la pierre des tours du temps ; mais c'est toujours la pluie qui l'emporte et non la tour. » Il pressa ma main.

« Tu as les doigts glacés, lui dis-je alors qu'il s'écartait.

— J'ai plus froid que tu ne peux l'imaginer », acquiesça-t-il. Il ramena ses genoux sous son menton et les enserra dans ses bras. « J'ai froid et je suis fatigué, mais je persévère. »

À cet instant, je croisai le regard d'Astérie : un sourire entendu flottait sur ses lèvres. Dieu, qu'elle m'exaspérait ! « J'ai de l'écorce elfique dans mon sac, dis-je au fou. Ça réchauffe et ça ragaillardit.

— De l'écorce elfique ! » grogna Caudron comme s'il s'agissait d'un produit répugnant. Mais, après réflexion, elle s'écria d'un ton excité : « Mais oui, c'est peut-être une bonne idée ! Oui, de l'écorce elfique ! »

Quand je tirai le médicament de mon paquetage, Caudron me le prit vivement des mains comme si je risquais de me blesser et en versa d'infimes portions dans deux chopes en marmonnant dans sa barbe. « J'ai vu les doses auxquelles vous vous exposez », me réprimanda-t-elle, et elle prépara elle-même la tisane ; elle ne mit pas d'écorce elfique dans celle qu'elle servit à Kettricken, Astérie et elle-même.

Je pris une gorgée du breuvage brûlant ; je sentis d'abord

l'âcre morsure de la décoction sur ma langue, puis sa chaleur apaisante qui se répandait dans mon estomac et tout mon organisme. J'observais le fou et je le vis se détendre lui aussi tandis que ses yeux se mettaient à pétiller.

Kettricken avait sorti sa carte et l'étudiait, les sourcils froncés. « FitzChevalerie, examinez ceci avec moi », m'ordonna soudain la reine. Je contournai le brasero pour venir m'asseoir à côté d'elle et elle enchaîna aussitôt : « Je crois que nous sommes ici. » Elle tapota de l'index la première bifurcation de la route. « Vérité disait vouloir visiter les trois sites indiqués sur la carte. Je pense qu'au temps où elle a été dessinée, la route que vous avez failli suivre était intacte ; mais elle n'existe plus depuis un certain temps déjà. » Ses yeux bleus croisèrent les miens. « À votre avis, qu'a fait Vérité une fois là ? »

Je réfléchis. « C'est un homme pragmatique. La seconde destination ne doit pas se trouver à plus de trois ou quatre jours de marche ; il a pu commencer par là sa recherche des Anciens ; et la troisième n'est distante de la deuxième que de... sept jours de marche, disons. Il a pu juger plus rapide de visiter d'abord ces deux sites, puis, en cas d'échec, de revenir ici et de descendre voir... ce qu'il y a en bas. »

Elle plissa le front, et je me rappelai soudain comme il était lisse lorsqu'elle avait été fiancée à Vérité. À présent, rares étaient les occasions où des rides d'inquiétude ne creusaient pas ses traits. « Mon époux est parti depuis un an, or il ne nous a pas fallu autant de temps pour parvenir jusqu'ici ; peut-être n'est-il pas revenu parce qu'il est descendu en bas de l'à-pic et qu'il a cherché longtemps un moyen d'y parvenir afin de poursuivre sa route.

— Peut-être acquiesçai-je, mal à l'aise. Mais n'oubliez pas que nous sommes bien équipés et que nous voyageons en groupe ; Vérité, lui, arrivé ici, devait être seul et sans guère de moyens. » Je me retins d'ajouter qu'il avait sans doute été blessé au cours de la bataille : inutile d'accroître l'anxiété de Kettricken. Je sentis qu'une partie de moi-même se tendait vers Vérité sans que ma volonté intervînt. Je fermai les yeux et bloquai résolument toutes mes issues. Était-ce mon imagination ou bien avais-je réellement perçu une souillure dans le courant d'Art, l'impression trop familière d'un pouvoir insidieux ? Je dressai mes remparts.

« ... nous séparer ?

— Pardon, ma reine, je n'écoutais pas », dis-je d'un ton humble.

J'ignore si ce fut de l'exaspération ou de la peur que je lus dans ses yeux. Elle me prit la main et la serra fermement. « Faites attention, m'ordonna-t-elle. Je disais que demain nous chercherons un moyen de descendre ; si nous découvrons un indice prometteur, nous continuerons ; mais nous ne devons pas accorder à cette recherche plus de trois jours, je pense. Si nous ne trouvons rien, nous reprendrons la route. Mais nous avons aussi la possibilité de nous séparer pour envoyer... »

Je l'interrompis : « Je ne crois pas que nous devions nous séparer.

— Vous avez sans doute raison, mais le temps passe inexorablement et je suis seule depuis trop longtemps avec mes questions. »

Je ne vis pas que répondre et fis semblant d'être très occupé à gratter les oreilles d'Œil-de-Nuit.

Mon frère. Ce n'était guère qu'un murmure mais je baissai les yeux vers le loup, puis je posai la main sur sa nuque pour renforcer le lien d'un contact physique. *Tu étais aussi vide qu'un humain ordinaire. Je n'arrivais même plus à te faire sentir que j'étais là.*

Je sais. J'ignore ce qui m'est arrivé.

Moi si : tu t'éloignais de plus en plus de mon côté vers l'autre côté. J'ai peur qu'un jour tu n'ailles trop loin et que tu sois incapable de revenir. J'ai bien cru que c'était ce qui s'était passé aujourd'hui.

Mon côté ? L'autre côté ? Que veux-tu dire ?

« Vous entendez à nouveau le loup ? » me demanda Kettricken d'un ton soucieux. Je fus surpris, lorsque je la regardai, de l'anxiété avec laquelle elle me dévisageait.

« Oui. Nous sommes réunis », répondis-je. Une question me traversa soudain l'esprit. « Comment saviez-vous que nous ne pouvions plus communiquer ? »

Elle haussa les épaules. « Simple supposition, j'imagine. Le loup paraissait très inquiet et vous très loin de tout et de tous. »

Elle a le Vif. N'est-ce pas, ma reine ?

Je ne saurais affirmer qu'un contact s'établit entre eux. Une fois, très longtemps auparavant, à Castelcerf, il m'avait semblé sentir Kettricken user du Vif ; rien n'interdisait donc de penser qu'elle l'employait à nouveau avec le loup, mais je n'en savais rien car mon propre sens du Vif était si diminué que je percevais à peine mon propre compagnon de lien. Quoi qu'il en fût, Œil-de-Nuit leva la tête vers Kettricken, et elle lui rendit son regard ; puis elle dit en fronçant légèrement les sourcils : « Parfois, j'aimerais pouvoir lui parler comme à vous ; si j'avais sa vitesse et ses talents de chasseur à ma disposition, je saurais mieux les risques que présente cette route, devant et derrière nous, et il serait peut-être capable de trouver un moyen de descendre qui échappe à nos yeux. »

Si tu es en mesure d'utiliser ton Vif pour lui raconter ce que je vois, je suis prêt à lui obéir.

« Œil-de-Nuit serait très heureux de vous aider de cette façon, ma reine », dis-je.

Elle eut un sourire las. « Alors, si vous arrivez à rester conscient de nous deux, peut-être pourriez-vous servir d'intermédiaire. »

Cet inquiétant écho des pensées du loup me troubla, mais je hochai la tête en signe d'assentiment. Il me fallait désormais faire preuve de la plus grande attention pour suivre la conversation, sans quoi le fil m'échappait ; c'était comme être terriblement fatigué et être obligé de combattre le sommeil pied à pied. Avait-ce été aussi dur pour Vérité ?

Il est possible de maîtriser cet effet, cependant il faut s'y prendre avec la plus grande légèreté, comme pour dompter un étalon furieux qui ne supporte ni le mors ni le talon. Mais tu n'y es pas encore prêt, aussi bats-toi, mon garçon, et garde la tête au-dessus de l'eau. J'aimerais qu'il existe un autre moyen pour toi de me rejoindre, mais il n'y a que la route et tu dois la suivre – non, ne réponds pas. Sache que d'autres tendent l'oreille presque aussi avidement que moi. Sois prudent.

Un jour qu'il me parlait de mon père, Vérité avait dit que, lorsqu'on se faisait artiser par lui, c'était comme se faire piétiner par un cheval : Chevalerie arrivait en trombe, larguait ses messages et s'en allait aussi vite qu'il était venu. Je comprenais mieux maintenant ce qu'avait décrit mon oncle, sauf que j'avais plutôt l'impression d'être un poisson qu'une vague vient de jeter sur la plage : le départ de Vérité me laissait un sentiment de manque béant. Il me fallut un moment pour me rappeler ce que j'étais ; si l'écorce elfique ne m'avait pas préalablement fortifié, je crois bien que je me serais évanoui. Je sentis néanmoins le contrecoup du produit : j'avais la sensation d'être enveloppé dans une couverture tiède et moelleuse ; ma fatigue avait disparu mais je me sentais hébété. Je vidai le reste de ma tasse et attendis la bouffée d'énergie que me procurait d'habitude l'écorce elfique. Elle ne vint pas.

« Je crois que vous n'en avez pas mis assez, dis-je à Caudron.

— Vous avez eu ce qu'il fallait », rétorqua-t-elle d'un ton rude.

J'eus l'impression d'entendre Molly lorsqu'elle pensait que je buvais trop ; je me raidis dans l'attente des images qui allaient sûrement envahir mon esprit, mais non : je demeurai dans ma propre existence. J'ignore si j'en fus soulagé ou déçu ; je mourais d'envie de les voir, Molly et Ortie, mais Vérité m'avait mis en garde... « Vérité vient de m'artiser », annonçai-je avec retard à Kettricken, et puis je me traitais de rustre et de crétin en voyant l'espoir naître sur ses traits. « Ce n'était pas vraiment un message, me repris-je vivement, mais simplement le rappel que je devais éviter d'artiser. Il pense toujours que d'autres peuvent chercher à me localiser par ce moyen. »

La joie disparut de son visage et elle secoua la tête, puis elle me regarda. « Il n'a pas eu un mot pour moi ? »

Je biaisai. « J'ignore s'il sait que vous êtes à mes côtés.

— Pas un mot », dit-elle d'un ton lugubre, comme si elle ne m'avait pas entendu. Ses yeux devinrent ternes. « Sait-il que je l'ai trahi ? Est-il au courant pour... notre enfant ?

— Je ne crois pas, ma dame. Je ne perçois chez lui aucun chagrin dans ce sens, et je sais que cette nouvelle le peinerait. »

Kettricken avala sa salive. Je maudis mes propos maladroits ; mais, après tout, était-ce à moi de prononcer des paroles de réconfort et d'amour à l'épouse de Vérité ? Elle se redressa brusquement, puis se leva. « Je vais chercher du bois pour la nuit, annonça-t-elle. Et du grain pour les jeppas. Il n'y a pas la moindre brindille à brouter dans la région. »

Elle sortit dans le noir et le froid. Nul ne dit mot. Après une respiration ou deux, je me levai à mon tour et la suivis. « Ne restez pas trop longtemps dehors », me dit Caudron, énigmatique. Le loup m'emboîta le pas.

La nuit était claire et glacée, le vent n'avait pas empiré ; on arrive presque à oublier les inconforts que l'on connaît. Kettricken ne cherchait pas de bois et ne nourrissait pas non plus les jeppas ; ces deux corvées avaient déjà été exécutées, j'en étais sûr. Elle se tenait au ras de la route coupée, les yeux plongés dans l'abîme qui s'ouvrait à ses pieds, raide comme un soldat qui rend compte à son sergent, et muette. Elle pleurait sans doute.

Il y a un temps pour les manières courtoises, un temps pour le protocole et un temps pour l'humanité. Je m'approchai d'elle, la pris par les épaules et l'obligeai à se retourner. Elle irradiait la détresse, et le loup à mes côtés poussa un gémissement aigu. « Kettricken, dis-je simplement, il vous aime. Il ne vous reproche rien ; il aura de la peine, certes, mais quel homme n'en éprouverait pas ? Quant aux actes de Royal, ce sont les actes de Royal ; ne vous en sentez pas responsable. Vous ne pouviez les empêcher. »

Elle essuya ses larmes sans répondre. Son regard était fixé derrière moi et son visage était un masque blême à la clarté des étoiles. Elle soupira longuement, mais je la sentais toujours suffoquée de chagrin. Je passai mes bras autour des épaules de ma reine et l'attirai contre moi ; son front s'appuya près de mon cou. Je caressai son dos et perçus la terrible tension qui le raidissait. « Tout va bien, dis-je en sachant que je mentais. Avec le temps, tout s'arrangera, vous verrez. Vous vous retrouverez, vous ferez un autre enfant, vous vous assiérez tous les deux dans la grand-salle de Castelcerf pour écouter chanter les ménestrels. La paix reviendra. Vous n'avez jamais connu Castelcerf en temps de paix. Vérité aura de nouveau le temps de chasser et de pêcher, et vous l'accompagnerez. Le rire, les cris et les rugissements de Vérité retentiront à nouveau dans les couloirs comme le vent du Nord. Mijote le jetait toujours hors des cuisines parce qu'il se coupait des tranches de viande avant que les rôtis soient cuits, tant il était affamé en rentrant de la chasse ; il allait droit à la cheminée, il arrachait une cuisse à un poulet en broche et il allait raconter ses aventures dans la salle de garde en agitant son pilon comme une épée... »

Tout en lui tapotant le dos comme à une enfant, je lui racontai l'homme bourru et chaleureux que je me rappelais de mon enfance. Pendant quelque temps, elle demeura immobile, le front sur mon épaule ; puis elle toussa comme si elle s'étranglait, et de violents sanglots la secouèrent soudain ; elle se mit à pleurer sans plus de honte qu'un enfant qui vient de tomber, qui a mal et qui a eu peur. Je sentis qu'elle retenait ses larmes depuis longtemps et ne fis rien pour les arrêter ; je continuai à parler tout en lui caressant le dos et sans guère entendre moi-même ce que je disais jusqu'à ce que ses sanglots diminuent et que ses tremblements s'apaisent. Enfin, elle s'écarta légèrement de moi pour chercher un mouchoir dans sa poche, et elle s'essuya le visage et les yeux, puis se moucha.

« Ça va aller, dit-elle avec tant de conviction que j'en eus le cœur fendu. Mais c'est... c'est dur ; dur d'attendre de lui avouer toutes ces choses affreuses, en sachant qu'elles lui feront mal. Elles m'en ont appris beaucoup sur le rôle de l'Oblat, Fitz. Depuis toujours, je savais qu'il me faudrait peut-être supporter des peines effrayantes. Je suis assez solide... pour les endurer ; mais personne ne m'avait avertie que je finirais par aimer l'homme qu'on avait choisi pour moi. Supporter ma peine est une chose, l'imposer à celui que j'aime en est une autre. » Sa voix s'étrangla sur ces mots et elle inclina la tête. Je craignis qu'elle ne se remît à pleurer, mais non : elle leva le visage vers moi et me sourit. Le clair de lune fit scintiller les larmes sur ses joues et ses cils. « Parfois, je crois que vous et moi sommes les seuls à voir l'homme derrière la couronne. J'ai envie de l'entendre rire et rugir, de voir ses bouteilles d'encre ouvertes et ses cartes éparpillées partout ; j'ai envie qu'il me serre dans ses bras. J'en ai parfois tellement envie que j'en oublie les Pirates rouges, Royal et... et le reste. Il me semble par moments que si nous pouvions seulement être réunis, tout s'arrangerait par ailleurs. Ce n'est pas une pensée très honorable ; un Oblat se doit d'être plus... »

Un reflet argenté derrière elle attira mon regard et, par-delà son épaule, je vis la colonne noire. Elle se dressait à l'oblique au-dessus de la fracture où s'était abîmée la route, la moitié de son socle emportée. Je n'entendis plus ce que disait Kettricken. Comment avais-je fait pour ne pas voir la colonne jusque-là ? Taillée dans une roche noire veinée de cristal étincelant, elle scintillait d'un éclat plus vif que la lune sur la neige glacée. On eût dit les étoiles reflétées par la surface ondoyante d'un fleuve d'Art. Je ne voyais rien d'écrit dans la pierre. Le vent hurlait derrière moi quand je tendis la main et caressai la roche lisse. Elle me souhaita la bienvenue.

TABLE

Photocomposition C*MB* Graphic
44800 Saint-Herblain

Achevé d'imprimer par GGP Media GmbH, Pößneck
en décembre 2005
pour le compte de France Loisirs,
Paris

Dépôt légal : fevrier 2001
N° d'édition : 44443 - N° d'impression : 54338